风雅与风骨

王开林 —— 著

至精至诚

清华名师 的

团结出版社
UNITY PRESS

图书在版编目（ＣＩＰ）数据

风雅与风骨：清华名师的至精至诚 / 王开林著. —
北京：团结出版社，2024.5
ISBN 978-7-5234-0643-4

Ⅰ.①风… Ⅱ.①王… Ⅲ.①散文集－中国－当代
Ⅳ.①I267

中国国家版本馆 CIP 数据核字 (2023) 第 232047 号

出　版：团结出版社
　　　　（北京市东城区东皇城根南街 84 号　邮编：100006）
电　话：（010）65228880　65244790（出版社）
　　　　（010）65238766　85113874　65133603（发行部）
　　　　（010）65133603（邮购）
网　址：http：//www.tjpress.com
E-mail：zb65244790@vip.163.com
　　　　tjcbsfxb@163.com（发行部邮购）
经　销：全国新华书店
印　装：三河市东方印刷有限公司

开　本：170mm×240mm　16 开
印　张：18.75
字　数：258 千字
版　次：2024 年 5 月　第 1 版
印　次：2024 年 5 月　第 1 次印刷

书　号：978-7-5234-0643-4
定　价：68.00 元

自序

士与师

民国初年，学者金松岑对"士"有一个相当别致的定义："夫士，国之肝肾；夫士之言，国之声息也。"肝肾乃身体排毒解毒的脏器，声息乃心脑活力活理的外现，皆求顺通而惧逆塞。

国士是济时济世的人才，是良心良知的帅纛，是文化文明的基石。国家恒有铮铮国士，则恒有勃勃生机。

国士的建树不全在学问，他们的终极理想是"为天地立心，为生民立命，为往圣继绝学，为万世开太平"。其一言一动，为朝野众生所瞩目，为士林群体之定向。纵横之士、智法之士、方术之士皆非国士，他们徒以冰冷的工具理性自售，缺乏温暖的人文情怀。

真的国士，言为士则，行为世范。司马迁在《报任安书》中给出完整的说法："事亲孝，与士信，临财廉，取予义，分别有让，恭俭下人，常思奋不顾身以徇国家之急。"谁能将这七条优点集于一身，加以慧业超群，那就大可不必谦逊，国士之形神已存，国士之风范已备。

真国士乃是光明俊伟的大丈夫，"富贵不能淫，贫贱不能移，威武不能屈"，大义之所指，大道之所向，虽千万人吾往矣。心通天地，思入风云，斡旋气机，启迪族群，他们具有悲悯万物的情怀和开拓千古的胸臆，即使处境艰危，也能够推动慧业臻于新境和化境，王阳明龙场悟道便属显例。

国士之下，还有大师。大师苦心孤诣，是思想、文化、艺术、科学、经济等领域之翘楚，他们必具备异禀、长才、创意、通识、洞见、雅趣、傲骨、良知、使命感和责任心，也许在私德方面有瑕可击，在公德方面不无可议，细行不检，大言不惭。有些人受困于时代，受迫于环境，为求自保，曾曲学阿世，随波逐流，清操有玷，晚节不终，但是他们毕竟有过夭矫和狂狷，才情、学问素以元气淋漓而著称。论世而知人，知人而论世，谈何容易。

《左传》称兰花为国香，《公羊传》称骊姬为国色，《史记》称扁鹊为国医，《刺客传》称豫让为国士。然而兰花遭人采撷，骊姬挨人鞭打，扁鹊遇刺，豫让被杀，可见极品人物多受磨难，甚至不得善终，这就是他们不肯认领而又不得不认领的命运，为之奈何！

国学家王国维撰《人间词话》，谈到治学精神，特别强调："古今之成大事业、大学问者，罔不经过三种之境界：'昨夜西风凋碧树，独上高楼，望断天涯路'，此第一境也。'衣带渐宽终不悔，为伊消得人憔悴'，此第二境也。'众里寻他千百度，蓦然回首，那人却在灯火阑珊处'，此第三境也。"三种境界，国士、大师无不亲历，他们由探索得之，由研寻得之，由殚精竭虑得之，由呕心沥血得之。

世间众生皆受制于短板效应（劣势部分决定整个组织的水平），贤者则必然反抗逆淘汰规则（劣胜优汰，劣币驱逐良币），思想、文化、艺术、科学均视乎大师们所抵达的高度、广度、深度而衡定那个时代所抵达的高度、广度、深度。因此之故，贤者无论怎样哀叹黄钟毁弃、瓦釜雷鸣所导致的社会倒退都不为过。

北京大学、清华大学得天独厚，成为大师汇聚、名师集结的地方，这绝对是两校的荣光。我们回眸20世纪，那些文化巨擘或挺直或佝偻的背影已经消失，但时间的橡皮暂且还无法将其谠言淑行擦至模糊。如今，我们仔细打量他们筑梦、铸梦的过程，势必多有悲欣，多有警醒，多有感慨，多有品评。

广宇间有恒星，必有流星。自然界有定量，必有变量。大师恒谋道，名师偶迷途。我们向谋道者脱帽致敬的同时，也为迷途者扼腕叹息。大师之学有得有失，名师之德瑕瑜互见，他们怎样绩学？怎样育才？怎样处世？怎样做人？登台亮相曾有多酷，收场谢幕就有多难。时时刻刻，桩桩件件，都给后生晚辈留下了千金难买的经验和教训。

2023年4月28日改定于长沙松果书屋

目 录
CONTENTS

寡言君子

——梅贻琦的「慢」「稳」「刚」

梅贻琦（1889—1962），字月涵，天津人。教育家，学者。从1916年起，先后为清华大学物理系教授，任教务长、留美学生监督处监督，1931年至1948年任清华大学校长（其间8年为西南联大校务委员会常委）。著作有《梅贻琦文集》（5卷，清华大学出版社）。

一个人一辈子能够办成一件大事，留下一句哲言，就可算是功德圆满了。梅贻琦大半辈子服务于清华大学，使之名闻天下，将它提升为国内顶流学府，萃众美于一身，这绝对是办成了一件人事。他说过，"所谓大学者，非谓有大楼之谓也，有大师之谓也"，此语广为流传，至今为人们所津津乐道，这绝对是留下了一句哲言。尽管它是从美国霍布根斯大学创办者吉尔曼校长的名言"Man，not buildings"化来，但化得天衣无缝，化出了百分之百的中国况味，他用孟子的名句"所谓故国者，非谓有乔木之谓也，有世臣之谓也"作旧瓶，装入了来自大洋彼岸的新酒。蔡元培就任北京大学校长时，曾说过"大学者，研究高深学问者也"，话不糙，理也不糙，但我们仔细品咂，总觉得梅贻琦的那句话言近而旨远，更具说服力。

　　梅贻琦主张"行胜于言"，他曾说，"为政不在多言，顾力行何如耳"。他爱做实事，肯干难事，能办大事，是知行合一的典范。学者、外交家叶公超用"慢、稳、刚"三个字眼形容梅贻琦，深得要领："……梅先生的慢，在他的说话上，往往是因为要得到一个结论后他才说话。因为说话慢，所以他总是说话最少；因为说话少，所以他的错误也最少。陈寅恪先生有一次对我说：'假使一个政府的法令，可以像梅先生说话那样谨严，那样少，那个政府就是最理想的。'因为他说话少而严谨，他做人和做事也就特别的严谨，天津人叫'吃稳'，梅先生可以当之无愧。当然梅先生是一个保守的人，但在思想上非常之新，在做事的设计方面也非常之新；在个人生活方面，他非常之有条理而能接受最新的知识。他有一种非常沉着的责任感，是我最钦佩的。……梅先生是一个外圆内方的人，不得罪人，避免和人摩擦；但是他不愿意做的事，骂他打他，他还是不做的。他处世为人都以和平为原则，而且任何事总是不为已甚。我对他的为人非常敬仰。"叶公超还在怀念文章中写道："梅先生是一位平实真诚的师友。……他有一种无我的selfless的习惯，很像希腊人的斯多噶学派stoic。他用不着宣传什么小我大我，好像生来就不重视'我'，而把他对朋友，尤其对于学生和他的学校的责任，作为他的一切。……最令人想念他的就是他的真诚。处在中国的社会，他不说假话，不说虚伪的话，不恭维人，是很不容易的一桩事。"一位智者讷于言而慎于行（必要时也能勇于行），他就能够慢工出细活，稳如泰山，刚毅坚强而持之以恒。

清华大学的教授们竭诚拥戴梅贻琦，最根本的缘由就是他处事公平，待人诚恳，具有常人难以企及的服务精神和服务质量，有一位学者评价道："在现今条件下，服务有几个信条：（一）要肯做事；（二）要忠于所做的事；（三）要久于所做的事；（四）要专于所做的事。梅先生可谓具备这四个条件。"学者谢泳在《过去的教授》一文中仔细核算过清华大学的经济账："梅贻琦掌管清华后规定：教授的收入为三百至四百元，最高可达五百元，同时每位教授还可以有一幢新住宅；讲师的工资为一百二十至二百元；助教为八十至一百四十元；一般职员三十至一百元；工人九至二十五元。我们可以发现各个级别之间的差距，教授的收入是一般工人的二十倍。从管理学的角度看，这种差距是有道理的，就如一个家庭，主妇的收入不超过保姆的十倍以上，她很难管理好这个保姆。"20世纪二三十年代，在北平学界流行一句顺口溜，"北大老，师大穷，唯有清华可通融"，择校者持之有故，择婿者亦言之成理。北大的历史更悠久，清华的学生更少俊，至于办学条件和师资水平，清华亦可与北大颉颃，甚至驾乎其上，在全国首屈一指。

与梅贻琦同时代的教育界诸公"誉满天下，谤亦随之"，胡适、陈独秀、傅斯年、蒋梦麟、罗家伦自不待言，一代宗师蔡元培亦不免于受小人之中伤，遭敌手之非议，唯独梅贻琦是个例外，世人无不"翕然称之"。清华校史专家黄延复收集和研究过相当广泛的文字材料，一直抱持"苛求的心理"，他搜寻时人和后人对梅贻琦的"异词"和"谤语"，却迄无所获。

清华人对梅贻琦的崇敬非比寻常，用一位校友的话可以概括："清华人对梅先生孺慕情深，像听戏的人对梅兰芳一样入迷，我们却是另一种梅迷。"

一、梅贻琦的"慢"

这个"慢"非傲慢，非怠慢，非缓慢，亦非梅贻琦不惜时、不守时，而是指他从容不迫，张弛有度。革命家黄兴一生教人"慢慢细细"，即教人慢工出细活，急就章难成精品。

梅贻琦毕业于天津敬业中学堂（南开学校的前身），是张伯苓门下的得意弟子。1909年，他报考清华首批庚款留美公费生，可谓着时代之先鞭。张榜揭晓那天，看榜人个个心情急切而又紧张，唯独梅贻琦神色淡定、步履轻闲、不忙不慌、不忧不喜，单看他冷静的态度，旁人很难猜测出他是否已被录取。后来，大家在赴美的越洋客轮上聚首了，这才知道他叫梅贻琦。

那年月，中国公费生赴美留学，选修文科者居多，选修理科者次之，选修工科者少之又少。梅贻琦入美国东部吴士脱工业学院（Worcester Polytechnic Institute），攻读电机工程专业，于1914年获工学学士学位。七年后，他再次赴美，入芝加哥大学深造一年，获得机械工程学硕士学位，一度受聘为纽约大学讲师。美国的工业文明使梅贻琦大开眼界，理性告诉他，在短期之内，中国的发展速度无法由蜗牛之慢提升为骏马之疾，急功近利只会欲速则不达，唯有办好大学教育才能固本培元，奠定现代化的基石。嗣后，他语重心长，告诫行将赴美留学的青年："诸君在美的这几年，亦正是世界上经受巨大变化的时期，将来有许多组织或要沿革，有许多学说或要变更。我们应保持科学家的态度，不存先见，不存意气，安安静静地去研究，才是正当的办法，才可以免除将来冒险的试验，无谓的牺牲。"他的意思是：莘莘学子必须克服掉浮躁的心魔，对各种人文、科学课题精研细究，把功夫做到家，才能有所创获。

有人开玩笑说：梅贻琦做任何事都比别人慢半拍。那年月，男人多早婚，他却偏偏晚婚，三十岁才娶韩咏华。殊不知，梅贻琦为人极孝悌，他晚婚实有苦衷。当年，中国留学生家境多属富裕，国内的接济源源不绝，梅贻琦却是个例外。庚子之乱时，梅家前往保定避难，天津老宅里的财物被洗劫一空，家境一落千丈。留学期间，梅贻琦每月必从牙缝里省出钱来，寄回家里，帮助三个弟弟上学。学成归国后，梅贻琦在清华担任教职，提亲者踏破门槛，他却婉言谢绝。为了赡养父母，帮助三个弟弟求学，他将终身大事一而再地延宕。直到三十岁，梅贻琦才与二十六岁的韩咏华结婚，在当年这已经不是一般的晚婚。婚后，他一如既往，将薪水划分为三份：父母一份，弟弟们一份，自家一份。三个弟弟均对长兄满怀感激之情，么弟梅贻宝（担任过燕京大学代校长）就曾含泪说："五哥长我十一岁，生为长兄，业为尊师，兼代严父。"

梅贻琦的教育观一以贯之。他强调"大学之良窳几乎全系于师资与设备之充实与否，而师资为尤要"，"师资为大学第一要素，吾人知之甚切，故亦图之至极也"。教育学生，他主张熏陶，不赞成模铸，流水线作业注定培养不出"博极今古，学贯中西"的通才，只会扼杀"神骛八极，心游万仞"的天才。他倡导"从游论"，颇具新意："学校犹水也，师生犹鱼也，其行动犹游泳也，大鱼前导，小鱼尾随，是从游也。从游既久，其濡染观摩之效自不求而至，不为而成。反观今日师生关系，直一奏技者与看客之关系耳，去从游之义不綦远哉！"师生从游则不止学问可以薪火相传，品德、情操也可以熏之陶之，化于无形，得之有恒，守之不失。也许为效不速，但结果上佳。梅贻琦说："学生没有坏的，坏学生都是教坏的。"这话看似绝对了，细加寻味，很有道理。

梅贻琦所倡导的通才教育，以思想自由为基石。1941 年 4 月，借清华建校三十周年举行学术讨论会的时机，他发表文章《大学一解》，其中引用了宋代学者胡瑗的一段语录，强调思想自由和言论自由的重要性："艮言思不出其位，正以戒在位者也。若夫学者，则无所不思，无所不言，以其无责，可以行其志也。若云思不出其位，是自弃于浅陋之学也。"中国政界有多少个党派，清华师生中就有多少个党派；中国学界有多少个流派，清华师生中就有多少个流派。这一点与北大如出一辙。思想自由，言论自由，不因党见和政见歧异而相害，在清华大学和后来的西南联大，没有一位教授因为持不同政见或发表反政府反领袖的言论而被解职，这一氛围的形成端赖梅贻琦日复一日的营造和年复一年的维持。

在多事之秋，梅贻琦寡言，但并不寡谋，更不寡断，他的"慢"既表现为丰沛的静气，也表现为充足的勇气。即使兵戎相见，军队开进了清华园，也休想扰乱他的方寸和节奏。

抗战前夕，北京高校学生的抗日激情空前高涨，冀察政委会委员长宋哲元对学生运动警惕性相当高，但他明令部下：巡查清华园，不许动粗。清华大学的学生对军人入校抱有敌意，竟做出过激之举，不仅缴下士兵的枪械，扣留领队的团长，还掀翻军用车辆。这样一来，事态迅速升级。当天晚上，军队荷枪实弹，进驻清华园，引起师生极大的恐慌。为了应对岌岌危局，清华校务会议的几位成员（叶公超、叶企荪、陈岱孙、冯友兰）齐聚梅贻琦家，共商大计，以策万全。每个人都说了想法，提了建议，唯独梅贻琦向隅静默，未发一言，不吱一声。最后，大家停下来，等他表态。有两三分钟时间，梅贻琦抽着烟，仍旧默无一词。文学院长冯友兰说话有些结巴，他问梅贻琦："校长，你……你……看怎么样？"梅贻琦还是没表态，叶公超忍不住了，用催促的语气问道："校长，您是没有意见而不说话，还是在想着方案而不说话？"

这个时候，每隔一秒，都仿佛隔了一小时。面对几位同仁焦急的目光，梅贻琦从容作答："我在想，现在我们要阻止他们来是不可能的，我们现在只可以想想如何减少他们来了之后的骚动。"他要教务处通知有嫌疑的学生，叫他们处处小心，尽可能隐蔽起来。然后他致电北平市长秦德纯，此人曾是宋哲元的重要幕僚，敦请他出面说服宋哲元撤退军警。秦德纯应承下来。不久，宋哲元果然下令撤退了包围清华体育馆的士兵。

1936年2月29日，北平警察局到清华大学搜捕学生，逮走了十几个人。有些学生怀疑清华大学教务长潘光旦向当局提供了花名册，于是群起而攻之。潘光旦是残疾人（早年跳高时弄断了右腿），学生抢走他的双拐，扔在地上，这位著名学者只得用一条左腿勉强保持身体平衡，状极难堪。梅贻琦见此汹汹之势，并不退缩，他是一校之长，怎忍让同事和朋友代己受过？他对那些不肯善罢甘休的学生说："你们要打人，来打我好啦。如果你们认为学校把名单交给外面的人是我，那就由我负责。"他还用沉痛的语气告诫大家："青年人做事要有正确的判断和考虑，盲从是可悲的。徒凭血气之勇，是不能担当大任的。做事尤其要有责任心。你们领头的人不听学校的劝告，出了事情可以规避，我做校长的是不能退避的。人家逼着要学生住宿的名单，我能不给吗？我只好很抱歉地给他们一份去年的名单，我告诉他们可能名字和住处不太准确的。……你们还要逞强称英雄的话，我很难了。不过今后如果你们能信任学校的措施与领导，我当然负责保释所有被捕的同学，维持学术上的独立。"

要让那些血气方刚的青年学生掐灭怒火，恢复理性，是不容易达到目的的，但梅贻琦的耐性臻于极致，在军事当局和学校师生之间，艰难地找准平衡点。都说要快刀斩乱麻，他却是慢工出细活。各方的体面、利益均须顾及，这岂是急性子能够顷刻办妥的事情？

梅贻琦常常告诫青青子衿"不忘国难"，从不反对青年学生参加抗日救亡运动，但他在多种场合表明自己一以贯之的救国观和爱国观："救国方法极多，救国不是一天的事，各人在自己的岗位上，尽自己的力，则若干时期之后，自能达到救国的目的了。""我们做教师做学生的，最好最切实的救国方法，就是致力学术，造成有用的人才，将来为国家服务。"清华大学稍微懂事的学生个个能够体谅梅贻琦的苦衷，每次闹学潮，他们都担心自己的过激举动会动摇梅校长的地位，因此必先贴出坚决拥护梅贻琦校长的大标语。为了保护学生，营救学生，梅贻琦与警方多有周旋，学生的感激方式很特别，他们模仿梅校长的口吻，编成一首顺口溜：

大概或者也许是，不过我们不敢说。
传闻可能有什么，恐怕仿佛不见得。

这首顺口溜活画了梅贻琦在警察局慢条斯理、大打太极拳的意态神情，可谓丝丝入扣。

抗战期间，梅贻琦是国立西南联合大学的三位话事人之一，由于北京大学校长蒋梦麟和南开大学校长张伯苓常在重庆，国民政府对他们另有任用，西南联大校务完全倚赖梅贻琦主持。蒋梦麟亮出"对联大事务不管即是管"的超然姿态，亦能苦心维系大局，但涉及经费分配等切身利益时，北大与清华难免会有龃龉，每当这种时候，最有力又最有效的弥缝者就是梅贻琦。应该承认，与北大相争，清华是吃了不少亏的。清华不肯吃这些亏（有的还是哑巴亏），西南联大早就崩盘了。鸡鸣风雨的乱世，办教育亦如驾船行驶于怒海狂涛中，一位勇敢睿智的掌舵人绝对是其他船员的保护神。黑云压城，炸弹如雨，西南联大依旧弦歌不辍，为国家保存元气，培养出远胜于和平年代所能培养的高级人才，梅贻琦的功德可谓大矣。

抗战初期，物力维艰，西南联大经费奇绌，为了使梅贻琦出行方便快捷，校方给他配备了一部小汽车。梅贻琦视小汽车为奢侈品，将它封存于车库中，辞退司机，安步当车。若要外出应酬，他就坐人力车代步。若要去重庆出差，只要时间允许坐邮车，他就不坐飞机。坐邮车岂不是要比坐飞机慢得多也累得多吗？梅贻琦却舍快求慢，舍舒适取劳顿。"慢"与"累"后面当然还有一个字，那就是"省"，艰难时期，能省则省，梅贻琦节俭惯了。他总是说："让我管这个家，就得精打细算。"他讲的"家"，不是自己的小家，而是国立西南联大这个大家庭。

"尽人事而听天命"，梅贻琦的慢始终是积极的，而不是消极的；是柔韧的太极功夫，而不是刚猛的南拳。

1945年，"一二·一"学潮后，梅贻琦感到非常失望，一度想退避贤路，清华教授会坚决挽留他，使他打消了去意。但他清醒地意识到，由于左派势力日益坐大，清华教授会已经从内部产生裂痕，很难再采取一致的态度和行动，"五四"以来形成的教授治校的原则和权威已丧失殆尽，"民主堡垒"的光鲜面目骗得了外人，却骗不了自己。

梅贻琦那手"文火煲靓汤，慢工出细活"的功夫在抗战期间尚足敷所用，解放战争爆发后，全国弥漫着急功近利的情绪，原先的慢半拍变成了慢三拍，很难再利济清华，走和留的问题就摆到了梅贻琦的面前。

二、梅贻琦的"稳"

"得天下英才而教育之"是孟子的"三乐"之一，而教育实非浅易之事。现代教育家陶行知就说过："做一个学校的校长，谈何容易！说得小些，他关系到千百人的学业前途；说得大些，他关系到国家与学术之兴衰。"蔡元培为北大掌舵，梅贻琦为清华操盘，同为不二人选，诚为中华民族之大幸。

清华大学内有一句谚语："教授是神仙，学生是老虎，办事人是狗。"这就透露出一个信息，在清华大学做校长不可能神气，倒是很有可能受气，日子不会太好过。

1931年10月10日，梅贻琦临危受命，出任清华大学校长。此前，罗家伦在清华园厉行改革，大刀阔斧，内外交困，不得已辞职走人。嗣后，阎锡山委任乔万选为校长，尴尬人遇尴尬事，他被清华师生拒斥于校墙之外，不得其门而入。继任者吴南轩深得蒋介石的信任，"党国"是他的口头禅，独断专行是他的拿手戏，结果激怒清华师生，未能久安其位。清华乱象百出，代校长翁文灏不堪其重负，也请求辞职，校政处于真空状态。这种非常复杂的局面令教育部相当烦恼。当时，梅贻琦担任清华学生留美监督处监督，人在美国，南京国民政府教育部长李书华打算举荐他出任清华大学校长，致电相询，他婉拒未成，然后表示同意。

1931 年 12 月 4 日，梅贻琦到校视事。12 月 8 日，他宣誓就职，就职演说字字朴实，句句坦诚，嵌入清华师生的心坎："本人能够回到清华，当然是极其愉快的事。可是想到责任之重大，诚恐不能胜任，所以一再请辞，无奈政府不能邀准，而且本人又与清华有十余年的关系，又享受到清华留学的利益，则为清华服务乃是应尽的义务，所以只得勉力去做，但求能够尽自己的心力，为清华谋相当的发展，将来可告无罪于清华足矣。"梅贻琦新官上任，归纳起来，"施政方针"有以下四条：（一）办大学的目的一是研究学术，二是造就人才；（二）"在学术上向高深的方面去做"；（三）要培养和爱护人才，严格避免人才的浪费；（四）要尽全力充实师资队伍，广泛延聘第一流学者来校执教。梅贻琦接手的是一个疮痍未复的烂摊子，他完善旧规，补充"新血"，只用一年多时间就使清华大学百废俱兴，焕发出勃勃生机。

清华学生闹学潮是拿手好戏，品评教授是家常便饭，驱逐校长是保留剧目，很难有哪位校长能够久安其位。梅贻琦却创造了一个奇迹，当了十七年（1931—1948）清华大学校长，受到师生一致拥戴，地位稳如磐石，他究竟有何秘诀？梅贻琦给出的答案颇为诙谐："大家倒这个，倒那个，就没有人愿意倒梅（霉）！"

梅贻琦不倒，并非靠玩弄权术求自全，他以德服人，建设坚实的民主制度才是关键。他对教授治校的原则一直奉行不悖，实行"四权分制"，主动削弱个人权力，教授会、评议会、校务会和校长各司其职，谁也不能取代谁，谁也不能僭越谁。清华大学教授会由校内全体教授、副教授组成，是清华最高权力机构，表决权涵盖以下几个方面：审议改进教学和研究事业以及学风的方案；学生成绩的审核与学位的授予；从教授中推荐各学院院长及教务长。教授会由校长召集和主持，但教授会成员也可以自行建议集会。清华大学评议会是学校的立法、决策和审议机构，由校长、教务长、秘书长和各学院院长以及教授会推选的评议员组成，相当于教授会的常务机构。评议会的职权包括"议决各学系之设立、废止及变更；审定预算决算，议决教授、讲师与行政部各主任之任免……"在清华大学，根本不存在外行领导内行的事情，教授会和评议会不仅分了权，也分了责，分了谤，就算有矛盾，有争端，也会有缓冲的余地，能够合情合理地解决问题。校务会由校长、教务长、秘书长和四位学院院长组成，相当于评议会的常务机构，处理清华的日常事务。三级会议的名义是独立的，彼此不得借用。朱自清撰文《清华的民主作风》，自豪地告诉读者："在清华服务的同仁，感觉着一种自由的氛围，每人都有权利有机会对学校的事情说话，这是并不易的。"

以法治取代人治，以民主为至尊，无狠人可耍霸王脾气。校务分层负责，法度严明，梅贻琦只需念好"吾从众"的三字经，即可无为而治。1940年9月，梅贻琦与清华结缘达三十一周年，为清华服务满二十五周年，尚在昆明的清华师生为他举行公祝会，异域母校美国吴士脱工学院锦上添花，授予他名誉工程博士头衔。潘光旦的评价颇具代表性："姑舍三十一年或二十五年的德业不论，此种关系所表示的一种真积力久的精神已自足惊人。"在公祝会上，梅贻琦致答谢词，他将自己比做京戏里的"王帽"角色，这个定位相当有趣，也可见其骨子里的谦虚："他每出场总是王冠齐整，仪仗森严，文官武将，前呼后拥，像煞有介事。其实会看戏的人，绝不注意这正中端坐的王帽，因为好戏并不要他唱。他因为运气好，搭在一个好班子里，那么人家对这台戏叫好时，他亦觉得'与有荣焉'而已。"

乱世的显著特性就是政治风云变幻莫测，梅贻琦做清华大学的"王帽"（实为"定海神针"）并不容易，他不可能回避那些找上门来的大麻烦（它们才真是左右逢源的）。跟蔡元培一样，梅贻琦在学术上兼容并包，在政治上温和中立。1945年11月5日，梅贻琦在潘光旦家与闻一多、闻家驷、吴晗、曾昭抡、傅斯年和杨振声等多位教授谈至深夜，回家后，他在日记中写下心声：
"余对政治无深研究，于共产主义亦无大认识，但颇怀疑。对于校局，则以为
应追随蔡孑民先生兼容并包之态度，以恪尽学术自由之使命。昔日之所谓新
旧，今日之所谓左右，其在学校均应予以自由探讨之机会。此昔日北大之为
北大，而将来清华之为清华，正应于此注意也。"他有这样的定见，公开提出
"学术界可以有'不合时宜'的理论及'不切实用'的研究"的观点，就并不
奇怪了。尽管梅贻琦在政治上严守中立，但他悉心保护教员中的左派激进分
子，例如张奚若、闻一多和吴晗。张奚若和闻一多都是肝火炽盛的左翼知识
分子，他们首开谩骂之端，专与"领袖"和当局为难，尽管梅贻琦对张、闻
二人的过激言论不尽赞同，仍然顶住外界施加的精神压力和政治压力，曲意
保全清华教授，甚至在蒋介石面前以战时学者生活疾苦为词，作缓颊之计。
1948 年 8 月，梅贻琦得知一份政治黑名单上有清华教授的名字，就连夜找到
吴晗，说："你要当心，千万别进城，一进去被他们逮住，就没有救了，在学
校里，多少还有个照应。"

大学都强调德育、智育、体育全面发展，蔡元培加上美育，梅贻琦在四
育之后再加上群育，达到五育齐全。群体意识的培养可以使人更好地融入社
会，克服交往的障碍，使群中有己，己中有群。梅贻琦说："文明人类之生活，
不外两大方面：日'己'，日'群'。而教育的最大目的，不外使'群'中之
'己'与众己所构成之'群'各得其安所遂生之道，且进以相位相育，相方相
苞，此则地无中外，时无古今，无往而不可通也。"

梅贻琦这番话恰当地诠释了他的稳字诀。他寡言，但并非寡人。事实上，
刚愎自用的孤家寡人很难使群众心悦诚服，得到持久的拥戴和尊敬，即使手中
掌握强大的军队也不行。谁在群体中以鹤立鸡群的高姿态突显自己，都势必会
招致强烈的反感和敌意，一只仙鹤唯有在一群仙鹤中表现出高超的领导才能，
方可确立权威，稳居其位。清华大学有那么多天才学者和行政高手，为何他们
对梅贻琦长期表示由衷的好感和敬意？就因为他明德而合群。梅贻琦的"相位

相育，相方相苞""舍己从人，因公忘私"的群己观在实践中非常成功。

抗战期间，稳定人心当属第一要务，让大家吃饱饭是为政者的基本职责。梅贻琦主管西南联大的校务，他肩上的担子特别沉重。据郑天挺《梅贻琦与西南联大》一文回忆，梅校长做事既稳靠又无私："抗战期间，物价上涨，供应短缺，联大同人生活极为清苦。梅校长在常委会建议一定要保证全校师生不断粮，按月每户需有一石六斗米的实物，租车派人到邻近各县购运，这工作是艰苦的、危险的。幸而不久得到在行政部门工作的三校校友的支援，一直维持到抗战胜利。这又是一桩大协作。三校之中，清华的条件最好，在联大物质条件极端贫匮的时候，清华大学成立清华服务社，利用工学院暂时闲置的设备从事生产，用其盈余补助清华同人生活。这事本与外校无关，梅校长顾念北大、南开同人皆在困境，年终送给大家相当于一个月工资的馈赠，从而看出梅校长的公正无私。"联大八年，梅贻琦不仅收获了清华师生的敬意，也收获了北大和南开师生的敬意，因为他处事公平，待人至诚。

子曰："刚毅木讷近乎仁。"仁者有德，德不孤，必有邻。梅贻琦被人誉为"寡言君子"，望之岸然，即之也温，待人和蔼之极。开会议事时，大家议论纷纷，莫衷一是，梅贻琦总是耐心地倾听，最后他提出意见，众人莫不折服。博采众议，无为而治，择善固执，不随俗转移，梅贻琦尊重别人的意见，自己也很有主见。校务从脞，如遇难题，他喜欢先询问身边的同事："你看怎样办好？"对方回答后，如果切实可行，他立刻欣然首肯："我看就这样办吧！"如果不甚妥当，他就说"我们再考虑考虑"，从无疾言厉色，更不会当众失礼失态。

常言道："酒能乱性。"若非极稳重的人，醉后多半会出洋相，失语者有之，耍疯者有之，骂坐者有之，泄密者有之。"一锭金，见人心；一缸酒，见人肚"，这句民间谚语很有道理。还有一句西谚如是说："酒神面前无圣人。"这句谚语强调的同样是"酒能乱性"，英雄难过美人关，圣人也难过美酒关。梅贻琦嗜酒，但恪守酒德，许多朋友抬举他为"酒圣"，这并不是一顶纸糊的高帽子。叶公超说："梅先生欢喜喝酒，酒量也很好，和熟人一起喝酒的时候，他的话比较多，且爱说笑话——可是比欢喜说话的人来，仍然是寡言的。他的酒品非常值得怀念：他也喜欢闹酒，但对自己可绝不吝啬，他那种很轻易流露的豪气，使他成为一个极理想的酒友。"考古学家李济回忆往事，更言之凿凿："我看见他喝醉过，但我没有看见他闹过酒。这一点在我所见过的当代人中，只有梅月涵先生与蔡子民先生才有这种'不及乱'的记录。"蔡元培与梅贻琦都有海量，具备海量的君子总是对敬酒的人来者不拒，醉酒的几率更大。

有一篇纪念梅贻琦的文章，标题叫《清华和酒》，对梅贻琦的酒量和表现有细致的描述："在清华全校师生员工中，梅先生的酒量可称第一。……大家都知道梅先生最使人敬爱的时候，是吃酒的时候，他从来没有拒绝过任何敬酒人的好意，他干杯时那种似苦又似喜的面上表情，看到过的人，终生不会忘记。"

1947 年 4 月，清华大学复校之后举行首次校庆活动，在体育馆大摆宴席，由教员职工先行发动，逐级向校长敬酒。梅贻琦一一笑领，老老实实地干杯，足足喝了四十多盅，真有一醉方休的劲头，整场宴席下来，他的表现毫无失礼失态之处。

酒能害事，酒能坏事，酒能败事，但梅贻琦始终稳如泰山，溪涧泉瀑适足为美景，不足为大患。这样的涵养功夫令人钦佩。

三、梅贻琦的"刚"

有人说，梅贻琦寡言而慎，无欲则刚，这当然不错。他寡言，并不意味着他不敢讲真话、讲狠话，不敢刺痛国民党政府的中枢神经。在九一八事变一周年纪念会上，他就公开抨击过国民党政府放弃东北的"不抵抗政策"，"以拥有重兵的国家，坐视敌人侵入，毫不抵抗，诚然勇于内战，怯于对敌，何等令人失望！"1945年，云南昆明"一二·一"惨案发生，他在记者招待会上严词谴责便衣歹徒行凶杀人的暴行。梅贻琦从来就不缺乏勇气，他有冷静的理智，也有火热的心肠。

梅贻琦外圆内方，不该通融的事情，他绝不会徇私情，开绿灯。他与秘书有一个刚性的约定，凡是向他求情的信件，不必呈阅，不必答复，当然也不能弃之于字纸篓，"专档收藏了事"。抗战前，清华大学总务长某某是一位颇有名望的海归，办事干练，举重若轻，梅贻琦很倚重他，两人由同事发展为朋友。有一天，这位总务长忽发奇想，请求梅贻琦给他发放教授聘书，以重身价和视听。这个顺水人情，倘若梅贻琦肯做，只不过是举手之劳，但他认为行政人员与教授职司各异，不可混同，一旦开启方便之门，日后其他人必定以此为口实，也伸出手来谋个学衔撑撑门面，规矩一坏，方圆难成。梅贻琦告诉他此事不宜通融，那位总务长感觉挫了面子，伤了感情，于是拂袖而去。

据清华毕业生孔令仁回忆：西南联大附中师资水平出众，教学质量很高，在昆明极具号召力，子弟能入这所学校就读，仿佛跃登龙门。云南省主席龙云的女儿龙国璧和梅贻琦的女儿梅祖芬都想进联大附中，结果龙国璧名落孙山。龙云感觉特别不爽，他可没少给联大物力和财力的支持，这区区小事，梅贻琦怎么就不肯给个顺水人情？他决定派秘书长去联大找梅贻琦疏通。这位秘书长却领命不行，龙云生气地问道："你还站着干什么？快去啊！"秘书长便抖开小包袱："我打听过了，梅校长的女儿梅祖芬也未被录取。"如此一来，龙云满肚子的怒气全消了，对梅贻琦的敬意又增添了几分。

1943年3月4日，梅贻琦获悉母亲去世的噩耗，内心悲痛如同千杵齐捣。当天下午，由他主持召开联大常委会，蒋梦麟和张伯苓建议改期，他却说："不敢以吾之戚戚，影响众人问题也。"在当天的日记里，他剖白心迹："盖当兹乱离之世，人多救生之不暇，何暇哀死者？故近亲挚友之外，皆不必通知。……故吾于校事亦不拟请假，惟冀以工作之努力邀吾亲之灵鉴，而以告慰耳。"这正是梅贻琦"刚"的一面，将痛苦强行镇压在心底，以百倍的努力告慰母亲的在天之灵。战时忠与孝的区处，洵非迂儒、腐儒所能知。

1948年12月，傅作义将军弭兵息战，北平易帜指日可待。当时许多大学者、名教授都面临着走还是留的抉择，要走的人无暇卜算黄道吉日，要留的人也无意整装进城。梅贻琦走了，他是自愿还是被迫的？可谓言人人殊。梅贻琦的学生袁随善回忆，大概在1955年，梅贻琦在香港主动告诉过他当时离开北平的情形："1948年底，国民党给我一个极短的通知，什么都来不及，就被架上飞机，飞到南京。当时我舍不得也不想离开清华，我想就是共产党来，对我也不会有什么，不料这一晃就是几年，心中总是念念不忘清华。"这当然不是唯一的版本。据吴泽霖教授回忆，梅贻琦离校那天，他们在清华大学校门口相遇，吴问梅是不是要走，梅说："我一定走，我的走是为了保护清华的基金。假使我不走，这个基金我就没有办法保护起来。"冯友兰的回忆很真切，离开清华前，梅贻琦召集了一次校务会议，散会之后，其他人陆续离开了，只留下梅校长和文学院长冯友兰，梅贻琦说："我是属牛的，有些牛性，就是不能改，以后我们要各奔前程了。"这就是他的诀别之词。从梅贻琦的个性来推测，若非他自愿，谁也不可能将他"架上飞机"。他和北大校长胡适都是自愿离开北平的。

梅贻琦不信奉马列主义，但他对中国共产党并无恶感，要不然，1954年他就不会赞成（至少是默许）儿子梅祖彦放弃定居美国的机会，返回中国大陆，效力母校清华大学。梅贻琦去世之后，1977年韩咏华回到祖国安度晚年，中国政府给予优厚待遇，推举她为全国政协第四届特邀委员。

既然如此，梅贻琦为何执意要离开大陆？这个问题一直没有标准答案，人们猜度他的心思，很难找到可靠依据。有人推测，他感戴蒋介石的知遇之恩，不走则近乎忘恩负义。这个说法较为含糊。梅贻琦确实多次收到蒋介石邀请，与领袖共进午餐或晚餐，"被排座在主人之左，得与谈话"，俨然为上宾。莫非此举就足以令梅贻琦感激涕零，非走不可？倘若梅贻琦不走，显然不存在人身安全方面的顾虑，周恩来和吴晗都已明确表态希望他留下来，这也显示了当时中共高层对高级知识分子的统战政策，但他还是去了美国。

当年，梅贻琦南下，国民政府行政院长孙科邀请他入阁，担任教育部长，但他坚守一以贯之的中间立场，反复婉谢。他向新闻界的告白简单明了，出乎至诚："（我）不出来，对南方朋友过意不去；来了就做官，对北方朋友不能交代。"这句话隐约透露了他离开北平甚至离开大陆的苦衷，他重情重义，既然那些最诚挚最值得信赖的朋友要走，他怎么好意思留下呢？但他不愿做官，始终只属意于教育。

当然，有一个答案比较靠谱：梅贻琦对水木清华一往情深，清华基金是他的命根子，他从来不肯乱花一分钱，有人骂他"守财奴"，他毫不介意。梅贻琦离开大陆，正是为了保住清华基金。因为清华基金会规定，必须由清华大学校长和国民党政府的教育部长二人联署，才能动用清华基金的款项，如果梅贻琦留在北方，国民党政府很可能会更换清华大学校长，这笔宝贵的教育基金就可能被挪作他用。1951 年，梅贻琦主持清华纽约办事处，专心管理这笔基金。他只有一间办公室，只聘一位半时助理，自己给自己定月薪美金三百元。台湾当局过意不去，令他将月薪改为一千五百元，梅贻琦不同意，他说："以前的薪水是我自己定的，我不情愿改。"为了给公家省钱，他不住公寓，搬进一处很不像样的住所，小得连一间单独的卧室都没有。

叶公超每次到纽约去，准会拜访梅贻琦，话题总离不开劝他到台湾办学，把清华基金用于台湾的教育事业。梅贻琦照例回答（并非敷衍）："我一定来，不过我对清华的钱，总要想出更好的用法我才回去。"他不愿将这笔宝贵的经费拿到台湾去撒胡椒面，讨喝彩声，其想法很长远。1955 年，梅贻琦由美赴台，用清华基金的利息筹办清华原子科学研究所，这是台湾新竹清华大学的前身。

1962 年 5 月 19 日，梅贻琦病逝于台大医院。他逝世后，秘书遵从遗嘱，将他病中仍带在身边的那个手提包封存起来。

两个星期之后，在各方人士的见证下，这位秘书揭去封条，打开手提包，装在里面的全是清华基金的明细账目，每一笔支出清清楚楚。众人唏嘘不已，赞佩不绝。

梅贻琦是清华校史上唯一的终身校长，他的墓园建于台北新竹清华大学校园内的山顶上，取名为"梅园"，园内有校友集资栽植的花木，取名为"梅林"。梅贻琦纪念奖章是台湾新竹清华大学毕业生的最高荣誉。

1989年，梅贻琦诞辰一百周年，其铜质胸像由中央美术学院雕塑家王克庆设计，安放于清华图书馆老馆校史展览室内。这座胸像惟妙惟肖，面容清癯，神色坚毅，活脱脱就是老校长涅槃重生。"生斯长斯，吾爱吾庐"，梅贻琦对于清华大学的热爱无物可以隔断，他对清华大学的贡献也是前无古人后无来者。他曾为清华大学题写校训——"自强不息，厚德载物"。这八个字出自《周易》乾、坤二卦，大有讲究。他终身践行，给清华学子树立了完美的典范，他馈赠给清华大学的精神遗产必定与母校相始终。

1962年，梅贻琦溘然病逝，罗家伦撰写的纪念词推崇备至："种子一粒，年轮千纪，敬教勤学，道在斯矣。"一粒壮硕的种子才能够长成一棵参天大树，其示范作用是不可估量的。罗家伦还为梅贻琦的画像题过词："显显令德，穆穆清风，循循善诱，休休有容。"这十六个字绝非溢美，亦非恭维，字字为实。

请记住梅贻琦对黉门学子的告诫："要有勇气做一个平凡的人，不要追求轰轰烈烈。"这个世界很奇妙，只要你踏踏实实做人，踏踏实实做事，持之以恒，终身不懈，就很可能于平凡处见奇崛，甚至能够名垂青史。谓予不信，请看"寡言君子"梅贻琦。

本文首发于《随笔》2011年第3期

《特别关注》2011年第8期节选

《2011中国最佳随笔》（辽宁人民出版社）收录

义无再辱

——王国维自沉之谜

王国维（1877—1927），字静安，号观堂，浙江海宁人。国学大师。1925年至1927年任清华研究院导师。著作有《王国维全集》（20卷，浙江教育出版社、广东教育出版社）。

1926 年 9 月 26 日，由于"中西两医并误"，王国维的大儿子王潜明患伤寒终告不治，病故于上海，年仅二十七岁。王潜明是王国维的原配莫氏所生，莫氏病殁后，王潜明对继母潘氏不甚服帖，他的妻子罗曼华（孝纯）与婆婆也多有龃龉。平日里，王国维只顾读书写作，对家事极少留心，身居其间，调解乏术，犹如金人一个。罗振玉一向视女儿孝纯为掌上明珠，忽听说爱女在王家受了不少委屈，心中老大不快，认为婆媳之所以失和，皆因王国维偏袒潘氏，遂使继室养成雌威。遭此严厉指责，王国维隐忍缄默，未加辩解。除此之外，王国维从日本回国后，赁居上海石库门一所凶宅，风水不佳，别人都很在意，他不在意，及至他北上应聘清华讲席，仍让新婚的长子长媳住在那个鬼地方，以至于好端端的儿子暴疾而亡。待到丧事完毕，罗振玉余怒未消，负气携女儿返回天津，给王家一个老大的难堪。事情已经闹到这步田地，王国维生气地说："难道我连儿媳妇都养不起？"王潜明生前服务于海关，死后获得一笔抚恤金，再加上一个月工资和罗孝纯变卖首饰所付的医药费，合计三千元，王国维将这笔钱寄至天津罗家，作为儿媳的生活用度，罗振玉不肯收，退了回来，王国维再寄，并于 1926 年 10 月底致书亲家罗振玉："亡儿与令媛结婚已逾八年，其间恩义未尝不笃。即令不满于舅姑，当无不满于其所夫之理，何以于其遗款如此拒绝？若云退让，则正让所不当让。以当受者而不受，又何以处不当受者？是蔑视他人人格也。蔑视他人人格，于自己人格亦复有损。"连这样愤激的重话都讲出来了，离撕破脸皮只隔一层薄纱。罗振玉竟罔顾旧情，仍旧把钱退回来，太扫人面子，王国维气得不行，从书房中清理出大叠信件，撕碎后付之一炬，信上分明写着"静安先生亲家有道""观堂亲家有道"之类的字样，都是罗振玉的亲笔。长子早丧，儿媳大归，老友中绝，经此变故，王国维伤心欲绝。

一、"五十之年，只欠一死"

1927年6月2日（农历五月初三），这是清华学校放完暑假后的第二天，王国维八点钟去公事室，九点钟向湘籍助教侯厚培商借二元银洋，侯无零钱，借给他五元纸币。十点钟左右，王国维雇学校第三十五号洋车，前往颐和园，购一张六角门票，即趁进园子。颐和园与清华园同在西郊，王国维常来此清朝帝后避暑消夏的花园舒舒眼，散散心，看看景色，想想事情，以颐和园为题材为背景写过多首（阕）诗词，可以这么说，他对颐和园有极深广的精神依恋。只是今天很奇怪，他并不留意景物，而是径直前往佛香阁排云殿附近鱼藻轩，兀坐在石舫前，点燃纸烟，于袅袅腾腾的烟雾间，陷入沉思。

1917年6月，张勋复辟，王国维说："今日情势大变……结果恐不可言，北行诸公只有一死谢国，曲江之哀，猿鹤虫沙之痛，伤哉！""末日必在今明，乘舆尚可无事，此次负责及受职诸公，如再觍颜南归，真所谓不值一文钱矣！"张勋复辟失败后，向外界宣称"志在必死"，王国维赞叹道："三百年来，乃得此人，庶足饰此历史，余人亦无从得消息，此等人均须为之表彰，否则天理人道俱绝矣。"可张勋并没有自尽，躲在荷兰大使馆长吁短叹，怨天尤人。身为清朝遗老，王国维失望透顶。

1924年冬，冯玉祥将军带亲兵逼宫，溥仪危在旦夕，南书房行走王国维与罗振玉、柯劭忞即有同沉神武门御河的约定，后因形势缓和，逊帝溥仪脱险，出走天津，他们才放弃了自杀计划，留下性命，以图日后报效。王国维心想，当时死了，倒是好了。眼下，大军阀冯玉祥摇身一变，竟成为国民革命军第二集团军司令，又将挥师出潼关，直取京城，一旦与南方北伐军会合，必定危及流寓天津张园的逊帝。覆巢之下，焉有完卵？"君辱臣死"，乃是古贤之遗训，今日唯有一死，别无选择。王国维早年精研德国哲学，当然还记得叔本华关于自杀的那段名言：

一般都会发现，只要生存的恐惧达到了一个地步，以致超过了死亡的恐惧，一个人就会结束他的生命……

巨大的精神痛苦使我们对肉体的痛苦感到麻木；我们鄙视肉体的痛苦；不，如果肉体的痛苦超过精神的痛苦，那么它就会分散我们的心思，我们欢迎它，因为它中止了精神的痛苦。正是这种感觉使自杀变得容易。

王国维撰《教育小言十则》，其中第八则将国人废学之病归咎于意志薄弱，"而意志薄弱之结果，于废学外，又生三种之疾病，曰运动狂，曰嗜欲狂，曰自杀狂"。患此狂疾，则一生万事皆休。第九则他专论自杀，讲得颇为透辟："至自杀之事，吾人姑不论其善恶如何，但自心理学上观之，则非力不足以副其志而入于绝望之域，必其意志之力不能制其一时之感情而后出此也。"王国维忠于清室，忠于逊帝，自知复辟难成，大势已去，逊帝行将受辱，其感情承受不住残酷现实的掊击，已经濒于绝望。他还有学问要研究，还有著作要纂写，还有弟子要栽培，还有妻儿要照顾，俗世的一切计虑，只能悉数抛开。他选择颐和园，不为别的，三天前，他对好友金梁透漏过口风："今日干净土，唯此一湾水耳！"

王国维扔下快要燃尽的烟蒂，踱到昆明湖边，他不再有丝毫迟疑，纵身跃入水中。一位园工正在距离他十余步远的地方打扫落叶，看见有人投湖，立刻奔过去施救，前后不到两分钟，由于投水者头部插入淤泥，口鼻堵塞，遭到窒息，顷刻间即已气绝。再说同来的车夫，一直在园外静候，迟至午后三点多，仍不见王国维出园，他前去门房打听，才知一位拖辫子的老先生投湖自尽了，这一惊非同小可，他赶紧撒腿跑回清华学校报告噩耗。

可悲的是，尽管清华校长曹云祥亲自出面交涉，但由于警察局尚未验尸，不得移动。王国维湿漉漉的尸身上覆盖着一床旧芦席，芦席的四角镇以青砖，就这样，死者面目紫胀，四肢拳曲，在鱼藻轩中，足足横陈了二十多个小时，惨不忍睹。当时警方办事效率之低，由此可见一斑。法警验尸时，从衣袋中找到银洋四元四角，还有一份死者于自杀前一天草拟的遗嘱，遗书背面写明"送西院十八号王贞明先生收"。王贞明是王国维的第三个儿子。纸面虽已湿透，字迹完好无损。全文如下：

五十之年，只欠一死。经此世变，义无再辱。我死后，当草草棺殓，即行藁葬于清华茔地。汝等不能南归，亦可暂于城内居住。汝兄亦不必奔丧，因道路不通，渠又不曾出门故也。书籍可托陈、吴二先生处理。家人自有人料理，必不至不能南归。我虽无财产分文遗汝等，然苟谨慎勤俭，亦必不至饿死也。

五月初二日　父字

入殓之后，众亲友弟子扶柩停灵于校南刚秉庙。除了亲属和研究院的部分学生，当天到场送殡的，还有清华学校教授梅贻琦、陈寅恪、梁漱溟、吴宓、陈达和北京大学教授马衡、燕京大学教授容庚。1927 年 7 月 17 日，家属遵照遗命，将王国维营葬于清华园东二里西柳村七间房的麦垄中，送葬者，曹云祥校长以下数十人，多为学界名流。

王国维自杀后，最感到愧疚和后悔的要数罗振玉，他不仅失去一位学术上的畏友和政治上的盟友，而且永远失去了一个与密友和亲家消释嫌隙的机会。出于补救心理，罗振玉画蛇添足，特意伪造一份王国维转呈逊帝溥仪的遗折，通篇皆是孤臣孽子的口吻声气，亦不乏说直忠谏之词，溥仪读罢，大为感动，遂颁下"上谕"，特加恩"谥予忠悫"，并且赏赐给王国维家属陀罗经被一床，治丧费二千元。

1927 年 8 月 25 日，清华学校国学研究院导师梁启超手持鲜花，带领学生数十人前往王国维墓地酹酒祭拜，他的悼词充分肯定王国维不降其志、不辱其身的精神，"违心苟活，比自杀还更苦；一死明志，较偷生还更乐"。悼词分析王国维的死因："他对于社会，因为有冷静的头脑，所以能看得很清楚；有和平的脾气，所以不能取激烈的反抗；有浓厚的情感，所以常常发生莫名的悲愤。积日既久，只有自杀这一途。"梁启超对王国维的学术成就评价极高："我们看王先生的《观堂集林》，几乎篇篇都有新发明，只因他能用最科学而合理的方法，所以他的成就极大。此外的著作，亦无不能找出新问题，而得好结果。其辨证最准确而态度最温和，完全是大学者的气象。他为学的方法和道德，实在有过人的地方。"

用公正的眼光去看，无论何时，中国翘翻一个居于九五之尊的皇帝，根本算不了什么，折损一位正当盛年的学者，就有些可惜。更何况一位正当盛年的大学者竟为一个提拎不起的逊帝而牺牲性命，就更是折本到家的买卖。王国维毅然殉清，投水自尽，事、理、情三者本已极为分明，身后荣辱也懒得去管，只是大家惋惜他这种死法，为他感到不值，便挖空心思、绞尽脑汁要寻找出他自杀的别种原因，以冲淡他身上那股比樟脑丸、红花油还要冲鼻的遗老气息。较有代表性的说法共计五种：一是殉清说；二是尸谏说；三是受罗振玉逼迫而死说；四是求思想自由、精神独立而死说；五是厌世说。

二、殉清说

最早提出殉清说的是清华学校校长曹云祥，他在王国维自尽当晚即向众人宣布："顷闻同乡王静安先生自沉颐和园昆明池，盖先生与清室关系甚深也。"梁启超也力主此说，他认为王国维是古之节士伯夷、叔齐、屈原那样的人物，在颐和园投湖自尽，正为了忠于前朝，明行显志。随着国民革命军不断北进，王国维的复辟梦想将落空，他自觉无法顺应新时代，倒不如一死了之。梁启超在致长女梁令娴的信中特别谈及这个话题："他平日对于时局的悲观，本极深刻。最近的刺激，则由两湖学者叶德辉、王葆心之被枪毙。叶平日为人本不自爱（学问却甚好），也还可说是有自取之道；王葆心是七十岁的老先生，在乡里德望甚重，只因通信有'此间是地狱'一语，被暴徒拽出，极端棰辱，卒致之死地。静公深痛之，故效屈子沉渊，一瞑不复视。"日本人川田瑞穗也认为王国维自杀意在"殉国"，他称赞道："其气节凛凛足以廉顽立懦，际有清三百年之末运，能明此意以捐其身者，公一人而已。"王国维早年赞同康有为的变法维新主张，戊戌政变后，六君子喋血菜市口，康、梁逃亡日本，后党嚣张，国家元气大伤，王国维深感悲愤失望。1898年9月26日，他在致诗友许家惺的信中写道："今日出，闻吾邑士人论时事者蔽罪亡人，不遗余力，实堪气杀，危亡在旦夕，尚不知病，并仇视医者，欲不死得乎？"他视保守派为"病人"，视维新变法志士为"医者"，这种思想在当时够激进了。王国维的头脑中不太在乎夷夏满汉之辨，对民族革命素来不抱同情，他对中国同盟会中虎跃鹰扬的少年缺乏好感。王国维游学日本时，回复罗振玉，信里预卜革命党的前途："诸生骛于血气，结党奔走，如燎方扬，不可遏止。料其将来，贤者以殉其身，不肖者以便其私，万一果发难，国是不可问矣。"日后事实证明，他所料不差，宋教仁、陈其美被袁世凯暗杀，黄兴、蔡锷未获中寿，贤者凋零殆尽，而蒋介石、汪精卫这样的不肖者窃据军政大权，国事蜩螗，不可收拾。王国维与陈寅恪谈及时政：中国民智未开，教育落后，骤行民主，必为野心家所乘。他身在民国，心系前朝，留恋典章文物，对于国家祸乱感受尤为深切，君主立宪也好，民主共和也罢，都是政客们手中的幌子，国计民生何尝有丝毫改善？反而更趋恶化。他常怀念前朝，与溥仪既有君臣之名，复有师生之谊，溥仪赐宴时为他夹菜，区区小事，他尚且念念不忘，对家人津津乐道。

取殉清说的还有大学者王力，他是受过亲炙的王门弟子，挽诗中亦将恩师视同屈子："竟把昆明当汨罗，长辞亲友赴清波。取义舍生欣所得，不顾人间唤奈何！"清华教授吴宓的挽联亦属同调："离宫犹是前朝，主辱臣忧，汨罗异代沉屈子；浩劫正逢今日，人亡国瘁，海宇同声哭郑君。"吴宓将王国维的节操比屈原，将王国维的学问比郑玄。在战国时期，屈原怀沙自沉是大事件；在民国时期，王国维投水自尽也是大事件。说到底，他们的自杀都是由于环境恶劣、时势凶险、情绪低落、精神苦闷等多种因素交相煎迫的结果。"其所恶有甚于死者，则杀身以成仁，舍生以取义。"毫无疑问，王国维心目中的"仁""义"与诸君子所持守的"仁""义"大相径庭。同样处境艰难，他是毅然寻死，而诸君子则是奋然求活，完全由价值取向和精神韧度决定，无所谓谁高尚谁庸常，褒美一个，贬低一群，更无必要。《清史稿》将王国维列入"忠义传"，而不是"儒林"或"文苑"，自有深意存焉。

三、尸谏说和被罗振玉逼死说

金梁力主尸谏说，此说由殉清说派生而出。他撰《殉节记》，这样写道："公殉节前三日，余访之校舍，公平居静默，是日忧愤异常时，既以时变日亟，事不可为，又念张园可虑，切陈左右请迁移，竟不为代达，愤激几泣下……"溥仪蛰居天津张园时，郑孝胥等亲信人物环侍左右，罗振玉、王国维等遗老根本无法接近，更别说进言献计，逊帝受众奸小包围，不顾危难，不谋进取，王国维对这种情形充满忧虑，却又无可奈何，便采取尸谏的极端方式去激醒溥仪，这一逻辑推理未免失之简单。

郑孝胥、溥仪、郭沫若等人力主王国维受罗振玉逼迫而死说。此说的源头当是郑孝胥，郑孝胥与罗振玉交恶，于是借王国维自杀放出冷箭，不仅令逊帝溥仪深信不疑，还使历史学家郭沫若信以为真。传言说，罗振玉与王国维同在日本时，即合作做生意，饶有赢利，王国维名下可以分到一万多元，但他并未收取，存放在罗振玉的账户上，其后罗振玉做投机买卖，大折其本，王国维的一万多元也打了水漂，他还欠下一屁股债务，单是偿还利息一项，就差不多要耗去他在清华国学研究院月薪四百元，王国维自感经济上没有出路，于是投水自尽。另有传言，绍英托王国维变卖清宫流出的字画，罗振玉将这桩美事包揽下来，可是出货之后却将所得款项（一千多元）悉数扣留，作为归还的债款，王国维极爱面子，无法向绍英交代，索性跳了昆明湖。此外还有传言，王潜明死后，罗振玉为女儿向王国维索要每年二千元生活费，使王国维无力招架。

逼债说在情理上很难站得住脚，罗振玉识拔王国维于上海东文学社，当时王国维二十二岁，罗振玉三十三岁。罗氏之于王氏，犹如伯乐之于千里马，他对王国维的学术研究多有帮助，还出资解除王国维在生计方面的艰窘。罗振玉多财善贾是不错，但总体而言，他是一位颇具素养的学者，不是那种钻进钱眼儿就出不来的市侩，他研究学术，从来不吝啬银钱，他向王国维逼债，纯属无稽之谈。王国维的幼女王东明曾作证，罗振玉与王国维之间根本没有债务纠纷，王国维从未经商，也没有倒腾过字画古董。王国维自尽后，罗振玉追悔莫及，在旅顺对表兄刘蕙孙说，"我负静安，静安不负我"，自咎之情溢于言表。

由罗振玉逼债说衍生出王国维早年为罗振玉捉刀写书说。郭沫若、傅斯年等人断定《殷墟书契考释》的幕后真实作者是王国维，陈寅恪曾向傅斯年透露罗氏用四百元买断此书的著作权，王国维性情厚道，"老实得像香肠一样"，急于报恩，遂让罗振玉独享其名。陈寅恪为亡友撰写挽词，确实有所暗示，"以朋友之纪言之，友为郦寄，亦待之以鲍叔"。郦寄骗吕禄出游，使周勃乘隙潜入北军，尽诛诸吕，此公是卖友的典型人物。鲍叔周济管仲，则是朋友中的极品。在陈寅恪眼中，罗氏为人竟如是不堪！王国维死后，古器大出，罗氏反而搁笔，偶辑大令尊，居然不及初学水平。罗氏晚年学力大退，著书立说，与早年自相矛盾，遂令大学者杨树达疑窦丛生："一人著书，竟自忘其前说，虽善忘不至如此。"多年后，陈梦家购得《殷墟书契考释》的原始手稿，证明作者实为罗振玉，此说才不攻自破，归于平息。

四、为求思想自由、精神独立而死说

陈寅恪力主王国维为求思想自由、精神独立而死说。应该看到，他的观点前后有不小的变化，起初他在悼诗中认为王国维之死旨在殉清，"敢将私谊哭斯人，文化神州丧一身。越甲未应公独耻，湘累宁与俗同尘？吾侪所学关天意，并世相知妒道真。赢得大清干净水，年年呜咽说灵均。"他深入思量后，认为殉清一说太窄狭，不足以彰显王国维的精神境界，于是改造前说，做出新的推断和进一步的发挥。王国维素以学术为性命，一旦自沉，旨在殉中华传统文化。陈寅恪撰《王观堂先生挽词序》，阐明新说："凡一种文化值衰落之时，为此文化所化之人，必感苦痛，其表现此文化之程量愈宏，则其所受之苦痛亦愈甚；迨既达极深之度，殆非出于自杀无以求一己之心安而义尽也。……盖今日之赤县神州值数千年未有之巨劫奇变；劫尽变穷，则此文化精神所凝聚之人，安得不与之共命而同尽？此观堂先生所以不得不死，遂为天下后世所极哀而深惜者也。"其所谓"一死从容殉大伦，千秋怅望悲遗志"，"大伦"之意除指君臣之伦，已有更宽广的外延。陈寅恪撰《清华学校王观堂先生纪念碑铭》，又迈进一大步，彻底颠覆殉清说，"非所论于一人之恩怨、一姓之兴亡"，乃为确保"其独立自由之意志"不遭践踏而死。从精神深处分析王国维自尽的根源——"思想而不自由，毋宁死耳"，陈寅恪颇得要领，应该说，这一通识颇有见地。王国维屡经世变，眼看诗书弃如土苴，冠裳沦为禽兽，苦于无力振颓流于万一，展抱负于少顷，思想不得自由，精神无法独立，于是愤而投水，毅然断绝外缘的纷扰和威胁。王国维自杀七年后，陈寅恪撰《王静安遗书序》，重申前说，对故友投水自尽深表同情，认为这是极少数人才能理解的壮举："先生之学博矣，精矣，几若无涯岸之可望，无辙迹之可寻。……寅恪以谓古今中外志士仁人，往往憔悴忧伤，继之以死，其所伤之事，所死之故，不止局于一时间一地域而已，盖别有超越时间、地域之理性存焉。而此超越时间、地域之理性，必非其同时间、地域之众人所能共喻。"王国维在遗书中嘱咐陈寅恪为他整理遗稿，委托之重，信任之深，非比寻常。事实上，也确乎只有陈寅恪这位大智者堪称他心印神契的知己。

王国维去世二十二年后，清华再一次兵临城下，陈寅恪选择了举家离开清华，他为什么执意要走而不留？冯友兰撰文《怀念陈寅恪先生》，有所推测，将他的突走与王国维的自沉联系起来看待："静安先生与寅恪先生为研究、了解中国传统文化之两大学者，一则自沉，一则突走，其意一也。静安先生闻国民革命军将至北京，以为花落而春亦亡矣；不忍见春之亡，故自沉于水，一暝不视也。寅恪先生见解放军已至北京，亦以为花落而春亦亡矣，故突然出走，常往不返也。其义亦一也。一者何？仁也。爱国家，爱民族，爱文化，此不忍见之心所由生也。不忍，即仁也。孔子门人问于孔子曰：'伯夷、叔齐怨乎？'孔子回答说：'求仁而得仁，又何怨。'静安先生、寅恪先生即当代文化上之夷齐也。"细细思忖，冯友兰的这个说法有站得住脚的地方。

五、悲观厌世说及其他

　　周作人、萧艾等学者力主王国维悲观厌世说。周作人撰文《偶感之二》，观点明确："王君以头脑清晰的学者而去做遗老弄经学，结果是思想的冲突与精神的苦闷，这或者是自杀——至少也是悲观的主因。……以王君这样理知发达的人，不会不发现自己生活的矛盾与工作的偏颇，或者简直这都与他的趣味倾向相反而感到一种苦闷……徒以情势牵连，莫能解脱，终至进退维谷，不能不出于破灭这一途了。"王国维体质瘦弱，面部苍黄，鼻架深度近视的玳瑁眼镜，乍一看去，就像是六七十岁的衰翁，他早年患有严重的脚气病，肺部也有纰漏。1904年，二十七岁时，他写《红楼梦评论》，深受叔本华悲观哲学的影响，已显露出厌世的端倪，视人生之全过程无时无处不有苦痛："生活之本质何？欲而已矣。欲之为性无厌，而其原生于不足。不足之状态，苦痛是也。既偿一欲，则此欲以终。然欲之被偿者一，而不偿者什佰，一欲既终，他欲随之，故终竟之慰藉，终不可得也。即使吾人之欲悉偿，而更无所欲之对象，倦厌之情即起而乘之，于是吾人自己之生活，若负之而不胜其重。故人生者，如钟表之摆，实往复于苦痛与倦厌之间者也。夫倦厌固可视为苦痛之一种，有能除去此二者，吾人谓之为快乐。然当其求快乐也，吾人于固有之苦痛外，又不得不加以努力，而努力亦苦痛之一也。且快乐之后，其感苦痛也弥深……又此苦痛与世界文化俱增，而不由之而减。何则？文化愈进，其知识弥广，其所欲弥多，又其感苦痛亦弥甚故也……"王国维饱经忧患，乱世种种怪象、险象、恶象和凶象使他的厌世思想牢不可拔。脚气病导致肌肉萎缩、步态失常，还严重影响视神经，王国维高度近视实乃脚气病暗中作祟所致。死前数月，他染上肺结核，一度咯血，疾病的折磨，使他更为悲观。王国维撰《红楼梦评论》，已论及解脱："而解脱之中，又自有二种之别：一存于观他人之苦痛，一存于觉自己之苦痛。然前者之解脱，惟非常之人为能，其高百倍于后者，而其难亦百倍。但由其成功观之，则二者一也。通常之人，其解脱由于苦痛之阅历，而不由于苦痛之知识。惟非常之人，由非常之知力而洞观宇宙人生之本质，始知生活与苦痛之不能相离，由是求绝其生活之欲而得解脱之道。"王国维既观他人之苦痛，又觉自身之苦痛，便更要求取解脱之方。

事情也并非就那么简单和绝对。王国维的同庚好友蒋汝藻一度经商失败，藏书抵押殆尽。王国维深感惋惜，致书相慰："然山河尚有变移，不过当局者难为情耳。"其后，他又在致蒋氏之子穀孙的书札中强调："天道剥而必复，人事愤而后发。"这说明，劝勉他人则易，宽解自己则难。王国维特别喜欢清人黄仲则的诗，尤其爱赏《绮怀》一首，"茫茫来日愁如海，寄语羲和快着鞭"，读之心有戚戚然。王国维诗词俱佳，"往往以沉重之心情，不得已之笔墨，透露宇宙悠悠、人生飘忽、悲欢无据之意境，亦即无可免之悲剧"，诸如"已恨年华留不住，争知恨里年华去""最是人间留不住，朱颜辞镜花辞树"这样的名句，都与黄仲则的风格相近。

顾颉刚和王国维同在清华学校任教，他独出新论，认为国家当时没有研究机构，良好的治学环境难得而易失，使王国维走上绝路。他撰文《悼王静安先生》，先讲时势："湖南政府把叶德辉枪毙，浙江政府把章炳麟的家产没收，在我们看来，觉得他们是罪有应得，并不诧异。但是这种事情或者深深地刺中了静安先生的心，以为党军既敢用这样的辣手对付学者，他们到了北京，也会把他如法炮制，办他一个'复辟派'的罪名的。与其到那时受辱，不如趁党军未来时，索性做了清室的忠臣，到清室的花园里死了，倒落一个千载流芳。"这仍是殉清说的滥调重弹，但顾颉刚真正想要表达的意思则在另一层：王国维之所以成为"遗而不老"的遗老，投到清室的怀抱，以至于骑虎难下，唯有一挺到死，乃是受了罗振玉的影响。"罗氏喜欢矫情饰智，欺世盗名，有意借了遗老一块牌子来图自己的名利"，王国维在经济上长期仰仗于罗振玉，因此才能不问外事，专心读书，积累精湛的学问。这样一来，其思想行为不可避免地会受到罗氏的羁绊，与逊帝溥仪生出瓜葛，因而难以自脱。顾颉刚的结论是："倘使中国早有了研究学问的机关，凡是有志研究的人到里边去，可以恣意满足他的知识欲，而又无衣食之忧，那么静安先生何必去靠罗氏，更何必因靠罗氏之故而成为遗老？"顾颉刚还谈到王国维的辫子，认为"这是他不肯自居于民众，故意立异，装腔作势，以鸣其高傲，以维持其士大夫阶级的尊严的确据"。在文章结尾，顾颉刚高呼一声："国家没有专门研究学问的机关害死了王国维！""士大夫阶级的架子害死了王国维！"

除了以上几种说法，刘雨的王国维受梁启超排挤说，商承祚的衅由中萌说，都是后起的。前者纯属无稽之谈，不值得一驳。梁启超自身为天纵之才，他心理健康，没有嫉妒天才的毛病，绝不是作伪欺世的小人。吴其昌（清华国学院首届高才生）在《王国维先生生平及其学说》的演讲稿中提供了相当有力的证据："时任公先生在野，从事学术工作，执教于南开、东南两大学。清华研究院院务本是请梁任公先生主持的。梁先生虽应约前来，同时却深自谦抑，向校方推荐先生（王国维）为首席导师，自愿退居先生之后。"王国维想潜心治学，不愿受俗务牵累，院务遂由吴宓教授主持。梁启超佩服王国维的学问，每遇不易解答的疑难，他总是对弟子说："可问王先生。"王国维遽然谢世后，梁启超即前往外交部（清华学校当时属外交部管辖）为王家争取抚恤金。此后，他带学生去墓地追思，扶病撰写《王静安先生纪念专号序》，对王国维的学问推崇备至："先生之学，从弘大处立脚，而从精微处著力；具有科学的天才，而以极严正之学者的道德贯注而运用之。……先生没齿仅五十有一耳，精力尚弥满，兴味飙发曾不减少年时，使更假以十年或二十年，其所以靖献于学者云胡可量？一朝嫉俗，自湛于渊，实全国乃至全世界学术上不可恢复之损失，岂直我清华学校国学研究院同学失所宗仰而已！"这已充分说明，梁启超与王国维之间没有任何嫌隙。至于商承祚的衅由中菁说，倒是有些线索可寻，据陈鸿祥的《王国维年谱》透露：王国维的续弦潘夫人是原配莫夫人的姨侄女（姊姊的女儿），姑侄同嫁一夫在旧社会也属乱伦，固为禁忌。王国维的续娶乃是依从了莫夫人临终的遗言，他与年轻的潘夫人结缡后，伉俪情深。但他的儿辈很难做人，昔日的表姐摇身一变成了继母，不仅感情上不服帖，就是称呼上也难办。潘夫人耳根软，容易受仆媪挑拨，长子王潜明的娇妻罗孝纯与婆婆处不好关系，泅在情理之中。商承祚撰文暗示，正是婆媳不和，导致罗振玉携女大归，罗、王友情一朝破裂，成为王国维自杀的导火索。

当然，还有一个重要因素不可忽略，"性格即命运"。王国维幼女王东明撰《先父王公国维自沉前后》，文中写道："先父生性内向耿介，待人诚信不贰，甚至被人利用，亦不置疑。在他眼中，似乎没有坏人。因此对朋友，对初入仕途所事奉的长官和元首，一经投入，终生不渝。"王国维深沉质朴，性情"于冷静之中固有热烈"，凡事以不违心为基本原则，费行简在《观堂先生别传》中赞叹道："心所不以为是者，欲求其一领颔许可而不可得。"王国维自视甚高，但他对时事不轻置可否，对时人不轻加毁誉，平日拙于交游，终日不出户，相对无　言，而意气相感，自觉亲切。他与人交流，多采用书信方式，笔端意气洋洋，又颇似性情中人。1898 年 6 月 18 日，王国维致书许家惺，直言"大抵'合群'二字，为天下第一难事"。平时他很少展露笑颜，又不大开口讲话，易给外人严肃冷峻的印象。赵元任教授的夫人杨步伟，性格开朗，嗓门洪亮，到哪儿都是未见其人，先闻其声，但她每次见了王国维就会噤若寒蝉。王国维五十寿诞时，办了三桌酒席，杨步伟硬是避让着不肯与寿星公同桌，她是爱笑爱说爱热闹的，寿星公那一桌只知闷头闷脑喝酒吃菜，她受不了。这些当然都只是皮相。叶嘉莹教授做过更高层次的分析，将王国维的性格特点归纳为三："第一乃是由知与情兼胜的禀赋所造成的在现实生活中经常有着感情与理智相矛盾的心理；第二乃是由于忧郁悲观之天性所形成的缺乏积极行动的精神，但求退而自保，且易陷于悲观绝望的消极的心理；第三则是追求完美之理想的执着精神所形成的既无法与自己所不满的现实妥协，更无法放松自己所持守之尺寸，乃时时感到现实与理想相冲击的痛苦心理。"当处境变得愈益艰难，诸事均不惬意时，他就会选择自杀，毕竟自杀是一个避免受辱的最彻底的解决方式。

死者已逝，生者的种种臆测均无法就证，可谓盲人摸象，各得一偏而已。有道是，"可爱者不可信，可信者不可爱"。王国维身在民国，心系清室，这个矛盾是他精神痛苦的主要根源。当代学者杨君实作持平之论，"王国维在学术上是新典范的建立者，在政治上是旧典范的坚持者"，这句话很中肯，以此为纲，则其他一切均可张目。

明代东林领袖高攀龙有一句名言传诵极广："吾辈有一毫逃死之心固害道，有一毫求死之心亦害道。"细参此言，生死之间竟无游刃之缝隙，也就只能顺其自然才好。王国维以死明志、以死避辱，害及天道和人道了吗？答案应是见仁见智的。士大夫将自己弄得生死两难，犹如以三寸金莲过独木桥，大可不必。无论是谁，自杀都只是个人的选择，给它附丽太多意义和价值未免滑稽可笑。关键在于他能走得心安，最好是走得平静，没有藕断丝连的痛苦。

"千古艰难唯一死，伤心岂独息夫人！"清代诗人邓汉仪的诗句令人深味。在中国，正因为王国维的自沉关涉到与其生命紧密相连的道德和文化，评论者也就不那么容易做出准确的判断。

本文首发于《书屋》2006 年第 5 期

《2006 中国随笔年选》（花城出版社）收录

人间已无梁任公

——梁启超集合六大矛盾于一身

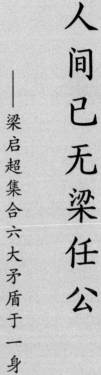

梁启超（1873—1929），字卓如，号任公，又号饮冰室主人，广东新会人。文学家，思想家，政治活动家。1925年至1927年任清华研究院导师。著作有《饮冰室合集》（12册，中华书局）。

1873 年（同治十二年），梁启超出生于广东省新会县熊子乡茶坑村。小时候，梁启超常于静夜躺在卧榻上听祖父讲述古代豪杰、忠臣、志士、哲人的故事，其中的嘉言懿行，特别娓娓动听，陆秀夫身背幼帝赵昺在厓山跳海殉国的悲壮史事给他留下的印象至为深切。厓山位于新会县南部，离茶坑村不远，梁启超多次前往当地的三忠祠，"海水有门分上下，江山无界限华夷"，清人陈恭尹的这两句诗犹如刀刻斧砍般铭记在他心中。

一、科举路上的顺与不顺

梁家名为耕读之家，田产却并不多，仅够糊口而已，梁启超的父亲梁莲涧是不甘心受穷的穷秀才，循的是"养儿防老，积谷防饥"的思路，别人送儿子出国留学，要汇款去接济，他倒是真新鲜，专程跑到日本，向儿子索款好回家购置产业。当时梁启超经济拮据，无法应付，梁莲涧竟以在异域自杀相要挟，最终由梁启超的弟子们解囊相助，集资一千二百块银圆，梁莲涧欢天喜地满载而归。梁启超平生不爱置田产，曾开玩笑说："假若十块钱买一亩田，或十块钱买一只鸡，我宁愿吃鸡不买田。"由此可见，他根本瞧不起一门心思买田修屋的土财主。若往深处打量，他何尝没有叛父情结。

梁启超才华早秀，在新会有神童之名。对对子，人出上联"东篱客赏陶潜菊"，他脱口即能对出"南国人思召伯棠"；吟诗，"咸鱼"这样刁难的题目居然也难不倒他，"太公垂钓后，胶鬲举盐初"，典故用得蛮贴切；写八股文，同样不在话下，塾师出题"小不忍则乱大谋"，他笔下立刻就蹦出警句："或大仇未报，凄凉吹吴市之箫；或时会未来，匍匐出细人之胯。"古人说，"小时了了，大未必佳"，王安石撰文《伤仲永》，即存此意。实则，这句话颠倒过来，更有道理，"小时不佳，大未必了了"。岂不闻民间谚语早有断言，"人看其小，马看蹄爪"？

别人在科举路上跌跌撞撞，蹭蹭蹬蹬，梁启超却走得很顺，十三岁成秀才，十七岁成举人，可是入京会试时莫名其妙地栽了个大跟头。据胡思敬《国闻备乘》所记：乙未科会试正总裁是大学士徐桐，副总裁是启秀、李文田、唐景崇。"文田得启超卷，不知谁何，欲拔之而额已满。乃邀景崇共诣桐，求以公额处之。"也就是说，还有一些机动名额由正总裁徐桐灵活掌握，拨一个给李文田，即可成全梁启超。徐桐是老顽固，不喜欢梁启超的卷稿牵引古义，越出绳尺，硬是不肯拨给名额。他还对李文田袒庇粤省同乡颇有微词。李文田无奈，只好将梁启超卷"抑而不录"，心有不悦且不甘，在卷尾批道："还君明珠双泪垂，恨不相逢未嫁时"。从此以后，梁启超绝迹科场。

1896 年秋，梁启超任《时务报》主笔，奋力掷出重磅炸弹《变法通议》，他认为中国的官吏制度、教育制度、科举取士制度都必须从头到脚实行改革，中国变则存，不变则亡。这记晴天霹雳在天朝的庙堂和江湖同时炸响，惊醒的国人无不为之色变。

梁启超敢于颠覆自我，重塑自我，注定会比其业师康有为走得更远。

二、六大矛盾的集合体

梁启超为人天真、率直、热忱、进取、谦逊、无我、和蔼可亲、无城府、一团孩子气，自称为"中国之新民""少年中国之少年"，识者皆认可，不觉其矫情。当初，他以举人之身拜监生康有为为师，似这般见贤思齐，不虚心绝对做不到；与朋友订交，他能多规过，少奖善，坦受直谏，不拒苦口良言，改过之勇和服善之智俱备，即使攻讦来自其他阵营、派系（比如戢元丞、秦力山在《新大陆》杂志上纠举梁启超剽袭日本人德富苏峰的文章），他一概不作回应，所以他的朋友（赵熙、周善培等人）都认为，任公是最可爱的朋友，即使到了身败名裂的紧要关头，也要想方设法救他。

最难得的是，梁启超精力弥满，至死不衰。从外貌看，他短小精悍，秃顶宽下巴，目光炯炯如虎，喜欢穿长袍，步履稳健，风神倜傥。他三十余岁办《新民丛报》，志在开言路、通舆情、启民智，下笔动辄万言，不惮其难。他的文章气势凌厉，感情充沛，深刻影响到一代青年。且看《饮冰室自由书》中的排比文字："……我国民全陷落于失望时代。希望政府，政府失望；希望疆吏，疆吏失望；希望政党，政党失望；希望自力，自力失望；希望他力，他力失望！忧国之士，溢其热血，绞其脑浆，于彼乎？于此乎？皇皇求索者有年，而无一路之可通；而心血为之倒行，脑浆为之瞀乱！"再看其名篇《少年中国说》中的热血文字："少年智则国智，少年富则国富，少年强则国强，少年独立则国独立，少年自由则国自由，少年进步则国进步，少年胜于欧洲，则国胜于欧洲，少年雄于地球，则国雄于地球。红日初升，其道大光；河出伏流，一泻汪洋；潜龙腾渊，鳞爪飞扬；乳虎啸谷，百兽震惶；鹰隼试翼，风尘吸张；奇花初胎，矞矞皇皇；干将发硎，有作其芒；天戴其苍，地履其黄；纵有千古，横有八荒；前途似海，来日方长。美哉，我少年中国，与天不老！壮哉，我中国少年，与国无疆！"任公晚年著述，用力尤勤，仅仅1920年一年，他就撰成《清代学术概论》《老子哲学》《孔子》《墨经校释》，以及多篇佛教历史论文。别人玩上几十天，他就成书一部，最出奇的是，他接连三十四个小时不睡觉，草成洋洋数万言的《戴东原哲学》。他彻夜写作，"固有春蚕食叶之乐"，这岂是外人轻易体会得到的？梁任公将"万恶淫为首，百行孝为先"改易二字，变成"万恶懒为首，百行勤为先"，用这句警言作为座右铭，同时用它劝勉弟子。

梁启超身处大动荡、大混乱、大嬗变的时代，"其保守性与进取性常交战于胸中，随感情而发，所执往往前后相矛盾"。比如说，他所主张的"做人的方法——在社会上造成一种不逐时流的新人"和"做学问的方法——在学术界造成一种适应新潮的国学"，二者之间潜藏着难以调和的矛盾。他要逃避或解决这些矛盾，行之有效的办法就是善变，"不惜以今日之我难昔日之我"，这是他令人敬佩的地方（从善如流），也是他令人诟病的地方（立脚不稳）。康有为就呵斥过这位大弟子"流质易变"，还有人批评梁启超"见理不定，屡变屡迁"，认为他是"反复无常""首鼠两端"的无行小人，更有冤家对头给他做出酷评——"卖朋友，事仇雠，叛师长，种种营私罔利行为，人格天良两均丧尽"。梁启超一生所遭遇的全部荣辱、毁誉、成败、得失，莫不根源于"变"字。孙悟空有八九七十二种变化，梁启超则有九九八十一种变化。当别人趋于保守，他还在激进；当别人开始退步，他还在前行；当别人头脑僵化，他仍旧活跃；当别人心态苍老，他依然年轻。这就是他常变常新的好处。身为近现代政界、文坛和杏林颇具争议的巨擘，梁启超在生活上、在政治上、在学问上，一生构成六大矛盾，他是一个典型的矛盾体，其通体附丽着异常驳杂的颜色，就像一个大大的调色盘。

[**矛盾之一**]：梁启超发起"一夫一妻世界会"，却安享齐人之乐。他十七岁中举，深得乡试正主考李端棻和副主考王仁堪青眼赏识，赞之为国士，许之成大器。李端棻觉得做房师不过瘾，便请王仁堪执柯作伐，将堂妹李蕙仙许配给梁启超。他宁愿自降辈分，由房师降为内兄。梁莲涧乃拘谨乡儒，以寒素之家齐大非偶为词，表示不敢高攀。李端棻就让人转告梁莲涧："我固知启超寒士，但此子终非池中物，飞黄腾达，直指顾间。我只管物色人才，勿以贫富介介。且我知我女弟固深明大义者，故敢为之主婚。毋却也！"这桩婚事倒像是剃头挑子一头热。李端棻学行渊雅，性情笃厚，赞成变法维新，戊戌政变后，他赠予梁启超赤金二百两，助这位内弟在日本横滨创办《清议报》，因此受到了连累，丢掉乌纱帽，流放新疆。李蕙仙比梁启超大几岁，贵小姐下嫁穷书生，处丰亦可，处约亦可，持家有方，而阃威太严，任公敬她让她，惧内之

名一度与胡适相埒。冯自由的《革命逸史》有一节专写"梁任公之情史"，认定梁启超的婚姻并不美满："李女貌陋而嗜嚼槟榔。启超翩翩少年，风流自赏，对之颇怀缺憾，然恃妇兄为仕途津梁，遂亦安之。"1899年冬，梁启超从日本乘船赴美国檀香山，应华侨保皇会之邀，前往演讲，妙龄女郎何蕙珍临时充当译员。何女士是当地的小学教员，身材窈窕，容颜妩媚，具有一般女子所不具备的才华智识。彼此交往后，梁启超为之倾倒，于是梁山伯以小像赠之，何仙姑以香扇馈之，两情暗洽。然而待到梁启超露出求婚之意，何蕙珍即以任公使君有妇，文明国不许重婚为由，婉言拒绝。任公情怀缱绻，难以自拔，于是舒吐为诗，共计二十首，发表在《清议报》上。以下所录为其中三首：

目如流电口如河，睥睨时流振法螺。
不论才华论胆力，须眉队里已无多。

眼中既已无男子，独有青睐到小生。
如此深恩安可负，当筵我几欲卿卿。

匈奴未灭敢家为，百里行犹九十赊。
怕有旁人说长短，风云气尽爱春华。

何蕙珍性情刚烈，不肯屈为姬妾，这场情事难有盼头，梁启超慑于物议，只好撒手。但他还是被康（有为）老师斥之为"荒淫无道"。梁启超怅返东瀛，心思一转，决意充当一回月老，将何蕙珍介绍给中年丧偶的同门师弟麦孟华，以免肥水流入外人田。但何蕙珍以恪守独身主义终身不嫁为由，婉言谢绝了，实则她心里深爱慕任公，只可惜两人有缘无分。浪漫情怀与现实处境相冲突，胡适每每选择逃避，回到妻子江冬秀身边，以免河东狮吼，威莲司、曹成英则唯有黯然神伤；梁任公一味进取，何蕙珍接受过现代教育，不肯委屈于人下。他回到夫人李蕙仙身边，倒是并不空虚，还有陪房丫头王桂荃侍候他，聊慰其落寞情怀。李蕙仙与梁启超生思顺、思成、思庄一男二女，王桂荃为梁启超生思永、思忠、思达、思懿、思宁、思礼四男二女，梁家人丁兴旺，倚赖王桂荃为多。到头来，"一夫一妻世界会"发起人梁启超变易初衷，授人以柄，成为了被攻讦的目标。这个矛盾暴露出梁启超感情丰富、意志薄弱的一面，他自称"风云气多，儿女情少"，可信度被拉到很低。

据张幼仪回忆，梁启超纳妾，是妻子李蕙仙主动做主安排的，为的是好给梁家开枝散叶。梁启超真是被动的吗？就算是，也没有几人肯相信。

［矛盾之二］：梁启超提倡科学精神，却尊孔崇儒，而且常喜欢谈玄扶乩。他曾经大声疾呼："中国旧东西是不够的，外国人许多好处是要学的！"但他受康师傅影响太深，尊孔的心思总是占据上风："试将中国与泰西史比较，苟使无孔子其人者坐镇其间，则吾史始黯然无色。且吾国民二千年来所以能抟控为一体而维持于不敝，实赖孔子为无形之枢纽。"殊不知，两千多年的肆行专制和独尊儒术，正是中国人思想不自由、学术不独立、人格不完整的根源，也是中国近代落后挨打的主要原因。

当年，严复翻译《天演论》，梁启超为之润饰十分之六七，但他的兴趣颇为散漫，除了玩味佛老之学，他还一度对扶乩这样的迷信科目颇为上瘾。丙申年（1896）晋京前，梁启超与同门师兄弟扶乩问休咎，乩仙下凡，在沙盘上出示律诗二首：

> 蛾眉谣诼古来悲，雁殡衡沙远别离。
> 三字冤沉名士狱，千秋泪洒党人碑。
> 阮生负痛穷途哭，屈子怀忧故国思。
> 芳草幽兰怨摇落，不堪重读楚骚辞。

> 煮鹤焚琴事可哀，那堪回首望蒿莱。
> 一篇鵩鸟才应尽，五字河梁气暗催。

绝域不逢苏武驾，悲歌愁上李陵台。

男儿一死何当惜，抚剑纵横志未灰。

这两首诗若果真是乩仙所作，那么他（她）对戊戌党人的命运预言之准确灵验，则确实令人惊诧莫名，可是梁启超于戊戌政变之后才向外界出示这两首七律，就难免被人怀疑为他故意杜撰陈迹，用于宣传。

[矛盾之三]：梁启超既想做学问家，又想做通儒。他的记诵力强，求知欲炽，对各类学术皆有研究的兴会，贪多务得，追求速成，缺乏恒心，这三点是其治学的大病。梁启超颇有自知之明，为长女梁思顺的《艺蘅馆日记》题诗，便对自己的痼疾痛下手术刀："吾学病爱博，是用浅且芜。尤病在无恒，有获旋失诸。百凡可效我，此二无我如。"梁启超教女儿以父为鉴，勿蹈故辙，可见他并不是讳疾忌医的人。

谭嗣同夸赞过梁启超的文才堪比贾谊，章太炎的文才堪比司马相如，彼此颉颃，难分高下。梁启超的笔端常带感情，颇能动人，但丘壑不够，"时务体"文气太盛，缺乏令人百读不厌的回味。他名心重，一挑动即兴起，难耐孤寂，喜好与后辈斗胜争强，时不时要与胡适等人竞赛一番，兴趣容易转移，最终就成了一个无所不通的大"字纸篓"，缺乏专业方面的精深造诣。魏铁三集古人诗句为楹帖称赞任公博学："腹中贮书一万卷（刘长卿诗）；海上看羊十九年（黄庭坚诗）。"任公五十华诞，名士罗瘿公撰写的贺寿联为："每为天下非常事；已少人间未见书。"下联同样是赞其腹笥甚富，一时无几。

有一次，上海美专校长刘海粟问梁启超："你为什么知道的东西那样多？"任公想了想，恳切地回答道："这不是什么长处，你不要羡慕。我有两句诗：'吾学病爱博，用是浅且芜。'一个渔人同时撒一百张网，不可能捉到大鱼。治学要深厚。你应该尽一切力量办好美专，造成一批人才；此外还要抽出精力作画。基础好，天分好都不够，还要业精于勤。以上两件事要毕生精力以赴，不能把治学的摊子摆得太大。盖生命有限，知识无穷。'才成于专而毁于杂'，一事办好，已属难得；力气分散，则势必一事无成。"任公能讲这番话，说明他对自己的缺点了如指掌，可是无法改正它，如同名医固然能治人，却不能治己。他一生勤勉不倦，"平昔眼中无书，手中无笔之日亦绝少"，共计留下一千四百多万字的精神遗产，堪称著作等身。若单论其宏富，中国近代作家能出其右者少之又少。然而其著作至今仍被众人提及的仅有《新民说》《王安石传》《李鸿章传》《戴东原哲学》等急就章，其学术方面的成果竟不大被同时代学者和后代学者认可，折腾来折腾去，始终都只是个空头学问家，这不能不说是梁启超的悲哀。早在 20 世纪 20 年代初，东南大学即有学者批评梁启超的著作《先秦政治思想史》"完全背离客观的学者态度"，还批评他"治学感情有余而理智不足，在精神上莫衷一是"。撇开学者之间意气相争不说，年深日久，梁启超博而不精的缺点愈益彰显。

南京宝华山慧居寺的大莲和尚（此人做过袁世凯的秘书）曾经当着黄伯易的面对其业师梁启超做出鞭辟入里的评论："梁启超治学务博而不求精，泥于学古而忽于今用，服膺师训或改弦更张都不彻底，只依违于两可之间，因此进退失据。梁启超单独搞政治总是捭阖不定，而且多疑善变，比乃师康长素真是自郐以下了！"这话虽然过头，但也一针见血。黄伯易将此酷评转告梁启超，后者颇为动容，未加辩驳，足见他是心服口服的。

[矛盾之四]：保皇与"排满"为冰炭不同炉，却一度令梁启超踌躇不定。戊戌变法实乃历史上不朽之名剧，以"黄匣""朱谕"始，以"银刀""碧血"终，这一点想必没人持反对意见。变法前的国家情形是，甲午中日海战，北洋海军折损殆尽，赔巨款，割台湾，朝野为之震恐，士民为之激愤。即便如此，清朝统治者最提防的仍是汉人，而非洋毛子。大臣刚毅在满汉之间掘出一条鸿沟，他傲狠扬言："汉人强，满洲亡；汉人疲，满洲肥！"在他看来，汉人只不过是无须善待的"家奴"而已。"宁与友邦，不畀家奴"，这也是他的高论。醇亲王奕譞更进一步，将汉人视为"家贼"，他对外国使节说："吾国之兵，用以防家贼而已！"康有为力主变法图强，清廷大臣居然有人一口

咬定："变法者，汉人之利也，而满人之害也。"当时满汉之间的民族对立由此可见一斑。梁启超从小受到祖父的影响，华夷之辨谨记于心，感情上绝对是排满的，但理智告诉他，要改造国家，刷新政治，无论如何不应绕开决意变法的光绪皇帝，自上而下的变革仿佛高屋建瓴，易于收功。因此其所谓保皇与"排满"的矛盾实为理智与情感的冲突。"六君子"喋血菜市口，光绪皇帝被幽禁于瀛台，变法宣告彻底失败，在梁启超心中和笔下，感情始终占据上风，"排满"遂成为主调。1905 年，他发表《伸论种族革命与政治革命之得失》一文，言论之激烈无异于革命党：

> ……鄙人诚非有爱于满洲人也。……鄙人虽无似，一"多血多泪"之人也。每读《扬州十日记》《嘉定屠城纪略》，未尝不热血溢涌！故数年前主张"排满论"，虽师友督责日至，曾不肯即自变其说。至今日而此种思想蟠结胸中，每当酒酣耳热，犹时或间发而不能自制。苟思有道焉，可以救国，而并可以复仇者，鄙人虽木石，宁能无歆焉！

近代著名翻译家严复抱有根深蒂固的保皇思想，他曾经慨叹："梁氏实为亡清代二百六十年社稷之人！"此言即有感于梁启超所发表的"排满"言论极为锐利，启发深刻，影响深远。康有为终身保皇，表面看去，其节操坚如磐石，但观其实质，保皇只不过是他的幌子，他使用这个名目在海外募捐敛财，中饱私囊，极其可鄙，他参演张勋复辟的丑剧，更可见其老眼昏花。梁启超保皇只是一幕戊戌前后的短剧，他很快就站到了"排满"的民族革命立场上来，与革命党的观点相暗合。张勋复辟，他助段祺瑞马厂誓师，扫清妖氛；袁世凯登基，他助蔡锷云南起义，护全国本。从保皇到"排满"，从"排满"到维护共和，梁启超的进步相当显著，康有为斥骂他为反噬父母的"枭獍"，斥骂他为"梁贼启超"，足以说明老师之昏聩，弟子之清醒。

[**矛盾之五**]：希腊哲人亚里士多德尝言："吾爱吾师，吾尤爱真理。"梁启超早年敬重康有为，唯其马首是瞻，中年却反对康有为，斥之为"大言不惭之

书生"，差一点酿成破门之变。究其实，梁启超尊师自有其道，即当仁不让。

梁启超十七岁时与同学陈千秋慕名拜访康有为，听其高谈阔论，如闻大海潮音，惘惘然尽失故垒，梁举人屈尊做了康监生的弟子，从心底里服膺康有为变易旧法、改良国家的信念和韬略。他对今文经学、对孔子改制、对虚无缥缈的大同世界则未必很感兴趣。现代学人、梁启超的得意弟子周传儒撰《回忆梁启超先生》，文中谈到这一点："梁重墨学，不讲六经，说明梁与康有为名义上是师生，而在学术上没有追随康氏。康有为讲今文经学，重《公羊传》；梁喜《左传》，平时不大讲三世说，也不谈《新学伪经考》《孔子改制考》，据此可见，梁任公与康有为思想有差异。"在行动方面，康氏极迂缓极粗疏，无论是发起"公车上书"，还是创办强学会、保国会，都很潦草，卒无所成。梁启超极敏速、极强干，做《时务报》主笔，则《时务报》风行全国；做时务学堂中文总教习，则时务学堂培养出大批爱国人才；在日本办《新民丛报》，则《新民丛报》深受留学生喜爱；作为高参，倒张（勋）倒袁（世凯），无不克捷；他晚年退出政治漩涡，任教于清华国学研究院，乐育英才，同样成就卓著。梁启超越活越精彩，康有为却每况愈下，老境颓唐，实则由于他们的思想、个性、行事风格和处世方式迥异而形成巨大差别。一句话，梁启超与时俱进，康有为则抱残守缺，有人轻诋梁启超操守不坚，是看不惯他善变，有时他会变得让那些自以为最熟悉他的人也看不明白。起初，康有为以爱国救国为职志，胆魄极大，信心极大，目标极大，梁启超敬他是黑暗世界的火炬，是盲哑国中的先知，敬他智勇超凡，识解过人，可是后来时易世变，逐渐证明在旧政体内部维新改良此路不通，康有为却还要保皇，还想复辟，还肯为溥仪凑热闹，梁启超很难再佩服康师傅的保留剧目，他们之间已经不复存在任何契合点，师徒反目实为必然。事实证明，那些终身追随康有为的保皇顽部——万木草堂的弟子群，一条黑路埋头走到底，完全浪费生命，也没有留下多少真正有价值有意义的东西。孰智孰愚？凡是喜欢用头脑去思考的人应该可以作出相对准确的判断。

康有为性情偏执，唯我独尊，倘若门人弟子拂逆其意愿，他就火冒三丈。1913 年，梁启超应袁世凯之邀，出任北京政府司法总长，康有为向这位大弟子请托甚多，又是要钱，又是荐人，梁启超不胜其烦，倒也耐烦，但无论怎样都做不到事事尽如其意，于是康有为大动肝火。梁启超向老师赔礼，叩下头去，康有为也不还礼，也不搭理，摆明了不给任公下步的台阶。这样一来，梁启超脾气再好，心中也难免会起反感。师徒情趋于冷淡，冰冻三尺，非一日之寒，原因纷繁而复杂。

1917 年 7 月，张勋复辟，退位五年的溥仪又被抬出来做了傀儡。康有为罔顾潮流之顺逆，乐为复辟派所利用，出任伪职"弼德院副院长"。梁启超则协助段祺瑞讨伐辫帅张勋，通电直斥："此次首造逆谋之人，非贪黩无厌之武夫，即大言不惭之书生，于政局甘苦毫无所知。"把康师傅一扫帚扫进了垃圾堆，半点情面客气都不讲。有人看不过眼了，诘问梁启超："今令师南海先生从龙新朝，而足下露布讨贼，不为令师留丝毫地步，其于师弟之谊何？"梁启超正色相告："师弟自师弟，政治主张则不妨各异。吾不能与吾师共为国家罪人也！"康有为对梁启超的表现作何感想？他将这种"吾爱吾师，吾更爱真理"的行为视之为背叛行为。他写诗詈骂梁启超反噬父母和忘恩负义，是一方面；他弄明白圣人之叹"回也非助我者也"，则是另一方面。

1926 年，康有为去世，梁启超尽弃前嫌，亲自主持康师傅的大型追悼会，还撰写了至为感人的祭文，对康有为的历史贡献和学术成就作出充分的肯定。这说明，任公秉性并不凉薄，他对康有为的态度之所以前后矛盾，更多是出于彼此政见上的歧异，倘若他阳奉阴违，才真是小人儒，而他要做的始终是堂堂正正的君子儒。

[矛盾之六]：有定则无定见无定行。梁启超的定则是爱国之心、立宪之志和新民之道，在此定则之下，其见解、行动则是不断流变的，维新—保皇—君主立宪—护法—民主共和，仿佛三级跳远，助跑之后，他必然会有一连串的腾挪。他在《自由书·善变之豪杰》一文中写道："'君子之过也，如日月

之食焉，人皆见之，及其更也，人皆仰之。'大丈夫行事磊磊落落，行吾心之所志，必求至而后已焉。若夫其方法随时与境而变，又随吾脑识之发达而变，百变不离其宗，斯变而非变矣。"梁启超的多变既表明他能从善如流，也表明他有改过之勇，与"变节"是完全不同的两码事。现代作家郑振铎撰《梁任公先生》，文中对梁启超的多变表示同情之理解："他之所以'屡变'者，无不有他的最坚固的理由，最透彻的见解，最不得已的苦衷。他如顽执不变，便早已落伍了，退化了，与一切的遗老遗少同科了；他如不变，则他对于中国的贡献与劳绩也许要等于零了。他的最伟大处，最足以表明他的光明磊落的人格处，便是他的'善变'，他的'屡变'。"

五四时期，梁启超在俱乐部大讲欧洲的社会主义，被李大钊斥之为"安福俱乐部社会主义"，讲归讲，他心中并不认为中国是社会主义的合适土壤，他在《晨报》上发表文章，与陈独秀、李大钊持完全相反的论调："布尔什维克何妨客气一些，先让资本家来掌握政权，大办实业，给中国三亿工农带来温饱。这样对工农既有好处，工农吃饱穿暖，中国也能富强……若一味争取政权，反而把工农害了。"陈、李二人自然不会与他打这种商量，结果给予一番劈头盖脸的痛击。梁启超度量大，兴趣广，这个话题谈腻了，便另选一个话题，往往是他率先挑起论争，却又第一个撤退。他曾对日本、英国文化赞不绝口，并且认定："中国经一次外化，就有一次进步。"但他在东南大学讲学期间，却对输入美国文化不表赞同，将它讽刺为"雕花饭桶"。孟禄博士呼吁用美国学制来取代中国学制，梁启超不以为然，他指着餐桌上的饭桶对众位弟子说："这是一个饭桶，它只是一个装饭的饭桶！凭你把这饭桶雕花塑彩甚至把它描金也不会改变饭的质量。但中国之大，主张'美食不如美器'的人不在少数，让他们去欣赏他们的饭桶艺术吧！"这话够幽默，但不无乖谬，还很伤人。

梁启超有定则无定见无定行，外人难以理解，多有责难，他向李任夫等弟子作过自辩："我自己常说，'不惜以今日之我去反对昔日之我'，政治上如此，学问上也是如此。但我是有中心思想和一贯主张的，决不是望风转舵、随风而靡的投机者。例如我是康南海先生的信徒，在很长时间里，还是他得力的助手，这是大家知道的。后来我又反对他，和他分手，这也是大家知道的。再如我和孙中山，中间曾有过一段合作，但以后又分道扬镳，互相论战，这也是尽人皆知的。至于袁世凯，一个时候，我确是寄予期望的，后来我坚决反对他，要打倒他，这更是昭昭在人耳目了。我为什么和康南海先生分开？为什么与孙中山合作又对立？为什么拥袁又反袁？这决不是什么意气之争，或夺权夺利的问题，而是我的中心思想和一贯主张决定的。我的中心思想是什么呢？就是爱国。我的一贯主张是什么呢？就是救国。我一生的政治活动，其出发点和归宿点，都是要贯彻我爱国救国的思想与主张，没有什么个人打算。例如在清朝末季，在甲午战争以后，国家已是危如累卵，随时有瓜分豆剖之忧。以当时的形势来说，只能希望清朝来一个自上而下的彻底改革。康先生的主张是对的，我以为是有前途的，不幸成了历史悲剧。可是后来情况变化了，清朝既倒，民国建立，已经成了定局，而康先生主观武断，抱着老皇历不放，明知此路不通，他还要一意孤行到底，这是不识时务。为了救国，我不能不和他分开。至于孙中山，他是主张暴力革命的，而我是稳健派，我是主张脚踏实地走的。我认为中国与法国、俄国的情况不同，所以我不主张暴力革命，而主张立宪改良，走日本维新的路，较为万全。我并不是没有革命思想，但在方法上有所不同而已。对于袁世凯之为人，因为他当时有相当力量基础，我拥护他是想利用他的地位来实行我的主张。孰知他后来倒行逆施，甘冒天下之大不韪，成为国贼。为了国家的前途，我当然与他势不两立，与他决一死战。回想我和蔡松坡发动讨袁时，我们约定，事如不济，以死殉国；事如成功，决不做官。我开始拥袁，是为了国家，以后反袁，也是为了国家。我是一个热烈的爱国主义者，即说我是国家至上主义者，我也承认。顾亭林说得好：天下兴亡，匹夫有责。假如国之不存，还谈什么主义、主张呢！还谈什么国体、政体呢？总之知我罪我，让天下后世批评，我梁启超就是这样一个人而已。"

三、额外多交了一笔学费

孙中山、黄兴、蔡锷等人对袁世凯都有一个"交学费"的认识过程，拥袁一反袁一倒袁三部曲，一个环节都不少。梁启超亲身经历过戊戌政变，由于袁世凯的叛卖，"六君子"喋血，变法失败，梁启超已交过一次高昂的学费，怎么还会认为袁世凯是可靠力量，能扭转中国的国运？居然乐得留级，把学费再交一次，这确实是令人费解的问题。袁氏有一"私"字横亘于胸，欲移中国为其私产，可谓司马昭之心，路人皆知，竟然能迷惑梁启超，诱惑他出任北洋政府司法总长？梁氏固然是书生，但其睿智人尽皆知，此事必另有因由才对。

周善培撰文《谈梁任公》，揭示了此中的隐秘：当年（1912年），周善培听说袁世凯召梁启超去北京，便与赵熙乘船去横滨，劝梁启超谨慎其事。"对德宗（光绪皇帝）是不该去，对袁世凯是不能去。"梁启超也是弟子面前不打诳语，索性吐露真言：他并不想去北京，但康师傅催促他尽快成行，他不能违拗恩师的意愿。当时，康有为写信给梁启超，作出了明确的指示："袁氏吾党世仇也，春秋复九世之仇，觍颜事仇，汝勿习与相忘。"康师傅反复叮咛，就是担心大弟子在官场习惯了袁世凯的热汤饼，以至于认仇为友。刘成禺在朝野眼线较多，人脉较广，所收集的信息颇为丰富，其杂著《洪宪纪事诗本事簿注》即揭开了保皇党的底牌："民国二年，梁启超入京，以改组进步党为号召，养成项城帝制自为之尊严。如门徒张某提议金匮石室，门人徐某之主张终身总统，保皇党议员建议大总统有解散国会之权，修改约法等等，袁之称帝，无异康、梁党徒导之。欲取之，姑与之，大有郑庄公处置大叔段之风，本师训复旧仇也。"所谓"旧仇"，即袁世凯出卖"戊戌六君子"，致使维新党人喋血菜市口。这样看来，筹安会助袁挺袁之鬼幽鬼躁，倒还不如保皇党诏袁毁袁之居心险恶，收效显著。政治的工具理性极冷血，本就只图利益，不顾道德。梁启超舍身入彀，何能例外？

梁启超从事纸面政治十多年，登上政坛，真正有所作为，这还是头一遭，他有心试验一番，所以接下了康师傅的令牌。

1912年2月23日，清宣统帝爱新觉罗·溥仪下诏退位后十一天，梁启超致书袁世凯，奉劝他在政治上另辟蹊径："今日之中国，非参用开明专制之意，不足以奏整齐严肃之治。"中国古人说，"取法乎上，仅得其中"，让袁世凯取法民主宪政，尚且起色不大，让他取法开明专制，岂不是教他独裁？开明是假，专制是真。梁启超在熊希龄内阁担任司法总长一年多，担任币制局总裁一年，均无所施展，谈不上什么建树和政绩。袁世凯的专制独裁日甚一日，一步快似一步，直奔向皇宫御座，奔向杨度、袁克定等人为他掘就的"墓穴"。

梁启超辞职之后，不能不有所交代，他在《大中华》第一卷第一期上发表文章《吾今后所以报国者》，宣告脱离政治：

自今以往，除学问上或与二三朋辈结合讨论外，一切政治团体之关系，皆当中止。乃至生平最敬仰之师长，最亲习之友生，亦惟以道义相切劘，学艺相商榷。至其政治上之言论行动，吾决不愿有所与闻，更不能负丝毫之连带责任。

然而干过政治的人要金盆洗手，比黑社会成员洗脚上岸还要难百倍千倍。梁启超又岂能真学陈三立，做个"乾坤袖手人"？他见猎心喜，乃是必然的。

1915年，筹安会成立，袁世凯意欲称帝，政治阴谋露出冰山一角，梁启超把握时机，在天津发表《异哉所谓国体问题者》，斥骂筹安会诸君子助纣为虐，为虎作伥，大戳袁世凯的痛处。文章刚刚脱稿，就有人向袁世凯告密。袁世凯惊慌之余，软硬兼施，他派杨度送上二十万元银票，美其名曰为梁家老父祝寿，请梁启超销毁成文，否则后果莫测。

袁世凯抛弃共和而重拾帝制，这突破了许多人的心理底线，要梁启超妥协就难上加难了。梁启超为人为文固然富于感情，但并不短缺理性，他退出进步党，不肯连累朋友，整件事做得干净利落。有人想拖他的后腿，好言好语相劝："你已亡命十年，此种况味亦既饱尝，何必更自苦？"这话多少带有一点阻吓的味道。梁启超笑而作答："余诚老于亡命之经验家也。余宁乐此，不愿苟活于此浊恶空气中也。"

袁世凯赍送的二十万块银洋是一笔巨款，这张银票相当于试金石，梁启超究竟是不是真正的爱国者，一试即知。结果是，梁启超拒收银票，发出文章，揭露袁世凯改共和国为君主国，其真实意图是要重走家天下的专制老路。登载此文的报纸不胫而走，国人因而醒悟。没错，梁启超非常漂亮地完成了康师傅的任务，在关键时刻出手，火候拿捏得极准，他撰文直捣袁世凯的精神要塞，极力赞成弟子蔡锷潜赴云南，高揭倒袁护国的义旗，还横刀草檄——《云南檄告全国文》，确定护国军四大政治纲领。这就不奇怪了，政论宿敌章太炎也由衷称赞梁启超："共和再造赖斯人。"

沼袁倒袁，明暗战线，梁启超忽而幕前，忽而幕后，功夫全都做到了家。但有一点却是他始料未及的，去袁之后，中国将长期陷于军阀混战的烂泥潭，百姓的苦难将更为深重。神医有换头术，而无活人术，任公也不能太过得意。

四、殒命于庸医之手

1929 年 1 月 19 日，由于一枚好肾被误割而造成尿血症，梁启超病逝于北京协和医院，丧命于庸医之手，仅止于中寿（56 岁）。这一起医疗事故引起社会公愤。病危时，梁启超仍殷殷叮嘱亲友，万不可向协和医院发难，他相信西医一辈子，就算性命为西医所误，也不愿改变对西医的信任。

任公去世后，挽联多多，稍加拣择，蔡元培、陈少白二位先生的联语最称允当，蔡联是："保障共和，应与松坡同不朽；宣传欧化，不因南海让当仁。"陈联是："五就岂徒然，公论定当怜此志；万言可立待，天才端不为常师。"

梁启超有一句名言传播极广，那就是："战士死于沙场，学者死于讲座。"他是病死的，也是累死的，去世前他还在落力编写《辛稼轩年谱》。他一生饱经忧患，却是一个不折不扣的快乐的人，他有责任心，也有兴味，所以他的活法多元，也非常精彩，在这两方面，近代学者罕有可比并者。

有人称赞梁启超"如长彗烛天，如琼花照世"，这并不夸张。胡适在《四十自述》中也承认自己"受了梁先生无穷的恩惠"。他强调说："跟着他走，我们固然得感谢他；他引起了我们的好奇心，指着一个未知的世界叫我们自己去探寻，我们更得感谢他。"胡适对梁启超推崇备至，还见于他高度肯定《时务报》和《新民丛刊》的作用。1923 年 10 月，胡适撰文指出："二十五年来，只有三个杂志可代表三个时代，可以说是创造了三个时代：一是《时务报》，一是《新民丛刊》，一是《新青年》。而《民报》与《甲寅》还算不上。"《时务报》和《新民丛刊》的主笔都是梁启超，在中国近现代史上，他充当酵母所产生的作用可想而知。这样看来，梁启超启发了两代人，超越了两代人，应允为公正的评价。

"人间已无梁任公"，诚然，他是特异的，也是不可替代的。

本文首发于《同舟共进》2006 年第 7 期
《文人的骨气和底气》（世界知识出版社）收录

不疯魔不成活

——陈寅恪的人生五大悲苦

陈寅恪（1890—1969），江西义宁人。历史学家，诗人。1926年至1930年为清华研究院导师，1931年至1948年为清华大学中文系教授和历史系教授（其间数年为西南联合大学教授）。著作有《陈寅恪集》（14册，三联书店）。

1919 年，尚在美国哈佛大学求学的吴宓觅得机缘，与陈寅恪交往。后来，他撰《空轩诗话》，写到了自己对陈寅恪的最初印象："当时即惊其博学，而服其卓识。驰书国内诸友，谓合中西新旧各种学问而统论之，吾必以寅恪为全中国最博学之人。今时阅十五六载，行历三洲，广交当世之士，吾仍坚持此言。且喜众人之同于吾言。"直到今天，吴宓的这番夸赞依旧不可推翻。20 世纪 40 年代，西南联大最狂傲的教授非刘文典莫属，他研究《庄子》，堪称国内独步，曾经公开宣称："在中国真正懂得《庄子》的，只有两个人，一个是庄周，还有一个就是刘文典。"即使是这么目高于顶的狂人，也打心底里服膺陈寅恪是国内最渊博的学问家，他说："陈寅恪才是真正的教授，他该拿四百块钱，我该拿四十块钱，朱自清该拿四块钱。"当然啦，陈寅恪也从未掩饰过自己的自信，他在西南联大讲隋唐史，开场白相当牛气："前人讲过的，我不讲；近人讲过的，我不讲；外国人讲过的，我不讲；我自己过去讲过的，也不讲。现在只讲未曾有人讲过的。"试问，从古至今，中国有几位学问家能够这样自信满满？而且能够如此令人服膺？

在晚年，金岳霖回忆清华同人，对于陈寅恪的学识渊博印象深刻："寅恪的学问我不懂。看来确实渊博得很。有一天我到他那里去，有一个学生来找他，问一个材料。他说：'你到图书馆去借某一本书，翻到某一页，那一页的页底有一个注，注里把所有你需要的材料都列举出来了，你把它抄下，按照线索去找其余的材料。'寅恪先生记忆力之强，确实少见。"

十岁时，陈寅恪即埋头于浩如烟海的古籍和佛书中；十五岁时，他陪二哥隆恪去日本，拓宽了眼界；二十岁时，由亲友资助，他在德国考入柏林大学，其后，又入读瑞士苏黎世大学和法国巴黎大学。1915 年，他回国后担任经界局督办蔡锷的秘书，因为蔡锷潜回云南发起护国运动而弃职。陈寅恪游学四方，以自修为主，以听课为辅，精研英、美、德、法、意、日等国的语言、文字、学术，但求学问上的进益，不计学位之有无，绝不以收藏名校博士文凭为莫大之荣幸。三十岁时，陈寅恪赴美国入读哈佛大学，研习梵文、巴利文和古希腊文，由于吴宓为之八方延誉，其博学之名广为人知；三十二岁时，陈寅恪重游欧洲，入柏林大学研究院。"读书须先识字"，"从史实中求史识"，其成熟的治学观点至此确立不拔。

1923年底，毛子水抵达德国柏林。傅斯年从英国前来相晤，对睽违多时的好友说："在柏林有两位中国留学生，是我国最有希望的读书种子，一是陈寅恪，一是俞大维。"同年，赵元任打算辞去哈佛教职回国，须觅一位哈佛出身者代替，他脑海中第一闪念便想到陈寅恪，陈的回信很风趣，说是"我对美国一无所恋，只想吃波士顿醉香楼的龙虾"。20世纪20年代，留学欧洲的中国青年多涉足声色犬马场所，据赵元任夫人杨步伟回忆："那时在德国的学生们大多数玩的乱得不得了，他们说只有孟真（傅斯年）和寅恪两个人是宁国府大门前的一对石狮子。"由于国内时局动荡，官费停寄，经济来源枯竭，陈寅恪的生活很清苦，唯以干面包果腹，体质虚弱，犹自手不释卷。有一回，陈寅恪和俞大维买票请赵元任夫妇看德国歌剧，他们把客人送到剧院门口就止步不前，杨步伟觉得奇怪，问他俩为何不进去看戏，陈寅恪说："我们两个人只有这点钱，不够再买自己的票了，若要自己也去看，就要好几天吃干面包。"赵元任夫妇拜领了这份盛情，自然是又感动又难过。

1925年春，清华学校正创办国学研究院，欲以现代方法整理国故。起初，校方聘请梁启超统摄院务，梁氏婉辞，转而推举王国维负责。论学问，王国维够大，足以服众，但他向来不喜欢纠缠于俗事，院务便改由吴宓主持。吴宓视陈寅恪为当世最博学的中国学者，聘请他为清华国学研究院教授，即顺理成章。陈寅恪收到聘书后，从德国归来，以父病为由请假一年，翌年七月始就教职，住清华园工字厅，与吴宓为邻，吴赠律诗给陈，颔联为："独步羡君成绝学，低头愧我逐庸人"。清华国学研究院有四大教授——王国维、梁启超、赵元任、陈寅恪，还有一大讲师——李济，一时间声名鹊起，具有极强的号召力，首届研究班即招收到三十八名新生。蓝孟博撰《清华国学研究院始末》，文中有大致的介绍："研究院的特点，是治学与做人并重，各位先生传业态度的庄严恳挚，诸同学问道心志的诚敬殷切，穆然有鹅湖、鹿洞遗风。每当春秋佳日，随侍诸师，徜徉湖山，俯仰吟啸，无限春风舞雩之乐。院中都以学问道义相期，故师弟之间，恩若骨肉，同门之谊，亲如手足，常引起许多人的羡慕。"陈寅恪出语幽默，撰联送给学生，调侃相当到位，他称清华国学院的学生是"南海圣人再传弟子，大清皇帝同学少年"。梁启超的弟子自然就是康有为的再传弟子，王国维曾任清朝南书房行走，教溥仪读过书，也完全可以说，他的弟子与逊帝有同学之谊。

陈寅恪生活在多灾多难的乱世，身体屡遭病厄，心灵极为敏感，他的痛苦和忧伤几乎超过了其承受力的极限，他以独特的方式不断地挣扎着、抗争着，居然活到八十岁高寿，真可谓人间奇迹，综计这位国学大师一生所遭逢的愁苦悲惨，有以下五个方面：

一、亲友零落

伤逝之痛横亘于胸，难以消受。陈寅恪的祖父陈宝箴，历任湖北按察使、直隶布政使、湖南巡抚，其为人足智多谋，且有实干能力。曾国藩以两江总督驻安庆，待陈宝箴为上宾，视之为"海内奇士"，赠联给这位青年后辈，上联是"万户春风为子寿"，下联是"半杯旨酒待君温"，足见其意殊为看重。陈宝箴一生做过两件大事：献策席宝田，生擒太平天国幼主洪天贵福和大臣洪仁玕，这是第一件；赞成维新变法，举荐刘光第、杨锐辅佐新政，在湖南巡抚任上励精图治，开学堂，办报纸，兴实业，这是第二件。百日维新失败之后，陈宝箴坐滥保匪人罪，被革职，永不叙用，退居南昌西山，仅过两年，便郁郁而终。祖父去世时，陈寅恪十一岁，对于人生如梦、世事无常，还只有肤浅的认识。

陈寅恪的父亲陈三立，字伯严，号散原，"清末四公子"之一（另外三公子为陶葆廉、谭嗣同、沈雁潭），饶有诗才，在清末诗坛是屈指可数的名家。陈三立进士及第后，不乐意入仕途，随侍其父陈宝箴，于政务多有谋划，多有襄助。"六君子"被斫头，陈宝箴遭严谴，陈三立对政局灰心绝望，自号"神州袖手人"，从此远离政治漩涡，致力于开办新式学堂，但爱国的心火并未熄灭。1932年，日寇占领上海闸北，十九路军奋起抵抗，陈三立从报纸上得悉战况不利，愀然而有深忧，梦中狂呼杀日本人，全家都被惊醒。及至1937年7月7日，卢沟桥事变发生，"倭陷北平，欲招致先生，游说百端皆不许。诇者日伺其门，先生怒，呼佣媪操帚逐之"。（汪东《义宁陈伯严丈挽诗序》）陈三立因此忧愤成疾，拒不服药，拒不进食，五天后溘然弃世。父亲病故时，陈寅恪四十八岁，国恨家仇，燃眉灼睫，人间悲苦，味道转浓。

陈寅恪的长兄陈衡恪，字师曾，一代丹青大家，山民齐白石蛰居京师多年，籍籍无名，润格甚低，端赖陈衡恪逢人说项，为之广为延誉，且携齐白石多幅国画赴日本展览，引起轰动，卖出天价。墙内开花墙外香，齐白石一直对陈衡恪感铭肺腑，从他的悼诗——"君无我不进，我无君则退"——可见他们的交情之深厚。1923年秋，母亲俞氏病亡，陈衡恪冒雨去市中购买棺材，晚间席地而睡，寒湿侵身，竟英年早逝（48岁）。一年之内，一月之间，母、兄双双亡故。母、兄死时，陈寅恪三十四岁，正游学于德国，噩耗传来，痛断肝肠。

陈寅恪与国学大师王国维相识相交仅有一年时间，王国维生性孤僻，木讷寡言，独独与陈寅恪相见恨晚，两人互相推重，互相欣赏，论学兼论世，意气发舒，至为契密，风义在师友之间。1927 年夏，王国维自沉于颐和园昆明湖，绝命书中委托陈寅恪为他整理遗稿，信任极重，非比寻常。陈寅恪猝失知己，不胜悲痛，为王国维写下多篇文章，《王观堂先生挽词序》《清华学校王观堂先生纪念碑铭》《王静安遗书序》，还有挽联挽诗，哀悼深惜之意见于字里行间。在"碑铭"中，陈寅恪特别强调"独立之精神"和"自由之思想"，这十个字是王国维的人生基调，也是陈寅恪的人生基调，为了不离谱，不走调，他们都会孤注一掷，以命相争。亲友零落，生命危如朝露，这一切仅仅是悲剧的序幕，此后，作为悲剧的主角，陈寅恪还要饱尝人世间种种苦况，可以说，他大半生都在炼狱中度过。

二、生活窘困

九一八事变后，陈寅恪震惊之余，即预料国难将至，他与友人刘宏度偕游北海天王堂，赋诗一首，其中有浩叹"空文自古无长策，大患吾今有此身"。前句意思甚明，后句从《老子》名言"吾所以有大患者，为吾有身"化来，有身就摆脱不了俗世"八苦"（生、老、病、死、爱别离、怨憎会、求不得、五阴盛），有身就避免不了各种焦虑。抗战时期，陈寅恪和夫人唐筼备历艰辛，贫病交攻，自不待言；国共内战时期，物价飞涨，陈寅恪一度穷窘到以书易煤的地步。1947 年冬，清华大学绌于经费，无力供应暖气，即便是陈寅恪这样蜚声海内外的大教授，所得薪酬也难以维持体面的生活。冰窟中岂能住人？他只好忍痛割爱，将珍藏多年的巴利文藏经和东方语文典籍卖给北京大学东方语文系，用以购煤取暖。1948 年 12 月，陈寅恪夫妇与胡适夫妇同机离开北平去南京，在南京仅住了一个晚上，就搭车离开，后来胡适到上海劝陈寅恪同赴台湾，陈寅恪婉言谢绝。半年后，他欣然接受岭南大学代理校长陈序经送来的聘书，享受该校最高薪水，开课"唐代乐府"，居然只有胡守为一个学生选修，他照样认真讲解。傅斯年与陈寅恪素有交谊，且为姻亲（傅斯年的妻子俞大彩是陈寅恪的表妹），他在被任命为台湾大学校长前后，致力于实施"抢救大陆学人"的计划，多次电催陈寅恪去台大任教，甚至要派专机来接，最后连"战时内阁"财政部长徐堪和教育部长杭立武都登门来请，敦促陈寅恪去香港，答应给他十万元港币和一幢洋房，陈寅恪始终不为所动。蒋家王朝种种倒行逆施他已多有领教，在和平时期，一个政府连中央研究院院士、国内第一流学者冬天取暖的小问题尚且置之不理，大溃败之际，再来临时抱佛脚，还如何能够收拾人心，聚拢人气？

1949 年 5 月，中山大学教授不堪忍受悲苦的生活，敦促当局清偿积欠多月的薪酬，竟倾集出动，在广东教育厅门前挂出醒目的招牌"国立中山大学教授活命大拍卖"，当街变卖首饰、衣物、图书、字画，招致市民围观，一时间舆论哗然。陈寅恪居住在一江之隔的岭南大学，对中山大学众教授内心的苦处显然感同身受，把最爱体面尊严的教授都逼上大街丢人现眼，这样的政府令陈寅恪失望之极。

20 世纪 60 年代初，举国闹饥荒，大学教授要吃饱肚子，居然成为难事。陈寅恪享受广东省委书记陶铸亲定的住房、吃饭、穿衣等若干照顾，便引发一些教职员工的不满，群起质疑："我们没有饭吃，为什么要这样优待他？"很显然，众人只记得老祖宗那句"不患寡，而患不均"，却不曾往深处广处仔细想一想，质询这一切的前因后果。

陈寅恪享受的"特殊待遇"没能维持多久，在"文革"期间，他发出过这样的呻吟："我饿得很啊！给我一碗稀饭吃吧！"

三、屡遭书灾书劫

关于藏书屡遭损失的情况，在"文革"期间，陈寅恪写过交代稿，其中有这样一段文字："抗日战争开始时清华大学迁往长沙。我携家也迁往长沙。当时曾将应用书籍包好托人寄往长沙。当时交通不便，我到长沙书尚未到。不久我又随校迁云南，书籍慢慢寄到长沙，堆在亲戚家中。后来亲戚也逃难去了，长沙大火时，亲戚的房子和我的很多书一起烧光。书的册数，比现在广州的书还多。未寄出的书存在北京朋友家中。后某亲戚家所存之书被人偷光。" 1938 年，陈寅恪为躲避兵燹，将另外两大箱书籍交由滇越铁路托运，却不幸失窃，其中最珍贵的是他亲手批注的中文史书和古代东方书籍及拓本、照片。多年后，安南（越南）华侨彭禹铭在旧书店意外淘到陈寅恪那批失书中的《新五代史》批注本两册，无奈越南政府严禁书籍出口，这两册书迟迟不能物归原主。其后，越战爆发，彭禹铭所藏古籍数千卷尽付一炬，陈寅恪批注的史籍遂一同化为劫灰。这些损失严重影响到陈寅恪后来的著述。

陈寅恪遭遇到的最大书灾当然还是在"文革"期间，造反派学生多次前往这位史学大师居住的中山大学东南区一号楼抄家，将大字报贴得满院满室的，甚至贴到陈寅恪的床头。革命小将们顺手牵羊，生活用品尚且不肯放过，书籍更是被他们抄得"魂飞魄散"。1969 年 5 月 17 日，陈寅恪八十寿辰，女儿陈小彭回家探亲，陈寅恪气愤地说："我将来死后，一本书也不送给中大。"同年 10 月 7 日，陈寅恪含恨去世，家人迫于外界压力，只好听由校方将剩余的书籍全部搬走。最可痛惜的是，陈寅恪晚年口述的回忆录《寒柳堂记梦未定稿》，以及他的完整诗集，经此劫难，踪影全无，竟没人能够讲清楚这些珍贵手稿的下落。

四、饱受病魔摧残

陈寅恪中年目盲，晚年足膑，半生吃尽苦头。20世纪60年代初，陈寅恪曾对民进中央副主席杨东莼谈及自身命运，用十二个字概括："左丘失明，孙子膑足，日暮西山。"满怀悲怆意绪，尽皆溢于言表。

1939年春，陈寅恪的命运本已露出一线曙光，英国牛津大学聘请他为汉学教授，授予他英国皇家学会研究员称号。夏日长假，他离开昆明，前往香港，准备举家乘船去英伦。不幸的是，他抵港后不过数日，欧战爆发，远航成疑。及至秋天开学，他重返西南联大，唯有感叹"人事已穷天意远，只余未死一悲歌"（《己卯秋发香港重返昆明有作》）。一年之后，陈寅恪再去香港，等待赴英时机，战争阴霾越发浓重，较年前更难成行。为生计考虑，他只好就任香港大学客座教授。1941年12月8日，日军空袭珍珠港，太平洋战事爆发，不久，香港即告沦陷，陈寅恪失业在家，赋闲半年。早在1937年11月离开北平时，陈寅恪的右眼视网膜即已出现剥离迹象，如果后来能够顺利前往英伦，眼疾很可能得以治愈，不致失明。天欲废斯文，必先废其人；天欲废其人，必先废其眼。一代史学大师，所患眼疾，国内竟无医能治。1945年，由于战时生活苦，营养差，再加上治学不倦，陈寅恪的左眼视网膜亦加重了剥离，不得已，他住进成都存仁医院，接受手术，医生回春乏力，终告束手。当年，先生诗作皆充满悲凉惨淡之意。"颂洞风尘八度春，蹉跎病废五旬人。少陵久负看花眼，东郭空留乞米身。日食万钱难下箸，月支双俸尚忧贫。张公高论非吾解，摄养巢仙语较真。"此其一。"渺渺钟声出远方，依依林影万鸦藏。一生负气成今日，四海无人对夕阳。破碎山河迎胜利，残余岁月送凄凉。松门松菊何年梦，且认他乡作故乡。"此其二。最令人读之揪心凄绝的是《五十六岁生日三绝》的第一首绝句和第二首绝句："去年病目实已死，虽号为人与鬼同。可笑家人作生日，宛如设祭奠亡翁。""鬼乡人世两伤情，万古书虫有叹声。泪眼已枯心已碎，莫将文字误他生。"人间何世，陈寅恪视生日为祭日，视做人为做鬼，给书房取名为"不见为净之室"，其深心的苦闷分明已经达至极点。抗战胜利之后，机会姗姗来迟，陈寅恪辗转飞赴英伦，由于最佳治疗时机已被一再耽误，他的眼睛再也无法复明。一位盲眼的教授，即使清华大学、岭南大学给他配备了多位助手，治学上的种种不便仍难以全部解决。陈寅恪的平生志愿是写成一部中国通史，总结中国历史的教训，其宏愿至死也未能达成。

陈寅恪与好友吴宓在羊城见面，为诗自嘲曰："留命任教加白眼，著书惟剩颂红妆。"其兴趣点和注意力已被两位才高命薄的奇女子柳如是、陈端生吸引。"痛哭古人，留赠来者"，最得其心的是柳如是，陈寅恪精搜力探，撰成八十万言《柳如是别传》，决意为这位遭"当时迂腐者所深诋，后世轻薄者所厚诬"的才女和美女洗扫烦冤，表彰其远胜须眉的民族气节和侠义精神。他将居所命名为"寒柳堂"和"金明馆"，将自编论文集总称为《金明馆丛稿》，即源出于柳如是感伤身世、题旨为"咏寒柳"的《金明池》一词，其中有句"春日酿成秋日雨，念畴昔风流，暗伤如许"，正击中了陈寅恪内心脆弱敏感之处。他是柳如是的异代知己，钟情思慕，老而弥狂。史学界对陈寅恪晚年放弃正业，一门心思钻研女性精神世界颇有质疑之声，仍是老友吴宓私底下为之辩护，1961年9月1日，吴宓在日记中写道："……寅恪之研究'红妆'之身世与著作，盖藉此以察出当时政治（夷夏）道德（气节）之真实情况，盖有深意存焉，绝非清闲、风流之行事……"吴宓撇得太清楚，其实并无必要，岂不闻"太上忘情，最下不及情，情之所钟，正在我辈"，陈寅恪即是"我辈"性情中人之一。

1962年夏，七十二岁的陈寅恪在家中跌断右腿骨，因其年老体弱，医生不敢动手术。弟子蒋天枢建议恩师请上海的中医骨科专家王子平、魏指薪治疗，由于母兄死于庸医之手，陈寅恪向来对中医印象不佳，遂婉言谢绝。腿断前，眼虽失明，有家人搀扶，陈寅恪尚可在门前白色甬道散步。腿断后，他唯一的户外运动即告取消，无论住院居家，都等于自囚，老人内心更感觉凄苦寂寞，体质也变得越来越羸弱。1962年，广东省委书记陶铸指示医院派遣三名护士轮流照顾陈寅恪的饮食起居，并给老人送去牡丹牌电唱机一台，唱片三十二张，以名伶新谷莺领衔的广州京剧团也多次到中山大学演出，听戏遂成为陈寅恪晚年唯一的娱乐。"文革"之初，电唱机被造反派学生抄走，陈寅恪每日能听到的只剩下挂在院中的高音喇叭，全是革命小将的高亢噪声，声讨和批判"反动学术权威陈寅恪"，那些愚蠢言辞令老教授怒不可遏。陈寅恪的高工资被削减了，牛奶被断供了，健康失去了根本保障。

一代鸿儒，遭此炼狱般的折磨，这难道是命运预设的结局，不可撤销，也无从更改？近似于一道"天问"，模糊的答案久已凌乱不堪。

五、寿多则辱

1954年春，国务院派特使去广州迎接陈寅恪赴京，就任中国科学院哲学社会科学部历史研究所第二所所长，还推选他为人民政协全国委员会常务委员，在别人看来，这是两件好事，亦喜亦荣，家人、朋友都劝他策杖成行，他却以"贪恋广州暖和""宁居中山大学，康安便适（生活、图书）"和"从来怕做行政领导工作"为由，不愿挪窝。在某些领导看来，陈寅恪这般矜持，显然有点不识抬举。殊不知他根本不在乎一己之名位。1958年，批判"厚古薄今"运动开锣，陈寅恪首当其冲，遭到攻击，政治排队时，被列为"中右"。一怒之下，他不再授课，从此潜心著述。1959年，中宣部部长周扬到广州公干，顺便探访了陈寅恪，尽管他没把那句口头禅"政治先行，学术跟上"说出来，两人的交谈仍然欠缺愉悦。后来，在一次会议上，周扬特意提到自己与陈寅恪老教授的"正面交锋"：

　　我与陈寅恪谈过话，历史家，有点怪，国民党把他当国宝，曾用飞机接他走。记忆力惊人，书熟悉得不得了，随便讲哪，知道哪地方。英、法、梵文都好，清末四公子之一（按，这是周扬记忆偶误，错父为子）。1959年我去拜访他，他问，周先生，新华社你管不管？我说有点关系。他说1958年几月几日，新华社广播了新闻，大学生教学比老师还好，只隔了半年，为什么又说学生向老师学习，何前后矛盾如此？我被突然袭击了一下，我说新事物要实验，总要实验几次，革命，社会主义也是个实验。买双鞋，要实验那么几次。他不大满意，说实验是可以，但尺寸不要差得太远，但差一点是可能的……

　　从以上的交谈可以看出，陈寅恪性格耿直，竟然斗胆出题诘问中宣部部长，他真是想到什么讲什么，心中藏不住话。从另一方面看，周扬也该感到幸运，毕竟他还见到了陈寅恪的真容，康生想要登门拜访，觊觎吞下的可是一道冷冷的闭门羹。年纪愈大，陈寅恪就愈不待见政界要人，这完全是由他内心的感情和理智决定的。

　　1961年7月，吴宓从重庆到广州，探望老友陈寅恪，他们自从昆明一别，已经暌违了十多年。故友重逢，把酒言欢，自然是推心置腹。陈寅恪的心迹在吴宓的日记中都有详细的记录。在 1961 年 8 月 30 日的日记中，吴宓写道："……在我辈如陈寅恪者，则仍确信中国孔子儒道之正大，有裨于全世界，而佛教亦纯正。我辈本此信仰，故虽危行言逊，但屹立不动，决不从世俗为转移。"在 1961 年 8 月 31 日的日记中，吴宓又记道："陈寅恪十二年来身居此校能始终不入民主党派，不参加政治学习而自由研究，随意研究，纵有攻诋之者，莫能撼动。然寅恪自处与发言亦极审慎，即不谈政治，不论时事，不臧否人物，不接见任何外国客人。尤以病盲，得免与一切周旋，安居自守，乐其所乐，斯诚为人所难及。"从这两段日记我们可以看出，1961 年前后，陈寅恪的总体状况还算不错，虽然他遭到一些攻讦，自己的旧著也迟迟不能重印，难免向胡乔木发点"盖棺有期，出版无日"的牢骚，但其史学大师的地位未曾有丝毫动摇，其所执信念也未成为标靶。

1964 年夏，陈寅恪毕尽十年之力，钩沉稽隐，殚精竭虑，《钱柳因缘诗释证稿》初稿终于杀青，后易名为《柳如是别传》。稿末有《稿竟说偈》一首：

奇女气销

三百载下

埶发幽光

陈最良也

嗟陈教授

越教越哑

丽香群闹

皋比决舍

无事转忙

燃脂暝写

成册万言

如瓶水泻

怒骂嬉笑

亦俚亦雅

非旧非新

童牛角马

刻意伤春

贮泪盈把

痛哭古人

留赠来者

　　1966年,"文革"爆发,运动伊始,陈寅恪十分信赖和依赖的助手黄萱被红卫兵赶走,其后不久,连护士也被撵得逃之夭夭。红卫兵扬言:"不准反动文人养尊处优!"老人身心迭受摧残,再加上缺医少药,心脏病日益恶化。有一天晚上,革命学生到中山大学东南区一号楼抄家,打伤陈寅恪夫人唐篔。当时,谁想抄家,随时可去,并非全都出于政治原因,有的只是为了勒逼财物、珠宝首饰之类。运动升级后,红卫兵欲强行将陈寅恪抬到大礼堂去批斗,唐篔出面阻止,又被推倒在地。结果是中山大学前历史系主任、陈寅恪的清华弟子刘节代表老人挨批斗。会上有人问刘节有何感想,刘节回答道:"我能够代表老师挨批斗,感到很光荣!"关键时刻,有这样毅然护师的弟子挺身而出,陈寅恪不枉一生树艺桃李。

　　陈寅恪一家被强行迁至中山大学西南区五十号后,工资和存款同遭冻结,两位老人经济至为拮据,因无钱偿付工友工资,家具亦被人抬走。陈寅恪计无所出,万不得已,只得硬着头皮,口授一份《申请书》,由夫人唐篔代为书写,交给中大革委会。其词为:

申请书

　　一、因心脏病须吃流质,恳求允许每日能得牛奶四支(每支月四元八角)

以维持生命，不胜感激之至。二、唐筼现担任三个半护士的护理工作和清洁杂工工作，还要读报给病人听，常到深夜，精神极差。申请暂时保留这位老工友，协助厨房工作，协助扶持断腿人坐椅上大便。唐筼力小头晕，有时扶不住，几乎两人都跌倒在地。一位工友工资廿五元，饭费十五元，可否每月在唐筼活期存款折中取四十元为老工友开支。又，如唐筼病在床上，无人可请医生，死了也无人知道。

表面看去，这份《申请书》措辞简洁，语气平淡，其实是泣之以泪，继之以血。今人眼中，这份《申请书》与控诉书无异，一代史学大师竟然难以维持最基本的生存需求，用自己的存款请工友照顾生活，尚需诚惶诚恐向校方申请，这是什么逻辑！陈寅恪作"口头交代"时，一度大声抗议："我现在譬如在死囚牢！"他完全丧失了人之为人所必不可少的那点生意和生趣。

生前作自挽联不罕闻，活人给活人写挽联则罕见。1969年，陈寅恪为夫人唐筼撰写了一副挽联："涕泣对牛衣，卌载都成肠断史；废残难豹隐，九泉稍待眼枯人。"他原以为夫人唐筼终日劳累，心力衰竭，必定会死在自己前头，孰料他比夫人早死四十五天。两位老人逝世时，仅有小女儿陈美延和及门弟子刘节守护在旁，场面颇为凄凉惨淡。

作为传统书生的杰出代表，陈寅恪虽自谓"处身于不夷不惠之间，托命于非驴非马之国"，却长期以淑世为怀，终身探索自由之义谛，极其珍惜传统历史文化，崇尚气节，严守操持，不降志辱身，自少至老，始终不渝。他赠序言给弟子蒋天枢，文中写道："默念平生，固未尝侮食自矜，曲学阿世。"20世纪，道德沦丧，人心溷杂，风俗恶劣之至，人心凉薄已极，自污扒粪者所在多见，趋时媚俗者不知凡几，彼辈尊朱颂圣，投机取巧，以求眉样入时。值此浊世，陈寅恪能够修身自洁，真正做到不侮食自矜，不曲学阿世，坚守独立之精神、自由之思想和批判之态度，实属不易。六十七岁初度时，陈寅恪赋诗，得句"平生所学供埋骨，晚岁为诗欠斫头"，对环境之严酷心中有数。

陈寅恪在《论再生缘校补记后序》中写道："知我罪我，请俟来世。"他的诗中也有类似的句子："今生所剩真无几，后世相知或有缘。"应该说，他并不担心人亡学废，他有所期待，也信任后人。后人果然就值得他信任吗？即询于后人之后人，答案亦恐难明。

本文首发于《无独有偶》2011 年第 1 期

天生快活人

——『中国语言学之父』赵元任

赵元任（1892—1982），字宣仲，又字宜重，江苏武进人。语言学家，音乐家。1920年任清华学校物理、数学和心理学教员，为期一年。1925年至1929年任清华国学院导师。著作有《赵元任全集》（20卷，商务印书馆）。

在中国现代学术界，赵元任被赞誉为"文艺复兴式的智者"，是不可多得的通才。他在回忆录《从家乡到美国》中注明："我是宋朝始祖赵匡胤的第三十一代孙。"他的祖辈中出过文学家，清朝乾隆时期的著名诗人赵翼是其六世祖，"江山代有才人出，各领风骚数百年"，这诗句广为人知，版权即归属其名下。沧海桑田，王朝更迭，皇家血统的重要性只有谱牒研究者才会津津乐道，争气的男儿、有出息的男儿，毕竟不靠它来装饰门面。

十二岁，赵元任痛失严父慈母，从此养成自主其行为的独立精神。他父亲赵衡年善吹笛，母亲冯莱荪擅长吟诗填词唱昆曲，他们给予儿子的丰厚遗产是音乐天赋和文学天赋。

十八岁，他以总分第二名的成绩考取庚款留学资格，入美国康奈尔大学主修数学，选修物理和音乐。

二十六岁，他获得哈佛大学哲学博士学位，尔后读到高本汉所著《中国音韵学》，大受启发，即转移学术兴趣。在哈佛大学和法国莎娜学院深造语言学，奠定了日后坚实的研究基础。

二十八岁，他回国后在清华学校任教，所教课程为数学、物理和心理学。英国哲学家罗素访华，在中国内地巡回演讲，赵元任担任现场翻译。

三十三岁，他接受清华学校国学研究院聘书，与王国维、陈寅恪、梁启超合誉为"四大导师"，其英才早秀尤其令人瞩目。

三十七岁，他被中央研究院聘任为历史语言研究所研究员兼语言组主任，潜心研究中国方言。

四十岁，他担任清华大学留美监督处主任，为期两年。

四十七岁，他定居新大陆，受聘为美国名校（耶鲁大学、柏克利加州大学）教授，先后当选为美国语言学会会长、美国东方学会主席。

八十一岁，他将台湾"中央研究院"的厉禁——凡是去过大陆的"中研院"院士一律取消院士资格——抛之脑后，顶着压力，与夫人杨步伟回到暌违已久的祖国探亲。

八十九岁，他再次回到了祖国，欣然接受北京大学授予的名誉教授头衔。在临湖轩内，他双手打节拍吟唱《卖布谣》，与嫡系弟子、再传弟子畅叙别情，霜雪覆首而霞晖满目。须知，赵元任在中、美两国担任教职共六十三年之久，中国当代三位著名的语言学家（王力、吕叔湘、朱德熙）均是他的高足弟子，称他桃李满天下，半点也不夸张。

一、博学多才，颇受友辈推崇

赵元任通晓十余种外国语言和三十多种中国方言，是语言学界公认的斫轮老手。"赵先生永远不会错"，美国语言学界对他有如是之崇信。对于赵元任的音乐才华，朋辈赞不绝口，"曲有误，周郎顾"固然是好功夫，度曲如度假就更是硬本事了。在哲学、心理学、数学和物理学等诸多学科，赵元任均造诣非凡，由商务印书馆出版的《赵元任全集》皇皇二千万言，其宏富真是不可方比。

学者长期枯坐书斋里，闷葫芦居多，而赵元任是一个典型的例外，论性情活泼开朗，他比胡适、刘半农、钱玄同、徐志摩等一众"化学分子"有过之而无不及。别人寻衅滋事大打笔仗乐此不疲，他作词、谱曲饶有兴味，由他度曲的《教我如何不想他》《扬子江上撑船歌》风靡全国；别人哼哧哼哧搬弄这个主义那个主义，他却乐颠颠地跑到民间去收集山歌水调，记录方言俚语。他是纯粹的学问家，在乱世里，悲怨色彩浓得化不开，但他从不唉声叹气地度日，从未在谴责谩骂声中旋踵。他相信社会总得进步才行，曾经劝告悲观者："现在不像从前，怎见得将来总像现在？"赵元任与人为善，无论是谁，只要能具备一技之长，都乐见其成。许多学者由于政见不合而反目成仇，但他不会这样，学问本身足供他安身立命。他有他的独门秘诀，滤净生活的苦涩滋味，说他是迦叶尊者转世也不为过。

胡适与赵元任交情极深，对他钦佩和推崇溢于言表。《胡适留学日记》，1916 年 1 月 26 日，他这样写道：

> 每与人平论留美人物，辄推常州赵君元任为第一。此君与余同为赔款学生之第二次遣送来美者，毕业于康南耳，今居哈佛，治哲学，物理，算数，皆精。以其余力旁及语学，音乐，皆有所成就。其人深思好学，心细密而行笃实，和蔼可亲。以学以行，两无其俦，他日所成，未可限量也。余以去冬十二月廿七日至康桥（Cambridge），居于其室。卅一日，将别，与君深谈竟日。居康桥数日，以此日为最乐矣。君现有志于中国语学。语学者（Philology），研求语言之通则，群学之关系，及文言之历史之学也。君之所专治尤在汉语音韵之学。其辨别字音细入微妙。以君具分析的心思，辅以科学的方术，宜其所得大异凡众也。别时承君以小影相赠，附粘于此而识之。

胡适有鉴人的慧眼，他对赵元任的推崇并非出于交谊之私，而是出于理智的洞察。

徐志摩是文人学者沙龙中有名有数的开心果，但他在赵元任面前仍属小巫见大巫。我们不妨来看看"诗魔"的文章《赵元任是个天生快活人》，他毫不吝惜笔墨，字里行间全是褒美：

> 我第一次见识赵元任先生是在美国绮色佳地方的一个娱乐性质的集会上。赵先生站在台上唱《九连环》，得儿得儿得儿的滚着他灵便的舌头。听的人全乐了。赵元任是个天生快活人——现代最难得的奇才。胡适之有一个雅

号，叫做"不可救药的乐观主义者"：他的嘴唇上（有小胡子时小胡子里）永远——用一个新字眼——"荡漾"着一种看了叫人忘忧的微笑。这已经是很难得了；但他还不算是天生快活人。赵先生才是的。赵先生的微笑比胡先生的"幽雅精致"得多；新月式的微笑；但是你一见他笑你就看出他心坎里不矫揉的快乐，活动的，新鲜的，像早上草瓣上的露水。

真快活的人没有不爱音乐，不爱唱歌的。赵先生就爱唱莲花落、山歌、道情、九连环、五更、外国调子，什么都会。他是一只八哥。

因此赵先生的脸子比较算是圆的。看现代的心理状态，地支里应加入一只骡子。悲哀，忧愁，烦闷，结果我们年轻人的脸子全遭了骡化！因此赵先生在我们中间，就好比是一群骡子中间夹了一只猫。

赵先生对这个时代负的责任不轻。我们悲，赵先生得替我们止；我们愁，赵先生得替我们浇；我们闷，赵先生得替我们解。

许多人都有万斛愁，无处发售，无处倾吐，赵元任纵然是大慈大悲千手千眼观世音菩萨，也爱莫能助。真使人快活的社会是难寻的，真使人快活的时代从未见于前史，快活绝对不是外部世界给某个人、某个集体空投的礼物，就跟烦恼多属自寻一样，快活也须反躬自求，但手法有高下，心思见浅深，此中的诀窍只可意会，不可言传。

二、"爱有多深，怕有多深"

中国人原本是有名有字的，赵元任字宜重，依古人成法，同辈人互相称字，直呼其名则为失礼。赵元任赴美深造多年，感觉国人的繁文缛节是包袱，该卸下则要卸下，该放弃则要放弃，国外祖孙父子之间均称名不讳，反倒显得亲切自然。他回清华任教后，某人开饭局，特意送请帖给他，抬头处的称谓是他久已陌生的"赵宜重先生"，赵元任并不皱眉，而是哈哈一笑，当着送信人，拿起请帖，在"赵宜重先生"字样下落笔"已故"二字，正式宣告此后他只以真名见人，那些旧礼数一概作废。

二十八岁时，赵元任与北京森仁医院的大夫杨步伟情投意合，两个快活人算是各自找到了一面适相匹配的"镜子"。20世纪20年代初，英国哲学家罗素到中国内地巡回演讲，这是中国学术界的头等大事，赵元任顶着哈佛大学哲学博士的光环，又是公认的语言学家，懂得高等数学、逻辑学和哲学，学界名流蔡元培、陶孟和、丁文江、秦景和一致认定，翻译之职非赵元任莫属。朋友、情侣、教授和作曲家，这四个角色，赵元任全都胜任愉快，当翻译表现如何，则是未知数。因为恋爱的缘故，他曾经迟到半个钟头，害得罗素在北大讲坛上六神无主，举首四顾心茫然。但实话实说，赵元任的翻译水平确有过人之处，他不仅能用普通话翻译，还能用方言传译，使罗素巡回演讲的效果远远超过杜威（胡适当翻译），在学术界为自己挣得了高分和好评。当然，赵元任也不是全无闪失。有一次，向来主张试婚的罗素演讲《不娶的男人和不嫁的女人》，赵元任在台上当翻译，杨步伟在台下当听众，两人抓紧分秒闲暇眉目传情。杨步伟的英文程度高，闻题而笑，赵元任稍微分神，将罗素的演讲题目翻译为"不娶的女人和不嫁的男人"，顿时台下哄堂大笑，弄得罗素丈二和尚摸不着头脑。事后，杨步伟抓住这个现成的把柄，嬉皮笑脸地敲打赵元任："赵先生，到底是你嫁呀！还是我娶？"赵元任脸红了，反应并不迟缓："谁嫁谁娶，结果还不是一样。"

杨步伟是名门闺秀，祖父杨仁山是中国佛教协会和金陵刻经处的创始人。她在大家族中长大，比诸位兄长更会读书，也更顽皮。上家塾时，启蒙老师捧着《论语》，照本宣科："子曰：割不正不食。"杨步伟越想越不对劲，等到了开饭时，她就径直批评孔夫子穷讲究而且浪费食物："他只吃方块肉，那谁吃他剩下的零零碎碎边边角角呢？"结果可想而知，她的高见招来父母一顿劈头盖脸的非难和指责，说她唐突先生，对孔圣人不恭敬。杨步伟并未老实下来，她读完《百家姓》，一时兴起，竟编出顺口溜来嘲弄塾师，当成儿歌传唱："赵钱孙李，先生没米。周吴郑王，先生没床。冯陈褚卫，先生没被。蒋沈韩杨，先生没娘。"这野丫头大脚板，高高瘦瘦，被长辈斥为不懂规矩的"万人嫌"。十六七岁时，杨步伟仗着祖父杨仁山的支持，毅然取消了与表弟的婚约，为此父女失和，竟有八年之久两人不讲半句话。杨步伟报考南京旅宁学堂，入学考试的作文题是《女子读书之益》，她胆量极大，落笔就是石破天惊的句子："女子者，国民之母也。"她原名兰仙，后来祖父给她取学名韵卿，"步伟"这个大名，是她的同学、好友林贯虹看她抱负不凡专门为她量身定制的，男性味十足，后来林贯虹因病早逝，为了纪念她，杨步伟就让韵卿这个学名永远退出了各种表格。

杨步伟留学日本帝国大学时主修的是医科，她仁心仁术，回国后遵从父亲遗嘱，与朋友李贯中在北京西城区绒线胡同创办森仁医院，只设儿科和妇产科，打算终身不嫁，以悬壶济世为己任。但"己任"终究敌不过"元任"，再坚固的磐石也会随爱情而转移，青年才俊赵元任活力四射，魅力无穷，她着了迷，便欣然放弃事业，回归家庭，生下四个宝贝女儿，写出《杂记赵家》和好几本食谱，其中一本食谱，为它提笔作序的人是胡适，还有美国女作家、1938年诺贝尔文学奖获得者赛珍珠，赛珍珠夸赞杨步伟的食谱广受欢迎，好到了可以荣获诺贝尔化学奖的程度，评价之高，溢美之过，实属罕见。杨步伟比赵元任大三岁，正应了"女大三，抱金砖"的老话，他们的婚姻美满幸福。

1921年6月1日，是赵元任和杨步伟挑选的婚期。两人事先约定，不举办任何仪式，极之简单而文明。他们先到中山公园当初定情的地方拍了张照片，然后由杨步伟亲自下厨掌勺，做成四碟四碗的家宴，请来好友胡适、朱徵共进午餐。吃饭时，两位嘉宾还全然不知晓这对情侣请客的事由。饭后，赵元任从抽屉里取出两页纸，开心地说："今天请二位来作个公证。"胡适生出好奇心，立刻打开文件来看，一张是结婚通知书，文字很新鲜："杨步伟小姐和赵元任先生于1921年6月1日下午3点东经120度平均太阳标准时结为夫妻。……我们不收任何贺礼，但有两项例外。例外一：抽象的好意，例如表示于书信、诗文或音乐等，由送礼者自创的非物质的贺礼；例外二：或由各位用自己的名义捐款给中国科学社。"另一张是结婚证明，言简意赅："下签名者赵元任和杨步伟同意申明他们相对的感情和信用的性质和程度已经可以使得这感情和信用无条件的永久存在。所以，他们就在本日，（民国）10年6月1日，就是西历1921年6月1日，成为终身伴侣关系，就请最好朋友当中两个人签名作证。"胡适和朱徵都有出国留学的经历，可算是见多识广，但这样新奇的婚礼还是第一次参加，能够荣幸地成为证婚人，他们无不乐从。胡适细心，接到请柬时，他就猜测赵元任和杨步伟有大事要办，因此预先包好一部自己圈点的《水浒传》带在身边，果然不出所料，他的"抽象的好意"派上了用场，礼物的精神价值远高于物质价值，赵元任和杨步伟当即笑纳。可以说，《水浒传》是一部最不能反映婚姻之美满的小说，里面夫妻罕有和谐相处的，女人（阎婆惜、潘金莲、潘巧云、卢俊义妻贾氏等）多被丑化为红杏出墙的荡妇淫娃，遭到男人的毒手。胡适是否想到了这一层？对此杨步伟倒是毫不介意。胡适建议赵元任夫妇在结婚证明上贴一枚四角钱的印花税票，以示完全合法。后来，赵元任问过访华的英国思想家罗素这种仪式极简的婚礼是否太保守了，罗素回答他："这恰恰是足够的激进！"

早在结婚之前，赵元任应该交代的也都交代了，但还有一句话如鲠在喉，不吐不快，他说："你的脾气和用钱我都能由你，只有一件事，将来你也许会失望的，那就是我打算一辈子不做官，不办行政的事。"杨步伟从未有过非得做官太太不可的想法，甚至认为书生从政，受骗必多，上当必多，吃亏必多，后来她就反对过好友胡适短期踏上仕途。

1925 年，赵元任夫妇接到清华的聘书，从欧洲回国，在上海稍事逗留。其时，东南大学发生风潮，校长人选卡壳，巧的是，对垒双方（杨杏佛和胡刚复）相持不下，却又都是赵元任的朋友，因此赵元任若肯出掌东南大学，各方均能接受。但不管杨杏佛和胡刚复如何磨破嘴皮子苦苦挽留，赵元任就是不肯应允，他不愿蹚这趟浑水是一方面，当官有违初衷则是另一方面。他到清华国学研究院去当导师，那才是他爱干的事情。

无独有偶，1946 年夏天，中央大学校长出缺，教育部长朱家骅的心目中已有个不二人选，那就是赵元任。部长大人的电报连发五通，催促之紧急不亚于宋高宗连发十二道金牌召还岳飞。赵元任反复推辞，不肯就职，回电要言不烦："干不了，谢谢！"朱家骅仍不死心，亲自打电话给杨步伟，希望她能吹吹枕边风。杨步伟的答复同样没有回旋余地："我从不要元任做行政事。"他们担心类似的情况还会再发生，干脆留在美国，作永久定居计，省却了许多麻烦。这也造成他们与中国大陆二十七年的隔绝，在大陆，他们的爱女赵新那只能与父母鸿雁往返，由于共知的原因，一度失去音讯。

唯有轻松方能快活，赵元任的后天修为都是以"拿得起，放得下"六字为心法，他不想做柳宗元寓言中贪多务得的蝜蝂，把什么东西都背在背上，压得自己寸步难行。许由逃名要跑老远的路奔赴深山大泽，赵元任逃官仍旧可以在美国的大学做教授，他岂有不快活的道理。

婚姻质量还得讲究，夫妻有争吵，未必就不妙。无论夫唱妇随，还是河东狮吼，总有一方会遭受压抑而气闷胸胀。夫妻斗嘴皮子，通常会斗得脸红脖子粗，彼此大伤感情。赵元任与杨步伟斗嘴皮子，却斗得比烟花更璀璨，旁人看着喜欢，也羡慕，称他们是神仙眷侣，多数友人会举手赞同。两个高级知识分子从自由恋爱到白头偕老，性格相反相成而不起冲突，一方乐于牺牲，一方勇于负责，这就非常难得了。赵元任和杨步伟的婚姻比胡适和江冬秀的婚姻确实要高出两三个幸福刻度。有一次，胡适问杨步伟，平时在家里谁说了算？杨步伟从容作答："我在小家庭里有权，可是大事情还是让我丈夫决定。"但她随即补充道："不过大事情很少就是了。我与他辩论起来，若是两人理由不相上下，那总是我赢。"杨步伟的语言技巧不低，胡适闻言，忍俊不禁，猜想赵元任必有季常惧内之疾，哥儿俩理应同病相怜。对此，赵元任会不会照单认账？关于惧内的质疑，他的太极推手四两拨千斤，百分之百漂亮："与其说怕，不如说爱；爱有多深，怕有多深。"这话倒也实诚，比辜鸿铭的那句瞪眼诈唬"不怕老婆，还有王法吗"更低调。怕老婆的男人总比不怕老婆的男人更疼爱自己的老婆，如此说来，就有点像是绕口令了。

1946年6月1日，赵元任和杨步伟夫妇的银婚纪念日，证婚人胡适因病未能亲临赵家祝贺，于是寄去一首打油诗《贺银婚》作为礼物，诗句很诙谐："蜜蜜甜甜二十年，人人都说好姻缘。新娘欠我香香礼，记得还时要利钱。"

有人称赞赵元任做学问具有唐僧玄奘的求实精神，但玄奘历尽劫难，克成其功，绝对离不开观世音菩萨的全程保护，杨步伟就是赵元任的观世音菩萨。这话颇得赵元任的首肯。1973年4月，这对贤伉俪回到阔别已久的祖国，5月13日夜间，周恩来总理亲切接见了赵家一行五人，请他们吃了别有风味的夜点——粽子、春卷、小烧饼、绿豆糕，赵元任的老友丁西林、黎锦熙、竺可桢、吴有训也在座，双方畅谈了文字改革和赵元任致力研究的《通字方案》。杨步伟的健朗给周恩来总理留下了深刻的印象，赵元任介绍夫人时出语诙谐："她既是我的内务部长，又是我的外交部长。"杨步伟一身而二任，又岂止是二任，她勤勤恳恳，甘做贤内助和全职母亲，丈夫著作等身和四个女儿悉数成才，这就是对她最好的肯定。

1971 年 6 月 1 日，赵元任夫妇庆祝金婚，从红颜到白首，两人相携走过了半个世纪的风雨长路，共尝艰苦，分享快乐，感情与日俱增，这很不容易。逢此吉期，杨步伟不可能无所表示，她吟成《金婚诗》，谐趣之中另含美意：

吵吵争争五十年，
人人反说好姻缘；
元任欠我今生业，
颠倒阴阳再团圆。

赵元任与杨步伟情投意合，但两人的个性趋向于两极。赵元任淳朴忠厚，自制力强，凡事三思而后行，富于涵养，待人接物和蔼可亲，春风风人，化雨雨人。杨步伟则豪爽果断，刀子嘴豆腐心，热心公益，想做的事情铆足干劲，不可终止。两人的意见时有不同，争吵总是难免的，但他们不曾翻脸，更不曾反目，争吵之后，无论谁占上风，谁是赢家，都会云开雨霁。《金婚诗》意思很显明，两人来世还要搭伙做夫妻，但角色必须阴阳互换，权当是赵元任偿还今生的"欠债"吧。这样好玩的主意，老顽童赵元任不可能不在第一时间做出回应，他的和诗足够让夫人莞尔：

阴阳颠倒又团圆，
犹似当年蜜蜜甜。
男女平权新世纪，
同偕造福为人间。

赵元任乐得来世再续前缘，至于角色的阴阳互换，他不仅表示赞同，而且先行付诸实施，署名即由元任变为"妸妊"。杨步伟读后笑出声来。她原本就有男子汉刚强果断的性格，最出色的表现是，南京沦陷前，撤离的船票极紧张，她让生病的丈夫和大女儿先走，自己和三个小女儿留在后头，千钧一发之际幸而脱险，否则她早就已经成为南京万人坑中的一堆白骨。在《杂记赵家》中，杨步伟说过一句蛮好玩的大实话："不管是哪一国，嫁了一个教授，都是吃不饱饿不死的。"真要调换角色，就该她来做教授了，让赵元任充当全职太太，洗衣浆衫，生育四个宝贝女儿试试。

杨步伟的幽默感并不逊色于赵元任，赵元任在耶鲁大学任教时，常常因为漫不经心乱泊车而收到罚单。后来，他要离开耶鲁去哈佛任教，临行前不得不去警局勾销旧账。办事的警察与赵元任夫妇早已熟识，问他为何要离开耶鲁，杨步伟打趣道："你们给他开的罚单太多了，我们只好离开此地。"警察知道这是开玩笑，马上给足顺水人情："下次你们违章停车，我们不开罚单就是了。"

三、"好玩儿"

中国的儒家文化是一种耻感深、忧患意识强的文化，总教你严肃更严肃，认真更认真，先忧后乐，先苦后甜。颜回身居陋巷，箪食瓢饮，居然能够乐道安贫，孔子击节称赞，因为这是正常人很难做到的事情。中国的道家精神倒是与西方的酒神精神有几分相似，但前者是消极的，后者是积极的，不仅感情上更热烈，解忧的方法也更多，幽默感无疑是不可匮乏的救命心丹。苏格拉底在牢狱中与弟子诀别，尚且能够谈笑风生，甚至不忘嘱咐弟子帮他还愿，将一只鸡献祭给神庙，其定力源于内心的彻悟，也源于骨子里的幽默感。

幽默分为冷幽默和热幽默两种，前者是芥末，后者是番茄酱，各有千秋，只要用得好，均能收到奇效。鲁迅最拿手的是冷幽默，如《阿Q正传》，能使人含泪而笑。赵元任最拿手的是热幽默，能使人忍俊不禁。赵元任作格言体的《语条儿》，其中一则是这样写的："笑话笑着说，只有自己笑。笑话板着脸说，或者人家发笑。正经话板着脸说，只有自己注意。正经话笑着说，或者人家也注意。"有一次，他给好友写信，信尾特别强调："要是你收不到这封信，请你赶快通知我，我好告诉你是什么时候付邮的。"结果收信人笑得肚子疼，不由得感叹道："哈佛的博士果然名不虚传！"赵元任是语言学家，他偶尔技痒，会编些幽默故事，令人大开眼界，拍案叫绝。请看他用一堆同声同韵单音字创作的《施氏食狮史》：

石室诗士施氏，嗜狮，誓食十狮。氏时时适市视狮。十时，适十狮市。是时，适施氏适市。氏视是十狮，恃矢势，使是十狮逝世。氏拾十狮尸，适石室。石室湿，氏使侍拭石室。石室拭，氏始试食十狮尸。食时，始识是十狮尸，实十石狮尸。

试释是事。

赵元任要说明的是语言和文字具有相对独立性，有的东西看文字能会意，若只用口说，就没人能够听懂它了。《施氏食狮史》短小精悍，笑料赅备而情节完整，懂古汉语的人一目了然，确实饶有趣味。此文收入了《大英不列颠百科全书》，成为汉学家们压箱底的噱头。就算赵元任是游戏笔墨，把汉语同声同韵单音字述事的极限能量展示出来，也是顶上功夫，汉字的内在张力得以彰显。除了这篇《施氏食狮史》，赵元任还写过《西溪犀》《唧唧鸡》和《羿裔熠邑彝》，都是用同声同韵单音字叙事的精妙短章。

"中国语言科学的创始人""中国语言学之父"，这两个尊号赵元任当之无愧。他通晓三十三种中国方言和多种外国文字。凡是阅读过其自传《从家乡到美国》的人都会留下深刻印象：赵元任喜欢写纯粹的白话文，口语化（尤其是儿化）倾向十分明显，他不写"开始"而写"起头儿"，他不写"很可惜"而写"怪可惜儿的"。曾有人以试探的口气问他："你到底懂得几国语言，能使用几国文字？"赵元任如实相告："在应用文方面，英文、德文、法文没有问题。至于一般用法，则日本、希腊、拉丁、俄罗斯等文字都不成问题。"正因为这样，他能将各国的语汇信手拈来，编成笑话。其中有这样一则：从前一个老太婆初次接触外国人，听他们说话，简直稀奇得不敢置信。比如法国人说五个，读音却是三个；明明是十，日本人却读成九；好端端的水，英国人却说它是窝头。这类小笑话很别致，而又相当好玩。

因为"好玩儿"，赵元任迷恋语言学，他不想哗众取宠，也不为沽名钓誉，只求好玩儿。论语言天赋，赵元任甚至超过了前辈学人辜鸿铭。最具说服力的是，他曾在法国索邦用法语演讲，发音标准而语言纯粹，听众夸赞他的法国话讲得太棒了，比法国人讲得还要好。赵元任在欧洲游历时，总是有人认他为"老乡"。二战后，赵元任到法国参加世界科学会议，他对行李员说巴黎世俗土语，对方误以为他是久别而归的本地居民，不禁感叹道："你回来了啊！现在可不如从前了，巴黎穷了。"会后，他去德国柏林访朋友，用柏林口音的德语与当地老人聊天，对方也当他是避难而归的本地学者，用欣慰的语气对他说："上帝保佑，你躲过了这场大灾难，平平安安地回来了。"赵元任学语言，善于掌握规律，所以快捷而准确。他随处留意，转学多师，他向许多他教过的学生学方言，他请吴组缃到家中作客，一个多星期就学会了安徽泾县话，其神速令人咋舌。赵元任与同桌诸人用不同的方言交谈，那只是他的小把戏，他表演口技"全国旅行"，才真叫滑稽之雄，单凭方言"走动"，从北到南，从东到西，介绍各地的名胜古迹和风土人情。他讲起来滔滔不绝，比单口相声更好听更传神，观众都被他的语言才能和幽默感征服了，又是欢笑，又是钦佩。然而语言学家也不是万能的，粤语就曾是赵元任的短板。有一次，他从法国马赛乘船回国，在香港上岸，逛商店时，他看中一双白皮鞋，要买两双，这是他的习惯，喜欢的鞋子总要备份。可是他蹩脚的粤语对方听不懂，普通话、英语也完全失灵，他只好伸出两个手指向店员示意。对方皱着眉头嘟哝道："一双鞋不就是两只吗？还要说什么？"赵元任败了兴，只好走人，可是他前脚尚未踏出门槛，突然听到店员说出一句鲜过味精的话来："我建议先生买一套《国语留声片课本》听听，你的国语太差劲了。"赵元任回过头，问他谁的国语留声片最好。店员想都没想，说是赵元任的最棒。杨步伟这下可乐了，她指着赵元任对店员说："你知道他是谁吗？他就是赵元任啊！"店员颇有点愤愤然，翻着白眼反驳道："你别开玩笑了，他的国语这么差，怎么能跟赵元任比？"李逵秒变为李鬼，如此一来，赵元任夫妇非但不生半点闲气，还觉得好笑好玩，纵然少买了一双喜欢的皮鞋，乐趣可是丝毫也不见短少。

赵元任曾说："去国不久的人，不懂得思念故土的深情。"1981 年，由大女儿赵如兰、大女婿卞学鐄、四女儿赵小中陪伴，他拄杖归国，去常州等地寻访老亲旧交。适逢清华大学校庆七十周年，他欣然前往母校，由现校长刘达与故校长梅贻琦先生的夫人韩咏华陪同，畅游清华园。他站在自己曾经住过的院子外面，半个多世纪前的一幕幕情景在脑海里仿佛放电影一般，还是那么有声有色。他动情地唱起了清华的校歌："西山苍苍，东海茫茫。吾校庄严，屹立中央……"他有落叶归根、重返清华的强烈意愿，清华也有迎回这位国际著名学者的妥善安排，如果死神的脚步迟到一段时间，这桩美事或许能够达成。

快活过一世，终有谢幕时。1981 年 3 月 1 日，杨步伟在美国加州病逝，赵元任暮年失伴，平生最巨量的悲恸如海啸般袭上心头，几乎击垮他固若金汤的理性堤防。他致书友人，其中有痛切的话语："韵卿去世，一时精神混乱，借住小女如兰处，暂不愿回柏克莱，今后再也不能说回'家'

了。"1982 年 2 月 24 日，这位九旬学者急匆匆赶赴天堂去与夫人聚首，在人世间，他们有过最简单的婚礼，也有个最简单的葬礼——女儿们遵从父母遗愿，将二老的骨灰撒入太平洋。没错，天生的快活人就应该有一个洒脱的结局。

本文首发于《书屋》2012 年第 1 期

身披絮衣陷棘丛

——吴宓为情所困

吴宓（1894—1978），字雨僧、雨生，陕西泾阳人。文学家，学者。1925年任清华研究院主任。1926年至1937年任清华大学外文系教授。1938年至1944年为西南联大外文系教授。三度代理清华外文系主任。著作有《吴宓诗集》（商务印书馆）和《吴宓日记》《吴宓日记续编》（20册，三联书店）。

"性格即命运"，此语八九不离十。细看吴宓的遭际，性格确实起到了决定性作用。他是一根水晶柱，极其透明，却又是一个矛盾体，处处自相冲突。比如说他严肃、古板，却又崇尚浪漫主义，这就会产生不可思议的喜剧效果，同时染上难以刊落的悲剧色调。吴宓的一生是一部破绽百出的戏剧脚本，正说明了矛盾性格在多大程度上妨害了他。

一、"飞蛾撞昏在灯罩上"

三岁时，吴宓过继给叔父吴建常（仲旗公），这位嗣父颇有建树，不是寻常角色，允称文武全才，民国时做过陕甘都督府参谋长兼秘书长，赋闲沪上后，于北里选色征歌，令诸名妓争相示爱。吴宓对于仲旗公的风流倜傥敬羡有加，但他抱怨嗣父未能及早点拨他熟谙女子心理，对恋爱技术更是秘不传授，使其情场作为乏善可陈。

吴宓一生痴恋毛彦文，为她创作数百首《忏情诗》《正情诗》和整整五大本《日记》。吴宓《空轩诗话》坦白交代："余生平所遇之女子：理想中最完善，最崇拜者，为异国仙姝（美国格布士女士），而实际上，余爱之最深且久者，则为海伦（Helen，毛彦文的英文名）。本集之诗，可为例证，凡题下未注姓名之情诗，皆为海伦而作者也。"

当年，毛彦文才貌出众，身边总会有"不怕死"的追求者大献殷勤，吴宓一身旧文人孤芳自赏的习气和毛病，标榜柏拉图主义，赞美柳下惠坐怀不乱的君子之风，他居然在候选者队伍中打头阵，着实令人惊奇。

温源宁教授任教于清华、北大两名校，在其人物特写集《一知半解》中，有篇《吴宓先生：一个学者、君子》，他"亲切写真"，以暗藏戏谑、略带夸张的笔墨栩栩如生地勾画出吴宓的形象——

世上只有一个吴雨生，叫你一见不能忘。常人得介绍一百次，而在第一百次，你还得介绍才认识。这种人面貌太平凡了，没有怪样，没有个性，就是平平无奇一个面庞。但是雨生的脸孔堪称得天独厚：奇绝得像一幅讽刺漫画。脑袋形似一颗炸弹，且使人觉得行将爆炸一般。面是瘦黄，胡须几有随时蔓延全局之势，但是每晨刮得整整齐齐。面容险峻，颧骨高起，两颊深陷，一对眼睛亮晶晶的像两粒炙光的煤炭，灼灼逼人——这些都装在一个太长的脖子上及一副像支铜棍那样结实的身材上。

头既昂起，背又挺直，雨生看来颇有庄严气象。他对于自己的学问抱负不凡，而他的好友也视他为一位天真淳朴的人物。他为人慷慨豁达，乐为善事，每为人所误会。待人接物，每偏于忠厚，而对于外间之批评也不能漠然。因此雨生的心灵永是不安的，不是在怅惘咨嗟，便是在发愤著作……

吴宓，字雨生，又字雨僧，原名陀曼。1912 年，在上海圣约翰大学读书，同学中有些小洋奴给他取诨名"糊涂 men"（与吴陀曼谐音），于是他一气之下改名为"宓"，宓有安静之意，吴宓内心躁动，并不安静。吴宓长成一副酷相，出来吓人已经不对，做情圣自然更属痴心妄想。说来话长，毛彦文在浙江女子师范学校读书时，表哥朱君毅（在清华园与吴宓同学六载）写信给她，委托她就近考察一位女学生陈心一，说是正在美国哈佛大学攻读比较文学的好友吴宓虚室以待，欲娶陈心一为妻，却又拿不定主意。毛彦文不清楚吴大才子在择偶方面的个人好恶，她汇报的考察意见相当客观："陈女士系一旧式女子，做贤妻良母最为合适。皮肤稍黑，但不难看，中文清通，西文从未学过，性情似很温柔。倘吴君想娶一位能治家的贤内助，陈女士似很恰当，如果想娶善交际、会英语的时髦女子，则应另行选择。"毛彦文答应，等吴宓回国后，她还有多位闺蜜，都可介绍给他认识。此前数年，陈心一通过其弟陈烈勋（也是吴宓的清华留美同学）邮寄的《清华周刊》读过大才子吴宓的诗文，对他印象颇佳，甚至由仰慕其才而暗生情愫。毛彦文不用晒出那份闺蜜名单，吴宓已克服满脑子的疑怯，决心与陈心一先结婚后恋爱。

1921 年夏天，吴宓回国与陈心一举行了文明婚礼。当时，吴宓满脑子男权思想作祟，认为对方是贤妻良母更好，能做主妇就行。及至娶了陈心一，虽然他肯定妻子的"辛勤安恬""谦卑恭顺"，却因为她思维迟钝、不善辞令、拙于交际和缺乏文学修养而深感不足，在性生活上，他缺乏"内在的冲动"，在精神领域，两人更是无法共鸣。吴宓与陈心一的婚姻勉勉强强维持了八年（1921—1929），终因吴宓不爱陈心一而宣告破裂。1929 年，为了筹集一笔可观的离婚费用，吴宓八方求援，竟然向好友白屋诗人吴芳吉索债。吴芳吉认为吴宓以追求真爱为由，冷酷无情地遗弃妻子陈心一和三个年幼的女儿，纯属不负责任地胡来，他劝解无效，就故意拖欠债款不还，为这件事，一向重友谊如泰山的吴宓竟差点与吴芳吉翻脸绝交。后来，吴宓向好友姚文青吐实，他对陈心一"敬而不爱"，离婚是不可改变的必然结局。

1935 年底，吴宓选编《空轩诗话》，对自己的心迹有过一番彻底的剖白："予之离婚，只有道德之缺憾，而无情意之悲伤，此惟予自知之。彼在当时痛诋予离婚（使予极端痛苦，几于殒身）及事后屡劝予复合者，皆未知予者也。予恒言，道德乃真切之情志，恋爱亦人格之表现。予于德业，少所成就，于恋爱生活，尤痛感失败空虚，然予力主真诚，极恶伪善，自能负责，不恤人言，且敬事上帝，笃信天命。对人间万事，一切众生，皆存悲悯之心，况于亲交之友（如已殁之碧柳）及深爱之女子（如别嫁之海伦），岂有不婉解曲谅，而为之诚心祝福者哉。"

十七岁时，毛彦文在家乡江山演出过一幕逃婚大戏，闹出了不小的动静，以致引起当地人对洋学堂的反感，认为西式教育专教女生学习坏样，更有好事之徒作《毛氏逃婚记》，大加渲染。毛家费了九牛二虎之力（赔钱赔礼），才好不容易解除了与方家订立的婚约。毛彦文与表哥朱君毅青梅竹马，日久生情，逃婚之后，他们得到双方家长的认可，订下正式婚约，男方写下的爱情誓言是："须水（江山境内有名的河流）郎山（江郎山），亘古不变。"朱君毅在清华园就读时，与吴宓交谊颇深，毛彦文的来信也让吴宓分沾到阅读愉悦，如此三番四次，吴宓就对才情不俗的毛彦文暗暗地产生了好感，不知不觉间已在心田里播下颗粒饱满的爱情种子。他还发挥诗人的想象力，将毛彦文想象成洛神那样的凌波仙子——据说，曹植的《洛神赋》是由于暗恋嫂嫂宓妃而创作，宓妃恰巧带着吴宓的那个"宓"字。

朱君毅公费留学期间，毛彦文匀出大半薪金，寄给他花销，生怕他在海外吃苦，他一一笑纳。回国时，他要毛彦文带上二三百元钱去上海接济他，说是有债务必须清偿，毛彦文唯命是从。见面时，毛彦文感觉朱君毅的形容"黝黑而苍老"，精神涣散，迥异于从前生龙活虎的朱表哥。诚可谓世事如棋局局新，朱君毅本当与苦等数年的毛表妹共效于飞，可是他见异思迁，移情别恋，爱上了江苏汇文中学一位相貌娇美的女学生。1923 年 5 月，朱君毅将一纸退婚书寄给毛彦文，解除婚约的理由共三条：其一，彼此没有真正的爱情；其二，近亲不能结婚；其三，两人性情不合。毛彦文随即动用所有人脉资源和说服手段，其间虽有反复，但朱君毅去意已决，百牛莫挽，调解遂告失败。东南大学教务长陶行知一度威胁朱君毅："你若不悬崖勒马，回心转意，下学期你就休想得到东南大学的教授聘书！"朱君毅性格够拧，宁可砸掉饭碗，也要移情别恋。1924 年夏天，由熊希龄夫人朱其慧主持，毛彦文与朱君毅正式解除婚约。当时阵仗不小，教育界名流张伯苓、陈衡哲、王伯秋、吴宓、陈鹤琴、朱经农都在场，他们做了最后一次调解，依然是无用功，结果还是朱、毛二人彻底分手。"一朝被蛇咬，十年怕井绳"，此后多年，毛彦文不复相信人间有爱情的存在，对婚姻抱有极大的戒惧心理，所有的追求者都被她峻拒于门外。朱君毅既是她的初恋对象，也是她的心上人，虽至老境，仍然于梦中深惜，在自传中，毛彦文并不讳言这一点。

朱、毛二人之间猝生情变，吴宓又是怎样想的呢？一方面，他对老同学、老朋友的做法持有异议，对毛彦文的处境表示同情；另一方面，他又不免窃窃自喜，以为天赐良机，从此可以将一份深藏于内心的暗恋和盘托出。不久后，他尚未征得毛彦文的同意，未取得她的认可，就打草惊蛇，将自己深爱毛彦文的心事通告亲戚朋友，并决意与妻子陈心一离婚，恢复自由之身。

吴宓教授单恋毛彦文女士，"飞蛾撞昏在灯罩上"，此事经娱乐小报好一番添油加醋的渲染，已弄得闾巷皆知。吴宓和陈心一的婚姻解体原本不是由于毛彦文的横刀插足，后者所持的一直是极力反对的态度。在毛彦文眼中，吴宓是旧式才子固然没错，但他身上的毛病一大堆：迂阔、褊狭、暴躁、骄狂、缺乏毅力、用情不专。何况她是新女性，赞成胡适的《文学改良论》，而吴宓极端保守，是新文化运动诸将瞄准的活靶子，她不愿选定这位死脑筋的"古久先生"托付终身。更教人看不懂的是，当初，吴宓深恐离婚之举有损清誉，于是心生一计，欲享齐人一妻一妾的艳福，也像《琵琶记》中负心汉蔡（邕）中郎那样娶得一双又贤又美的太太。他改变了主意，决定让陈心一仍旧做"正宫娘娘"，让毛彦文做他的外室（按如今不中听的说法，外室即"二奶"或"金丝雀"）。然而当吴宓揣着这条自以为得意的愿景去向同事和好友陈寅恪讨彩时，从对方那儿听到的竟是当头一记棒喝："学、德不如人，此实吾之大耻。娶妻不如人，又何耻之有？娶妻仅生涯中之一事，小之又小者耳。轻描淡写，得便了之可也。不志于学问之大，而兢兢惟求得美妻，是谓愚谬！"吴宓碰了一鼻子灰，讨了个老大的没趣，绮梦便不可逆转地破灭了。陈寅恪集杜甫的文句和李商隐的诗句为联，嵌进"雨生"二字，打趣得极为巧妙，其语为：

新雨不来旧雨往，
他生未卜此生休。

吴宓只得报以苦笑，转而又向好友、大报人张季鸾先生寻求同情。张季鸾同样是劝和不劝散，索性直话直说：穷秀才就应当老实认命，拥抱黄脸婆自得其乐，吴宓的性情与现代时髦女子的观念根本不搭界不合拍，如若角逐情场，必以失败痛苦而告终。即算侥幸得到心上人，恐怕也会苦多乐少，还不如早点与陈心一复婚。如此良言苦药总该可以治愈吴宓的狂疾了吧？可是他早已鬼迷心窍，根本管束不住自己的心猿意马，竟搬出舜帝有娥皇、女英二妃的烂典去试探毛彦文，后者因人格受辱而愤然写信加以拒斥："……彦何人斯？敢冒此大不韪？不特非彦之素志，彦且耻闻之矣，吾辈固以友谊始，而以友谊终者也。此后幸先生万勿以此事扰心一姊之心境，即自己亦不应有此欲念。幸心一姊为一贤淑女子，不然，苟生误会，至令府上各人起不安之态，则彦虽非作俑者，而先生已陷彦于罪矣。"毛彦文是撮合吴、陈二人的牵线红娘，她认为这局婚姻的失败吴宓难辞其咎："吴陈婚姻终于破裂，这是双方的不幸，可是吴应对此负完全责任。如果说他们是错误的结合，这个错误是吴宓一手造成的。"针对吴宓的反复示爱，毛彦文还特别声明：与朱君毅分开后，她从未对任何人怀有爱情的感觉；如果环境所迫，哪天她非结婚不可，她也只愿嫁给一个从未结过婚的男子。至此，耽于幻想和迷梦而难以自拔的吴宓不得不承认，毛彦文已洞烛其肝肺，确实对他毫无爱意。

　　吴宓抛弃妻子陈心一和三个幼小的女儿，已造成家变，其愿望却落了空。然而时间是一座奇异的酒窖，事情终究会出现微妙的转折。毛彦文年龄渐大，在感情方面几经蹉跎，仍是云英未嫁之身，她终于决定考虑感情的归宿，吴宓又重新归队，进入候选者行列。这一回，吴宓摆出漂亮的高姿态，他愿意资助毛彦文去美国留学，赴欧洲进修，毛彦文拒绝他的援手，他就借用朋友张荫麟等人的名义给她寄钱。吴宓打的如意算盘是：在国外与毛彦文同修鸳鸯谱。那一年多时间，欲毕其功于一役的吴宓虽接近于说服毛彦文与他成婚，却因为三翻四覆，唯我独尊，大男子主义作怪，时不时以恩公自居，全然不讲究恋爱艺术而功亏一篑。

最令毛彦文反感的是，吴宓自命为多情种子，一方面向她求婚，另一方面却又显出一副叶公好龙的面目，一再推迟她由美国赴欧洲游历的日期。她哪里知道，吴才子脚踩两只船，除了向她示爱，还心心念念地记挂着远在北平留学的泰国华侨女子陈仰贤，视她为红颜知己。更过分的是，吴才子认为柏拉图式的恋爱远水不解近渴，于是他驾驶"欲望号街车"，与两位金发碧眼的西洋女子——H女郎和M女士——曲意周旋。在日记中，吴宓透露了其真实的想法："我不爱彦，决不与彦结婚，且彦来欧有妨我对H之爱之进行；回国后，既可与贤（陈仰贤）晤谈，亦可广为物色选择合意之女子，故尤不欲此时将我自由之身为彦拘束。"单看这则日记，我们甚至会瞬间产生错觉，以为毛彦文在纠缠吴宓，大有非他不嫁的意思，因此吴宓可以弃取随所愿，进退两从容。其实，这并非吴大教授的真心话，只不过是煮熟的鸭子嘴巴硬。他在爱情的梅花桩上大玩太极推手，自以为应对无误，饶有快感，可是毛彦文并非傻瓜，该抽身时就抽身，该走人时就走人，无半点迟疑和留恋，让吴宓独对着七味冷盘去浅斟慢酌吧，她可不愿意奉陪。毛彦文未嫁吴宓可算人生之大幸，要不然，她将是再版的陈心一，笃定会沦为弃妇。

毛彦文在美国密歇根大学拿到硕士学位后，前往欧洲游历，吴宓当时正在巴黎，他的态度立刻大转弯，在一家旅馆约见暌违两年的心上人。两人相见，开始时不免拘谨，随着生活、学术等方面的话题逐个展开，便都感觉轻松了，吴宓谈兴极浓，竟不觉窗外大雨瓢泼，时至深夜，交通已断绝。下雨天留客，毛彦文自然是走不成了，孤男寡女，恋爱中人，一张床也尽够睡了。可是吴宓不欺暗室，声明他决不做《西厢记》中始乱终弃的张生，而要做《红楼梦》中护惜群芳的宝哥哥，宝哥哥耽于意淫，从不对林妹妹毛手毛脚！他吴宓是恪守孔教礼数的君子，绝对不会未婚即行"周公之礼"。两人和衣将就着睡下，果然一夜无事。做了一回柳下惠，吴宓把它记入日记，笔端流露出洋洋得意之情。

毛彦文对吴宓产生过短期的恍惚，她写信给吴宓，时不时也会含蓄地表白情怀："先生当记得我们俩在东北大学相处的日子，先生在东北大学任教，彦文若不是真心爱先生，会有到东北大学看望先生的那种一举一动吗？""我把先生送出门外，先生离开了我，一直往前走去，没有再回头看我一眼。我一直站着，到看不见那消失了的先生的身影，才独自回来，把门关上。"吴宓赴东北大学任教，是 1924 年 8 月间的事情，他三十岁，毛彦文二十六岁，他已婚，毛彦文刚解除婚约不久，吴宓居然没有抓牢这个稍纵即逝的机会。毛彦文愿意回忆与他们相关的往事，这已经是一个再明白不过的暗示，但阴差阳错，他们仍然如同两根铁轨那样，平行不相交。

二、佳人飞入凤凰巢

毛彦文人到中年，吴宓的高足弟子钱钟书调侃她为"Superannuated coquette"（徐娘半老，风韵犹存——卖弄风情的大龄女人），实则其心性与众不同。她向人交底："我结婚时，不求其他，但求国内各界名流都来致贺，才不虚此生。"她苦候多年，拒绝诸多求婚的名士，终于在三十七岁时嫁给了六十六岁的前北洋政府总理熊希龄。

当时，这局白发红颜老少配的婚姻在国内引起极大的轰动，各报均以此为噱头，抢着刊发消息，自然而然熊希龄落为被大家调侃的对象，有的取笑他"老牛吃嫩草"，有的打趣他"一树梨花压海棠"，有的调侃他"多此一举"，但不管是褒是贬，是祝福还是戏谑，都无非想借此不可多得的喜气稍稍冲淡当时内战加外战所造成的氤氲不散的血腥气。

毛彦文一度介意两人年龄的差距，但闺蜜朱曦作红媒，熊希龄的爱女熊芷虽在孕期行动不便，仍挺着大肚子从北平到上海来为父亲做说客，数管齐下，熊希龄的求婚攻势甚猛，访问之后即有书信，书信之中又附诗词。毛彦文虽未提出要求，熊希龄却自觉剃去一尺长髯，大有"削须明志"之慨。订婚之夕，前北洋政府内阁总理诗兴人发，制曲一首，可谓夜浓墨浓情更浓：

世事嗟回首，觉年年饱经忧患，病容消瘦。我欲寻求新生命，惟有精神奋斗。渐运转，春回枯柳。楼外江山如此好，有针神细把鸳鸯绣。黄歇浦，共携手。求凤乐谱新声奏。敢夸云老莱北郭，隐耕箕帚。教育生涯同偕老，幼吾幼及人之幼。更不止，家庭浓厚。五百婴儿勤护念，众摇篮在在需慈母。天作合，得嘉偶。

有人说熊希龄是"姜桂之性，老而弥香"，若非讽刺，倒不失为佳评。毛彦文的确给晚年孤寂的熊希龄带来了莫大的快慰，这是好心人都乐见的大结局。总的来说，他们志同道合，毛彦文对中西教育颇具研究心得，熊希龄有幸娶到这样的好帮手，其名下的香山慈善学校自然大有起色。

1935年2月9日下午三时，熊希龄与毛彦文在上海西藏路慕尔堂举行隆重的西式婚礼，采用基督教仪式，牧师朱葆元证婚，其间播放《婚礼进行曲》。五百余名嘉宾莅临，多海内闻达。婚礼颇有创意，礼堂中展出熊氏两封情书和一副对联，情书满是老夫聊发少年狂的风月情怀，对联则纯属名家笔致：

紫府高闲诗博士，
青山遗逸女尚书。

贺客盈门不足为奇，奇的是喜联质量极高，而且妙趣横生。北平某报的喜联是："以近古稀之年，奏《凤求凰》之曲，九九丹成，恰好三三行满；登朱庭祺之庭，睹毛彦文之彦，双双如愿，谁云六六无能？"结婚时，熊希龄六十六岁，毛彦文三十三岁，合为九十九岁（实则熊希龄虚岁六十六，毛彦文实岁三十七），大吉，这些数字都嵌进了联语，嵌得天衣无缝。朱庭祺是熊希龄过世的妻子朱其慧的侄女婿，红媒是他的夫人朱曦（毛彦文中学时的闺蜜）。大名家沈尹默的贺联是："且舍鱼取熊，大小姐构通孟子；莫吹毛求疵，老相公重作新郎。"这副嵌姓联用典妥帖无痕，调侃中见学问，其雅趣令人会心一笑。还有一联是熊希龄的晚辈、毛彦文的同学冯陈昭宇所赠，尤其诙谐："旧同学成新伯母，老年伯作大姐夫。"此联正得错位之美，如同邮票中的错票，硬币中的错币，奇而有值。至于像"熊希龄，雄心不死；毛彦文，茅塞顿开"这类以肉麻当有趣的联语，就失之粗俗了。另有一则笑话，说是熊希龄入洞房前，一位老朋友存心打趣他："秉老，你已经六十六了，还差四年就七十，何必多此一举？"熊希龄闻言，不以为忤，而是机智地回答道："就是要有此一举才功德圆满啊！"这笑话很难让人思无邪，但一问一答均十分含蓄，可算得上是一条相当不错的雅谑。

婚前半月多，毛彦文的母亲不幸病逝，熊希龄和毛彦文遵循习俗，回乡奔丧。江山县城毛家的亲戚友邻听说新姑爷曾当过北洋政府的内阁总理，都来一睹其俊朗的风采。熊希龄为众人的热情所感动，遂赋诗一首纪实：

痴情直堪称情圣，相见犹嫌恨晚年。
同挽鹿车归故里，市人争看说奇缘。

天若有情天亦老，老天爷头等不爱做的事情就是成人之美。毛彦文与熊希龄的幸福婚姻满打满算不足三年。但我们读毛彦文的自传《往事》，能感知到她两年多的婚姻生活不仅幸福，而且充实，她昵称丈夫为"秉"（熊希龄字秉三），以动情的笔墨这样写道："（我们）整天厮守在一起，秉要是没看见我，便要呼唤，非要我在他身旁不可，终日缱绻不腻，彼此有说不完的话，此种浓情蜜意少年夫妻想亦不过如此。我深切体会到秉是真心爱我的理想丈夫，同时也是知己，彼对我亦夫亦友的深情，令我陶醉，令我庆幸。……但秉与我的结合却是刹那即永恒！他永远活在我脑海中。"这样的恩爱情形想必吴宓教授一无所知。

当年，毛彦文与熊希龄在上海结缡之日，吴宓并未南下道贺，深陷于绝望悲苦之中，虽欲"婉解曲谅"而"诚心祝福"，却无力做好。他独坐书斋，赋诗《吴宓先生之烦恼》，以排遣内心的隐痛和惆怅：

> 吴宓苦爱毛彦文，三洲人士共惊闻。
>
> 离婚不畏圣贤讥，金钱名誉何足云。
>
> 作诗三度曾南游，绕地一转到欧洲。
>
> 终古相思不相见，钓得金鳌又脱钩。
>
> 赔了夫人又折兵，归来悲愤欲戕生。
>
> 美人依旧笑洋洋，新妆艳服金陵城。
>
> 奉劝世人莫恋爱，此事无利有百害。
>
> 寸衷扰攘洗浊尘，诸天空漠逃色界。

当吴宓杜门谢客、自舐伤口之时，他的弟子郑朝宗冒冒失失地闯上门去，用《左传》里申公巫臣对楚庄王说的名句"天下多美妇人，何必是"规劝他，吴宓哭笑不得，悲叹道："年龄对你有利，你可以向前看，而我只能回首前尘了！"一个年逾不惑的男人锐气一挫而尽，斯人而有斯疾，斯人而有斯语。

吴宓太执着了，他在《海伦曲》中好不容易获得的那点憬悟（"贪嗔痴爱缘，无明同梦寐。快刀斩乱丝，精勤依智慧"）又归零了。

清华大学的不少教授都认为吴宓在报刊上公开自曝隐私太过分了，不仅于他个人的清誉有妨，对清华的形象也有害。于是大家合计，由哲学家金岳霖出面去劝导吴宓，他与吴宓是好友，就算不进油盐，也不至于反目成仇。金岳霖领了这个"将令"，半点也不耽搁，立刻登门去赐教。他单刀直入，对吴宓说："你的诗如何我们不懂。但是，内容是你的爱情，并涉及毛彦文，这就不是公开发表的事情。这是私事情。私事情是不应该拿到报纸上宣传的。我们天天早晨上厕所，可是，我们并不为此而宣传。"吴宓闻言，勃然大怒，他猛拍桌子说："我的爱情不是上厕所！"金岳霖并不示弱，用强硬的口气将他顶了回去："我没有说它是上厕所，我说的是私事不应该宣传。"吴宓猛翻几下白眼，便不再吱声了。

莎士比亚说得对："疯人、情人、诗人，乃三而一，一而三者。"恋爱害人不浅，像吴宓那样自承有"70%疯狂可能性"的文人更是受害极深。他为了追求毛彦文，率尔遗弃一妻三女，三下江南而一游欧陆，到头来镜花水月一场空。即使毛彦文做了未亡人，做了遗孀，做了寡妇，他们之间缘分的蝌蚪尾巴也没再轻轻一抖。无论他怎样忏悔从前，哀求毛彦文给他机会，后者始终铁硬心肠置之不理。做梦任由他做梦，幻想任由他幻想。吴宓自诩为"真诚情痴，今世无两"，可是他绞尽脑汁，挖空心思，也无法使单相思的局面发生丝毫改观。他的两套方案馊到了家（见于1939年7月11日和1940年12月30日的日记）：其一，秘密前往上海，径直造访毛彦文，见面时威逼利诱，强行吻抱，甚至罔顾坐牢的危险，扬言要将事情闹大，毛彦文面子薄，他就利用她的这个弱点，逼迫她乖乖就范，与自己结婚；其二，制造社会舆论，使人人知道他爱毛彦文至真至苦，然后再声称出家受戒做和尚，毛彦文必定会大为感动，终使无望的爱情触底反弹，绝处逢生。

吴宓只有痴人说梦的本领，哪有破釜沉舟的勇气？他终于还是躲入书房，勤记那本永远也记不完的"流水账簿"，他自责自怨，声称"衣带渐宽终不悔，为伊消得人憔悴"，最终却在《正情诗》中不得不承认自己走火入魔，多年痴恋毛彦文，弄得名实两伤，是"蹉跎愚蠢误今生"。

传记作家沈卫威去台湾拜访过暮年的毛彦文，他重提当年吴宓对她的深情厚爱，毛彦文语气平淡地表示："他是单方面的，是书呆子。"再问下去，她就连说两个"无聊"。吴宓久已做鬼，若地下有知，不知作何感想？也许会痛苦得踢破棺材板吧。

熊希龄死后，毛彦文一直未再结婚，妹妹毛同文将女儿何钦翎过继给她做女儿，又有义女左犹麟照顾，熊氏后人多数定居于海外，待她亲如一家，因此她并不孤寂。

20世纪60年代末，毛彦文遵从胡适之命写作回忆录《往事》，谈及吴宓的笔墨不多，就连那件大事（1931年她与吴宓一道从欧洲回国）居然只字未提。她所下的评语是这样的："吴君是一位文人学者，心地善良，为人拘谨，有正义感，有浓厚的书生气质而兼有几分浪漫气息。……他绝不是一个薄情者。"这个评价是高是低不重要，准确就行。她不可能知道，直到生命的暮晚时分，痴情种子、八旬老翁吴宓仍创作了一阕自加小注的《鹊桥仙·怀念海伦》，深情一如往昔："死埋长侧，生离偶遇，消息独君全断。爱君深亦负君多，孰知晓吾情最恋？碧空难骞，黄泉莫透，此世何缘重见？天涯漂泊曼殊娘，望故国沧桑几换！"

在《往事》中，毛彦文用千余字的篇幅回忆了吴宓与陈心一由合而离的经过，也谈到了自己为什么拒绝吴宓求婚的因由："自海伦（毛彦文）与朱（君毅）解除婚约后，她想尽方法，避免与朱有关的事或人接触，这是心理上一种无法解脱的情绪。吴为朱之至友，如何能令海伦接受他的追求？尤其令海伦不能忍受的，是吴几乎每次致海伦信中都要叙述自某年起，从朱处读到她的信及渐萌幻想等等，这不是更令海伦发生反感吗？"看来，吴宓先生读洋书破万卷，仍遗漏了最关键的一本，那就是弗洛伊德的《爱情心理学》。他反复去碰触女人心头的伤疤，还希望对方非他不嫁，岂不是笨到家了？

三、被弟子戏弄

吴宓年方而立，即为清华国学研究院主任、外文系主任，可谓得志也早，成名也快。然而他是 20 世纪最尴尬的学人。身为"学衡派"主将，他以复古守旧为己任，当众公开"阴谋"——杀胡适以谢天下。最冤枉的是，他没有在《学衡》上写过一篇骂鲁迅的文章，鲁迅却将他骂个半死，倘若以鲁迅之是非为是非，则吴宓必然沦为一条难以翻身的咸鱼。吴宓是奉行新人文主义和古典主义的中国代表，自我标榜"我本东方阿诺德"，却没有几人肯衷心服膺他。他甘心为中华文化殉难，反对文字改革，反对汉字拼音化，尤其反对批判孔子，都被罗织为他的罪状。身为情场上的"追风骑士"，吴宓浪漫固然浪漫，理想固然理想，却局限于"红袖添香夜读书"的老调式，那副陈旧脑筋迂腐得可怜。这就难怪了，吴宓的弟子李健吾不爱恩师，只爱戏剧，将他当做原型，编排进三幕喜剧《新学究》，极尽嘲笑、戏弄之能事。

钱钟书晚年写信向吴宓的女儿吴学昭承认：在清华读书时，虽受益于恩师，"心眼大开，稍识祈向"，却对恩师"尊而不亲"，常常与同学拿恩师的情事作谈助。钱钟书从清华毕业之后，赴上海做英语教师，受林语堂之邀，为温源宁教授的新书《不够知己》撰书评，他弄笔取快，使吴宓伤心不已。且看钱钟书当年的文章《吴宓先生及其诗》中的一段文字，他对吴宓的评价确实存在着"疑问手"：

吴宓从来就是一位喜欢不惜笔墨、吐尽肝胆的自传体作家。他不断地鞭挞自己，当众洗脏衣服，对读者推心置腹，展示那颗血淋淋的心。然而，观众未必领他的情，大都报以讥笑。所以，他实际上又是一位"玩火"的人。像他这种人，是伟人，也是傻瓜。吴宓先生很勇敢，却勇敢得不合时宜。他向所谓"新文化运动"宣战，多么具有堂吉诃德跃马横剑冲向风车的味道呀！而命运对他实在太不济了。最终，他只是一个矛盾的自我，一位"精神错位"的悲剧英雄。在他的内心世界中，两个自我仿佛黑夜中的敌手，冲撞着，撕扯着。

钱钟书批评吴宓"不是一个伟大的诗人",在情场上也是典型的笨伯,因为"他总是孤注一掷地制造爱",到头来却在石板田里种庄稼,一无所获。这个可怜的矛盾体,一生鼓吹旧文化、旧道德、旧礼教,标榜克己复礼和中庸、中和、中正,却又自始至终走一条形同钢丝的浪漫主义路线,要做中国的雪莱,因而他就不计成败,跨越界域地追求由新文化、新道德、新观念熏陶出来的比玛丽·葛德文更激进的新女性,如此人格分裂,知行剥离,不碰得头破血流,不伤得体无完肤,才怪。

曾经有学者抛出诛心之论:终其一生,吴宓感情落落寡合,学术研究老大无成,生前仅出版诗集一部,创作小说《二城新事》《新旧因缘》各半部,到底有头无尾。吴宓名为"红学大师",却并无专著,只不过挥杖打烂了一家名为"潇湘馆"的牛肉店招牌。以上种种均缘于毛彦文摇其心旌,乱其心绪,涣其心力。然而,我们只消细读长达四百余万字的《吴宓日记》,就会找到完全相反的答案,与其说吴宓是为毛彦文所误,倒不如说他是"自误"。

吴宓与世寡合,于婚恋生活一端,他坦承自己"一生处处感觉 Love(所欲为——爱)与 Duty(所当为——责任)的冲突,使我十分痛苦。"他是现代社会中活生生的堂吉诃德,若单以荒唐执着论,他毫不逊色,有过之而无不及。钱钟书曾讥笑"吴宓太笨",这已是相当照顾情面了。难怪当年毛彦文宁肯选择年迈而过气的政治家熊希龄,也不选择年轻而当令的教授吴宓,她太了解这位"闯进瓷器店的笨驴"会弄出多大的动静来。

吴宓的朋友和学生都达成一个共识:吴宓是世间不多见的充满矛盾和痛苦的怪物。吴宓的学生赵瑞蕻认为恩师"有时是阿波罗式的,有时是狄俄尼索斯式的;有时是哈姆雷特型的,有时却是堂吉诃德型的;或者是上面所提到的两种类型、两种风格的巧妙结合"。季羡林先生与吴宓有过交往,他撰《始终在忆念着他》,生动地刻画出吴宓的阳面和阴面,二者迥然不同,甚至截然相反:

雨僧先生是个奇特的人，他身上也有不少矛盾。他古貌古心，同其他教授不一样，所以奇特。他言行一致，表里如一，同其他教授不一样，所以奇特。别人写白话文，写新诗；他偏写古文，写旧诗，所以奇特。他反对白话文，但又十分推崇用白话写成的《红楼梦》，所以矛盾。他看似严肃、古板，但又颇有些恋爱的浪漫史，所以矛盾。他同青年学生来往，但又凛然、俨然，所以矛盾。

总之，他是一个既奇特又有矛盾的人。

我这样说，不但丝毫没有贬义，而且是充满了敬意。雨僧先生在旧社会是一个不同流合污、特立独行的奇人，是一个真正的人。

一个左手搏右手的吴宓，一个心与脑常起冲突的吴宓，这才是完整的吴宓和真实的吴宓。他一生都没能找到内心的平静，这是诗人的幸运，却又是凡人的不幸。

吴宓堪称真正的诗人，始终不失其赤子之心。他绘制过一张七级浮图式的图形，置于最底层的是"对权力的追逐"，第二层是"对物质的追求"，第三层是"对荣誉的追求"，第四层是"对真理的追求"，第五层是"对艺术创造的追求"，第六层是"对爱情的追求"，最顶层是"对宗教情怀的追求"。当初，吴宓接受沈有鼎的建议，将第六层和第七层的次序作了一番调整。

孙法理教授在《回忆吴宓先生》一文结尾处写道："我想起武大外文系另一个老师孙家琇先生。她在 1957 年遭到不公正的待遇时说了一句撼人心魄的话："我像苔丝狄蒙娜一样纯洁！'吴先生也和她一样，像苔丝狄梦娜一样纯洁！"

孙教授夸赞吴宓"纯洁"，有点奇怪，若细加寻想，又觉妥帖。影后阮玲玉自杀后，吴宓写诗"吊秋娘"，颇招物议。有人贬称他为"清华园里的贾政"，将他的道貌岸然作了完全负面的诠释。吴宓的抗辩极有意味，他自称为"紫鹃的化身"，是《红楼梦》中最忠贞、最善良而且最具精神洁癖的人。

四、晚年侘傺

　　吴宓活足八十四岁高龄，这殊非易事，亦殊非幸事，晚年的经历再次印证了庄子"寿多则辱"的论断。吴宓将自己的一生剖分为三个二十八年：第一个二十八年（1894—1921），他过得很惬意，考上清华留美预备班，远涉重洋，投身在新人文主义掌门人埃尔文·白璧德（Irving Babbitt）门下，拿到哈佛大学比较文学硕士学位，作诗"虚名未是吾生志，硕学方为席上珍"，与吴芳吉、陈寅恪等博学之士缔交，激扬文字，确立志节，都是在此期间，可以说，这一时期他生活在但丁《神曲》所绘的"倒漏斗形三界"的顶层，即天堂之中。第二个二十八年（1922—1949），他比堂吉诃德更忙碌，也比堂吉诃德更烦恼，担任清华国学研究院主任，总理《学衡》，"昌明国粹，融化新知"，主编《大公报》文学副刊，与胡适、鲁迅打笔仗，捍卫中国传统文化的至尊地位，同时宣扬白璧德的新人文主义，译介西方文学作品，冲进围城，又冲出围城，在情场弄出大动静。抗战期间颠沛流离，1949 年，傅斯年派人到重庆邀请吴宓赴台湾大学任教，吴宓却在宾馆尿遁脱身，可以说，这一时期他生活在但丁《神曲》所绘的"倒漏斗形三界"的第二层，即炼狱之中。第三个二十八年（1950—1978），他结了一次婚，可是好景不长，被打成"右派分子"和"反动学术权威"，虽然认错，甘愿放弃纯文学观点，转以马克思观点讲授莎士比亚戏剧，仍无法顺利过关，违心作思想改造的检讨文，暗地里却赋诗"心死身为赘，名残节已亏"。及至暮年，这位"现行反革命"频频遭到学生批斗，顶着"吴老狗"的骂名，被迫满嘴含青草，左腿摔至骨折，双眼患白内障失明，但他的性格依然强固，宁死不低头。吴宓是大学二级教授，生性乐善好施，为人天真，因此招致小人包夹，彼辈目的在于骗取财物，借走他的珍版书籍，再叫他付钱赎回，用闹钟交换他的进口名表，种种小伎俩层出不穷。一旦吴宓对敝帚自珍的诗稿和日记失去掌控权，他就只能反复吟诵黄景仁的诗句，"茫茫来日愁如海，寄语羲和快著鞭"，以此驱遣悲怀。

1976 年，吴宓同意回返原籍（陕西泾阳），只为狐死首丘。由于他长期受到摧残，晚年精神惊悸不安，虽然病目几近失明，夜间仍然怕黑，常常叫喊："我是吴宓教授，给我开灯！……"

姚文青教授撰《挚友吴宓先生轶事》，文章中有个说法："雨僧平居寡言，与人落落，或以为似孔子所谓狷者。以余观之，雨僧之所以落落，盖于一己之思想信仰，持之坚而行之果，以故处世接物，勇于负责，不恤人言。有宗教之热情，非与世浮沉者所能望及，盖狂者也。"狂者进取，狷者有所不为，吴宓兼具狂狷，他在地狱中惶恐伶仃地走完了一遭，看到群魔乱舞，看到万劫不复。吴宓向来自比为古希腊悲剧英雄，一生受尽命运女神的捉弄和摆布，事事不能畅怀如意。

吴宓晚年铁树开花，于 1953 年 6 月 8 日再度结婚。女方邹兰芳是重庆大学法律系毕业生，父亲被划为地主成分，家境甚苦，她崇拜吴教授，一意高攀，原也是为了寻求安全感，这当然无可厚非。吴宓真动了恻隐之心，拼尽余勇，冲入围城。谈到这次婚姻，吴宓曾对好友姚文青说："非宓负初衷（他曾发誓：为爱毛彦文，终身不复娶），实此女强我，不得已而为之。以此女学识，则英文不懂，中文不通；以论容貌，不过如此。"瞧吴宓这话说的，他性格极为固执，谁能勉强他做出如此重大的决定？好友劝他与陈心一复婚，他尚且疾言厉色，老拳相向，甚至神经兮兮，"于静夜在室中焚香祷神，咒诅其人（劝他复婚的人）速死"。一个邹兰芳，中姿浅识，有多大能耐，竟然能够颠覆他坚冰难破的初衷？吴宓孤寂久了，需要一个伴侣，这不是什么丢人现眼的事情，完全合乎人性人情，其实不必忸怩，大大方方就很好。邹兰芳婚后两年即患肺疾去世，吴宓还是很伤心的，饭桌上必多摆两副碗筷，不让亡妻邹兰芳和亡友吴芳吉在冥界当馁鬼。更奇的是，吴宓看电影，也必买两张票，空出身边的座位，意中犹有亡妻相伴。这可算是正宗中国版的"人鬼情未了"，竟在特殊岁月中出现，怎不令人唏嘘。

20世纪60年代初，吴宓请西南师范大学美术系一位老师依照旧相片绘制一幅毛彦文的肖像，悬挂在墙壁上，日日相对，夜夜相守，风波万里，也不知故人是否曾来入梦。他的相思可是形同痼疾，蚀骨腐心，无药可医。"平生爱海伦，临老亦眷恋。世里音书绝，梦中神影现。……欢会今无时，未死思一面。吾情永付君，坚诚石莫转。"吴宓与毛彦文一别四十度春秋，最终也没能再见到这位心上人，命运吝于安排，吴宓徒唤奈何。

中年时，吴宓撰联一副，将"雨僧"嵌于上下联之尾："一生长畏风雷雨；三宝终依佛法僧。"他没能做成和尚，也没能做成悲剧英雄，只做成悲剧人物。他将个人一生浓缩为四个字——"殉情殉道"，老命全搭上了，可是情归于空，道亦归于空，可谓两手空空，正如他在《空轩十二首》之六自伤自悼的那样："力战冲围苦未通，单枪匹马望奇功。舟横绝港迷歧路，身披絮衣陷棘丛。敌笑亲讥无一可，情亏志折事全终……"一位敏感的诗人，他有无穷的悲怆感，即使用一千把胡琴也无法表达万一。

本文首发于《安徽文学》2006年第1期

『儒将风流』

——罗家伦：陈寅恪中意的大学校长

罗家伦（1897—1969），字志希，笔名毅。浙江绍兴人。教育家，诗人。1928年至1930年出任国立清华大学首任校长。著作有《新人生观》（商务印书馆）、《新民族观》（商务印书馆）等。

历史学家陈寅恪治学谨严，论时人素不轻许，王国维、刘文典、傅斯年能得到他的推重，很正常，但罗家伦（字志希）居然也能入其法眼，就有些令人意外了。罗家伦身上最醒目的标签是"五四健将"，他与政党政治总有剪不断、理还乱的关系，算不上潜心典籍、致力学问的纯粹学者。陈寅恪高看罗家伦，又为哪般？罗家伦具有相当不俗的行政能力，尤其在改革清华这方面，谁称赞他一句"筚路蓝缕，以启山林"，都是不会有错的。罗家伦快刀斩乱麻，将清华留美学校升格为国立清华大学，改变其长达二十年的运转机制：由归属外交部变为归属教育部；在保持高水准文理科的前提下，加强工科。他的成绩单相当靓丽。陈寅恪向毛子水夸赞罗家伦："志希在清华，使清华正式的成为一座国立大学，功德是很高的。即使不论这一点，像志希这样的校长，在清华也可说是前无古人，后无来者。"

长期以来，在海峡两岸，罗家伦均被明显低估，甚至被刻意丑化了。有的评者贬损他是名不副实的庸才，有的评者讥诮他是夤缘附骥的政客，若以事实为权衡，则前者的评价太低，后者的评价太酷。

一、"五四健将"，一举成名

罗家伦投考北大，文学院院长胡适给他的作文打了满分，称赞他为"有文学才华的考生"。招生委员会的负责人蔡元培也点头赞可。然而他们检视罗家伦其他科目的成绩，立刻傻了眼，数学居然是零分，历史、地理两科成绩也乏善可陈。大家面面相觑，最终蔡元培校长果断拍板，破格录取罗家伦。倘若换在另一时空，罗家伦注定做不成"红楼梦"（北大旧址在沙滩，红楼是其标志性的建筑）。

在北大，罗家伦与傅斯年齐名。他们与顾颉刚牵头组织新潮社，创办《新潮》月刊，跟《新青年》互为犄角，旌鼓相应，是新文化运动的两个桥头堡。

五四学潮迅速发动，罗家伦与傅斯年各自分担的角色不同。傅斯年是掌旗人，上马杀敌。罗家伦是操觚手，下马草檄。白话文的《北京学界全体宣言》神完气足，罗家伦一挥而就。那年，他还未满二十二岁。

现在日本在国际和会上，要求并吞青岛，管理山东一切权利，就要成功了。他们的外交，大胜利了。我们的外交大失败了。山东大势一去，就是破坏中国的领土。中国的领土破坏，中国就要亡了。所以我们学界，今天排队到各公使馆去，要求各国出来维持公理，务望全国农工商各界，一律起来，设法开国民大会，外争主权，内惩国贼。中国存亡，在此一举。今与全国同胞立下两个信条：

（一）中国的土地，可以征服，而不可以断送。

（二）中国的人民，可以杀戮，而不可以低头。

国亡了，同胞起来呀！

传单上面的这篇宣言只有寥寥二百余字，不仅意思周全，而且气魄雄壮，爱国者读之，无不热血沸腾。罗家伦一举成名天下知，"五四健将"的美誉使他终身受益。若单论"以少少许胜多多许"，《陋室铭》《永州八记》虽在"惊艳"之列，却难逾此例。天下多少皓首穷经、著作等身的老夫子，著述数百万言，其重量反而比不上这区区二百多字。时哉命也，历史自有它独特的选才眼光和颁奖方式。

1919 年 5 月 4 日，北京高校学生上街游行，冲击东交民巷，火烧赵家楼，打伤章宗祥，因此二十三名肇事学生被捕。值得一提的是，章宗祥宅心仁厚，他被诬为"卖国贼"，受到重创，却并未控告肇事者，反而让夫人陈彦安出面，代他具呈保释被捕学生。在纷纷乱局中，谣诼四起，有人怀疑罗家伦和傅斯年去过安福俱乐部赴宴，已被段祺瑞执政府收买，嘲骂罗家伦的漫画和打油诗便一齐出笼，打油诗带有鲜明的人身攻击色彩，骂他们无耻："一身猪狗熊，两眼官势财，三字吹拍骗，四维礼义廉。"内讧当然是很致命的，倘若不是胡适及时出面，力保傅、罗二人清白无辜，此事还真不知道会闹成什么样子才能收场。由此可见，学生运动总是暗流潜涌。

当时，北京各高校的学生代表们决定于 5 月 7 日国耻日实行总罢课。北洋政府深恐事态愈加失控，遂与京城各大学校长达成协议，学生若主动取消罢课之举，则警局立刻放人。大学校长们认为救人要紧，学生代表们却不同意废弃总罢课的原议，不答应向北洋政府妥协。在这个紧要关头，罗家伦力排众议，赞成复课，以换取被捕同学的安全归校。应该说，他做出了理性的选择，当时的优选方案莫过于此。嗣后蔡元培辞职，北京学运再次发动，很快波及全国，仿佛一场大地震后的余震不断。

罗家伦认为，"青年做事往往有一鼓作气再衰三竭之势"。青年学生一旦由求实转为求名，尤其是"尝到了权力的滋味"（蔡元培的说法），一败涂地的结局就将无可避免。五四运动一周年时，罗家伦即检讨大学生往昔滥用公权，后果真堪忧："自从六三胜利以来，我们学生界有一种最流行而最危险的观念，就是'学生万能'的观念，以为我们什么事都能办，所以什么事都要去过问，所以什么事都问不好。"五四运动成为现代大学生干政的开端，此后学潮汹涌，一浪盖过一浪，许多青年人踏上了不归路。

由于五四学潮，北大被打上了鲜明的政治印记，此后数十年，北大的学术空气逐渐为政治空气所激荡，相对健全的自由主义日益式微，思想解放的主题竟只能叨陪末席。从这个角度去看，罗家伦被列入"五四健将"的方阵，未始不是戴上了黄金打造的枷锁，令人羡慕的同时，也令人侧目。

究竟是谁抹平了五四学潮与五四运动之间模糊地带的差距？答案很明确，是罗家伦。1919 年 5 月 26 日，《每周评论》第 23 期"山东问题"栏内，发表了署名为毅（罗家伦的笔名）的短文《五四运动的精神》，罗家伦指出，此番学运有三种真精神，可以关系到中华民族的存亡：第一，学生牺牲的精神；第二，社会制裁的精神；第三，民族自决的精神。五四运动的概念从此确立不拔。五四运动被歌颂了百余年，其意义何在？影响何如？理智的人有必要找来周策纵的专著《五四运动史》和李敖的文章《五四之误：中国站起来，中国人垮了》，对照着仔细读一读。

二、驱逐辜鸿铭的始作俑者

五四时期，罗家伦还干过一件鲜为人知的大事，此事与辜鸿铭被北大辞退有直接关联，他扮演的是"关键先生"。当年，辜鸿铭在北大讲授英文诗歌，为了引起弟子们的兴趣，他把英文诗划分为"外国大雅""外国小雅""外国国风""洋离骚"，罗家伦屡屡"在教室里想笑而不敢笑"，实则他对此是很有些腹诽的。罗家伦晚年回忆辜鸿铭，赞许"辫子先生"是"无疑义的、有天才的文学家"，自承每每读其长于讽刺的英文，必拍案叫绝。然而迟到的佩服并不能将他们之间当年的私怨一笔勾销。据张友鸾回忆文章《辜鸿铭骂罗家伦 WPT》所记，"辜辫怪"素来看思想新潮的罗家伦不顺眼，后者的英文底子不够扎实，辜鸿铭就经常在课堂上故意用刁钻的问题为难他，罗家伦要么答非所问，要么丈二和尚摸不着头脑，既苦恼，又尴尬。辜鸿铭当众责备罗家伦，话语尖酸刻薄，罗家伦顶嘴，辜鸿铭就圆瞪着双眼吼道："罗家伦！不准你再说话！如果再说，你就是 WPT！"罗家伦相当纳闷，WPT 是什么？他去请教胡适，胡博士挠挠头，也拿不出标准答案来。解铃还须系铃人，罗家伦在课堂上请教辜鸿铭："WPT 是哪句话的缩写？出在哪部书上？"辜鸿铭翻了翻白眼，鼻孔里一声冷哼，当即满足了罗家伦的求知欲："你连这个都不知道吗？WPT，就是王、八、蛋！"此言一出，众人绝倒。罗家伦少年得志，何曾遭逢过这样的奇耻大辱？他与辜鸿铭水火难容，不共戴天，此仇迟早要报。

正当五四运动以燎原之势蔓延全国时，辜鸿铭在英文报纸《北华正报》上发表文章，詈骂北大学生是暴徒，是野蛮人。罗家伦对"辜老怪"的言论极感不快，极为不满，他把报纸带进课堂，当面质问辜鸿铭："辜先生，你从前著的《春秋大义》(The Spirit Of The Chinese People，又译为《中国人的精神》)我们读了很佩服。你既然讲春秋大义，就应该知道春秋的主张是'内中国而外夷狄'的，你现在在夷狄的报纸上发表文章骂我们中国学生，是何道理？"辜鸿铭素以机智幽默著称，被质问后怫然不悦，青筋暴起，两眼翻白，无言以对。他挨了半支烟工夫，才把辫子一甩，胡子一吹，起身猛敲讲台，吼叫道："当年我连袁世凯都不怕，现在还会怕你？""辜老怪"这话只说对一半，他骂袁世凯的见识不如北京街头刷马桶的三河县老妈子，显示了挑战强梁的姿态，骂得精彩绝伦，但他在报纸上公然诟骂游行示威的学生是暴徒和野蛮人，则完全是捅了马蜂窝，虽有咄咄气势，却已落在下风。

1919 年 5 月 3 日，五四前夕，罗家伦写了一封《罗家伦就当前课业问题给教务长及英文主任的信》，矛头直指辜鸿铭。嗣后他为学生运动奔波忙碌，此信并未寄出。8月8日他又补写了对英文课和哲学课的两条意见，将它们一并寄给教务长马寅初和英文门主任胡适。

5月3日的信内容如下：

教务长/英文门主任先生：

先生就职以来，对于功课极力整顿，学生是狠（很）佩服的。今学生对于英文门英诗一项功课，有点意见，请先生采纳。学生是英文门二年级的学生，上辜鸿铭先生的课已经一年了。今将一年内辜先生教授的成绩，为先生述之：

（一）每次上课，教不到十分钟的书，甚至于一分钟不教，次次总是鼓吹"君师主义"。他说："西洋有律师同警察，所以贫民不服，要起 Bolshevism；中国历来有君主持各人外面的操行，有师管束内里的动机，所以平安。若是要中国平安，非实行'君师主义'不可。"每次上课都有这番话，为人人所听得的。其余鄙俚骂人的话，更不消说了。请问这是本校所要教学生的吗？这是英诗吗？

（二）上课一年，所教的诗只有六首另十几行，课本钞本具在，可以覆按。因为时间被他骂人骂掉了。这是本校节省学生光阴的办法吗？

（三）西洋诗在近代大放异彩，我们学英国文学的人，自然想知道一点，我们有时问他，他总大骂新诗，以为胡闹。这是本校想我们有健全英文知识的初心吗？

（四）他上课教的时候，只是按字解释，对英诗的精神，一点不说，而且说不出来。总是说：这是"外国大雅"，这是"外国小雅"，这是"外国国风"，这是"外国离骚"，这是"官衣而兼朝衣"的一类话。请问这是教英诗的正道吗？

有以上种种成绩，不但有误学生的时光，并且有误学生的精力。我们起初想他改良，说过两次，无赖（奈）他"老气横秋"，不但不听，而且慢

（谩）骂。所以不能不请先生代我们作主，设法调动，方不负我们学习英诗的本旨。

校长优容辜先生的缘故，无非因为他所教的是英诗，教得好，而且与政治无涉，那（哪）知道内幕中这个情形。不但贻误学生，设若有一个参观的人听得了，岂不更贻大学羞吗？学生也知道辜先生在校，可以为本校分谤，但是如青年的时光精力何呢？质直的话，请先生原谅！

8月8日补写的内容如下：

这封信是五月三日上午写好的，次日就有五四运动发生，所以不曾送上。到今日学校基础已定，乃检书呈阅。还有两件事要附带说明：

（一）本年学校将不便更动教授，但英文门三年级的英诗功课，只有二点钟，可否将辜先生这两点钟减去，让他便宜点儿。这两点钟我和我的同班，渴望主任先生担任。

（二）听说杜威先生下半年在本校教"哲学"同"教育原理"两课。这两课都是对于英文门狠（很）有关系的东西，可否请先生将他改成英文门的选科，让我们多得一点世界大哲学家的教训，那我们更感激不尽了。

这封信是黄兴涛教授近年从北京大学档案馆的旧档案中发掘出来的，案卷号为BD1919031，有原信为证，可谓确凿无疑。此事的知情人罗家伦、胡适、马寅初、蒋梦麟、陈大齐生前都讳莫如深，从未提及过此事，或许他们也觉得合力将辜鸿铭赶下北大讲台，并不是什么光彩生门户的事情。尤其是胡适，他与辜鸿铭的梁子结在明处，打嘴仗，打笔仗，耗费元神，是不是他恼羞成怒，便将自由主义者念念不忘的宽容准则扔到了爪哇国？在五四运动的大背景下，似辜鸿铭这样古色斑斓的人物在北大顿失凭依（蔡元培已经南下，蒋梦麟代理校长职务），并不奇怪。罗家伦是驱逐辜鸿铭的始作俑者，对此，估计"辫怪先生"至死都蒙在鼓里。现在我们回头来打量这件事，很难判断罗家伦的行为动机在多大程度上是"公义"使然，在多大程度上是"私愤"使然，总不宜贸然作出诛心之论。他晚年对辜鸿铭的评价实在是太好了，甚至言过其实，可能是心虚的成分起了缓释作用吧。

蔡元培调侃某些北大师生是"吃五四饭的人"，委婉地批评他们一劳永逸，安享尊荣，不求进步。"五四健将"的镏金招牌何时开始吃香？应是国民革命军北伐成功后的追加奖赏才对，间隔了大约七八年时间，反而更加彰显其荣光。试问当初情形如何？罗家伦的文章泄露出若干信息，厌倦感竟挥之不散。

1920 年，为了配合五四学运周年纪念，罗家伦在《新潮》二卷四号上发表《一年来我们学生运动的成功失败和将来应取的方针》，作出了深刻的反省，对五四时期的"罢课""三番五次的请愿""一回两回的游街"颇有微词，认为是"无聊的举动"，是"毁坏学者"。他非常懊悔自己参加了学生运动，原文如右："好不容易，辛辛苦苦读了几年书，而去年一年以来，忽而暴徒化，忽而策士化，忽而监视，忽而被谤，忽而亡命……全数心血，费于不经济之地。偶一回头，为之心酸。"他决定要"一本诚心去做学问"，"埋头用功"，不问政治，"专门学者的培养，实当今刻不容缓之图"。此文发表后不久，他真就拿定主意，"专门研究学问"，去美国留学两年，去欧洲游学四年。

有趣的是，"五四健将"罗家伦泛洋赴美前，胡适题赠了一首名为《希望》的译诗给他，源自波斯古诗《鲁拜集》，情诗的语气，内容太过亲昵，倒是很容易使人脸红：

要是天公换了卿和我，
该把这糊涂的世界一齐都打破。

再磨再炼再调和，

好依着你我的安排，

把世界重新造过！

国民革命军北伐成功后，国共两党抚今思昔，将五四运动视为"中国人民彻底反对帝国主义、封建主义的爱国运动"，甚至称之为"中国旧民主主义革命的结束和新民主主义革命的开端"。如此一来，谁能与五四运动沾边，可谓三生有幸，身为"五四健将"更是荣耀非凡。罗家伦起草过白话文《北京学界全体宣言》，他的身价顿时飙涨百倍，在国民革命军中是少将军衔，三十一岁就出任清华校长。真可谓雄姿英发，春风得意。

三、罗家伦不是清华罪人

1928 年，罗家伦得到大学院院长蔡元培和外交部部长王正廷的提名推荐，带着蒋介石的亲笔手令，于 9 月中旬"空降"清华，出任校长。他到任之前，答复清华学生会代表傅任敢，态度诚恳之至："来办清华，本系牺牲个人之政治地位，自当以全副精神办理清华。"罗家伦发表就职演说，题目为《学术独立与新清华》，他将教育方针归纳为"四化"：学术化，民主化，纪律化，军事化。他重新设计清华："我们的发展，应先以文理为中心，再把文理的成就，滋长其他的部门。"就职演说时，他还说："我想不出理由，清华的师资设备，不能嘉惠于女生。我更不愿意看见清华的大门，劈面对女生关了！"早在 1919 年 5 月 11 日，罗家伦就在《晨报》上发表文章《大学应当为女子开放》，他认为，中国文明不承认女子有人格，只能算是"半身不遂的文明"，而只给女子饭吃和屋住，不给她们受教育的权利，也不是人道主义，而是猪道主义。罗家伦有三点主张，"第一，为增高女子知识起见，大学不能不为女子开放"，"第二，为增高女子地位起见，大学不能不为女子开放"，"第三，为增高自由结婚的程度起见，大学不能不为女子开放"，他将女子上大学视为"人道主义的第一声"。1928年，正是由罗家伦拍板，清华大学实现了男女同校，女生入住古色古香的古月堂，垂花门下，风景这边独好。

履新之初，罗家伦先去工字厅拜访陈寅恪，送上他编辑的《科学与玄学》新书，是张君劢与丁文江的笔战实录。陈寅恪翻弄时，灵感拍马赶到，他说："志希，我送你一联何如？"罗家伦求之不得，起身就要去琉璃厂购买上好的宣纸，陈寅恪却只肯口授，这副嵌名（家伦）联戏谑意味十足，上联是"不通家法科学玄学"，下联是"语无伦次中文西文"，横批是"儒将风流"，大家觉得联语有趣，只是对横批茫然不解。陈寅恪便耐心解释道："志希在北伐军中官拜少将，不是儒将吗？你讨了个漂亮的太太，正是风流。"

这就有必要补充交代一下，罗家伦的太太张维桢是沪江大学政治系校花级美女，才学甚高，他们在五四运动爆发的那年夏天相识相恋，历经八年爱情长跑（其间两人泛洋留学，聚少离多），才结为连理。在抗战期间，张维桢担任过"中国战时儿童保育会"理事（理事长是宋美龄），于战争期间致力于抚育、教养孤儿和难童的事业，并且多次以英语演说方式向外界标举中国妇女的牺牲精神。有人称赞她为"女界楷模"，绝非过誉。

罗家伦膺任清华掌门人，为"做大做强"狠下功夫，"做强"容或有争议，"做大"则是谁也无法否认的事实。1928年9月13日，蔡元培致书罗家伦，婉劝后者上任后别把摊子铺得太开："鄙意清华最好逐渐改为研究院，必不得已而保存大学，亦当以文理两科为限。若遍设各科，不特每年经费不敷开支，而且北平已有较完备之大学，决无需乎复重也。"罗家伦尊重恩师，在这件事情上却独持己见，他上任后把清华大学的工科提升到与文、理科同等重要的地位，待梅贻琦接任校长时，清华大学的工科已成为全国各大学中首屈一指的工科，可谓由来有自。罗家伦凭仗蒋介石的信任，充分利用国务会议中的人脉资源，将清华留美预备学校一举升格为国立清华大学，将清华基金转交给中华教育文化基金董事会代管，摆脱外交部控制，归属教育部独家管辖。每年度清华大学除了有额定的教育经费到账，还可动用基金四十万元，以办学经费宽裕而论，当时的国立大学中，清华大学是天之骄子。有钱就好办事，罗家伦大兴土木，建造全新的图书馆（嗣后他派人购入杭州杨氏丰华堂的大量善本书尤称眼明手快）、生物馆、天文台、大礼堂、学生宿舍、教职员工住宅等硬件设施。历史系主任蒋廷黻曾善意地提醒道："我们是在创办一所大学，不是建造一座宫殿。"殊不知，罗家伦心目中有一个大清华的轮廓，为此规划宏远。1931年，梅贻琦出任清华大学校长，他之所以能够标榜"所谓大学者，非谓有大楼之谓也，有大师之谓也"，是因为清华大学的大楼已臻完善，无须再事营造，这份劳绩理应算在罗家伦头上，他用不足两年的时间做了别人耗费五年甚至十年都很难办成的事情。

大学好不好，就须看明师和名师多不多。罗家伦认为"罗致良好的教师，是大学校长第一个责任"，为了提高清华教授的整体水准，他采取了重发聘书的措施。1928年10月29日送出十八份教授聘书，为期一年。原来清华有五十五名教授，这就等于解聘了其中的三十七人。最难办理的是解聘某些外籍教师，有人担心会因此引起国际干涉，罗家伦则认为，只要师出有名，就理直气壮，完全可以排除各方面的阻力。某荷兰籍音乐教授教女生弹钢琴而有失礼行为，罗家伦当即将他解聘，然后写信给荷兰公使，详述缘由，此事做得妥帖，什么风波也没发生。革除故弊，补充新血，罗家伦延揽大批学有专长的著名教授，历史学家蒋廷黻、政治学家张奚若、萧公权、哲学家冯友兰、文学家朱自清、化学家张子高、地质学家翁文灏、数学家华罗庚等等，多达数十人。这些高手陆续到校任教，壮大了清华大学的教学阵容。刘备三顾茅庐，请动高卧南阳的诸葛亮，成为千古佳话，罗家伦罗致文科人才，也有过堪称经典的表现。美国哥伦比亚大学博士、历史学家蒋廷黻是南开大学的台柱子，罗家伦要强行挖走这棵"大树"，聘他为历史系主任，可谓希望渺茫。张伯苓校长固然不肯放人，蒋廷黻碍于情面，也不宜改换门庭。但罗家伦坐功好，耐力强，他说："蒋先生若是不肯去清华任教，我就只好坐在你家客厅中不走了！"这可不是开玩笑的，有诚意，也有决心，蒋廷黻吃不消，只好点头。十余年后，罗家伦在贵阳清华同学会的演讲中提到此事时还特别得意，他放言，"我心里最满意的乃是我手上组织成功的教学集团"。诚然，在清华大学鼎盛时期，许多名教授都是由罗家伦聘请来的。

清华大学能够吸引国内的一流教授，尤其是那些想潜心做学问的教授，原因有多方面：一是清华大学校园宁静优雅，非常宜居；二是清华大学的教员有法定假期，旅费由学校提供；三是教员上课钟点较少，进修时间较多（出国深造的机会一大把）；四是图书馆、实验室经费充足，资料和设备齐全。至于教员的薪金待遇，绝不会低于国内的其他国立大学。

罗家伦以国民党激进派人士的姿态，挟南方新兴政治势力的威权，到北京做国立清华大学的掌门人，大刀阔斧地改革，礼聘北大出身的教授（杨振声、冯友兰、周炳琳）担任教务长、学院院长，破坏"清华人治清华"的老规矩，自然多方招嫉。1930年，北方军阀阎锡山与冯玉祥有过短时期合流，处处为难国民政府，大唱对台戏，亲阎派的学界牛人为讨主子欢心，极力煽动学潮驱逐罗家伦。有人留下了这段历史的影迹，其中的文字相对客观。《蒋廷黻回忆录》第十二章"清华时期"中有这样一段话：

校长罗家伦是国民党忠实党员，同时他也是教育界优秀的学者。虽然他忠于国民党，把国民党的三民主义订为课程，但他毕竟是个好人，是个好学者，所以他不想把清华变成任何一党的附属品。……清华教授中有些是不满罗的，因为他是个国民党员。他们认为罗的办学政治色彩太浓，不适合他们的胃口。再者罗校长过去和清华没有渊源，因此也使他遭到不利。此外，他是一个在各方面都喜欢展露才华的人，此种个性使他得罪了很多教授。所以当反罗运动一开始，多数教授都袖手旁观，不支持他。

应该说，罗家伦气魄宏大，作风果敢，为人坦率，这是优点；年轻气盛，露才扬己，治校强调铁腕，较少变通，则是缺点。他在清华时身着戎装，秉承恩师蔡元培的军国民教育思想（北大的学生军很成气候），强推军训，起先吓跑了张岱年（转投北京师范大学），其后又险些开除沈有鼎（哲学系才子），此举自始就不受学生欢迎，终于虎头蛇尾，不了了之。但横看、侧看，罗家伦都是功大于过，并非清华大学的罪人。中原大战时，阎锡山派的势力意欲控制北平学界，给罗家伦强加"党化教育"罪名，迅速酿成"驱罗风潮"，某些罔顾真相的清华学生推波助澜，多数教授默不援手，这种乐见其败的态度令罗家伦十分寒心。"五四健将"成也学潮，败也学潮，"且看剃头者，人亦剃其头"，确实令人唏嘘。

三松堂主冯友兰是罗家伦进入清华大学掌校的四人班子成员之一，他赞赏罗家伦在清华所做的四项学术改革：第一，提高教师的地位（将"职教员"修正为"教职员"，教员的待遇和地位得以大幅度提高）；第二，提高中国课程的地位；第三，压低洋人的地位；第四，放开女禁。冯友兰与蒋廷黻有个共识：罗家伦来清华掌校以及去职都是由于政治因素居间作用。蒋介石在政治上能够掌控北京时，罗家伦在清华大学就能有所作为，一旦蒋介石的政治影响力暂时淡出北京，罗家伦就进退失据，难以立足，这纯属时势使然。

四、处处为学子，却无学生缘

罗家伦执掌国立清华大学校政不足两年，执掌国立中央大学校政则长达九年，如果说他在清华大学只是初试牛刀，那么他在中央大学就是大显身手了。

自 1928 年建校以来，国立中央大学几经学潮和"易长风潮"的冲击，再加上办学经费捉襟见肘，困扰难除，校政长期处于半瘫痪状态，教学和研究始终未上正轨。1932 年 8 月，罗家伦受命于危难之际，出任中央大学校长。原本他不想接下这块烫手的山芋，无奈前任中央大学校长、时任教育部长朱家骅秉承蒋介石的旨意，一再登门力劝，"以国家及民族学术文化前途的大义相责"，罗家伦有天然的爱国心，"不忍在国难期间，漠视艰危而不顾"，于是他抱定"个人牺牲非所当惜"的信念，挑起了这副千斤重担。但他要求政府保障办学经费，给予他"专责与深切的信任"。

1932 年 10 月 11 日，罗家伦在中央大学的开学典礼上发表演讲，题目为《中央大学之使命》，悬鹄甚高，"创立一个民族文化的使命，大学若不能负起责任来，便根本失掉大学存在的意义；更无法领导一个民族在文化上的活动。一个民族要是不能在文化上努力创造，一定要趋于灭亡，被人取而代之的"，"创造一种新的精神，养成一种新的风气，以达到一个大学对于民族的使命"。他以柏林大学为例，当日耳曼民族受到拿破仑的军事挤压时，一代学者积极配合政治改革，再造民族精神，贡献綦大而影响深远。他为国立中央大学撰写的校歌歌词为："国学堂堂，多士跄跄；励学敦行，期副举世所属望。诚朴雄伟见学风，雍容肃穆在修养。器识为先，真理是尚。完成民族复兴大业，增加人类知识总量。担负这责任在双肩上。"罗家伦从歌词中取出"诚朴雄伟"四字作为新校风的关键词："诚"，即对学问要有诚意，不以它为升官发财的途径，不做无的放矢的散漫动作，守着认定的目标义无反顾地走去；"朴"，就是质朴和朴实，力避纤巧浮华，反对拿学问充门面，"唯崇实而用笨功，才能树立起朴厚的学术气象"；"雄"，就是无惧无畏的气魄，改变中华民族柔弱萎靡的颓状，善养吾浩然正气，男子要有雄风，女生须无病态；"伟"，就是伟大崇高，力避门户之见，敢做大事，能成大器。"诚朴雄伟"和"励学敦行"八字至今仍是南京大学（中央大学的后身）的校训。适值国家内忧外患之际，罗家伦激励中央大学师生学习柏林大学前辈，"建立有机的民族文化"，葆有独立精神，复兴中华民族。非常时期，他引导师生回归学术，校纪就不可松弛，中央大学为此采取四项措施：一是"闹学潮就开除"，二是"锁校门主义"，三是"大起图书馆"，四是"把学校搬到郊外"。"五四健将"罗家伦，靠闹学潮起家，现在却反对学生闹学潮，措施无比强硬，此举确实促人深思，耐人寻味。学生离开学校，去社会上蹚政治浑水，只会被人利用，学业荒废固然可惜，有时候激成惨祸，还会危及生命。在罗家伦身上，我们不难看出五四健将们的精神嬗变，由感性的雾散抵达理性的晶凝乃是成长和成熟的必然结果。

罗家伦的治校方略为"安定""充实""发展"六字，分三个阶段实行，每个阶段约莫需要三年。然而形势比人强，七七事变后，中央大学内迁至重庆沙坪坝，在炸弹如雨的战争年代，安定已无从谈起，但即使得不到经费的全额支持，中央大学仍然有较大的充实和长足的发展，学生人数从一千多增加到三千多，为此开办了柏溪分校。有一次，日机轰炸沙坪坝中央大学校舍，炸塌了二十多座房屋，罗家伦的办公室也在其列，就在这间四壁仅存一面完壁的危房里，他照旧办公，并且撰文《炸弹下长大的中央大学》，亮出精神之剑："我们抗战，是武力对武力，教育对教育，大学对大学；中央大学所对着的，是日本东京帝国大学。"此言掷地有声，足以廉顽立懦。身为大学校长，罗家伦胜任繁剧的事务，但他的特长仍是演讲和写作，他向学生演讲"新人生观"，多达十五次，其内容包括"动的人生观""创造的人生观"和"大我的人生观"。1942年，重庆商务印书馆出版《新人生观》，罗家伦将它作为战时的精神礼物，"献给有肩膊、有脊骨、有心胸、有眼光而又热忱的中华儿女，尤其是青年"。此书出版后，五年间再版二十七次，是名副其实的畅销读物。他希望中国人具有"理想""智慧""人格""道德的勇气""知识的责任""运动家的风度"和"文化的修养"，即使放在今天，这些项目中国人欲臻善境，仍是任重而道远，较之当年，依然举步维艰。

有人说，罗家伦缺乏学生缘，不管他多勤勉，贡献多大，学生总是不愿意买他的账。为何如此？原因竟出在他的长相上，一个大鼻子，虽不碍事，却有碍观瞻。中大学生戏称他为"罗大鼻子"，某促狭鬼作五言打油诗，极尽调侃之能事："鼻子人人有，惟君大得凶，沙坪打喷嚏，柏溪雨濛濛。"丑化他的诗作还有更为露骨的，实在有辱斯文，不堪笔录。

1941年8月，罗家伦请辞中央大学校长。原因是什么？一说是办学经费捉襟见肘，巧妇难为无米之炊；一说是罗家伦与教育部长陈立夫之间存在嫌隙，难以调和；一说是罗家伦不肯拿大学教授的名器做人情，得罪了权贵；一说是蒋介石要奖励汪（精卫）系归渝人士顾孟余，暗示罗家伦腾出中大校长职位，罗家伦欣然让贤。不管原因如何，罗家伦从此离开了教育界。罗家伦执掌大学校政，处处取法乎上，乃是斫轮高手，可惜为时势所限，未能尽展长才。

罗家伦好一派诗人光风霁月的性情和士大夫休休有容的涵养，勇于公战，怯于私斗，根本不是做政客的材料，却偏偏混迹于政客圈中，日日与之周旋，那种"业务荒疏"的窘态和处处吃瘪的情形便可想而知。这位"五四健将"注定不是宦海中的游泳高手，呛水的时候，他更希望回到大学校园，那里才是他安身立命的地方。

1945 年 9 月 9 日（受降日），罗家伦在《新民族观》序言中提出："我们要认识过去，把握现在，创造将来！"那时，他辞去中央大学校长职位已经四年，但他这番话仍然是说给中华民族的青年人听的，对于他们始终寄予厚望，抱有信心，不可能逆料到他们在将来的岁月里会遭遇空前的政治劫难，竟被彻底地耗费掉。

五、"学而优则仕"的不归路

在上海复旦公学就读时，罗家伦十八岁左右年纪，就结识了黄兴、戴季陶等国民党要人，但他最崇拜的偶像是梁启超，后来操觚染翰，他走得顺风顺水的也是梁任公"笔端常带感情"的路子。罗家伦学业优异，行有余力，还担任《复旦杂志》编辑，撰写了一些直抒胸臆的华章，显示出"少年中国之少年"的雄风胜概和文采风流。请看看这段行文："若欲以二十世纪国家的主人翁自恃，必须有春日载阳、万象昭苏之概，切莫暮气沉沉，气息奄奄。一定要努力成为新学生，切莫沦为陈死人"。你不妨拈出其中的三个副词来琢磨，"必须""切莫""一定"，全都语气斩截，不留任何回旋余地，这说明作者自信弥满，也说明他少不更事，对前路的艰难险阻缺乏预见，此时此刻的乐观只不过是个氢气球，虚悬在半空而已。

"学而优则仕"，这是传统意义上读书人的光明前途，其实是暗道，甚至是不归路。古往今来，由于做官而弄坏身坏的人不在少数。

1905 年，蔡元培和李石曾等人在巴黎发起"进德会"，首倡"不为官""不置私产"。七年后，张静江、张继、蔡元培、李石曾、吴稚晖等人乘民国新肇之东风，在上海尝试成立"进德会"，确定"一切从我做起，致力改变社会"的宗旨。"进德会"的"当然进德"（必须遵循之条例）三条是：不狎邪，不赌博，不置妾；"自然进德"（非强制约律）五条是：不做官吏，不做议员，不吸烟，不饮酒，不食肉。会员分为三等："持不赌钱、不嫖妓、不娶妾三戒者为甲等会员；加以不做官吏、不吸烟、不饮酒三戒为乙等会员；又加以不做议员、不食肉为丙等会员。"1918 年 5 月 28 日，北京大学进德会召开成立大会，蔡元培被推举为会长，《北京大学进德会旨趣书》中的戒律依循旧规。在乌烟瘴气的社会里，知识精英修正私德，砥砺情操，这个出发点当然很好，但道德完美主义很难落实和变现。在进德会成员中，小赌怡情的并非个别，吃花酒的也显有其人。陈独秀不谨细行，常作狭邪游，甚至闹出大动静，由于争风吃醋，去八大胡同挥拳打场，招致京城媒体的围攻。不做官就更难了，连会长蔡元培也未能免俗，他做过北洋政府教育部总长、国民政府大学院院长。北大进德会成立伊始，就吸纳了七十多名教员、九十多名职员、三百多名学生为会员，当时北大的教职员共有四百多人，学生不足两千人，进德会的规模不可谓不大。

罗家伦是北大进德会甲等会员，只需持守"不赌钱、不嫖妓、不娶妾"的戒律，做官本是无妨的，不算违规作业。然而他出入官场，所言所行颇遭诟病，沦为左派青年攻击的靶子，被斥骂为"无耻的政客"，真是他的不幸。

1946 年 6 月 17 日，王元化在上海《联合晚报》副刊上发表短文《礼义廉》，射出了一枚颇具威力的"开花弹"："曾任某大学校长的罗某，五四时代之健将也。'革命已经成功'，但'同志仍须努力'，遂混迹官场，步步高升。二次大战前，罗某吹捧希特勒，将《我的奋斗》一书，列为青年必读书之一。抗战后罗某又摇身一变，成为'爱国分子'。惟江山易改，本性难移。人多讥其丑，遂戏赠打油诗一首：'一生做帮闲，两手只要钱，三擅吹拍骗，四讲礼义廉'。"以"礼义廉"为文章题目，王元化意在嘲骂罗家伦无耻，这是很严重的道德指控。当时，王元化二十六岁，左派青年性格偏激自然是难免的，但他的文章代表了许多青年学生对罗家伦从政的失望和反感，则再明显不过。

在北大进德会章程中，对于"不做官吏"有个解释："凡受政府任命而从事于行政司法者为官吏。但本其学艺而从事于教育学术实业者，不在此限。"照此解释来看，即使罗家伦是乙等会员，他出任清华大学校长、中央大学校长，应不算做官，至于国民革命军总司令部参议、教育处处长、滇黔党政考察团团长、西北建设考察团团长、首任新疆省监察使、中央党史编纂委员会主任委员、考试院副院长和国史馆馆长，就该算做官了。20世纪40年代末期，他还做过两年国民政府驻印度大使，这个职务更难脱去做官的嫌疑。抗战期间，罗家伦与傅斯年结伴去四川江津，探望陈独秀，他们想资助穷困潦倒的恩师，却没有看到好脸色，白白挨了一顿臭骂，只好落荒而逃。罗家伦挨骂的缘由就是像他这样一个有名有数的"五四健将"竟堕落为国民党的"臭官僚"。

罗家伦与傅斯年是多年的莫逆之交。早在北大就学时，他们成立新潮社，创办《新潮》杂志，一同参加五四运动，罗家伦到欧洲游学，两人又常在一起探究东西方的学术门道。他们走的均是文史路径，天赋很高，但傅斯年做学问比罗家伦更扎实，且为人胆气更豪爽，20世纪40年代，他接连喝退两任行政院院长（孔祥熙和宋子文），在蒋介石面前，傅斯年也能够保持士人的风骨，刚直敢言，不亢不卑，他从不涉迹官场（依照北大进德会的章程，他出任中央研究院史语所所长、北大代校长、台湾大学校长不算做官），尤其难能可贵。罗家伦与蒋介石结缘甚早，北伐时做过后者的政治秘书，蒋介石对他的信任倚重非比寻常，但他的仕途发展略显平淡，应是性格使然。罗家伦做人做事过于高调，城府不深，从不隐藏自己的政治抱负，有意无意间得罪了不少人，再加上谁都清楚他是蒋介石夹袋中的亲信角色，在派系林立的国民党官场，那些精刮的"摸鱼高手"必然将他视为劲敌，他要跻身政界要津，难度有增无减。

聪明人做大事未必能够成功，做大使则可能深孚众望。罗家伦的智商够高，他出任过国民政府首任（也是唯一的一任）驻印度大使，得到过印度总理尼赫鲁很高的礼遇。印度政要、国会议员踵门求见，向他请教如何制定新宪法，印度国旗上的核心图案居然也是由他一语定夺的，这在世界历史上也恐怕是罕见的孤例。当年，印度国旗上的核心图案欲采用甘地纺织土布的纺纱机。罗家伦参详之后建议去掉织机上的木头架子，只保留那只圆轮（恰好神似阿育王的法轮），表示生生不息。这个秉承简约主义"以少少许胜多多许"的优选方案一经罗家伦提出，印度政府欣然采纳。然而感情归感情，政治归政治，1949 年底，印度与新成立不久的中华人民共和国建交，罗家伦黯然卸任。

罗家伦退处台湾岛，秉承蒋介石的旨意，主张简化汉字，立刻招来一身腥、一身蚁。廖维藩与一百余名"立委"联名，控告罗家伦是国民党内的不良分子，"和中共隔海和唱，共同为民族文化罪人""类似匪谍行为"。罗家伦帮忙没有帮到位，倒帮出了涔涔冷汗来。后来他手握党史、国史诠释大权，也弄出不少纰漏，遭到吴相湘等史学家的诘问和批评。花甲之后，罗家伦智力衰退较快，这可能是他力不从心的原因。

功名自有定数，强争不来，强取不到。罗家伦混迹官场，一直未能跻身于核心的党政部门，功绩仍属教育为多，虽然他在大学任校长的时间充其量不足十二年，但他主持的改革卓有成效，惠及清华大学和中央大学。在"一寸血肉，一寸山河"（他的诗句）的抗战时期，罗家伦所作的系列演讲，所写的系列读物，及时鼓舞了士气，激励了人心，这个成绩不容抹杀。当国民党政府"漏船载酒泛中流"，无可挽救地沉沦时，他在政治上那些努力便微不足道。总而言之，罗家伦的人生不如好友傅斯年那样波澜壮阔，他走的是一条缓缓的下坡路，五十岁后即泯然众人矣。嘲笑罗家伦的多为海峡两岸的名手，他屡遭责难而从不反唇相讥，能够唾面自干，这样的君子风度很不寻常。至于将介石为他题写的挽词"学渊绩懋"，究竟应该打几折，就肯定言人人殊了。

本文首发于《同舟共进》2012 年第 8 期

独立崖端

——潘光旦的仙风道骨

　　潘光旦（1899—1967），原名光亶，又名保同，号仲昂，江苏宝山人。社会学家，优生学家，民族学家。1934年为清华大学社会学系教授。1935年至1937年任清华大学教务长。1938年至1946年任西南联合大学教务长、秘书长、图书部主任、社会学系主任。1946年至1952年任清华大学社会学系主任、图书馆馆长。著作有《潘光旦文集》（14卷，北京大学出版社）。

新月社里高人多多，徐志摩称赞胡适为"圣"，又称许潘光旦为"仙"，这样的封号显然包含了雅谑的成分在内，但也有合理的地方。"胡圣潘仙"的名目一叫就响，在北平文化界和教育界，对此懿评首肯者多于反对者。潘光旦应算作哪路神仙？八仙中铁拐李庶几近之。他们都断过一条腿，倚靠拐杖蹀行人间不平路，也都有满满当当的悲悯之心，肯将善意和长才悉数贡献给社会。在梁实秋眼中，潘光旦是当时国内的人尖子，不仅中西贯通，而且品格高尚，办事能力强。"清华之父"梅贻琦两度礼聘潘光旦为教务长，对其刚柔并济的秉性褒赏有加。诚然，潘光旦将"温、良、恭、俭、让"这些传统美德萃集于一身，但他遵行不悖的并不是中庸路线，该讲的话他敢讲，该做的事他敢做，他的分寸感与世俗的分寸感并非针针吻合。

在清华园里，潘光旦是公认的硬汉。1921年，清华学校辛酉级和壬戌级学生支持京城八校教员索薪，举行"同情罢考"，潘光旦是其中的积极分子。清华校方勒令罢考学生一律上交"悔过书"，别人屈服了，潘光旦坚决不写，宁愿为此丧失出国留学的机会。1922年，闻一多在家书中盛赞不已："圣哉光旦，令我五体投地，私心狂喜，不可名状！圣哉！圣哉！我的朋友光旦！"潘光旦能让狂生闻一多敬佩（近乎顶礼膜拜）到这个程度，并不是一件容易的事情。潘光旦从不曲学阿世，这一点尤为难得。当朝权贵孔祥熙自称为孔子第七十五代孙，意犹未尽，希望谱牒学名家潘光旦能够撰文帮他证明，至于润笔费嘛，用"丰厚"二字形容，绝不为过。潘光旦的答复却不留任何回旋余地："山西没有一家是孔仲尼的后人。"以学术良知论，这并非孤例。别的事情还可以商量，要他在专业范畴内公然造假，那绝对没得通融。1943年，潘光旦的新著《自由之路》指责蒋介石《中国之命运》把真自由和假自由弄颠倒了，希望再版时予以更正，终竟能使"真假可以划分得更清楚，黑白可以表见得更分明"。敢在太岁头上动土，一般学者哪有他这样的勇气。

潘光旦嘴上常叼竹根大烟斗，斗腹上镌刻的铭文是："形似龙，气如虹；

德能容，智于通。"其为人传神写照尽在这寥寥十二字当中。社会学家费孝通是潘光旦的入室弟子，两人毗邻而居，他长期将恩师当成有呼必应、有查必得的活字典，由他来评价潘光旦，想必字字靠谱："他的性格是俗言所谓牛皮筋，是屈不折，拉不断，柔中有刚；力不懈，工不竭，平易中出硕果。"潘光旦不向古人沿门托钵，也不受潮流颐指气使，治学做人均能脚踏实地，不唱什么响遏行云的高调，择善而从，择不善而改。潘光旦一生遭遇不少困厄，皆能"心存百般忍让"，用感情调和，用理智化解。冰心曾夸赞潘光旦是"男子中理智、感情保持得最平衡的一个"，张汝伦夸赞潘光旦"始终站在我们文化的最积极的方面，来观察世界，来对世界做出自己的回应"，他们的话令人信服。

鄂籍老诗人曾卓写过一首《悬崖边的树》，看似写树，实则写人：

不知道是什么奇异的风

将一棵树吹到了那边——平原的尽头

临近深谷的悬崖上

它倾听远处森林的喧哗

和深谷中小溪的歌唱

它孤独地站在那里

显得寂寞而又倔强

它的弯曲的身体

留下了风的形状

它似乎即将倾跌进深谷里

却又像是要展翅飞翔……

诗家以孤树拟人，一个坚韧的硬汉形象呼之欲出。潘光旦就是时代悬崖上的铜柯铁干，他跌落的姿态恰似飞翔的姿态，这一点尤其令人瞩目和揪心。

一、一条左腿照样能够挺立

潘光旦的父亲潘鸿鼎是一位肯坐冷板凳的读书人，也是一位颇具热心肠的实干家，他做过清朝翰林院编修，一生忙于乡国事务，对儿辈言传不少，身教尤多。毛孩子喜欢到户外掏鸟蛋、捉迷藏、摸瓜扑枣，潘光旦却喜欢躲在父亲的书房里做一条悠游自在的书虫，神秘世界的大门一扇扇递次向他訇然洞开，古今人物的隽言懿行令他目不暇接，那样的时光就是最快惬的时光。潘光旦的母亲明大理，识大体，有一年，潘家从宝山逃难到上海，老屋中有不少值钱的物什，可她弃若敝屣，急于带走的珍宝是三个儿子和四担书籍。在这样的家庭里长大，潘光旦耳濡目染，自然形成重视精神胜过重视物质的心性。

1912 年，潘光旦毕业于两等小学堂，遵从父亲的遗命，考入清华学校留美预备班。在寒暑两个假期，别人想方设法寻些乐子放松筋骨，潘光旦则将一日当成三日来用，学习中文肯下苦功夫，学习英文也铆足了劲头。他说："我是中国人，要是没学好中文，那是一桩羞耻的事情，要是没学好英文，跑到国外去留学，岂不是滥竽充数，贻笑大方？"

倘若你因此认定潘光旦是一位不折不扣的书呆子，那就大错特错了。他的体育天赋不低，许多项目都玩得转。体育教员马约翰有一句口号在清华园叫得响彻云霄："年轻人，必须要有强健的体魄，才能为祖国工作五十年！"潘光旦对这个说法深以为然。但不幸的是，跳高时，一次闪失致使他落下终身残疾。他纵身越过横竿，由于右脚用力过猛，着地后挫伤了膝盖，整个腿部如同千针齐扎，剧痛无比。这不是轻伤小疥癣，他却全然没把它放在心上，结果耽误了治疗的最佳时机，伤处感染了结核杆菌，须锯掉右腿以保全生命。那年潘光旦十六岁，就遭遇到人生的大变故。往日生龙活虎，今朝挂拐而行，换了谁都难免悲观，难免消沉。潘光旦在家休养了整整一年，挺过了那段极难打发的苦闷日子，为此他信奉了基督教。应该说，他走出心理阴影的速度比常人快许多，回到校园，他的性情依旧豁达开朗，满脸笑意并未凋落，集体旅行一次不缺，多人篮球照打不误。别的同学能够征服的山峰，他也能够征服。别的同学能够看到的风景，他也能够看到。身残志不残，潘光旦不肯沦为自卑感的苦因徒。然而身处缺乏同情心的社会，他能够敏锐地察觉到残疾人所面临的现实困境，偏见是绊马索，歧视是拦路虎。当年，在中国，残疾青年留学海外尚无先例（梁思成同样受伤致残，他留学美国比潘光旦晚了整两年），潘光旦心存忧虑，不可遏止。某天，他单刀直入，郑重其事地询问清华代校长严鹤龄："我一条腿能否出洋？"校长沉吟少顷，然后用不太肯定的语气作出回答："怕不合适吧，美国人会说中国人两条腿的不够多，一条腿的也来了。"这句话近乎揶揄，有点难听，潘光旦为此难受了好一阵子。然而他的成绩名列前茅，连教授图画课的美籍女教师都为他抱委屈、鸣不平："潘光旦不能够出洋，谁能够出洋？"公论如此，校方只好破例。

天才早秀，往往令人惊异。1921年，潘光旦接触弗洛伊德的精神分析论，深受启发。翌年，梁启超在清华开讲《中国历史研究法》，学期末尾，潘光旦交出读书报告《冯小青考》，有板有眼地分析道："影恋无他，自我恋之结晶体也。"他以弗氏的精神分析法研究明朝万历年间郁郁而终的美女和才女冯小青，将其死因确定为性压抑后的极端自恋，痨病只是生理表象。传统社会对"性"讳莫如深，潘光旦的这一分析可谓惊世骇俗。它比以往的各种猜测和推论更为高明，因为弗氏的理论包含了科学的合理因子。梁启超读罢此文，拍案叫绝，在批语中写道："对于部分的善为精密观察，持此法以治百学，蔑不济矣。以吾弟头脑之莹澈，可以为科学家。以吾弟情绪之深刻，可以为文学家。"对于一位二十二岁的年轻学子评价如此之高，梁启超一点也不觉得过誉。

《冯小青考》是潘光旦学术生涯的首个驿站，以当时最锐利的精神分析法作为灵敏的探钳直探入汉民族的人性深处，得出令人耳目一新的结论。梁启超从这位晚辈的研究成果看清了其非凡的实力，他提倡新史学，研究旧材料，讲求新方法，以西方现代科学为准绳，在这一点上，师徒二人乃是殊途同归，不谋而合。梁启超对潘光旦期许甚高，叮嘱弟子集中兴趣，在心理学方面狠下一番功夫。但潘光旦自有主见，留美期间，他主修生物学，包括遗传学和优生学，旁涉心理学、文学、哲学等多个领域，成为了一个填不满的大"字纸篓"。

1922 年冬，在美国达特茅斯大学，潘光旦顶风冒雪，拄拐上课。那个寒冷的季节他摔了七跤，但他并不气馁，翌年就只摔了两跤。某日，潘光旦乘电梯上楼，一位同乘者看到他只剩一条左腿，误以为他是伤兵，竟勾动恻隐之心，掏出钱来作为施舍。潘光旦笑而不接，他从口袋里掏出荣誉奖章，证明自己是在校大学生。那位好心肠的美国人顿时犯窘脸红，赶紧为其唐突之举连道几声"sorry"。

潘光旦一度将自己的书房定名为"胜残补阙斋"，顾名思义，"胜残"就是要战胜残疾，"补阙"就是要弥补缺陷。闻一多为好友专门篆刻了一方"胜残补阙斋藏"的印章，以示道义上的支持和才智上的赞许。在西南联大时，潘光旦难耐技痒，一有闲暇就自告奋勇，撑单拐上场打篮球，不少师生在四周为他鼓掌喝彩，那种积极的人生态度确实具有很强的感染力。

1935 年，一位清华学生向潘光旦请教治学方法，他稍稍沉思，微笑作答："除了一部分天才之外，只有四个字——'抓住不放'，铢积寸累，自然会有豁然贯通的一日。"潘光旦天资出众，勤奋过人，古人用"三余"读书，他则用"三隙"读书，哪"三隙"？旅行的间隙、开会的间隙和访友的间隙。一卷在手，其乐陶陶，可以忘忧，亦可以忘饥。有人在读完美国女作家海伦·凯勒的励志读物《假如给我三天光明》后，感叹道："相比她的身体残疾，我们的精神残疾更为可怕！"在潘光旦面前，一定有人也这样思考过，感叹过。

抗战期间，潘光旦躲空袭，经常疏散到昆明郊外农民家里，因此跟老百姓结下友情。有一次，几名兵痞嘴巴馋，到乡下来打狗，正巧被潘光旦碰见了，他出面阻拦，明知故问："你们为什么要打狗？"那个兵头说："上边叫我们来打的，吃了狗肉可以治湿气。"潘光旦又问他们的"上边"是谁，对方立刻搬出个大家伙——龙大少爷（云南省主席龙云的长子）。潘光旦轻描淡写地说："好了，龙大少爷跟我很熟，你们都回去吧。"有个兵痞心有不甘，插嘴考问道："你说你跟龙大少爷很熟，你知道龙大少爷住在什么地方？"潘光旦两眼圆瞪，戟指怒吼道："你说话小心点，你知道我这条腿是怎么丢的吗？"几名兵痞面面相觑，那个兵头揣摸潘光旦的语气，猜想他是受伤的高级军官，赶紧闪人。潘光旦只凭几声诈唬，空手光脚就吓退几名兵痞，在西南联大成为了大家茶余饭后津津乐道的谈资。

1949 年 10 月 1 日，潘光旦拄双拐参加开国大典之后的群众游行，那天，他身轻如燕，双拐竟成为了他飞翔的翅膀。

二、优生学是他的命根子

清朝末叶，梁启超呼唤"少年中国之少年"尽快登场，凭仗热血和明智使中华民族再度焕发勃勃生机，屹立于世界优秀民族之林。"少年智则国智，少年富则国富，少年强则国强，少年独立则国独立，少年自由则国自由，少年进步则国进步，少年胜于欧洲则国胜于欧洲，少年雄于地球则国雄于地球。"潘光旦与梁启超一样，也不乐意别人言必称"老大之中国"，历史、文化、语言文字"老"而无妨，偌大的民族不可暮气沉沉，失去进取的锐志。及至民国初期，中国为何还是事事不如人，他从政治上找原因，是专制政体敌不过民主政体；他从军事上找原因，是土枪土炮敌不过洋枪洋炮；他从生物学上找原因，是退化人种敌不过进化人种。列强环伺，外患煎迫，亡国之忧，日甚一日，"保种"和"强种"应成为中华民族的要务和急务。潘光旦研究优生学，以强国优种为职志，他认识到，讲求更良善的繁殖方法，可以谋得社会之进步。在美国留学期间，潘光旦研究优生学极精勤，好友闻一多以强烈的民族主义情绪警告他："你研究优生学的结果，假使证明中华民族应当淘汰灭亡，我便只有先用手枪打死你！"潘光旦显然不会下这样的"诊断书"。

1926年，潘光旦学成归国，在上海教书，创设优生学课程，主编《优生月刊》。当时，不少知识分子苦心焦虑，为中国寻找出路，开出各种"药方"，潘光旦又怎会置身事外？他研究的专业与现实并无隔膜。

1928年，潘光旦出版《中国之家庭问题》，这本书拿出第一手的社会调查数据，撇开主观的意气感情，具备严谨的学术思考，专为"推阐优生之原理而作"。潘光旦认为，生育孩子，不仅是家庭的使命，更是社会的安危所系。

1929年5月19日，平社在上海范园聚餐。当天《胡适日记》中有记载："上次我们决定从各方面讨论'中国问题'，每人任一方面。潘光旦先生任第一方面，'从种族上'，他从数量、质量等等方面看，认中国民族根本上大有危险，数量并不增加，而质量上也不如日本，更不如英美。他的根据很可靠，见解很透辟，条理很清晰。如果平社的论文都能保持这样高的标准，平社的组织可算一大成功了。"潘光旦化繁为简，他的结论是：中国要谋求根本上的富强，就必须优生，高质量的人口越多，中国的希望就越大。

1934年，潘光旦成为清华大学教授，主讲优生学、家庭演化、家庭问题、儒家之社会思想等六门课程。他发现家门口有一个现成的架子，就在下面栽种攀援植物藤萝和葫芦，为夏天预备一片乘凉的好地方。两年后，瓜棚上结出了一对并蒂葫芦，就像头与头黏在一起的连体婴儿，这使潘光旦又惊喜又担心，并蒂葫芦不常见，要长好恐怕不容易。他每天细心观察，精心照料，并蒂葫芦果然争气，它们发育健全，大小相等，体形匀称。潘光旦感到十分欣慰，逢人就说，这是造物主对他当年主修生物学的最好回报。有好奇者闻讯前来，参观之后，赞叹之余，就会问他："这样完美的并蒂葫芦，为何生物学系的师生培植不了？"潘光旦的回答颇为诙谐："生物系的师生通常只关注更有研究价值的动植物，葫芦难入他们的法眼，再就是他们没有学好优生学。"大家都笑称，并蒂葫芦生在门前是吉祥兆头，潘光旦也视之为赏心乐事，于是他将书房"胜残补阙斋"改名为"葫芦连理斋"，这个斋名一直沿用到他去世为止。并蒂葫芦伴随潘光旦长达三十一年，战火不曾毁掉它，搬迁不曾失掉它。"文革"时，并蒂葫芦被抄家的红卫兵丢弃在长满荒草的院子里，近邻费孝通将它捡回，保存起来。"文革"结束后，并蒂葫芦重见天日，回到潘光旦的女儿潘乃穆手中，历尽劫难，它已从黄褐色变成了红褐色。

潘光旦研究优生学，费尽心血，但由于种种原因效果并不显著。在 20 世纪 30 年代，苏联将优生学与其主要理论基础的人类遗传学贬斥为纳粹科学。1949 年后，中国受到苏联影响，优生学横遭批判，被列为学术禁区。潘光旦不得不偃旗息鼓，相关的研究工作半途而辍，这不能不说是一个很大的学术遗憾。

三、教务长不是那么好干的

潘光旦既担任过清华大学教务长，也担任过西南联大教务长，教务长不是那么好干的。在清华，九一八事变后，学潮闹得凶，军警径直闯入校园里抓人。一次，清华学生怀疑潘光旦出卖了他们中间的积极分子，竟然在校园里拦住他，夺走他的双拐，不仅用极其难听的话辱骂他，而且作势要动粗行暴，所幸梅贻琦校长闻讯赶来，说明事实，严厉制止学生的无礼举动，才不致酿成恶果。

1937年7月7日，卢沟桥上沉睡百年的石狮子在枪声中倏然惊醒，抗日烽火一点即燃。当时宋哲元的二十九军驻扎在北平郊外，与日寇正面交战后，形势不容乐观，放弃北平只是一个时间问题。7月28日晚，潘光旦获悉二十九军副军长佟麟阁阵亡的噩耗，震惊之余，痛苦不已。翌日，他拄杖前往二十九军军营，只见营房空空，官兵已悉数撤退，不禁触目伤心。回校后，潘光旦遇见好友梁实秋，两人握手良久，相对而泣。往昔留美，他们满怀爱国热忱，创建过以"反对列强侵略与鼓励民气"为宗旨的大江会，如今国难当头，恨无补天之石和回天之力。在清华园里，不乏惊弓之鸟和毁巢之枭，同胞不争气，潘光旦恨铁不成钢，悲感不禁，放声痛哭。

1940年，潘光旦身为教授，又是西南联大教务长，薪水不算低，叵耐物价飞涨，家中人口繁多，总是入不敷出。不得已，潘光旦夫人赵瑞云走出家门，抛头露面，与梅贻琦夫人韩咏华联手制作"定胜糕"，拿到冠生园寄卖，好歹换些活命的钱钞。抗战后期，潘太太仍要缝制绣花绸睡衣，刺绣头巾、手帕（闻一多为潘太太画过两幅龙的图案作为绣样），卖给美军官兵，补贴家用。

釜底生尘，依然弦歌不绝，这是当年西南联大师生的可佩可赞之处。身为教务长，潘光旦每日忙完公务，还要利用余暇研究优生学和心理学。心理学的课题俯拾即是，比如，云南老鼠贼多，不怕人，在潘光旦看来，它们既是害，又是菜。他诱之以饭饵，捕之以铁夹，十余只硕鼠成为他的猎物。剩下的工作就是斩其尖头，剥其灰皮，弃其内脏，配足佐料，猛火爆炒，潘太太治馔功夫一流，一道香喷喷的荤菜上桌，潘光旦诡称它是"山中野味"，将数位研究心理学的同事和学生馋得垂涎三尺。一杯淡酒下肚，潘光旦先带头猛嚼，众人亦大快朵颐。酒过三巡，一位客人想吃个心知肚明，便询问主人："这道菜肉质细嫩，味道鲜美，但不知是何种野味？"潘光旦如实相告："鼠肉。"这两个字落音，大家目瞪口呆，甚至有人恶心反胃，作势欲呕。任由潘光旦费尽口舌，说什么鼠肉营养丰富，毒性全无，仍然劝诱无效，再也没人往鼠肉盘中下箸。潘光旦倒是开心，他当场做出总结："我又在心理学上得一证明。"

1942 年，潘光旦赋诗赠弟子赵文璧，生计虽然艰苦，他的心情还算乐观：

> 知吾不作稻粱谋，避地五年一敝裘。
> 未信文章憎命达，只将身世寄鸥游。
> 应怜士道衰微甚，莫为师门贫病忧。
> 爱汝囊中无浊物，买薪权当束修收。

位卑未敢忘忧国，这是中国传统士道的外现。潘光旦一生追求民主自由，在 1949 年之前，他对"学人论政"兴趣盎然。他认为，学者必须能在书斋坐得下来，也必须能从书斋走得出去，出去干什么？关注国计民生。"学术界人士应当于专门学术之外关切政治，理由自不止一个。积极地说，清明的政治应以学术为张本，学术家不问，试问谁更有资格来问，此其一。消极地说，政治败坏，迟早必波及以至于殃及学术家的园地，致使学术工作无法进行，此其二。这两个理由几乎是几何学上所称的自明的公理，无所用其证明的，要不是因为目前这种普遍的隐遁的状态，也是根本不值得一提的。不过次要的第三个理由，我不能不略说几句，就是，为了教育青年，学术界人士也大有关切政治的必要。学生在专门学术上需要领导，教师们承认这一番领导的权责，是不成问题的。不过学生的兴趣原不限于学术，他是国民，他也有一般的国民的兴趣，政治的兴趣，在动荡不定以至于风雨飘摇的当前局面之下，这兴趣自更见得浓厚而不可遏抑。"潘光旦还深入阐发道："学术与教育是民族生活的一个部门，一个方面；民族生活的总枢纽，就任何一个时代论，是在政治。学术和教育势不能和政治绝缘。政治清明，学术教育也清明，政治混乱，学术教育也混乱。政治而民主，学术也就客观，教育也就自由。政治而受一种或多种信仰与教条之支配，试问学术与教育能完全免于同样势力的支配么？不能。"书生关心政治，希望把当权的坏人骂走撵走，换成好人执政，未免失之天真，傅斯年骂倒了两任行政院长（孔祥熙和宋子文），国民党政府仍然毫无起色。但从积极的方面看，这总比"坏人在台上唱戏，好人在家中叹气"要好些。事实上，以胡适、潘光旦、傅斯年、张奚若、闻一多等人为代表的爱国者不是太多了，而是太少了，终因责骂之声稀疏寥落，那些原本受到惊吓的政客仍复关起门来高枕安卧。这不能不说是中国社会的一大悲哀。

在西南联大一百多名教授中，左、中、右三派立场各异，政见大不相同，主调都唱自由民主。左派教授、政治系主任张奚若在国民参政会上詈骂国民党腐败、蒋介石独裁，骂完拂袖而去，令蒋介石极感难堪。抗战胜利后，国民党政府派出各路接收大员，他们趾高气扬地回到昔日的敌占区，接收日寇汉奸的票子、车子、房子、条子（金条）、女子（汉奸的妻妾），被讥诮为"五子登科"，将一幕幕腐败丑剧演至高潮迭起。在昆明，最可怕的事情是特务横行，气焰十分嚣张，造成恐怖气氛。1946 年 7 月中旬，四天之内，民主人士李公朴、闻一多相继遭到暗杀，一时间人人自危。有一张莫辨真假的暗杀黑名单在学界疯传，潘光旦赫然在列，为了确保人身安全，他前往美国驻昆明领事馆，寻求政治庇护，在那里，他满怀黯淡的心情度过了四十七岁生日。黑暗的现实压迫着他的神经，仿佛置身于墓穴深处，他艰于呼吸。个人的出路何在？民族的前途何在？潘光旦深长思索，写下一百六十六行七言长诗，"正气豪强不两存，历朝忠鲠几孤魂。碧鸡月落凄凉黯，白马涛惊呜咽吞"，满腔悲愤之情，溢于言表。

四、教育的真实目的

说到底，潘光旦是学者，是教育家，他对学术的关注度肯定高于对政治的关注度，然而在泛政治色彩日益浓厚的现实中，高等教育难免遭到各方挤压而扭曲变形。

潘光旦的教育观是非常明确的：教育的主要目的是为了完成一个人，教育的最大目的是为了促进个性发展，教育的最终目的是让受教育者完善"自我"，把自我推进到一个"至善"的境界，成为"完人"（完整的人）远比成为"专才"（专业人才）更重要，因为后者只不过是优良的工具。

在《国难与教育的忏悔》等一系列文章中，潘光旦尖锐地批评道：国内的教育只是"为物"的教育，与"为人"的教育风马牛不相及。中国的现代教育有一件事情最对不起青年和国家，那就是没有把人当作人来培养。潘光旦反思中国现代教育的种种失误和失败，尤其是青年迷失自我，丧失个性，被异化为只知听命行事的工具，他不免有痛心疾首之感。

潘光旦认为，完成人的教育应该是"自由的教育"，以"自我"为对象。自由的教育无须"受"，也无须"施"。自由的教育属于"自求"，教师所要负起的责任是辅助青年踏上"自求"的旅程，使之"自求"于前，"自得"于后。大抵真能自求者必能自得，而不能自求者终归无获。潘光旦还强调，培养学习兴趣、激发学习动力是"自由教育"的精义，真正进入"自我"状态，以"自知者明，自胜者强"为目标，教育才能水到渠成。他解释道："明"就是西洋人所说的"认识你自己"；"强"就是战胜自己，能够控制自己的欲望和情绪。一个人认识了整个世界和全部历史，而独独不能认识自己，这个人终究是一个愚人。一个人征服了世界，征服了人群，而不能约束自己的喜怒爱憎，物欲私情，这个人终究是一个弱者，弱者与愚人怎配得上自由？潘光旦对专才教育头行反拨，强调通才教育才是努力的正确方向，他认为，以德育、智育、体育划分教育的主体功能，既牵强，又狭隘，与培养"健全的、完整的人"这一初衷并不吻合。事实上，欧美教育的旨趣更为宽泛：讲求道德和宗教，讲求智识的探求，讲求健康，讲求我与世界、我与人的和谐相处，讲求美的欣赏，讲求财富的积累和运用。潘光旦将这六个方面归纳为德育、智育、体育、群育、美育、富育。以"六育"替代"三育"，不仅面宽了，还从量变推向了质变。他的总结不缺后手，仍有更高的升华，儒家早已在经典文件《中庸》中提出的"位育"概念被他赋予了新的内容和价值。"致中和，天地位焉，万物育焉"，这是《中庸》的原文原旨。"安其所"为"位"，"遂其生"为"育"，安所遂生，是一切生命的头等大欲。个人也好，民族也好，倘若不能做到"安所遂生"，就注定会苦不堪言活受罪。教育的目的何尝不是追求良知良能各得其宜的"位育"？潘光旦极力倡导通才教育，也是"位育"的需要，他看得很清楚，通才教育才是一条完善自我的"山阴道"。

教育离不开方法，方法离不开可操作性。潘光旦认识到：完人教育是一个很好的目标，但是事实上很难一蹴而就。为了社会的进步，教师须着手实行的是激活学生的价值意识，主动学会区分是非真伪，使其辨别力不限于科学家、哲学家；主动学会辨别善恶荣辱，使这种辨别力不限于政治家、社会活动家；主动学会识断利害取舍，使这种辨别力不限于商人和企业家；主动学会鉴明美丑精粗，使审美能力不限于文学家、艺术家。一个人成熟的标志究竟是什么？是价值意识日复一日得到增强，久而久之，离"完人"的目标就渐行渐近了。

抗战期间，潘光旦观察得清楚的一点，亦批评得彻底的一点，是国民党在大后方的学校（尤其是大学）里强推党化教育，确定"宣传即教育"的方针。1940 年，潘光旦连续撰写和发表《宣传不是教育》《再论宣传不是教育》，抨击党化宣传危害教育事业。他明确指出，宣传采取的方式是灌输，教育采取的方式则是启发，宣传的目的是使人信服自己的主张，教育的目的则是启发人"自得"，二者是冰炭不同炉，薰莸不同器。国民党将宣传和教育混为一谈，并且把这个错误观念强加给全社会，居心何在？他在《自由之路》中索性拆穿这架"西洋镜"："我以为当前教育的最大危险，就是在一部分从事教育事业的人心目中，教育和宣传混淆不清，甚至合二为一。所谓社会教育，或者公民教育，名为教育，实际上大部分是宣传，可以不用说。即如比较严格的学校教育里，宣传的成分近来也一天多似一天，而主张宣传即是教育的人还虑其太少，而虑之者事实上又不尽属一派，于是流弊所至，非把学术自由、思想自由的学校环境变换作宣传家钩心斗角出奇制胜的场合不可。"官方的说法不外乎"教育的目的是社会的""教育必须配合政治需要"，这样做的结果只可能使学生的个性遭到湮没，使教育误入专业化、技术化的歧途，将训练工具人当成最高目标。在专制政体主宰的国家里，或在市场经济不成熟的社会中，教育的专业化、技术化是普遍现象，一方面是奴化的训练，另一方面是功利的需求。以培养"健全的、完整的人"为主旨的教育付之阙如，非不能也，是不为也，而且是故意不作为。

五、风中残烛

1951 年下半年，全国开展"知识分子思想改造运动"。还不到一年时间，潘光旦共计"自我检讨"十二次，才勉强过关。他在报纸上发表近万字的长篇检讨《为什么仇美仇不起来》，将父母、师长、同学、早年所受的学校教育以及所从事的学术研究统统罗列出来，逐个加以否定。这条昔日的硬汉终于垂下了高傲的头颅。

1952 年，全国院系大调整，清华大学社会学系遭到裁撤，潘光旦和费孝通被分配到中央民族学院当教授，这一放逐从此没有归程。潘光旦被迫割舍多年研究的优生学，转向人类学和民族学。1953 年，他撰文提出"土家不是瑶、苗、汉，而是历史悠久的单一民族"。1955 年 11 月，潘光旦的长篇论文《湘西北的"土家"与古代巴人》发表于《中国民族问题研究集刊》，以翔实的文献资料论证土家是单一的少数民族，这个观点引起学术界的广泛关注。1956 年春，潘光旦不辞远征的辛苦，拄着拐杖，前往交通不方便的湖南吉首、龙山、永顺、凤凰、保靖、古丈实地考察，同年深秋，又以全国政协委员的身份巡游鄂西南、川东南土家族聚居地，掌握了大量的第一手资料。嗣后，他将《访问湘西北土家报告》《关于土家问题的调查报告》呈送中央政府，国家领导人刘少奇高度重视。1956 年 10 月，中央人民政府同意确认土家族为单一的少数民族。

1957 年 9 月，湘西土家族苗族自治州正式成立。令人啼笑皆非的是，两个月后，潘光旦被打成了"右派"，主要罪状竟是"破坏民族关系"，真是欲加之罪，何患无辞。潘光旦的思想转不过弯来，他拒不承认自己在土家问题上的观点是错误的，态度如此强硬，不知悔改，自然要罪加一等。当时，"右派"中有人自寻绝路，也有人怨天咒地，潘光旦看淡荣辱，克服高度近视的困难，翻译达尔文著作《人类的由来》。他查阅史书和资料时，眼睛须紧贴书页，油墨将鼻子弄得乌黑，家人笑话他这不叫读书，应该叫"闻书"和"舔书"。他拄着拐杖上班，步速很快，高度近视给他带来其他麻烦，有人公开批评他架子大，目高于顶，目空一切。这样一来，潘光旦就额外添出一份劳累，他每走一步就点一下头，宁肯自己辛苦，也要免除碰见熟人不打招呼的误会。

有人开玩笑："你这个人，立场、观点都有问题。"他的回答相当爽利："我不但立场、观点有问题，我这方法还有问题呢，我架的是两条美国拐杖。"

"文革"期间，红卫兵一度强迫潘光旦排队跑步，只为逗笑取乐。潘光旦被编入中央民族学院的"牛鬼蛇神劳改队"里，下地劳动，他单腿不方便蹲下去，随身携带的小板凳被红卫兵一脚踢飞，不得不坐在或趴在潮湿的地面上拔草，重感冒之后，一病不起，由于缺医少药，已成风中残烛。潘家被抄过好几次，书房和卧室被封，别说书籍，连棉被都取不出来。费孝通尽其所能雪中送炭，一件旧大衣和一床薄薄的被褥终归抵挡不住长夜的寒凉。

当年，民盟老友叶笃义常去探望潘光旦，他们不再像以前那样谈笑风生，许多话都是在喉咙口逗留一瞬，又强行咽回去。但潘光旦还是忍不住向叶笃义介绍了自己的"三 S"策略："第一个 S 是 Surrender（投降），第二个 S 是 Submit（屈从），第三个 S 是 Survive（生存）。"这条清华硬汉终于失去了其固有的刚度，举起白旗。须知，在那个特定的历史时期，生存恰恰是最艰难的事情。潘光旦患尿潴留，身上插着管子，受罪不轻，但他在积水潭医院没法住个安稳，主治医生被撤换，红卫兵时常来审问他，外调人员冲他大吼大叫，猛摇他的病床。叶笃义激励好友："你要坚持生存下去。"潘光旦神色凄然，摇摇头，用"三 S"之外的另一个 S 开头的英文词回答道："Succumb（毁灭）。"女儿潘乃穆用一辆幼儿用的竹制手推车接父亲出院，潘光旦很高兴，向身旁的陌生人挥手道别。那一刻，他的疾病仿佛霍然痊愈，做人的尊严也得以恢复。明知回家必死，但他仍要死在家里才安心。

1967 年 6 月 10 日夜间，老保姆见潘光旦的病情迅速恶化，急忙请来邻居费孝通。潘光旦向费孝通索要止痛片，费孝通没有，他又索要安眠药，费孝通也没有。后来，费孝通便将恩师的脑袋拥入怀中，这匹中国学术界的识途老马慢慢停止了微弱的呼吸。费孝通哀叹道："日夕旁伺，无力拯援，凄风惨雨，徒呼奈何！"这十六个字催人泪下。硕学大儒奄然物化，一个热忱的人只得到孤凄的死，他在九泉之下能够瞑目吗？

1979 年，潘光旦的"右派"帽子被摘除。女儿潘乃穆将父亲的骨灰偷偷掩埋在燕园的某棵不起眼的树下（潘光旦可能更想长眠在清华园），她心有余悸，不敢留下任何标识。翌年，潘光旦得到平反昭雪。在北大校园，潘光旦的孤魂依然绕树三匝，无枝可依，真不知要到何时，他才能正大光明地拥有一块镌刻姓名的墓碑?

1990 年，《中国大百科全书》出版，潘光旦的词条里没有出现"右派"字样，也无只字涉及他在"文革"的悲惨遭遇。乍看上去，他平平安安度过了一生，这是谁的好心和善意?若是词条作者刻意为之，对此荒诞，读者当心照不宣。

本文首发于《随笔》2011 年第 4 期

为天地立心

——冯友兰的自我救赎

冯友兰（1895—1990），字芝生，河南唐河人。学者。1928 年至 1937 年为清华哲学系教授，任文学院院长兼哲学系主任。1938 年至 1946 年为西南联大哲学系教授，任文学院院长。1946 年至 1952 年为清华大学哲学系教授，其间任文学院院长兼哲学系主任（1949 年 9 月辞去），短期出任校务委员会主任。1953 年至 1990 年为北大哲学系教授。著作有《三松堂全集》（14 卷，河北人民出版社）。

德国诗人海涅谈到德国哲学家康德时，口风不无揶揄："康德的生活史是难于叙述的，因为他既没有生活，又没有历史。"康德性格刻板，作风谨严，一生平淡如白开水，确实缺乏吊人胃口的故事，他终身未娶，极其守时，行止合乎礼仪、法度，无懈可击。康德是优秀公民，而并非传奇人物，他的书信、言谈远不如英国的约翰生博士那么风趣诙谐，逗人捧腹。

拜时代之赐，20世纪中国哲学家寥若晨星，屈指可数，"生逢社会大动荡、政局大动乱、思想大动摇的时代"，他们忽左忽右，载浮载沉，即便如此，他们的生活史和心灵史同样难以叙述，原因相当复杂。比如说，我们要审慎地评判三松堂主冯友兰的学术生涯，就绝非一件轻而易举的事情。

冯友兰曾说过"哲学是人类精神的反思"，他还说过"哲学与科学的区别在于前者求好，而后者求真"。诚然，反思极其必要，求好和求真永无尽期。一个堪称中国学术界最高标杆的人物无疑是极佳的样本，值得后人去审视和裁量。

一、"北方之才不出则已"

大学者汤用彤夸赞冯友兰，一语即命中靶位："南方人聪慧，北方人朴重，南方人才多于北方。北方人才不出则已，出一个就不平常，像冯友兰，南方少见。"其意是冯友兰具有超人的毅力，辅之以绝顶的聪明，简直就是如龙乘云，如虎驾风。

1919年夏，冯友兰赴美留学，申请哥伦比亚大学奖学金，实用主义哲学家约翰·杜威欣然命笔，为他写推荐信，一言以蔽之："这名学生是一个真正学者的材料。"有人说，杜威慧眼识人，堪称冰鉴。也许在杜威方面，事出有因，他培养过胡适，对中国留学生存有同情和好感，其举手之劳又碰巧提携了一位中国学术界的顶尖人才。

1928 年 8 月 17 日，国民政府决议将清华学校改为清华大学，任命罗家伦为校长。就在这月下旬，罗家伦聘用冯友兰为清华大学哲学系教授兼校务委员会秘书长。冯友兰在《三松堂自述》中写道："……使我满意的是这是个中国人办的学校，可以作为我的安身立命之地，值得我为之'献身'，所以就待下去了，一待就待了二十多年，一直到 1952 年院系调整才被调整到北大。"有些人只知道冯友兰是北大教授，殊不知他的"清华"成色更足。更准确的表达是这样的：他出身于北大，归宿在北大，中间最具创造活力的年月则属于清华大学。他曾经断言："我在清华的几十年是我一生中最幸福的时代。"

1934 年，冯友兰出访英国，归途中出于好奇，向苏联当局申请短期停留，以便考察这个神秘国度的社会生活。嗣后，冯友兰在清华大学作了两堂演讲，分别为《苏联见闻》和《秦汉的历史哲学》。他认为"苏联既不是人间地狱，也不是天国乐园，它不过是一个在变化中的人类社会。这种社会可能通向天国乐园，但眼前还不是"。他发现，较之封建主义社会的"贵贵"、资本主义社会的"尊富"，社会主义苏联侧重于"尚贤"。他特意更正了西方社会对于苏联的误解，比如不许信教、不要家庭、割裂文化传统。冯友兰天真地认为自己只不过是"好学深思之士，心知其意"而已，清华大学师生却感觉到冯友兰对政治产生了浓厚的兴趣，都说"冯先生变了"。南京当局更是敏感过度，竟然派出持枪的特务，以赤化之嫌将冯友兰铐押到河北保定行营拘禁起来，威逼他如实交代在国外到过什么地方、见过什么人物、讲过什么话。翌日，军政部长何应钦下令放人，冯友兰获释后返回北平。特务无法无天，学者蒙冤入狱，此事震动全国舆论，在学界引起强烈的反弹，冯友兰一夜之间成为了名声大噪的进步教授，无妄之灾转变成无妄之福。鲁迅在 1934 年 12 月 18 日致杨霁云的信中感叹道："安分守己如冯友兰，且要被捕，可以推知其他了。"多年后，冯友兰在《三松堂自序》中写下这样一段感想：

我在这个时候，好像走到了一个十字路口。我可以乘此机会与南京政府决裂，大闹一场，加入共产党领导的革命队伍的行列，或者是继续我过去的那个样子，更加谨小慎微，以避免特务的注意。有人对我说："你不该轻易回来。你可以对行营那些人说，放不放由你，走不走由我。你们必须说明，为什么逮捕我？根据什么法律，是谁下的命令？"这是劝我走前一条路。当时清华的学生准备开会，清华的教授也准备开会。我如果走前一条路是会得到全社会的支援，可以大干一番。可是我没有那样的勇气，还是走了后一条路。"冯先生变了"，但没有变过来。

真要是冯先生"变过来了"又如何？多一个革命家，就会少一位大学者。

抗战初期，几位清华大学教授结伴从长沙前往昆明，在广西凭祥县（离镇南关不远的地方），司机叮嘱大家过城门时千万别把手放在车窗外面，以免发生意外的危险。其他人遵嘱而行，只有冯友兰纳闷：手为什么不能放在车窗外？将手放在车窗外与不放在车窗外的区别是什么？其普遍意义与特殊意义何在？这几个问题尚未寻获答案，他的左上臂碰到城墙后就"咔嚓"一声骨折了。出此意外，他只好转车去越南河内的法国医院治疗一段时间。这段经历在他的诗作中有所反映："水尽山穷路迂环，一车疾走近南关。边墙已满英雄血，又教书生续一斑。"有所失必有所得，住院期间冯友兰蓄起了络腮胡子，从此变成了美髯公（"文革"期间一度被迫削须）。很难说，一个爱思考的人付出此类代价，遭受此类苦痛，是否值得。三折肱而为良医，一断臂而成贤哲，这类佳话不可多得，也不宜多有。

1938年，西南联大两名学生奔赴延安，欢送会在露天广场上召开。对于这两名学生的抉择，冯友兰给予鼓励和支持，钱穆则针锋相对，强调学生以读书为天职，离开学校，放弃学业，为政治献身，是误入歧途。会后，冯友兰认为钱穆不应苛责学生，钱穆则认为冯友兰一向主张学生应安心读书，现在却改变初衷，依违两可，纯属自相矛盾。冯友兰再次显示出早年日记中所坦诚的不能决断的短处，以"读书不忘救国，救国不忘读书"作答，实等于正确的废话。两人一番争执，结果不欢而散。在历次学生运动中，冯友兰始终同情更弱势的一方，他先后掩护过学生领袖黄诚、姚依林、裴毓荪等人，当风声最紧之时，将他们藏匿在家中。

冯友兰反感蒋介石的所作所为，但他不得不敷衍此公。抗战期间，蒋介石有个习惯，在总统官邸接见从外地来到重庆的各界著名人士，设宴与之交谈，了解舆情。座中经常有一些地方官。冯友兰也受邀到蒋介石官邸吃过几次饭，观察到很有趣的现象。蒋介石喜欢向不同的地方官提出同一个问题："你们那里现在怎么样？"如果对方说很好，话题就到此结束，如果对方回答有些事情比较棘手，蒋介石就会一路穷诘下去，甚至勃然大怒，将对方斥责得面色如土。结果呢，那些地方官员摸准了蒋介石的脾气，说"很好"的总是占绝大多数，这样既安全保险，又能轻松过关，他们何乐而不为。由此，冯友兰明白了中国官场的运作诀窍——瞒上不瞒下。别说秦二世了，即便是唐玄宗那样子精明的角色，也被瞒得铁桶般严严实实，直到安史之乱爆发，叛军攻破了潼关，渔阳鼙鼓动地来，他才如梦方醒。如果瞒来瞒去，大家总是紧瞒着掌握最高权力的领袖人物，国家的状况就会糟到极点。这样的感悟是任何人读死书都很难得到的，在蒋介石的官邸，冯友兰可没白吃那几顿饭啊！

许多读者都识得冯友兰是哲学家和哲学史家，将他的诸多著作视若瑰宝，殊不知冯友兰的文学才华亦矫矫出众。他的《祭母文》如泣如诉，感人至深；他接受蒋梦麟校长的倡议，代表西南联大教授写陈情书给蒋介石，请求他开放政权，实行立宪，这封信通于史、明于事而达于理，独裁者批阅后也不免为之动容，俯允了他们的呼吁。冯友兰为西南联大撰写的校歌歌词和纪念碑文则将才、学、识调于一鼎、烩于一炉，令人口齿留香。

万里长征，辞却了五朝宫阙。暂驻足，衡山湘水，又成离别。绝徽移栽桢干质，九州遍洒黎元血。尽笳吹弦诵在山城，情弥切。千秋耻，终当雪。中兴业，需人杰。便一成三户，壮怀难折。多难殷忧新国运，动心忍性希前哲。待驱除仇寇复神京，还燕碣。

这阕调寄《满江红》，作为西南联大校歌的歌词，文采、情志、气韵俱佳，令人过目难忘，可惜现在还能倚着曲调演唱它的人不多了。

西南联大缺钱缺米却不缺一时之选的文坛大手笔，纪念碑堪称"三绝碑"，由冯友兰撰文，闻一多篆额，罗庸书丹，朱自清、沈从文等人只能袖手旁观，这样的安排，一点也不奇怪。我们不妨看看此文的片段：

……惟我国家，亘古亘今，亦新亦旧，斯所谓"周虽旧邦，其命维新"者也。旷代之伟业，八年之抗战已开其规模，立其基础。今日之胜利于我国家有旋转乾坤之功，而联合大学之使命，与抗战相始终。此其可纪念者一也。文人相轻，自古而然，昔人所言，今有同慨。三校有不同之历史，各异之学风，八年之久，合作无间。同无妨异，异不害同；五色交辉，相得益彰；八音合奏，终和且平。此其可纪念者二也。万物并育而不相害，道并行而不相悖，小德川流，大德敦化，此天地之所以为大。斯虽先民之恒言，实为民主之真谛。联合大学以其兼容并包之精神，转移社会一时之风气，内树学术自由之规模，外来"民主堡垒"之称号，违千夫之诺诺，作一士之谔谔。此其可纪念者三也。稽之往史，我民族若不能立于中原，偏安江表，称曰南渡。南渡之人，未有能北返者：晋人南渡，其例一也；宋人南渡，其例二也；明人南渡，其例三也。"风景不殊"，晋人之深悲；"还我河山"，宋人之虚愿。吾人为第四次南渡，乃能于不十年间，收恢复之全功。庾信不哀江南，杜甫喜收蓟北。此其可纪念者四也。

许多年后，冯友兰谈起这篇碑文，仍津津乐道："以今观之，此文有见识，有感情，有气势，有词藻，有音节，寓六朝之俪句于唐宋之古文。余中年为古典文，以此自期，此则其选也。承百代之流，而会乎当今之变，有蕴于中，故情文相生，不能自已。今日重读，感慨系之矣。敝帚自珍，犹过于当时操笔时也。"

1946 年，西南联大左右两派人士斗争激烈，冯友兰居间弥缝，被人误会为以调和的方式带头破坏民主运动。他感觉蒙冤受屈，因此心灰意冷，只想早点从昆明那个政治是非的大漩涡中抽身离开。同年 9 月，他如愿以偿，接受洛克菲勒基金会赞助，应邀赴美，出任宾夕法尼亚大学客座教授，讲授中国哲学史，为期一年。他将二十多万字的讲义整理为《中国哲学简史》，在此书自序中，冯友兰的自信和自得溢于言表："小景之中，形神自足，非全史在胸，曷克臻此。……择焉尤精而语焉尤详也。"他在书中强调哲学的功用"不在于增加积极的知识而在于提高心灵的境界"，这个认定与西方哲学家沉迷于名相概念之戏论大异其趣。

当时，冯友兰已取得在美国的永久居留权，治学条件和生活待遇远非国内大学可及。然而客居异国犹如寄人篱下，物质享受难慰乡愁，冯友兰日常吟诵得最多的是王粲的《登楼赋》："虽信美而非吾土兮，夫胡可以久留？"他去意已决，归心似箭，对挽留他的朋友说："俄国革命以后，有些俄国人跑到中国居住，称为'白俄'。我决不当'白华'。解放军越是胜利，我就越是要赶回去，怕的是全国解放了，中美交通断绝。"冯友兰认为他在中国才有发言权，其归志已决，犹如脱弦之箭，义无反顾。过海关时，他交还了绿卡（在美国的永久居住证），此举等于自断退路，出乎所有人的意料。

重回清华，冯友兰入住乙所，甲所的住户是校长梅贻琦。客人进了冯宅，抬头就能看到张载的那条著名语录："为天地立心，为生民立命，为往圣继绝学，为万世开太平。"气魄之大、信念之雄令人精神一振。当时，清华学生将乙所称为"太乙洞天"，将冯友兰称为"太乙真人"，就气象而言，这个称呼倒是不算夸张。

太乙真人确实有可能飞黄腾达，教育部长蒋梦麟出面"作伐"，力邀冯友兰入阁，蒋介石也一度打算延揽冯友兰进入国民党中央委员会，为此请他吃饭，当面恳谈。冯友兰婉辞的理由是："我要当了中委，再对青年们讲话就不方便了。"在升官发财的强力诱惑面前，冯友兰立定了脚跟，他不愿做政客，只想做学者，长守清静的书斋，远离喧嚣的官场。

哲学家不仅能提升世人的精神境界，而且还可以直接用哲学救命，这似乎有点夸大其词，但事实就是如此。台湾美术史专家、作家吴讷孙（笔名鹿樵）告诉李赋宁教授一件"趣事"：在西南联大上二年级时，吴讷孙遭遇严重的精神危机，感觉生命异常空虚，生活在黑暗的乱世毫无意义，打算自行了结，脱离茫茫苦海。但他心想，就算要死，也应该死个明白，于是他专诚拜访冯友兰，向这位哲学家请教人生的真谛。妙的是，经过冯友兰的耐心开导和真情感化，吴讷孙内心的希望和信念居然死灰复燃，而且愈燃愈炽，从此摒弃消极厌世的情绪，振作心力，发愤读书，成为了美术史专家，还创作了一部反映抗战时期西南联大学生命运的长篇小说《未央歌》。救人一命，胜造七级浮屠，冯友兰的功德可谓厚矣。

钱穆晚年著《师友杂忆》，其中记录了胡适对冯友兰的一句酷评："天下蠢人恐无出芝生右者。"这话的意思是：天下蠢人虽多，但没有比冯友兰（芝生是他的字）更蠢的了。冯友兰听人转述此评，良久默然，但并无忿忿，他用平和的语气说："胡适顶聪明，但他'做了过河卒子，只得勇往直前'。我却不受这种约束。"冯友兰与胡适谁蠢谁不蠢，很难界定，因为他们的处境截然不同，胡适在美国隔岸观火，置身于波谲云诡、血泪交飞的政治运动之外，说话轻松安全，在知人论世方面就须打不少折扣才行。

1982年9月10日，美国哥伦比亚大学授予冯友兰名誉文学博士学位，在授予学位的仪式中，冯友兰兴致遄飞，思维敏捷，他说，人类的文明好似一笼真火，古往今来对人类文明有所贡献的人，都是呕出心肝，用自己的心血脑汁为燃料，才把这笼真火一代一代传承下来。年近九十，他依然拼命著述，作为一个传火人，诚可谓欲罢不能，至死方休。话音一落，闻者无不动容。演讲完毕后，他还赋诗述怀："一别贞江六十春，问江可认再来人？智山慧海传真火，愿随前薪作后薪。"华夏文化薪火相传，接力不断，若缺少冯友兰这一棒，确实会有不小的遗憾。

二、"思入风云变态中"

大学者金岳霖断言："中国哲学家的哲学是其人的传记。"这无疑是从知行合一的角度去立论的。冯友兰也认为，哲学不是初级阶段的科学，不是"关于自然知识和社会知识的概括和总结"，而是人类精神的反思，对实际无所肯定，也无所否定，它不能增进人们对于实际的知识，但能提高人的精神境界；一个哲学家要身体力行；所作的不应当是口耳之学；追求内圣外王之道是中国哲学的终极目标。

对于胡适曾极力倡导的"充分世界化"和陈序经拼命鼓吹的"全盘西化"，冯友兰持不同意见，认为妄自菲薄不利于中国文化的传承。他对弟子李中华说："中国传统文化是不能丢的，这是我们中国值得骄傲的一点家底。中国有四千多年的历史，但到近代衰败了，有人甚至连这点家底也不要了，这是败家子。"他还打趣道，若要实现陈序经倡导的"全盘西化"，除非黄皮肤能变成白皮肤，黑眼珠能变成蓝眼珠。中西文化"一致而百虑，殊途而同归"，此说完全合理，强求一律反而是庸人自扰。

诸子百家的学说是一座巨型的"露天富矿",冯友兰挥镐其间,收获良多。比如他讲老庄哲学中的"道法自然",就有独特的见解,劈头第一件事就是将"自然"与"自然界"严格区分开来,他认为老庄的"自然"指的是"无为"和"真",与之相对立的是"人为"和"伪",因此他将老庄的"自然"理解为不事人工雕琢的"自然而然",此解新意盎然。

中国现代三位哲学家皆为中西合璧,但配方各异:熊十力由佛转儒,兼受柏格森生命哲学的影响,其哲学体系乃是中局为九,西局为一;金岳霖受希腊古典哲学影响至深,逻辑缜密,对中国古典哲学的精义亦有参悟,其哲学体系是中局为一,西局为九;冯友兰前期受西方实用主义熏陶,后期获马克思主义灌顶,而且数十年涵泳于中国古典哲学的长河之中,打通东方哲学与西方哲学之间坚厚的隔墙,其哲学体系乃是中西各半的五五波。

冯友兰和金岳霖是清华哲学系、北大哲学系的镇系双宝,两人既属同行,又为益友,在学术上各有所长,亦各有所短。冯友兰在自序中回忆他们在抗战初期的迁徙途中发愤著述的情景,作了一番有趣的比较:

我们两人互相看稿子,也互相影响。他对我的影响在于逻辑分析方面,我对于他的影响在于"发思古之幽情"方面。……他曾经说,我们两个人互有短长。他的长处是能把很简单的事情说得很复杂,我的长处是能把很复杂的事情说得很简单。

他们同属于分析派,冯是在分析之后再综合,金是在综合之后再分析。

从昆明西南联大毕业的学生可能是中国自有大学以来成才率最高的,其中有两位诺贝尔物理学奖的获得者,有各个学科的重镇,他们对西南联大的感恩之殷,对西南联大教授的崇敬之深,见诸文字,往往动人。郑敏写过一篇《"芝生,到什么境界了"》的回忆文章,对业师冯友兰的描写颇为传神:

一位留有长髯的长者，穿着灰蓝色的长袍。走在昆明西南联大校舍的土径上，两侧都是一排排铁皮为顶、有窗无玻璃的平房，时间约在1942年。这就是二战时期闻名世界的中国最高学府——昆明西南联合大学。那位长者正走向路边的一间教室；我和我的一位同窗远远跟在我们的老师、哲学家冯友兰教授的后面，也朝着那间教室走去，在那里"人生哲学"将展开它层层的境界。

　　正在这时，从垂直的另一条小径走来一位身材高高的、戴着一副墨镜、将风衣搭在肩上、穿着西裤衬衫的学者。只听那位学者问道："芝生，到什么境界了？"回答说："到了天地境界了。"于是两位教授大笑，擦肩而过，各自去上课了。那位戴墨镜的教授是当时刚从美国回来不久的金岳霖教授，先生患目疾，常戴墨镜。这两位教授是世界哲学智慧天空中的两颗灿星，在国内外都深受哲学界同行的敬仰。

　　冯友兰提出的四重境界依次为自然境界、功利境界、道德境界、天地境界。自然境界是指人知其行为只有生物直觉，功利境界指人知其行为是满足自己的私欲，道德境界指人知其行为是利他利群的，天地境界指人知其行为有超越社会和时代为天地立心的意义。冯友兰著书，视天地境界为重中之重，其他皆可丢，此说不可废。"人们大多知道自己在社会中的地位，却不知道自己在宇宙中的地位"，那些蝇营狗苟、浑浑噩噩的人读到这句究竟至极的哲语，或许会打个冷噤和寒栗吧。天地境界既贯通了作为中国哲学精华的道德哲学，也包罗了为中国之所短而为西方之所长的科学精神。达到天地境界的人能够"养吾浩然之气"，度越有无，勘破生死，较之道德境界中人"富贵不能淫，贫贱不能移，威武不能屈"，不仅觉解更高，知善的能力更强，行善的意志更坚，而且所作所为也更高明，如孔子所说的"造次必于是，颠沛必于是"，因此"为天地立心"的自觉不会中断，宏愿也不会落空。

　　1946年3月，杜国庠在《群众周刊》十一卷一期上发表《玄虚不是人生的道路——再评冯友兰〈新原道〉》，直斥冯友兰研究的哲学是"帮闲哲学"，确认冯友兰提出的"圣人最宜于做王"的说法"势将助纣为虐，而误尽天下苍生"，"冯氏这种宇宙人生观教人安分守己，勿以贫贱得失介意，'即其所居之位，乐其日用之常'，一样地可以做到圣人，便是在精神上麻醉被压迫者，而松懈其斗志，直接地替压迫者维持其腐败残酷的统治，间接地阻碍社会的革新"。上纲上线的政治批判已超越学理范畴。数年后，这类"待遇"还将不断升级，冯友兰的抗击打能力真不是常人可以比并的。

1949 年，冯友兰与夫人任载坤主动报名参加京郊卢沟桥的土地改革。零下十几度的凛冽寒冬，这位高级知识分子到农家访贫问苦，乐此不疲。返回清华大学后，他撰文《参加土改的收获》，校正了自己的哲学思想："马列主义注重共相与具体的结合，一般与个别的结合；而我以前的哲学思想注重共相与具体的分离，一般与个别的分离。这个启示，对于我有很大的重要性。"这也成为了冯友兰哲学体系转变的起点，由"理在事先"转变为"理在事中"。

"玄学鬼"张君劢身在台湾，显然对冯友兰的变化不以为然，《一封不寄的信——责冯友兰》刊于台北《民主中国》一卷一期，这封信公开质疑冯友兰推翻自己的固有学说、服膺马列主义，是别有所图，以哲学为资生之具，而非以它为安心立命的准则，将心和理分割为二，"将心一关看得太轻而将在外者看得太重"。张君劢忽略形势而谈学理，在安全地带无妨打开天窗，若在风暴眼中，在核反应炉里，不知几人可以站稳脚跟。何况冯友兰自居于"天地境界"，对于一切人间学说无所肯定（他的曲学阿世故意表现为超逾常情常理的愚蠢，何尝不是存心反弹回去的戏弄），张君劢站在道德高地上谴责他，彼亦一是非，此亦一是非，等于野鹤与喜鹊隔空对话，根本讲不到一块儿。

1956 年，全国掀起了"向科学进军"的热潮，一些学术带头人干劲倍增，豪情万丈。冯友兰年过花甲，同样跃跃欲试。他找到北大副校长江隆基，表示自己"家有万贯，膝下无子"，意思是他的学问博大精深，却没有学术接班人，他要择英才而教之。

20 世纪 80 年代，冯友兰除了书斋治学，也关心社会问题。他告诉孙长江教授（《实践是检验真理的唯一标准》的主要作者之一）：资本主义是封建主义的天敌，中国因缺这一天敌，所以把封建主义搬过来了。他认为各种潜滋默长的不正之风都是脓疮，用西医手术切除只能治标，用中医清血疗法方可治本。一言以蔽之："关键在于提高社会的道德水平，提高人的精神境界。"在冯友兰划分的四重境界里，普罗大众普遍泥足深陷功利境界，"众人熙熙，皆为利来；众人攘攘，皆为利往"，他们几乎无法梦见道德境界和天地境界。

很多时候，冯友兰左右不逢源，对此他的认识足够清醒："我经常想起儒家经典《诗经》中的两句话：'周虽旧邦，其命维新。'就现在来说，中国就是旧邦而有新命，新命就是现代化。我的努力是保持旧邦的同一性和个性，而又同时促进实现新命。我有时强调这一面，有时强调另一面。右翼人士赞扬我保持旧邦同一性和个性的努力，而谴责我促进新命的努力。左翼人士欣赏我促进实现新命的努力，而谴责我保持旧邦同一性和个性的努力。我理解他们的思想，既听取赞扬，也听取谴责。赞扬和谴责可以彼此抵消。我按照自己的判断继续前进。"冯友兰的这番表白证明他已避免偏执，合乎中行，确实练成了"极高明而道中庸"的平衡术，若非如此，他不可能立定脚跟，铆足心劲，在生命最后几年依然焚膏继晷，完成《中国哲学史新编》。

学者李慎之撰文《融贯中西　通释古今——纪念冯友兰先生》，这样评论道："他的知识最广博，鉴别最精当，介绍最系统，解释最明白。……冯先生可超而不可越，意思是，后人完全可能，而且也应当胜过冯先生，但是却不能绕过冯先生。绕过冯先生，不但必然要多费力气，而且容易走弯路而难于深入堂奥。……平心而论，与冯先生并世诸贤，对中国哲学钻研之深，考证之细，析理之精，不无可与冯先生比肩者在，但是，能开广大法门为后学接引者，却无人能代替冯先生。尤其是因为这是一个中西交会，古今转变，中国人对西学所知甚少而对中学又几乎忘掉了的时代。"

诚然，在哲学家冯友兰身上，良知和思辨高度统一，思辨使他深刻，良知使他痛苦。此外，柔和使他扭曲，活络则使他纠结，大抵也是不错的。

三、"修辞立其诚"

儒家特别强调一个"诚"字,《中庸》道是"不诚无物",又道是"君子以诚之为贵",《易经·乾·文言》更要求述作者"修辞立其诚"。

起步总是艰难的。中华人民共和国成立之初,百废待兴,有一段时间,清华大学竟发不出工资,教授们很不满意,推举冯友兰作"催薪代表",冯友兰很生气,办学的人倒沦为讨饭的乞丐了。植物学家吴征镒委婉地劝导冯友兰,这是个思想问题,应三思而后行。冯友兰更是又好气又好笑,这明明是个揭不开锅的经济问题。"我当时心里想,我搞了几十年哲学,还不知道什么是思想? 后来才知道,解放以后所谓的思想,和以前所谓的思想并不完全一样"。当然,接踵而至的思想改造使冯友兰彻底领教了脱胎换骨的厉害。

时代的洪流滚滚向前,冯友兰纵然做不了手把红旗立涛头的弄潮儿,他也不甘心与烂泥腐木一道被席卷而走。"君子绝交,不出恶声。"他恪守老规矩,不骂台湾,但他仍须向那些得风气之先的学者看齐,给毛泽东写信表态。这封信于 1949 年 10 月 5 日写成,大意说,他在过去讲封建哲学,帮了国民党的忙,现在决心改造思想,学习马克思主义,打算在五年之内用马克思主义立场、观点、方法重写一部《中国哲学史》。

10 月中旬,冯友兰收到回复:"我们是欢迎人们进步的。像你这样的人,过去犯过错误,现在准备改正错误,如果能够实践,那是好的。也不必急于求效，可以慢慢地改，总以采取老实态度为宜。"①

　　冯友兰读完这封回信，心里难免产生了抵触情绪："我当时想，什么是老实态度？我有什么不老实？"后来，他渐渐揣摩明白了怎样的态度才算是"老实态度"，不说大话、空话、假话、废话还在其次，关键是"不能落伍"。他对好友张岱年说："近代以来，许多先进人物不能跟着时代走，晚年落伍了，如康有为、严复都是如此。只有两个人一直跟着时代走，一个是孙中山，一个是鲁迅。我们一定要努力随着时代前进。"可是冯友兰撒开脚丫子大步流星也不管用，仍然迷了路掉了队，而且距离越拉越远。

　　1952 年，"三反"之后，清华大学开始紧锣密鼓地改造教职员工的思想。人人过关，人人洗澡。所谓"洗澡"不是洗干净身体的脏污，而是洗干净思想的积垢，具体做法是面对群众作思想检查，然后由群众指名道姓地批判。按照群众的人数多寡，美其名曰为"大澡盆""中澡盆""小澡盆"。冯友兰已经在清华文学院范围内作过几次思想检查，有些教师摩拳擦掌，声嘶力竭，批判冯友兰曾由蒋介石聘为家庭教师，是一贯为国民党效犬马之劳的"御用文人"。有一位做过学生领袖、受过牢狱之灾的教师讲得很具体，也特别具有杀伤力，他说："我们关在集中营里，其他的书都不准读，唯一的一本就是冯友兰的《新理学》。"顿时群情激愤，那种阵仗太吓人了。校领导不肯轻易饶过冯友兰这样的"钉子户"，认为他"问题严重""不老实交代"，试图蒙混过关。

　　有天下午，金岳霖、周礼全去看望冯友兰，安慰和鼓劲的话说了一皮箩，临到惜别时，金岳霖用激动的语气对老友冯友兰说："芝生，你问题严重啊！你一定要好好检查，才能得到群众的谅解。"冯友兰嗫嚅着说："是，是，是，我问题严重，问题严重……"言毕，两位白发苍苍老书生紧紧拥抱，涕泪齐下。其后，冯友兰在群众面前作检查，一张口就泣不成声，群众看什么？主要是看态度，只有触及了灵魂，才能赢得一阵热烈的掌声，被施加精神暴力

---

① 据蔡仲德著《冯友兰先生年谱初编》，第 375 页，河南人民出版社，2001 年

的可怜的表演者才能顺利过关。

1957 年，全国学界都围绕《前线》上吴晗的文章《古为今用》展开讨论，名义上叫做"批判地继承"，实则宗旨已确定不拔，那就是"学术为政治服务，学术为现实服务"。有人质疑批判太多，继承太少，这种论调立刻就遭到围攻。冯友兰觉得有些话如鲠在喉，不吐不快，其发言重点如下："我看不少哲学命题或概念，若从其具体意义来看，可继承的则少；若从其抽象的意义来看，可继承的则多。例如'忠'这个概念，过去提倡'忠于君'，当然不能继承；现在改为'忠于国''忠于党'，为何不可以继承？因为忠之所以为忠，或叫诚诚恳恳，或叫死心塌地，或叫矢志不渝，总有其抽象的含义，这些抽象的含义，我看是可以继承的。"他还说："'人皆可以为尧舜'，其具体意义是讲人人都可以成为圣人，其抽象意义则是讲'行行出状元'。当今是社会主义，这句话的具体意义无法继承，抽象意义是可以继承的。"冯友兰的发言并未脱离主题范畴跑野马，他存心帮忙，仍旧无法过关，被左派学者深文周纳，谓之"抽象继承法"，狠狠揪住不放，集中火力猛批了一段时间。

遭此无妄之灾，冯友兰并未沮丧，反而自我解嘲，戏称自己是"臭豆腐"，闻起来臭，吃起来香。他对自己的"光荣任务"心知肚明，就是要在学术界、文化界和教育界树立起一个鲜明的对立面，给广大批判者提供活靶子。毛泽东怀疑他不老实，也不算怀疑错了，他在历次政治运动中冲浪，总能巧妙过关，没被惊涛狂澜吞没，没点秘诀是不行的。

1957 年，全国宣传会议散会时，毛泽东紧紧握着冯友兰的手说："好好地鸣吧，百家争鸣，你就是一家嘛。你写的东西我都看。"换了别人，受此激励，可能会忘乎所以，猛打猛冲。冯友兰这回倒真是预留了一个心眼，"大鸣大放"热火朝天的关口，他管住了自己的嘴巴和笔头。校方引蛇出洞，一再启发他"放炮"，他迫不得已，提了两条不痛不痒的意见：一是 1952 年院系调整后，清华哲学系和法学系并入了北大，但图书资料一直没转送过来，有书者无用，用书者无有，这样不好；二是他在北大的住所太小，书籍无处摆放，只好塞进床底，查阅不便，翻检不易，影响工作。这两条意见不构成打右派的硬条件，他幸运地逃过一劫。

冯友兰逃过初一，岂能逃过十五？北大哲学系一度以极左之酷烈闻名遐迩，"文化大革命"的"第一张马列主义大字报"即出自该系高人的手笔。史家将北大哲学系命名为"极左流毒的头号重灾区"，一点也不为过。"文革"初期，冯友兰揭发中文系教授章廷谦曾是"国民党区党部委员"，致使后者在全校万人大会上遭到公开批捕，遭受了十余年牢狱之灾。这是冯友兰的无心之过，并非故意栽害。在那个疯狂的年月，北大音韵学教授林焘竟自诬"阴谋炸毁北大水塔"，别无缘故，都是因为恐怖的时势所迫，要想过关，先得找题材。

在北大哲学系所在地南北阁附近，学生常能遇见一位年过古稀的老先生，他不是在那儿漫步遐想，而是戴着大口罩，垂首躬腰打扫地上的落叶和垃圾，明显有些吃力。高音喇叭中正播放红卫兵的批判文章炮轰火烧这位"资产阶级反动的学术权威"。开批斗会时，红卫兵发现冯友兰总是露出"苏格拉底式的微笑"，责问他为何要显出一副如此鄙夷不屑的表情，冯先生的回答是："我的脸型天生就是这样的。"

在一次演讲中，冯友兰说过这样的话："真正的仁人，是个拼命的人，遇到紧要关头，宁可牺牲自己的生命。这个时候，个人的生死就不在话下了。"然而"千古艰难唯一死"，真能够视死如归的人毕竟是极少数。文学家老舍自杀了，翻译家傅雷自杀了，历史学家翦伯赞也自杀了，哲人就是哲人，冯友兰居然能在前史未有的奇诡时代处之泰然，每天吃饱穿暖，养足精神，听由发落。为何他能够在超强的政治压力下不自杀，不发疯，也不沉默？心法是"见侮不辱"，他逾越了道德境界中最难逾越的绊马索——"士可杀不可辱"的耻感。

当年，冯友兰在燕南园所住的大房子里强行掺入五户人家，红卫兵锁掉他的卧室，使他拿不出换季的衣服，深夜去开批斗会，只能在单衣之上罩一个麻袋，惨苦境遇可穷尽常人的想象。有一段时间，他被关在"黑帮大院"（北大外文楼）隔离审查，睡在铺满稻草的水泥地板上。每天早晨，冯友兰的夫人任载坤都要坐在办公楼前面的台阶上眺望几眼，看他是否排队出来吃早饭，只有见到了他的身影，确定他平平安安，没有"因故暴亡"，整日才放心。那个石台阶被冯先生取名为"望夫石"，这是令人闻之鼻酸的"黑色幽默"。即使身处厄运之中，明知"写得越多，犯罪越大，多写多犯罪，少写少犯罪，不写不犯罪"，冯友兰仍然利用一切可以利用的时间潜心酝酿《中国哲学史新编》。蜗居斗室，他不以为苦；女儿戴上"冯友兰的女儿"的纸糊高帽，他也不以为羞。在"文革"期间，冯友兰的长髯被勒令剃除，这是众多损失中最微小的一笔，但对于冯友兰的形象而言，此举无疑包含了颠覆之意。

冯友兰大难不死，很可能得益于毛泽东有意无意间讲过的那句话（大意是，我们研究唯心主义还得请教冯友兰）。十年后，他又回归宁谧的思考王国，在《中国哲学史新编》第七册中，他冷静客观地评判当代的大人物，这需要的就不只是勇气的辅翼，还需要理性的驰援。

在中国，读书人的道德勇气往往体现于"不惜以今日之我否定昨日之我"，总认为旧我不佳，新我才好。蘧伯玉是卫国的贤人，是孔子的莫逆之交，古人交口称道他的就是"行年五十而知四十九年之非"。以自我否定来实现自我救赎和自我提升，这是读书人的笨法子，有时候真的很管用。

荀子曰："言而当，知也；默而当，亦知也。"这个"知"同于智慧的"智"。言论自由离不开环境的支持。北宋的大臣勇于直言切谏，是因为宋太祖赵匡胤早就立定了"不杀大臣"的规矩，业已去除了"游戏"中危险的环节，大臣心知肚明，纵然诤谏不受待理，甚至惹得皇帝老儿震怒，顶多只是被贬谪到穷荒之地，仍不失为邀名于朝、获誉于野的好事。但换个险恶的环境试试，就未必然了，批鳞直谏的人很可能会家破人亡，死无葬身之地。"百士之诺诺，不如一士之谔谔"，说来容易，真要做百不得一的谔谔者，单靠勇气远远不够。张申府精研罗素，大哲若隐，为《新青年》撰文，主张"组织一个实话党"，"打破以虚伪为一种特性的现世界，……毁掉不说实话的因缘"，然而这不过是梦想和幻想，根本无法实现。他说过真话，代表作就是那篇要求国共双方停战的《呼吁和平》。为此他付出的代价相当高，后半生的学术研究被彻底断送了。当环境不允许一个人沉默时，会发生怎样的事情？巴金在《真话集》中吐露过这样的心声："有一点是可以明确的：表态，说空话，说假话，起初别人说，后来自己跟着别人说，再后来是自己同别人一起说。起初自己还怀疑这可能是假话，不肯表态，但是一个会一个会开下去，我终于感觉必须丢掉'独立思考'这个'包袱'，才能'轻装前进'，因为我已在不知不觉中给改造过来了。"他在《探索集》中还有更锥心的忏悔："我相信过假话，我传播过假话，我不曾跟假话作过斗争。别人'高举'，我'紧跟'，别人抬出'神明'，我就低首膜拜。我甚至愚蠢到愿意钻进魔术箱变'脱胎换骨的戏法'。"这证明，冯友兰"顺着说"的表现不是孤立的，而是普遍的，是知识分子为生存而实行的自救行为。政治高于一切，绝对不容许任何人冒犯。若不愿自戕肉体，就必须炮烙精神，没有第三条道路容许选择。冯友兰之所以深受责难，是因为他是哲学家、学界领袖，这道有害无益的"光环"使他的表现被加倍放大，受到时人和后人更多的质疑。

　　"以冯先生平生陈义之高、任道之重，海内外不能无微词。虽然如此，回想那天昏地暗、狂风暴雨挟排山倒海之势以来的岁月里，举神州八亿之众，能不盲目苟同而孤明独照者，屈指能有几人？不少行辈年龄小于冯先生，精神体力强于冯先生，政治经验深于冯先生的共产党员，因为忍受不了而诉诸一死，其遗书遗言，甚至骨肉知交也不能辨析其真意，我们又何能求全责备于一个血气已衰的八十老翁？何况先生在此以前的二十年来一贯勉力于自我改造，一贯诚心地接受批判，也一贯努力想'阐旧邦以辅新命'。对横逆之来，除了'物来则顺应'外，实在也很难有别的选择。更何况冯先生后来处境之特殊，已特殊到'中国一人'的地步，可谓'蒲轮安车在其左，刀锯鼎镬在其右'。冯先生的选择不是不可以理解的。"作为过来人，李慎之长年领教过一道同风、万喙息响的左祸之酷，洞悉中国知识分子的痛苦和悲哀，这番话于恕道之中多存悲悯，乃是仁者之言。冯友兰宁为伏生而不为辕固生，天丧斯文之际，巧护中国哲学的火种，其功德绝对不是喙尖嘴硬者所能梦见的。

在《三松堂自序》中，冯友兰公开做了检讨："总觉得毛主席党中央一定比我对。……没有把所有观点放在平等地位来考察。……在被改造的同时得到吹捧，而有欣幸之心，更加努力'进步'。这一部分思想就是哗众取宠了。"他还表示自己当初服从政治需要，在"批林批孔"运动中完全超出了学术思想的范畴，身处立言的困境，所言非所知，所知非所言，顺从祖龙的意旨，从尊孔尊儒转变为批孔批儒，没能做到"修辞立其诚"，深感内疚。至于受命担任梁效大批判组顾问，则是迫不得已，为声名所累。

《咏史》二十五首之一赞美武则天"则天敢于做皇帝，亘古中华一女雄"，被外界误读为专拍江青的马屁，他百口莫辩。更有甚者，冯友兰作自寿诗，末尾两句为"愿奋一支笔，奔走在马前"。他具体想做谁的"马前卒"？外界都误解他急于攀附江青，理由只有一条：江青喜欢骑马。

"四人帮"被捕后，在北京和外省流传过一个笑话：冯友兰在家受到妻子的责怪，"天都快要亮了，还在炕上尿了一泡！"笑话的意思无须解释，人人明白。这类涂抹对冯友兰的形象颇具毁损效果，他比别人晚几年才平反，可见官方也有过疑虑。

同为曲学阿世，相比某"文化大师"死不忏悔，冯友兰的表现并不猥琐，还很光明。在《中国哲学史新编》自序中，冯友兰郑重表示："经过两次折腾，我得到了一些教训……路是要自己走的，道理是要自己认识的，学术上的结论是要靠自己的研究得来的。……吸取了过去的经验教训，我决定再继续写《新编》的时候，只写自己在现有的马克思主义水平上对于中国哲学和文化的理解和体会，不依傍别人！"这个"别人"，也许意有所指。学者若不能独立思考，自出机杼，其学术价值将等于零，甚至等于负数，这样的"学者"多了，岂止是学术界的灾难和悲哀，也是中华民族的灾难和悲哀。综观冯友兰的后半生，他是蒙在鼓里的局内人，"不识庐山真面目，只缘身在此山中"，他是哲学家，却并未独具慧眼，而只能与世浮沉，与时俯仰，在"文革"

期间写下那些认识水平偏低的诗文，着实令人遗憾。

在《三松堂自序》中，读者仍不难看到冯友兰头脑被束缚的情形。1985年7月下旬，社科院近代史研究所刘敬坤致书冯友兰，指出《自序》中的舛误，特别对其中一段文字（"在抗日战争进入相持阶段以后，蒋介石和重庆的一些人觉得重庆的那个小朝廷似乎也可以偏安下去"）深致不满和质疑，认为国民政府是当时坚持抗战到底的中国唯一合法政府，《自序》所言不仅失实，而且有损于中华民族的自尊心和自豪感，这说明"你老人家脑子里装的仍然是那个他老人家的极左的大为有害的一大堆破烂"。刘敬坤的言辞相当不客气。

二战时期，德国哲学家海德格尔的附庸献媚和助纣为虐难逃世人（包括他的学生）的严词谴责，"思想内的瑕疵"和"不道德"是其罪状。这向世人昭示了一个事实：不可轻信哲学家的定力和判断力，他们的思想是气态的，既非液态，亦非固态。

冯友兰尝言："宗教使人信，哲学使人知。"金岳霖尝言："哲学只是概念的游戏。"如此看来，"知"多种，"游戏"多样，拘于形迹未免太拙。传统读书人都渴望从"我注六经"臻于"六经注我"的境界，怎么个注法？那就是"八仙过海，各显神通"，视乎悟性高低和个性强弱而定。中国的知识分子恒在"知道分子"的低刻度上横盘，缺乏上升动力，就因为这种"知"的变数太大，"道"的出口太少，大家都被"八卦阵"绕晕了头。

在禁锢甚严的时代，哲学家的凡人体质愈益明显，举世皆浊，岂能独清？干净身子敌不过泥潭没顶。众人皆醉，岂能独醒？好酒量也敌不过烈酒超多。独清和独醒适足以招致灭顶之灾。孙悟空具有自由意志，根本跳不出如来佛的手掌心，哲人又岂能跳出特定时代的巨灵之掌？一个一个的"他"如同糠粒，弱不禁风，微不足道。当容纳"异端"的土壤完全消失，尼采、克尔凯郭尔的孤独气质也会"绕树三匝，无枝可栖"。

苏格拉底尝言："人生若不诉诸批判之反思，那生命就没有意义了。"反思是必要的，宽恕也是必要的。子贡说："君子之过也，如日月之食焉。过也，人皆见之；更也，人皆仰之。"正应了这句话，在生命的最后十年，冯友兰将昔日被迫变迁的道术作了否定之否定，他这样做，比任何忏悔都更彻底。从这一点看来，智者的长寿也不是完全没有好处的。

季羡林悼念冯友兰，用"晚节善终，大节不亏"八字作总结，知人之言，恕人之论，非仁者莫能为。中国读书人讲气节，讲操守，可以讲到六亲不认的程度，尤其是今人对古人、晚生对前辈，更是"执法如山"。殊不知，"因人废言"事小，"以理杀人"（戴东原语）事大，那些站在道德制高点上行使斩决权的人又有几个经得起别人的考量？

四、"海阔天空我自飞"

大智大仁者为天地立心，这"心"该是朗如日月的良心才好，以良知良能毅然决然立之。

1990年7月，冯友兰完成《中国哲学史新编》最后一卷，由于关涉当代人的思想，尤其是毛泽东思想，作者独出己见，采用的并非官方标准的解说词，此卷很敏感，出版也被延迟。完成这项浩大的学术工程后，冯友兰如释重负，感到十分欣慰，他在《三松堂自序》中剖白了自己的心曲：

我的老妻任载坤在1977年去世的时候，我写了一副对联："同荣辱，共安危，出入相扶持，碧落黄泉君先去；斩名关，破利索，俯仰无愧怍，海阔天空我自飞。"在那个时候，我开始认识到名利之所以为束缚，"我自飞"之所以为自由。在写本册"总结"的时候，我真感觉到"海阔天空我自飞"的自由了。……我写"总结"的时候，我确是照我所见到的写的。并且对朋友们说："如果有人不以为然，因之不能出版，吾其为王船山矣。"船山在深山中著书数百卷，没有人为他出版；几百年以后，终于出版了，此所谓"文章自有命，不仗史笔垂"。

入于老境而意志颓唐，这是许多高龄者的共相，但冯友兰自有其独异于众的殊相，八十岁他才开始动手写《中国哲学史新编》，九十五岁（仙逝之前半年）底于完工，将众人的担心化整为零。1983 年，冯友兰八十八岁，其自寿联仍笔歌墨舞，生趣盎然：

何止于米？相期以茶；
胸怀四化，寄意三松。

"米寿"和"茶寿"的说法由来已久，用拆字法可知，前者为八十八岁，后者为一百〇八岁。"老骥伏枥，志在千里"，冯友兰毫不掩饰自己渴望高寿的愿望，他为一位老同事九十寿辰作贺词，说出了自己的心声："多活几年，可以多见一些世面，多懂一些道理：此其可庆幸者。"其阅历功夫，老而不衰，令人赞叹。

冯友兰教导女儿宗璞"在名利途上要知足，在学问途上要知不足"，他也是这样要求自己的，至耄耋之龄，学术界不歇手不封笔的大师能有几人？冯友兰目近失明，耳近失聪，仍孜孜矻矻，"焚膏油以继晷，恒兀兀以穷年"，耗尽心力完成皇皇七卷《中国哲学史新编》，其学术使命感乃是最强劲的精神支柱。

古今中外，文思敏捷者不乏其人，援笔为文，倚马可待，押韵作赋，八叉而成，但作者有一个普遍的共识：短篇易巧，巨著难工。何况是数以百万字计的哲学史呢。在生命末段十余年间，冯友兰恒于上午口授，由助手笔录，这门绝技（陈寅恪先生亦精于此道），只怕难有传人。下午他闭门静坐，时而嘴唇微动，似喃喃自语，他打腹稿，近似参禅。年过九十的老人要做好这项旷日持久的学术工程，着实太辛苦了，曾有人提议，由冯友兰口授大意或提纲，由别人起草，成文后再逐段念给他听，由他定稿。但冯先生将此良谋束之高阁，他喜欢逐词逐句口授，让自己的新见如山间汩汩的泉源不择地而涌出，这样的创造活动给他晚年带来莫大的乐趣。

有的人老了，智田中了无庄稼。有的人老了，慧园内挂满果实。冯友兰借《三松堂自序》坦承："我这六十多年，有的时候独创己见，有的时候随波逐流。独创己见则有得有失，随波逐流则忽左忽右。"但他终能斩名关，破利索，我手写我心，志在写出具有永久价值的著作。相比而言，有些人跌倒之后就再也没能爬起来。"文革"伊始，郭沫若抢先表态：他过去所写的诗文戏剧评论和学术著作毫无价值，理应付之一炬，洗个烈火澡，"文革"结束后，他写了一些应景的打油诗，给人以才智枯竭之感，与早年那个大才子、大学者判若两人。曹禺被批斗多场后，竟自觉"真的有些反动"，遂以自诬和自污求得过关。曹禺的女儿万方追忆亡父时曾说："他晚年的痛苦在于想写，却怎么也写不出来，他不知道怎么写好了。老觉得，这么写对吗？这么写行吗？他的脑子已经不自由了。"感觉脑子不自由的老作家、老学者又何止郭沫若、曹禺两人，他们的身体在浩劫之后幸存下来，精神却并没有浴火重生。相比而言，冯友兰的晚霞满天就显得格外绚丽。

九十多岁时，冯友兰对好友张岱年说："我现在决心采取《庄子·逍遥游》中所谓'举世誉之而不加劝，举世非之而不加沮'的态度了。"张岱年对此深以为然，他说："哲学家应该采取这样的态度。"冯友兰住在医院，喜欢吟哦《古诗十九首》，"青青陵上柏，磊磊涧中石。人生天地间，忽如远行客"，"浩浩阴阳移，年命如朝露。人生忽如寄，寿无金石固"。他用平静的语气告诉女儿："庄子说过'生为附赘悬疣，死为决疣溃痈'。孔子说过'朝闻道，夕死可矣'。张横渠又说'生，吾顺事；没，吾宁也'。我现在是事情没有做完，所以还要治病。等书写完了，再生病就不必治了。"一个人的终极达观每见诸对生死顺其自然的态度，父亲说话心安，女儿闻言落泪。

及至冯友兰暮年，有人向他讨教"养生之道"，老人略微沉吟，说出三个字来："不……着……急。"民国元勋黄兴将自己的平生心得归结为"慢慢细细"四字，冯老的"不着急"与之如合符契，成大事者必须从容淡定，静气充盈，这一点确实值得那些急功近利的成功学家研究个十年八年。

"英雄到老终归佛，名将还山不言兵。"一位真正的儒生即使心游佛老，也会倦鸟知归。北大教授、佛学家熊十力借《原儒》表态："佛玄而诞，儒大而正，卒归于大易。"冯友兰尝言："二程朱子早年都出入佛老，最后还是返求诸《六经》，然后得之。佛道教人出家、吃斋、修行。儒家不出家，不吃斋，也一样地修行。这就是'不离日用常行外，直到先天未画前'。所谓'极高明而道中庸'。平时虽是庸行庸德，与常人无异，但是他心胸洒脱、开阔，境界极高；虽道中庸而有极高明的一面。"他还说："儒家不是宗教，但它能代替宗教，具有宗教的作用。"冯友兰志在做一位大儒、醇儒、君子儒，"二史释今古，六书纪贞元"，将自己的平生著述作这样的归纳表明了他极充分的自我肯定。君子不以一眚掩大德，冯先生的大德就是将中华文化的薪火传递给了后人，这一功绩是不可磨灭的。

在《新事训·自序》中，冯友兰写下掷地作金石声的话语："承百代之流，而会乎当今之变。好学深思之士，心知其故，乌能已于言哉。"天赐高寿，精力绝人，穷且益坚，老而弥笃，虽然"耳目丧其聪明"，自谓"呆若木鸡"，是反刍青草的"懒洋洋的老黄牛"，而其志不衰，其兴不减，苦心孤诣，精进不休，丝毫不逊色于年轻后生。梁漱溟九十岁后，依然耳聪目明，却自承"脑子不行，不能工作"，而冯友兰九十岁后，"所操益熟，所得益化"，依然带病工作了五年，将才、学、识三者赅备的七卷《中国哲学史新编》画上了圆满的句号，其中创获颇多，对太平天国的新认识和新评价是大亮点。"统之有宗，会之有元"，名山事业终底于成，冯友兰即使做当代的王船山，也可以含笑而瞑，死无憾矣。在吊唁他的众多诗文挽联中，笔者认为涂又光教授的挽联值得一录：

为天地立心，为生民立命，求仁得仁，安度九十五岁；

誉之不加劝，非之不加沮，知我罪我，可凭六百万言。

此联唯一可商榷之处是"安度"二字。冯老身历数朝，屡经世乱，他渡越了不少劫波，要说"安度"，那也是吉人天相，化险为夷，在同辈幸运者中堪称翘楚。

陈来教授撰《默然而观冯友兰》，文中指出：冯先生的气象境界近于程明道（宋代大儒程颢），不忿不厉，渊冲恬澹，宽易有制，和而不流，"视其色如春阳之温，听其言如时雨之润"。冯友兰特别推崇宋儒程颢的《秋日》诗："闲来无事不从容，睡觉东窗日已红。万物静观皆自得，四时佳兴与人同。道通天地有形外，思入风云变态中。富贵不淫贫贱乐，男儿到此是豪雄。"他一贯主张"人与天地参"，真正参透了，悟透了，又何所患何所惧何所芥蒂于怀？一旦打通儒释道的界墙，在感性和理性的王国里，他就是无冕之王。

唐僧去西天取经，经历九九八十一劫难，终于功德圆满，冯友兰同样渡过了一连串劫波，才用他神乎其技的画龙之笔将中国哲学的东鳞西爪绘制下来，将东方文化之龙的眼睛熠熠点亮，《中国哲学史新编》长留在天壤间，其中许多"非常可怪之论"足供学者研寻。

蔡仲德为《冯友兰先生年谱初编》撰写后记，将冯友兰的人生历程分为三个时期：实现自我——失落自我——回归自我。九十五度春秋，冯友兰走完这段艰辛的历程，有遗憾，也有欣慰。他乐观地认为"中国哲学将来一定会大放光彩"。但他很清楚，《易经》尾卦（第六十四卦）是"未济"，人寿不足百年，而世事如麻，绝大多数都处于待完成而永难完成的状态，努力正未有穷期。

本文首发于《随笔》2012 年第 1 期

《杂文月刊》2012 年第 5 期（下半月版）节选

枉抛心力作哲人

——金岳霖的多思与多情

金岳霖（1895—1984），字龙荪，湖南长沙人。逻辑学家。1926年至1937年为清华大学哲学系教授。1938年至1946年为西南联合大学心理学系教授兼哲学系主任。1946年至1952年为清华大学哲学系教授，一度任文学院院长。著作有《逻辑》《论道》和《知识论》（商务印书馆）。

在世间俗众看来，无论是谁，不管他具有多么出类拔萃的才智，想要做个哲学家，都是相当冒险的事情。

"人类一思考，上帝就发笑。"岂止发笑这么简单，老人家还会大发雷霆。许多显者的事实提醒凡夫俗了，哲学家是那种惨遭天谴的人，且不说黑暗时代他们的思想言论很可能招致杀身之祸，和平时期他们也同样会陷入精神孤绝的境地。孑然一身，无所依傍。从古至今，这样的哲人不知凡几。古希腊哲学家斯多噶早就宣称（用的是看破红尘的口气）："我认识的人越多，就越喜欢狗。"哲学家被誉为"理性王国的选帝侯"，但他们的理智并非坚如磐石，倾覆的险象令人惊诧。尼采自称太阳，他当街抱住受虐的老马，涕泪滂沱，呼之为"我苦难的兄弟"，这早已是深入人心的故事。尽管古希腊哲学家泰勒斯早已向世人炫示哲学家超迈的经济头脑，不用则已，一用就灵，他在歉年以低价购入榨制橄榄油的工具，在丰年高价卖出它们，着实赚了个瓢满钵溢，然而在俗众牢不可破的成见中，哲学家一直是"家徒四壁""釜底生尘"这类成语的形象代言人。芸芸众生对于哲学家的误读和误解由来久矣，某些传记作家变本加厉，竭尽所能将哲学家描绘成严肃、刻板、多疑、冷漠的学究，既不解人间风情，又缺乏幽默感。这就不免令人感叹唏嘘：哲学家自证不明，倘若有鲍斯威尔（《约翰生传》的作者）那样手握生花妙笔而又忠心耿耿的传记作家出具旁证，就再好不过了。

事实和真相究竟如何？有个经得起推敲的观点：个体差异之大超乎想象，不可以道里计。就拿中国现代哲学家金岳霖来说吧，他的某些言行合乎哲人的规范，但也有不少表现逾越了世俗的樊篱，令人生出无穷的兴味。

一、不失其赤子之心

人与人的不同，远大于猴与猴、狮与狮的不同。你看，有的人城府幽深，门禁森严，大门之内有二门，二门之内有三门，三门之内有四门，金岳霖却是非常单纯的学者。他不功利，也不势利，性情之活泼超过孩童。

辛亥革命时，少年金岳霖兴冲冲地剪掉辫子，意犹未尽，又仿照崔颢的《黄鹤楼》作了一首打油诗："辫子已随前清去，此地空余和尚头。辫子一去不复返，此头千载光溜溜。"一时间播于众口，传为笑谈。他的幽默感冒出了尖尖的雨后新芽。

1922年5月中旬，蔡元培、胡适、李大钊、王宠惠、汤尔和、丁文江、梁漱溟等十六位国内文化名流发起关于"好政府"的讨论，联署《我们的政治主张》，给"好政府"所下的定义是："在消极方面，要有正当的机关可以监督防止一切营私舞弊的不法官吏。在积极的方面，是两点：（1）充分运用政治的机关为社会全体谋充分的福利；（2）充分容纳个人的自由，爱护个性的发展。"此时，金岳霖仍在欧洲深造，应约从外围参与"友情演出"，于《晨报》上发表长文《优秀分子与今日的社会》，打的是"擦边球"，讲的就是自家话，至今读来，仍然妙趣横生。文中，金岳霖希望知识分子能够成为"独立进款"的能人，"我开剃头店的进款比交通部秘书的进款独立多了，所以与其做官，不如开剃头店，与其在部里拍马，不如在水果摊子上唱歌"；他希望知识分子不要做官，"不做政客，不把官当成职业，……独立过自己的生活"。当年，在知识精英中既能独立进款又能洁身自好的人很多，"官本位"尚未占据俯视一切的绝对优势。

梅贻琦校长每回出差，必委托法学院院长陈岱孙代理校务。某天，金岳霖下急，发现卫生间里手纸阙如，他无心去找，或许想开个玩笑，提笔给陈岱孙写了一张便条"求救"："伏以台端坐镇，校长无此顾之忧，留守得人，同事感追随之便。兹有求者，我没有黄草纸了。请赐一张，交由刘顺带到厕所，鄙人到那里坐殿去也。"何为魏晋名士派头？这应该就是了。区区俗事，金岳霖也可将它捯饬得风雅绝伦。

20世纪三四十年代，学界有"清华三苏"之称，叶企荪是清华大学理学院院长和物理系主任，陈岱孙是清华大学法学院院长和经济系主任，金龙荪（金岳霖，字龙荪）一度出任清华大学哲学系主任，他们的共同点是：均为清华的实力派人物，而且三人终身未娶。到了西南联大，教授中单身汉就更多了，杨振声作过一篇《释鳏》的游戏文章，专门打趣这些"钻石王老五"，在师生间广为传阅。金岳霖无儿无女，管他叫"金爸爸"的小孩子其数目倒是不少于一串葡萄，他很喜欢搜罗大个头的水果，比如雪花梨、苹果、橙、柚、石榴，将它们陈列在书案上，或拿去跟孩子们比赛，这类较量往往不止于一个回合。他颇有独孤求败的气度，输了比赢了更开心，其初衷是让小朋友获得战利品。至于他放在书房里的"水果状元"，就只有幸运的得意门生才能获得奖赏了。

金岳霖对中国的大种鸡如数家珍，山东的寿光鸡、江北的狼山鸡、湖南的桃源鸡，上海的浦东鸡，还有引进种印度的婆罗门鸡，他都喜欢。金岳霖买过专供玩乐的大黑狼山鸡，还饲养过大斗鸡。房屋的一隅摆着许多蛐蛐罐，只为在寂静的夜晚倾听它们"喔喔"有声的奏鸣曲，为平淡无奇的日子增添些生活情趣。吃饭时，大斗鸡堂而皇之地伸长脖颈啄食餐桌上的饭菜，他不驱不赶，安之若素，待大斗鸡如家人。《世说新语》中阮氏兄弟与猪崽共用大瓮饮酒，二者有得一拼。

金岳霖去世后，冯友兰撰《怀念金岳霖先生》，文中这样写道："金先生的风度很像魏晋大玄学家嵇康。嵇康的特点是'越名教而任自然'，天真烂漫，率性而行；思想清楚，逻辑性强；欣赏艺术，审美感高。……金先生的著作，我们可以继续研究，金先生的风度是不能再见了。"

金岳霖长期遵守上午不见客和不干其他事务的规矩，集中精力读书写字，构思时，他静坐冥想，仿佛老僧入定，红尘俗务不复萦怀。有一次，别人都如惊弓之鸟，跑空袭警报去了，他却浑然未觉，在宿舍里岿然不动。待警报解除之后，大家奔回废墟寻人，竟发现他提笔而立，呆若木鸡，"生命介乎几几乎无幸而免之间"。至于每天下午，金岳霖的安排便大不相同，喜欢会客访友，他在回忆文章中坦言："我的生活差不多完全是朋友间的生活。"20世纪30年代初，金岳霖居住在北平北总布胡同一个四合院里，长方形的客厅颇为敞亮，北墙八架书，英文著作居多。院子不大，但并不缺少种花的余地，一株硕大的姚黄（名贵牡丹）是当然主角。金岳霖弄了个"星期六碰头会"，前来茶叙的常客、稀客和生客身份混杂，三教九流，互无妨嫌，或有不速之客闻风而至，慕名而来，燕大的女学生韩素音就在金家客厅里找到一个舒服的位置。当然，学界的朋友居多，梁思成、林徽因、张奚若、徐志摩、陈岱孙、钱端升、周培源、邓以蛰、陶孟和、美国的坎南和费正清、英国的瑞洽慈，个个娴于辞令。此外，梨园名角和斗蛐蛐的高手也能在这儿觅得用武之地。咖啡、红茶、水果、冰淇淋一应俱全，留下的客人还可享受金岳霖的"御厨"汪师傅精心烹制的西餐，因此金宅被众人谑称为"湖南饭店"。在这个名流荟萃的小沙龙里，他们很少谈论政治，顶多聊一聊南京方面的人事安排，也不常谈论哲学话题，倒是谈论建筑、欣赏字画的时候居多。何以越冬？瞧，"火炉一砌，老朋友的画就挂上了"，邓以蛰是金岳霖客厅中顶风雅的一位朋友，他藏画颇丰，往往能够让大家一饱眼福。

诚然，奇人必有怪貌。金岳霖的左眼近视800度，右眼近视700度，近视犹自可，他还是青光眼，美国的医院也未能治愈他的眼疾。青光眼很要命的，常常犯重影，马路上一辆汽车开过来，顿时会变成七八辆，不知道哪一辆才是真家伙。他的双眼特别怕强光，长年戴着眼罩和大檐帽，连上课也照样戴着。他的眼镜片，左右不一样，一边是白色的，一边是黑色的，乍看去，着实令人大吃一惊。

金岳霖讲课，经常不带书本，不带讲稿，只带一支粉笔进课堂，整堂课上完了，黑板上仍不著一字。学生最惬意的事情是在形而上学课程中听金岳霖讲宇宙洪流，"手挥五弦，目送飞鸿"，沉醉于超形脱象、浑然忘我的玄思之中，学生也仿佛"挟飞仙以遨游，抱明月而长终"，尽得哲学的超妙乐趣。逻辑是西南联大文学院一年级学生的必修课，在大教室听讲，下面向来是座无虚席。金先生上课喜欢提问，西南联大没有点名册，那么多学生，他不可能都叫得出名字，于是他另出奇招："今天，穿红毛衣的女同学回答问题。"将令一下，所有穿红衣的女同学都感到既兴奋又紧张，还很光荣。

很少有哲学教授像金岳霖那样喜欢看英文小说，从狄更斯到奥斯汀，他都广泛涉猎，《福尔摩斯探案集》《江湖奇侠传》也博得他的青眼枉顾。在联大的教授中，沈从文是个热心肠，他时常会邀请好友去给少数爱好文学的青年弟子支几招。有一次，金岳霖也被拉去"示众"。他的讲题是《小说和哲学》。大家很期待金先生讲出一番精深的道理来。不料他讲了半天，结论是：小说和哲学没有关系。有人纳闷，问他"《红楼梦》算不算一个例外"，金岳霖说："《红楼梦》里的哲学不是哲学。"他讲着讲着，突然停顿下来，对大家说："对不起，我这里有个小动物。"他把右手伸进后脖颈，捉出一只跳蚤，捏在指间，左看看，右看看，那神情比捕快逮住钦犯还要得意。金岳霖的魏晋名士之风，让一众弟子心服口服。

1943年，金岳霖赴美讲学，他突发奇想，此行可去找年轻时的朋友、富豪李国钦募集十万美金，购买大批维生素回国，以补西南联大教授和学生的营养不良。当时，十万美金绝对是大数目，金岳霖与李国钦虽有桑梓之情，但交谊并不深厚。他承认自己有点异想天开，还是找上门去开了金口，李国钦听完，付之一笑，客客气气地请他到乡间别墅吃了一顿西餐。

钱端升教授的夫人陈公蕙有一句话说得既有趣又到位："那个老金呀，早年的事情是近代史，现在的事情是古代史。"很难说金岳霖的记性不好，昆明大观楼的长联他可以倒背如流，八十多岁时，仍能一字不差地背诵出来。无法解释的是，从三十多岁开始，金岳霖就惊奇地发现自己的记性差得有些离谱。有一次，金岳霖给老朋友陶孟和打电话。电话号码他记得清清楚楚，是"东局56"。电话接通后，陶家的佣人问道："您哪儿？"金岳霖忘记了，答不上来，就说："你别管我是谁，找陶先生说话就行了。"不料那个佣人蛮较真，不报上姓名就不肯通融。金岳霖请求了两三次也不行，只好转过身来问自己的车夫王喜。万不料王喜也说不知道。金岳霖急了，忙问他："你没听见别人说过？"王喜这才回过神来，报出答案："只听见人家叫金博士。"一个"金"字点醒了金岳霖，他又恍然记起了自己的名字。金岳霖以诙谐的语气对冰心说："我这个人真是老了，我的记性坏到了'忘我'的地步！有一次我出门访友，到人家门口按了铃，这家的女工出来开门，问我'贵姓'。我忽然忘了我'贵姓'了。我说请你等一会儿，我去问我的司机同志我'贵姓'，弄得那位女工张着嘴半天说不出话来！"有人告诉他一件更玄的事情：潘梓年在重庆一个场合签名时，突然记不起自己的姓名。旁边有人提醒他姓潘，可是光知道姓还不够。潘梓年又焦急地问："阿里个潘呀？"意思是叫潘什么呀，仍记不起自己的名字来。金岳霖先生听说此事后，才了解天下之大，入忘我之境者并非绝无仅有，另有高人驾乎其上，因此心下大为释然。

金岳霖真是仁厚长者，"望之俨然，即之也温"，视门生如家人，如子侄，仍不足以形容他对学生的爱护和包容。有一次，他给周礼全讲解其哲学理论，反复阐释，周礼全还是认为这个理论太晦涩，不够晓畅清晰。金岳霖生了气，批评道："你这个人的思想怎么这样顽固！"周礼全不假思索，当即顶撞："不是我思想顽固，是您思想糊涂！"金岳霖闻言大怒，脸都涨红了。周礼全对于当时剑拔弩张的情形是这样描述的："他从椅子上站起来，两只手撑在面前的书桌上，身体前倾，两眼盯着我。这时我感到自己太失礼了。但一言既出，驷马难追。我只得低着头静候老师的训斥。他盯了我一阵之后，一边口中喃喃地说'我思想糊涂，我思想糊涂'，一边慢慢地坐回椅子上。"这当然不会是孤例，沈有鼎曾当众说恩师看不懂果德尔的新书，换了谁都会气恼，金岳霖却只是"哦哦"两声，"那就算了"。长者雅量，常人莫及。

金岳霖对所有的学生都很亲切。有的弟子多年后拜望他，自叹老大无成，他宽慰弟子的方式是清唱一段京戏《满江红》，"三十功名尘与土，八千里路云和月"，为其卸下沉重的心理包袱。

20 世纪 50 年代初，清华大学请马列专家艾思奇作报告，报告会由金岳霖主持。艾思奇的开场白火药味十足，他说："我们讲辩证法，必须反对形式逻辑，形式逻辑是形而上学，我们要与形式逻辑作坚决的斗争。"当时苏联学界持此观点，艾思奇只是转述，并无发明。临到总结时，金岳霖的口风相当幽默："我早就听说艾思奇同志坚决反对形式逻辑，要与形式逻辑作坚决斗争。听他演讲之前，我本想跟艾思奇同志斗一斗，争一争。听完艾思奇同志的演讲之后，我完全赞同他的讲话，他讲的话句句符合形式逻辑，我就用不着斗，用不着争了。谢谢艾思奇同志！"听众闻言，莫不欢笑。

　　身为单身汉，又是一级教授，金岳霖工资高，负担轻，一人吃饱，全家不饿，他总是拿出钱来资助学生和朋友。乔冠华到德国留学，金岳霖资助了他几百块大洋，这绝对不是一笔小数目，因此乔冠华至死都感念恩师的再造之德。抗战期间，米珠薪桂，当时流行一语："教授教授，越教越瘦。"张奚若家中人口多，生活相当拮据。有一天早晨，张夫人发现椅子上放着一大叠钞票，她很惊讶，这么多钱是谁遗下的？张奚若记起来，头天晚上金岳霖来过家中聊天，他断定"这是老金干的好事"。钱端升的夫人陈公蕙也在回忆文章中谈到金岳霖的情深义重："想起那几年，我们之所以能够过着月底举债月初还债的生活，就是与老金始终如一地给我们支援分不开的。"金岳霖将一件银灰色卡其布的驼绒长袍送给家境贫寒的学生荣晶星取暖，令后者终生难忘。助人确为快乐之本，金岳霖并不觉得向人伸出援手是积德行善。

　　1955 年，金岳霖离开北大，调任中国科学院哲学研究所副所长。另一位副所长张镛告诉他应该坐在办公室里办公。结果呢？"我不知道'公'是如何办的，可是办公室我总可以坐。我恭而敬之地坐在办公室，坐了整个上午，而'公'不来，根本没有人找我。我只是浪费了一个早晨而已。"

　　更搞笑的是，金岳霖一直固执地认为一级研究员是高级干部，可是他生病后要住进首都医院，居然申请不到单间病室，这才怀疑自己根本不是什么高级干部。出了医院，他向梁从诫提及此事，后者也说他与高级干部根本不挨边，他先前的乌龙想法闹了个笑话。

1959 年 7 月，金岳霖专访北京市副市长吴晗，建议在北京地区发展腌鸡以提高肉食品供应，改善老百姓的生活。吴晗是清华大学出身，视金岳霖为前辈师长，对于这个建议十分重视，竟撰写文章发表在同年 9 月 26 日《人民日报》上，表示要"见贤思齐"，"向金岳霖同志学习"。关心国计民生的大学者不少，似金岳霖这样登政府之门找副市长耳提面命的，只怕是凤毛麟角了。

哲学家金岳霖身上总不脱诗人性情，他特别喜欢作对联，这一雅好越老越执着。20 世纪 60 年代初，毛泽东在中南海召集几位湖南同乡聚餐，主要客人是章士钊和程潜，金岳霖作陪。程潜话少，章士钊侃侃而谈，其中一句是"西邻责言勿理也"，或"勿顾也"，或"非礼也"，金岳霖有点耳背，未听得真切，但是他听后愣了一下。回去时，他在车子里琢磨章士钊的那句话，脑袋里突然灵光一闪，"西邻责言勿理也"恰巧可以用"东里子产润色之"对上，可惜自己捷才不足，脑筋转得不够快，失去了稍纵即逝的好机会，要不然，当场对出，毛主席一定会开怀大笑。

晚年，金岳霖深居简出，他体弱多病，经常赴协和就医。"文革"伊始，革命派不让他坐汽车，只肯安排平板三轮车，金岳霖不争待遇，也不管这是否小辈的戏弄和揶揄，反倒有点欣然从命的意思，自携一张小马扎，身穿御寒的长棉袍，端坐其上，任人一路蹬过去，较平日更加顾盼自雄。王府井行人多如过河之鲫，谁识得这位满肚子学问、热爱生活的哲学家呢？毛泽东曾对金岳霖说："你要接触接触社会。"这样的接触方式真够离奇的了。但他觉得好玩，并不觉得难受。

1983 年 11 月，商务印书馆出版了金岳霖的《知识论》。其后不久，社科院哲学所所长和党组书记去看望作者。他不假思索，当面伸手向所长要钱，他说："我要钱。《大学逻辑》我不要钱，《论道》那本书我也不要钱，可是《知识论》这本书我要钱。"两位领导当然明白老人的意思是要稿费。他要钱干什么？他要钱是为了多交党费。

二、"我觉得它很好玩"

在中学时代，金岳霖就认真分析过长期流行的一句谚语："金钱如粪土，朋友值千金。"金岳霖认为这句话自相矛盾，如果说"金钱如粪土"，那么"朋友值千金"会推导出荒谬的结论：朋友无异于粪土，而且是一大堆粪土。他指出该谚语含有明显的逻辑错误。

1914 年，金岳霖获官费派往美国留学，起先入美国宾夕法尼亚大学，攻读商科，兴趣不浓，改为政治学。他致书五哥，谈及理由："簿计者，小技耳，俺长长七尺之躯，何必学此雕虫之策。昔项羽之不学剑，盖剑乃一人敌，不足学也。"两年后，他从宾夕法尼亚大学毕业，入哥伦比亚大学研究院再深造，专业仍是政治学。他最终获得的学位也是政治学博士学位。其后，他在欧洲游学了五年，兴趣开始朝哲学倾斜。

1926 年 8 月，金岳霖应徐志摩之约，在《晨报》副镌 59 期上发表文章《自由意志与因果关系的关系》，徐志摩的编辑按语极尽诙谐调侃之能事："金先生的嗜好是捡起一根名词的头发，耐心地拿在手里给分。他可以暂时不吃饭，但这头发丝粗得怪可厌的，非给它劈开了不得舒服。"

同年秋天，赵元任教授离开清华，去中央研究院就职，他推荐金岳霖接替自己讲授逻辑学，这确实有点赶鸭子上架的味道。金岳霖硬着头皮，凭着惊人的勇气创办了清华哲学系，其目的很明确："要培养少数哲学家"。有趣的是，这位开山鼻祖近似于光杆司令，名下只有两个门徒，一位是沈有鼎，另一位是陶燠民。五年后，金岳霖重获机会，到美国进修一年，正式拜在哈佛大学谢非教授门下，精研逻辑学，他向导师坦白："我教过逻辑，可是从来没有学过。"世间竟有这么滑稽的事情，谢非教授闻言大笑一阵。

逻辑课先讲三段论，大前提、小前提、结论、周延、不周延、归纳、演绎……还算有趣。后讲符号逻辑，跟高等数学一样艰深，大家如听天书，摸不着头脑。西南联大的学生陈蕴珍（巴金夫人萧珊）问金岳霖："您为什么要搞逻辑？"她的意思是：这门学问太枯燥了。金岳霖的回答出乎意料："我觉得它很好玩。"

确实很好玩。金岳霖上逻辑课，喜欢用故事启发人。有一次，他讲解怎么样才叫不合逻辑，举了一出河南地方戏为例：一员大将跑上场来，绕了几个圈子，然后念念有词："此地已是潼关，到此已是潼关，这是什么地方？待我下马看看，唉呀！上面有三个大字：潼关。"金岳霖说，大将明明念叨了"此地已是潼关"，怎么又不知这是什么地方？潼关明明是两个字，怎么会是"三个大字"？前言不搭后语，自相矛盾，这就是不合逻辑。另一次，他要说明形式逻辑只管推理的形式正确与否而不管推理所用命题或概念内容的真假，也讲了一个故事：有一个衣帽间的黑人侍者非常称职，每次顾客进门时把衣帽交给他，等顾客出门时他将原物奉还，从未出过差错。有一回，一位顾客出于好奇，问他："你怎么知道这衣帽是我的呢？"侍者答道："我并不知道它是你的呀！"顾客又问道："那你为什么把它还给我呢？"侍者答道："因为那是你交给我的呀！"侍者只管衣帽是谁交他寄存的就还给谁，而不管衣帽本身是否寄存者本人所有，不管它是不是他从别人那儿借来或偷来、抢来的。还有一次，金岳霖在课堂上说，并不是任何命题都可以证实，比如义和团的信条是：诚心则刀枪不入。与洋鬼子交战，大师兄首先冲上去，被洋枪洋炮打死了。大家以为大师兄一定心不诚，有过失，才死于非命。我是心诚的，死不了，仍然继续往前冲。紧接着，二师兄、三师兄……也被打死了，余众照旧一窝蜂往枪口、炮口撞去。人都死光了，"诚心则刀枪不入"的命题依旧无法证实。

学生听故事而学逻辑，金岳霖娓娓道来，学生们自然听得津津有味。

金岳霖呕心沥血著成《知识论》，可是它命运多舛。他回忆道："花时间最长、灾难最多的是《知识论》。抗战期间，这本书，我在昆明就已经写成。那时日帝飞机经常来轰炸，我只好把稿子带着跑警报，到了北边山上，我就坐在稿子上。那一次轰炸的时间长，天也快黑了，我站起来就走，稿子就摆在山上了。等到我记起回去，已经不见了踪影。一本六七十万字的书不是可以记住的，所谓再写只可能是从头到尾写新的。"历代帝王中坐失江山的不乏其人，学者坐失手稿的却罕见少有。当年这件事传为笑谈，别人笑得欢，作者如哑巴吃黄连，其苦难言。《知识论》完成于1948年底，迟至1983年冬方才出版，金岳霖那声"非常非常之高兴"道出了他对宁馨儿终于面世的喜悦之情。此书堪称天书，全中国能读懂它的人也不会超过十个。冯友兰撰《怀念金岳霖》，文中坦承道："他把定稿送给我看，我看了两个多月才看完。我觉得很吃力，可是看不懂，只能在文字上提一些意见。"既然冯先生都看不懂，其深奥程度可想而知。不过，冯友兰认为，像金岳霖这样"技术性很高的专业哲学家"是必不可少的，在中国就更是凤髓龙胆，堪称稀世之珍。

《论道》是金岳霖在抗日战争期间完成的一部重要著作，是中国现代哲学中系统最完备，最富有创造性的本体论专著。书中以道、式、能为基本范畴，全然采用逻辑学书写形式，每一条都是一个逻辑命题，通过纯逻辑的推演建构独特的本体论。这本书的问世使中国学术史产生了方法论上的革命，在重感悟而轻逻辑的中国文化圈中具有划时代的意义。《论道》体现了金岳霖中西合璧的著述风格，他用中国传统哲学中最高概念"道"统括"式""能"，成为其哲学体系中"最上的概念""最高的境界"。书中大量采用无极、太极、理、势、体、用、几、数等中国传统哲学术语，有意使用许多中国传统哲学命题，但一一赋予新解。金岳霖的《论道》被国民政府教育部学术审议会评定为抗战以来文科优秀学术著作二等奖，奖金五千元，冯友兰的《新理学》被评定为一等奖，奖金一万元，这是一个相当不菲的数目，分别相当于他们一年、两年的薪水总和。

金岳霖所研究的"道"是"不道之道，各家所欲言而不能尽的道，国人对之油然而生景仰之心的道，万事万物之所不得不由、不得不依、不得不归的道……"有人说："能之即出即入谓之几"，"能之会出会入谓之数"，"几与数谓之时"，"理有固然，势无必至"，这样的表述过于深奥，过于专业化，就连哲学系的学生都挠头束手，普通读者对它更是望而生畏，敬而远之。金岳霖有一个相当成熟的看法："哲学理论和自然科学不一样，不能用实验来验证。所谓考验，通常要通过讨论、批评，有人从东边来攻一下，又有人从西边来攻一下，攻来攻去，有点攻不倒的东西，那就站住脚了。"《论道》印行之后，仿佛石沉大海，反响全无，既没有人赞，也没有人弹，这使金岳霖深感寂寞。他的弟子冯契以"曲高和寡"来安慰他，也无济于事。当时，唯一对此书表明看法的是林宰平教授，他不赞成中国哲学是旧瓷瓶，也不认为用它装上洋酒会更加出色，更不认同它是一个形式逻辑体系。后来，评论此书的人渐渐多了起来，冯友兰对《论道》和《知识论》的评价是"道超青牛，论高白马"，连老子和公孙龙子都得遥处下风，可谓极推崇之至。

抗日战争后期，日本飞机常常轰炸昆明，跑警报成为了日常功课，在这样险恶的环境中，金岳霖的研究生中出了一位学以致用的狠角色。他暗自作了一番逻辑推理：跑警报的人肯定会把最值钱的东西带在身上，最方便随身携带又最值钱的东西首推金子。有人携带金子，就会有人丢失金子；有人丢失金子，就会有人捡到金子；我是跑警报的人，所以完全有可能捡到金子。根据这样的逻辑推理，每次跑完警报，他都会留心巡视众人经过和聚集过的地方。果然有收获，他先后捡到了两个金戒指。逻辑有此妙用，只怕金先生也始料未及吧！

晚年，金岳霖谈到自己1949年前的著述，这样写道："我只写了三本书。

比较满意的是《论道》。花工夫最多的是《知识论》，写得最糟的是大学《逻辑》。"他认为自己没有数学才能，对数理逻辑就很难深钻猛掘。

没人否定金岳霖在逻辑学方面的建树和贡献，他的弟子中有成就的居多，其中尤以沈有鼎、王宪钧、王浩、冯契、殷福生（殷海光）、周礼全、胡世华为佼佼者。

三、终身未娶之谜

世间精于理者，未必不深于情。庄子妻死，鼓盆而歌，那是哲人的超然，而非漠然。

1949 年，周礼全的感情生活出现波折，一度产生强烈的自杀冲动。金岳霖得知此事后，三番四次找他聊天，一半是循循善诱，一半是现身说法。周礼全将恩师的金玉良言归纳为两个要点："（1）恋爱是一个过程。恋爱的结局，结婚或不结婚，只是恋爱全过程中的一个阶段。因此，恋爱的幸福与否，应从恋爱的全过程来看，而不能仅仅从恋爱的结局来衡量。（2）恋爱是恋爱者的精神和感情的升华。恋爱的对象，在一定程度上，是恋爱者的精神和感情的创造物，并非真正客观的存在。因此，只要恋爱者的精神、感情是高尚纯洁的，他（她）的恋爱就是幸福的。不应从世俗的'恋爱—结婚'公式看问题。"

弟子们向恩师求取教益，金岳霖传道授业解惑，样样做得完整，但他从未把独身主义的精髓灌输给他们，反倒是一再鼓励年轻的单身汉们："谁先结婚，我就给谁奖赏！"他认为结婚是社会的规律，是自然界的规律。结婚符合人性，是人性的完成。不结婚违反社会规律和自然规律，属于人性的缺陷。有一次，他问周礼全的婚姻恋爱是否已经解题，周礼全调皮地回答："曾经沧海难为水，除却巫山不是云。"金岳霖立刻反驳道："你应该说'山重水复疑无路，柳暗花明又一村'。"好几次，周礼全的话都到了嘴边上，又强行咽了回去，差一点就把问题抛闪出来："那您为什么不结婚呢？"

杨步伟《杂记赵家》记载：1924年，赵元任夫妇在欧洲大陆旅行，遇见了金岳霖，后者正在欧洲游学，同行者为美国女朋友 Lilian Taylor。Lilian Taylor 的中文名是秦丽莲，这个名字颇为俗艳，不是金岳霖操觚的"杰作"。1925年11月，金岳霖回国，秦丽莲也随之来到北京。她倡导试婚，对中国的家庭生活充满兴趣，愿意从家庭内部体验感情生活。1926年，经赵元任推荐，金岳霖到清华接替前者的教席。他没有住在校园内，而是与秦丽莲住在城里。有一天，金岳霖致电杨步伟，说有万分火急的要紧事，非请她进城一趟不可。杨步伟问他是不是天塌了下来，金岳霖不肯透露，只可劲地催促他们快动身，说好待事情办妥帖了，他请吃烤鸭。杨步伟是医生，脑子里第一闪念是秦丽莲不慎怀孕了，就立刻声明犯法的事情她可不能做。金岳霖回答说，这事大概是不犯法的。杨步伟和赵元任满腹狐疑，到了金岳霖家，秦丽莲来开门，杨步伟死劲盯着她的腹部看，没什么异常。他们很快就弄明白了事情的原委，不是人而是鸡出了状况。金岳霖饲养了一只大母鸡，一个蛋三天生不下来，很痛苦。杨步伟差点笑喷了，她把鸡捉来一看，原来是主人经常给它喂食鱼肝油，沉沉的身子重达十八磅，那个蛋卡在肛门那儿，已有一半露在外面，杨步伟稍稍用手一掏就万事大吉。金岳霖见状，愁眉立展，如释重负。事毕，他遵守约定，请赵元任夫妇去烤鸭店大快朵颐。

很显然，金岳霖与秦丽莲只是同居，试婚无果就劳燕分飞了，秦丽莲返回美国后，彼此间失去了联系。年轻时，金岳霖特别佩服英国哲学家罗素，罗素极力主张试婚，生命不息，试婚不止，他的正式夫人即多达三任，相比而言，金岳霖只能算是浅尝辄止，小巫见大巫了。

金岳霖终身未娶，原因是多方面的，但有一个美丽的女主角一直被人反复提及，她就是建筑学家、诗人林徽因。林徽因的美貌和才华有口皆碑。翻译家文洁若认为，林徽因"天生丽质和超人的才智与后天良好高深的教育相得益彰"，这话说到了点子上，林徽因确实是知识女性中的极品。张邦梅在张幼仪的口述自传《小脚与西服》中写到林徽因，张幼仪对这位情敌（实为假想敌）的评价非常值得玩味，她的原话是这样的："徐志摩的女朋友是另一位思想更复杂、长相更漂亮、双脚完全自由的女士。"这位女士时年十六岁多，"徐诗魔"追求林徽因，竟将饱受丧子之痛的发妻弃若敝屣。值得一提的是，徐志摩与张幼仪的离婚证人是金岳霖，徐志摩后来与陆小曼的结婚伴郎也是金岳霖。"徐诗魔"的孟浪之举，金逻辑再清楚不过了。

梁思成与林徽因结缡，家世的关系起了重要作用，双方的家长梁启超和林长民是多年知交。青梅竹马，两小无猜，梁思成和林徽因的感情基础自然十分牢固。1923年，梁思成遭遇车祸，重伤致残，他们的关系非但没有疏远，反而更加紧密，水泼不入，针插不进，翌年二人相偕留学美国，同修建筑学课程，然后结成神仙眷侣，不仅情投意合，而且志同道合。徐志摩牺牲学位，伤筋动骨，兑换了自由身，尽管使出浑身解数，但依然未能俘获林徽因的芳心，只好乖乖地认输，退而求其次，拆散同门好友王赓与陆小曼的婚姻，娶了那位金枝玉叶的病西施。

金岳霖默默地爱着林徽因是不难理解的，林徽因爱他，就有点匪夷所思，不得要领了。林徽因的传记在坊间已有多种，作者们都未能揭示出这个哑谜的谜底。金岳霖身材高大，风度翩翩？金岳霖心雄万夫，才高八斗？金岳霖幽默风趣，亲和善良？高级知识分子的爱情一定是有理由的，绝对不会无缘无故，林徽因才智过人，更不会误打误撞。

值得信赖的记载来源于梁思成的续弦林洙女士的笔录，她撰《碑树国土上，美留人心中——我所认识的林徽因》，文章详述根由：1931年，梁思成从宝坻调查回来，林徽因哭丧着脸对他说，她真是苦恼极了，因为自己同时爱上了两个人，不知如何是好。林徽因对梁思成毫不隐讳，并没有把他当成傻丈夫，而是坦诚得如同小妹求兄长指点迷津。梁思成痛苦至极，也矛盾至极，苦思一夜，认为金岳霖所具有的哲学家冷静理智的头脑正是自己所欠缺的，于是他告诉妻子：她可以充分行使自由意志，倘若她选择金岳霖，那么祝他们永远幸福。稍后，林徽因又把这一切原原本本地复述给金岳霖听。难能可贵的是，金岳霖并未窃窃暗喜，让情场中人最易在内心滋生的自私自利占据上风，他的回答十分理智，令人叹服："看来思成是真正爱你的。我不能去伤害一个真正爱你的人。我应该退出。"从此以后，他们三人始终是好朋友，金岳霖仍旧跟他们毗邻而居，相互间百分百地信任。梁思成与林徽因吵架，也总是由金岳霖居间仲裁，逻辑教授凭借丰沛的理性自可胜任愉快。

　　1983 年，陈宇和陈钟英着手编辑林徽因的诗文集，为了更多地了解作者的生平，他们专程到北京东城区干面胡同访问已届米寿（八十八岁）的金岳霖。老人白发苍苍，身体衰弱，几年来，由于肺炎和冠心病反复发作，已成为协和医院的常客。金先生体力有限，不耐长谈，记性也不佳，陈宇和陈钟英便直陈来意，进入主题。他们询问金先生谁最了解林徽因的作品，后者用浓重沙哑的嗓音缓缓地说："可惜有些人已经过去了！"陈宇递上一本用毛笔大楷抄录的林徽因诗文集，希望能从老人那儿得到片言只语的诠释和启迪。金先生果然非常感兴趣，立刻打开了话匣子："林徽因啊，这个人很特别，我常常不知道她在想什么。好多次她在急，好像作诗她没做出来。有句诗叫什么，哦，好像叫'黄水塘的白鸭'，大概后来诗没做成……"当他翻到另一页时，忽然高喊出声来："哎呀，八月的忧愁！"陈宇吃了一惊，怀疑那高八度的惊叹声竟是从金先生衰弱的躯体里发出的。老人精神为之一振，念诵起诗句来："'黄水塘里游着白鸭，高粱梗油青的刚过了头……'"他念得很认真，念完了，抬起头，颇感欣慰地说："她终于写成了，她终于写成了！"兴奋最能激发记忆，催生联想，金先生又断断续续地记起林徽因的一些诗句诗篇，评点随兴而至，脱口而出。最精彩的部分是，陈宇取出一张泛黄的32开大小的林徽因照片递给金岳霖，效果立竿见影：老人将它捏在手指间，深情凝视，"嘴角渐渐往下弯，像是要哭的样子。他的喉头微微动着，仿佛有千言万语哽在那里。他一言不发，紧紧捏着照片，生怕影中人飞走似的。许久，他才抬起头，像小孩求情似的对我们说：'给我吧！'我真担心老人犯起犟劲，赶忙反复解释说，这是从上海林徽因堂妹处借用的，以后翻拍了，一定送他一张。待他听明白后，生怕我们食言或忘了，作拱手状，郑重地说：'那好，那好，那我先向你们道个谢！'"

　　几天后，陈宇和陈钟英再次造访金岳霖。这一回，他们的话题更加深入，金岳霖竖起大拇指夸赞道："林徽因这个人了不起啊，她写了篇叫《窗子以外》还是《窗子以内》的文章，还有《在九十九度中》，那完全是反映劳动人民境况的，她的感觉比我们快多了。她有多方面的才能，在建筑设计上也很有才干，参加过国徽和人民英雄纪念碑设计，不要抹杀了她其他方面的创作啊……"陈宇取出另一张林徽因的照片，递给金岳霖，老人的印象很清晰："那是在伦敦照的，那时徐志摩也在伦敦。——哦，忘了告诉你们，我认识林徽因还是通过徐志摩的。"很显然，金岳霖对天才诗人徐志摩的孟浪劲头并不恭维，他说："徐志摩是我的老朋友，但我总觉得他滑油，油油油，滑滑滑，当然不是说他滑头。"他怕客人误会，特意解释道，滑油的意思就是放纵情感，没遮没拦。他接着回忆道："林徽因被他父亲带回国后，徐志摩又追到北京。临离伦敦时他说了两句话，前面那句忘了，后面是'销魂今日进燕京'。看，他满脑子林徽因，我觉得他不自量啊！林徽因和梁思成早就认识，他们是两小无猜，两小无猜啊！两家又是世交，连政治上也算世交。两人的父亲都是研究系的。徐志摩总是跟着要钻进去，钻也没用！徐志摩不知趣，我很可惜徐志摩这个朋友。比较起来，林徽因思想活跃，主意多，但构思画图，梁思成是高手，他画线，不看尺度，一分一毫不差，林徽因没那本事。他们俩的结合，结合得好，这也是不容易的啊！"采访的高潮还在后面，当陈宇希望金教授能为新编的林徽因诗文集撰写序言时，老人沉吟良久，回答出乎意料："我所有的话，都应该同她自己说，我不能说。我没有机会同她自己说的话，我不愿意说，也不愿意有这种话！"翌年，金岳霖驾鹤西归，在天堂里，他与林徽因还能执手相认吗？

徐志摩、金岳霖都与林徽因有过感情纠葛，行止却大相径庭。徐志摩完全为诗人的浪漫劲头所驱遣，致使感情烈焰熔断了理智。而金岳霖自始至终都以最高的理智驾驭自己的感情，显示出超凡脱俗的襟怀和品格。柏拉图尝言："理性是灵魂中最高贵的因素。"金岳霖对林徽因的评价浓缩为五个字——"极赞欲何词"，林徽因对金岳霖的评价也绝对不会低于这个刻度。

一身诗意千寻瀑；
万古人间四月天。

这是林徽因的两位挚友——哲学教授金岳霖和邓以蛰联名给她撰写的挽联。"四月天"典出于林徽因的诗题《你是人间的四月天》，她去世的日子也是在四月的第一天（1955 年 4 月 1 日），此处象征着博大的爱和不老的青春。他们的极赞之意既在言内，又在言外。

金岳霖回忆起那场追悼会，痛切地说："追悼会是在贤良寺开的，我很悲哀，我的眼泪没有停过……"林徽因去世后多年，有一天，金岳霖郑重其事地邀请故交好友到北京饭店吃西餐，众人大惑不解，等到金岳霖举杯致祝酒词，谜底才被揭开："今天是林徽因的生日！"举座感慨唏嘘。这份深情愈老愈醇，真是人间极品啊！

林徽因早逝，梁思成也未能渡越"文革"的劫波，金岳霖晚年与林徽因的儿子梁从诫、儿媳方晶、孙女梁帆生活在一起，直至去世。梁从诫和方晶一直叫他"金爸"，梁帆叫他"金爷爷"。三代人的深情至谊书写了完美的篇章。

关于金岳霖的感情生活，有个插曲必须提及。李文宜撰文《回忆金岳霖同志生活轶事》，披露的内容值得留意：20世纪50年代末，金岳霖一度打算与记者浦熙修缔结姻缘。当时，民盟组织在京中央委员学习，金岳霖是积极分子，同组的浦熙修热情大方，与金岳霖很投缘，两人过从甚密。浦熙修多次去金家做客，对汪师傅的厨艺赞不绝口。从两情相悦到谈婚论嫁，眼看就水到渠成。不巧的是，彭德怀在庐山挨批，彭德怀的夫人浦安修是浦熙修的妹妹，在当时的条件下，婚姻与政治瓜葛相连，稍微不慎，瓜葛就会变成"高压线"。金岳霖是共产党员，这种变故令他大犯踌躇，进退两难。李文宜出于好意，劝金岳霖"不要急于结婚，再考虑一下"。不久，金岳霖住进了协和，浦熙修身患癌症，结婚的事便功败垂成。这一次，金岳霖真就疾步流星地走到了围城的大门口，无奈又折返回来，也许这就是命中注定，他的人生中欠缺一个洞房花烛夜。

四、枉抛心力作哲人

殷海光是金岳霖的弟子，他评价恩师，有这样一句赞词："论他本人，他是那么质实、谨严、和易，幽默、格调高，从来不拿恭维话送人情，在是非真妄之际一点也不含糊。"这样一位极品学者竟然也逃不脱精神的扭曲。

不知从何时开始，金岳霖内心的矛盾便难以调和（绝对比王国维提出的"可爱"与"可信"的矛盾更为纠结），不止一次，他对弟子们说出痛心之语：

"本世纪以来，哲学有进步，主要是表达方式技术化了，这是不能忽视的；但哲学理论与哲学家的人格因此而分裂，哲学家不再是苏格拉底式的人物了。"诚然，在中国，知行合一的知识分子越来越罕见，甚至有"恐龙"灭绝的危险。

谁也无法否认金岳霖是一位坚定的爱国主义者。1915年袁世凯接受丧权辱国的"二十一条"，意欲登基称帝，当时金岳霖留学美国，坐在临街走廊上大哭了一阵。侵华日军占领北平之前，有一天，金岳霖碰巧遇见清华大学图书馆馆长、亲日翻译家钱稻孙，他表示东邻无礼，得寸进尺，往后中国非武力抗日不可。钱稻孙不以为然，说什么万万抵抗不得，抵抗，不只是亡国，还要灭种。金岳霖很气愤，差一点捋袖出拳，可是受了"君子动口不动手"的古训影响，这才按捺下心头的怒气。

1946年，西南联大解散之际，金岳霖在会计处碰见黄子卿教授，后者问他："回到北平后，倘若共产党来了，怎么办？"金岳霖的回答很斩钉截铁："接受他们的领导，他们不是洋人，不是侵略者。"中国人遭受外侮的时间太长了，只要结束了半殖民地的状况，金岳霖就感觉无比欢忻了。与此同时，冯友兰的看法是："无论什么党派当权，只要它能把中国治理好，我都拥护。""中国好比有两个儿子，大儿子是国民党，二儿子是共产党。大儿子把中国搞糟了，应该让二儿子试一试。""我之所以在解放时没有走，主要是由于对于国民党反动派的失望，并不是由于对共产党的欢迎。"这种认识在当时的知识分子中颇具代表性。清华、北大的教授并不缺乏想象力，但比国民党政府的统治更糟糕的情形他们确实想象不出来。

许多学者的脚步都喜欢朝着书生报国的方向迈进，这样一来，势必与政治发生千丝万缕的联系。金岳霖坦承，于政治而言，他是一个"辩证的矛盾"："我是党员，可是，是一个不好的党员；我是民盟盟员，可是，是一个不好的盟员；我是政治协商会议的委员，可是，是一个不好的委员。我一方面对政治毫无兴趣，另一方面对政治的兴趣非常之大。"他所说的"对政治毫无兴趣"

是指他从来就不想涉足官场，毫无官瘾，甚至比傅斯年更加瞧不起国民党的某些政客。他所说的"对政治的兴趣非常之大"则是指他对政治动向的高度关注。说矛盾，二者其实并不矛盾。他特别留意某些政治细节。有一次，他问艾思奇："毛主席到莫斯科，斯大林为什么不去迎接他？"艾思奇打听准确消息之后，告诉他："斯大林去了，可是没有接上。"反正信不信由他。

在知识分子思想改造动员大会上，金岳霖亲聆过周恩来总理两个多小时的长篇报告，其中有一句话（"我犯过错误，我的错误把我暴露在上海的大马路上"）令他深受触动。后来，他在回忆文章中写道："我从来没有听见过有周总理这样地位高的人在大庭广众中承认自己犯过错误。对我们这些人来说，这是了不起的大事。"通过批判他人和自我批判而改造灵魂，消灭心魔，这是那个时代知识分子主动身受（实际上也是被动身受）的外在驱动力和内在驱动力。谁想立定脚跟，八方吹不动，是不可能的，惊涛拍岸的时代洪潮将众人裹挟而去。

1949 年后，金岳霖撰成多篇自我批评的文章，顺带批评了他的三个跟不上时代的学生——沈有鼎、殷福生和王浩，认为从弟子们身上反映出自己以往对学术的错误态度。

1956 年，金岳霖成为中华人民共和国成立后第一批加入中国共产党的老知识分子，他在入党申请书中写道："人民共和国成立后，中国人民确实站起来了。要巩固这个'站起来'的局面，又非建设社会主义不可。在我们这样一个人口众多的大国里，要建设社会主义，非有相当多的人无条件地服从党的领导、接受党的任务不可。"他找寻政治归宿，不像某些老知识分子那样犹犹豫豫，瞻前顾后，他对蒋介石的专制深恶痛绝，对中华人民共和国成立之初毛泽东的开明不仅赞赏，而且钦佩。他是慎思明辨的学者，并非预言家，对于接踵而至的政治运动，怎么可能具备先见之明？他唯一能做的就是好好享受短暂的"蜜月期"。

到了后来，金岳霖总算明白了，他是一个研究抽象思维的人，不宜于招惹政治。他撰文《对于政治，我是一个"辩证的矛盾"》，这样交代道："我这个人根本没有改造世界的要求，只有了解世界、理解世界的要求。我基本上没有拥护旧世界的要求，也没有打破旧世界的要求。中国共产党和毛主席等领导同志的努力打破了那个旧世界，我非常之拥护，并且越学习越拥护。但是在我的头脑里，我仍然只是在了解世界上绕圈子。请注意，在最后这一句话里，'世界'两个字说的实在就是宇宙。"在同一篇回忆文章中，金岳霖还特意诠释了他不搞政治又不得不搞政治的原因："解放后，我们花大功夫，长时间，学习政治，端正政治态度。我这样的人有条件争取入盟入党，难道我可以不争取吗？不错，我是一个搞抽象思维的人，但是，我终究是一个活的、具体的人。这一点如果我不承认，怎么说得上有自知之明呢？根据这一点我就争取入盟、入党了。"在长期不间断的"魂斗罗"式的政治运动中，"一个活的、具体的人"不可能不计生死利害，能够抓到一块挡箭牌总是好的。

1957年前后，金岳霖在许多场合都曾明确表态："我改造得不好，为党为人民做的事太少！"他撰写过一本《罗素哲学》，以十分严苛的笔调将这位自己多年尊崇的西方哲学家敲打得满头是包，他公开表态要与罗素划清界限。凡事过犹不及，他"挥刀自宫"虽可以在政治上涉险过关，在学理上却无法自圆其说。那个时代，已罢黜百家；那个时代，已丧失幽默感；那个时代，"不为已甚"的古典法则已经失灵，金岳霖苛责自己，批判他人，乃是知行分裂的结果。哲学家的心灵扭曲肯定会比其他人的类似病变显得更为醒目一些。

1958年，金岳霖是一个访英文化代表团成员，在牛津大学住了几天。当时王浩任教于牛津大学，特意安排恩师在牛津哲学教师会作了一个不长的报告。金岳霖的演讲主旨是：因为马克思主义拯救了中国，所以他放弃了以前所研究的学院派哲学，已转变成一个马克思主义者。据王浩回忆，听讲的大部分教师觉得论证太简单了一些，"可是因为金先生的英式英语特别高雅漂亮，牛津的教师大多数对金先生很尊敬"。说到英语表达，费正清也在《自传》中称赞过金岳霖的英语"几乎达到了炉火纯青的地步。他能在音调、含义、表情等各方面分辨出英语中最细微的差别"。

一位老牌的自由主义知识分子在精神上发生显而易见的突变，这总是令人困惑不解的。鉴往知今，可是金岳霖的"往"与"今"难以对接，其间竟缺乏合理的逻辑指向。当年，胡适在海外感叹金岳霖被洗脑了，认为他参加学习会，与批判文章（包括批判胡适），是一件屈辱的事情。由于处境和语境迥异，产生这样的隔膜，并不足为奇。一个哲学家被强行洗脑绝对不是"屈辱"二字可以轻易概括的，那是遇人不淑的时代之悲。书生玩不转政治，政治却可以轻易玩转书生，从古至今都是如此。

不少人臆断：新中国成立后，金岳霖的著述是慑于权势而作的，是奉命而作的，是为了保住名位而作的，全是违心之作。这样的悬揣之矢未必能够射中靶心。

金岳霖半生精进，半生蹉跎，周礼全对恩师学力衰退分析较为中肯："影响金先生解放后著作质量的直接原因，我认为有两个。一个原因是：他担任了许多学术行政工作，参加了许多政治性的社会活动。再加上他责任心很强，但又不善于处理这类事务。这就使他缺少充足的时间进行深入的哲学研究。另一个原因是：他不懂政治，但政治热情又很高。他高昂的政治热情影响了他冷静的理智思考。"

金岳霖是哲人而不是超人，他后半生的成绩单乏善可陈，乃是命中注定。他最喜欢清代诗人黄仲则，可怜的黄仲则只能"枉抛心力作诗人"，一生始终在苦胆汁中浸泡着。金岳霖枉抛心力作哲人，情形如何？应该说，他苦乐参半。入于荣辱、是非、得失、成败之境，始终只有单纯，只有天真，只有入海捞月的梦想，只有提篮打水的徒劳，倘若论者愿持恕道，对金岳霖和类似其遭遇的书生又何忍深责。

本文首发于《书屋》2011 年第 5 期

《作家文摘报》2011 年 11 月 11 日转载

《中国散文年度佳作 2011》（贵州人民出版社）收录

特别的人不走寻常路

—— 闻一多的命运轨迹

闻一多（1899—1946），原名家骅，又名多，字友三，湖北浠水人。诗人，学者。1932 年至 1937 年为清华大学中文系教授。1938 年至 1946 年为西南联合大学中文系教授兼清华大学中文系主任。著作有《闻一多全集》(12 卷，湖北人民出版社）。

中国古人有一个相对理想的"三部曲"：早年游侠，中年游宦，晚年游仙。他们到人世间这样"游"过一趟，就基本上没有太多太大的遗憾了。

20世纪20年代末，民主斗士杨杏佛到中国公学演讲，将中国近代知识分子的角色演变归纳为"三士论"：年轻时，心忧天下，是志士；年壮时，有了声誉，是名士；年老时，吃斋念佛，是居士。表面看去，他们为国家为社会倾其所有，奉献了毕生精力和全部才华，其实万念俱灰，一事无成。"英雄到老终归佛；名将还山不言兵"，这副对联不仅变成了某些大名人大贵人的遮羞布，而且变成了他们的免战牌，将它堂而皇之地挂在门口，要众人朝它焚香叩头，赞叹之不足则歆羡之，歆羡之不足则膜拜之。须知，在龙钟古国里，集志士、名士、居士于一身的皤然老叟必定被尊崇为"国宝""人瑞"。

杨杏佛的"三士论"切中要害，那些大腕巨擘的自尊心都被他一语击伤。然而凡事总有例外，杨杏佛所循的路径（"志士——名士——斗士——烈士"）与闻一多所循的路径（"诗人——名士——斗士——烈士"）相差不大，两人殊途同归，反暴政，争人权，惨遭邪恶势力戕杀。他们不肯吃斋念佛度晨昏做居士，偏要赴汤蹈火不回头做斗士，我以我血荐轩辕做烈士，究竟是他们的脑袋不够灵光，性格过于暴躁，还是真的念歪了经，吃错了药，误入了歧途？这不是一个简单的问题，自然就不会有唾手可得的答案。

儒家文化讲求中庸，倡导克己复礼，对铤而走险的拼命哲学和"我花开后百花杀"的革命哲学敬而远之，尽管至圣孔丘、亚圣孟轲偶尔也会引吭亮嗓，唱一唱C3高调"杀身以成仁""舍生而取义"和"志士不忘在沟壑，勇士不忘丧其元"，但日常流行的调式总是不温不火不亢不卑的，"用之则行，舍之则藏"，"道不行，乘桴浮于海"，"穷则独善其身，达则兼济天下"，哪一句算得上豪气干云？说白了，儒家子弟恒久地抱定一个宗旨：倘若能够与贵显者合作，就尽可能谋求合作，委曲求全，忍辱负重，也无妨；真要是贵显者过于邪恶，惹不起总还躲得起，躲猫猫谁不会？拍屁股闪人谁不会？这就不奇怪了，在中国，自古以来，由大儒转变成犬儒的例子比比皆是，由大儒转变成烈士的例子却要少得多。

一个人甘心乐意跻入烈士行列，先决条件是什么？不外乎"性格决定论""时势决定论""利益决定论""信仰决定论"，由这四者发酵，酝酿而成。"醉卧沙场君莫笑，古来征战几人回"，醉心于信仰而牺牲，被追封为烈士是他们理应得到的哀荣。

烈士是否也应该像拳击选手那样细分量级？为民族利益牺牲的人是重量级烈士，为党派利益牺牲的人是中量级烈士，为个体或小集体利益牺牲的人是轻量级烈士。这样划分可能会让烈士遗属深感不适和不惬，那就姑且作罢。我曾听到一位高人发表见解，他对"烈士"的评估和考量迥异于俗见常规，在他看来，三种人最可能成为烈士："第一种是愣头青，连深浅都没摸清楚，一个猛子就将脑袋扎爆在水底的石头上，这种人最多；第二种是愤青，连状况都没弄明白，一怒之下就赤裸着身子冲进虎穴狼窝，这种人次多；第三种是确确实实拿定了主意的猛士和认定了主义的志士，以身殉道而甘死如饴，这种人较少。盛产烈士的时代是黑暗的时代，大白天打着灯笼也找不见烈士踪影的时代则是堕落的时代。"他的话对不对？每个人都可以冷静研判，自由裁量。也许有人会想，在三种烈士之后兴许还可以添加第四种"烈士"，他们被某个集团忽悠上船，经过彻底洗脑之后，从此变成视死如归的铁血战士，比如"黑寡妇人肉炸弹"，就是恐怖组织掌控自如的必杀利器。由于他们反人类反人性反人道，这样的"烈士"被打入另册，应该不算冤屈了他们。

特别的人不走寻常路。闻一多是不是特别的人？他所走的人生路是否异常？他应该属于哪种烈士？要回答这三个问题，交出令人信服的答卷，我们的研寻难说轻松。

一、从学子到诗人

1912 年，闻一多考入清华留美预备学校，入校之初他的姓名原本是闻多，同学恶作剧，用谐音的英文词 widow（寡妇）给他起绰号，他感觉极之不适。那时，闻一多的"革命主张"是废姓废字，朋友间直呼其名，潘光旦便建议他改名为一多，又简单又好听，意味也不差。他从善如流，立刻笑领。

美国政府退还庚子赔款创办清华学校，所用课本，所用教制，均属照原样移植。在清华，这群少年学子成长为青年，学到的不只是英文，还有美国议会民主的精髓。中国现代自由主义知识分子的班底由庚款留美学生构成，这绝非偶然。民国期间，惨遭暗杀的三位激进派知识分子杨杏佛、李公朴、闻一多，均出身于清华，可见那种民主熏陶是沦骨浃髓的。清华学制八年，闻一多读了十年，先是英文程度不够留级一年，末了则是闹学潮留级一年。闻一多的同班同学罗隆基热衷于政治，曾标榜自己"清华九年，三赶校长"，殊不知，闻一多有过之而无不及。闹学潮的学生通常爱出风头，何况闻一多初入清华即编演过邹容的《革命军》，但客观地说，青年时期的闻一多算不上好斗。梁实秋是乙卯级清华生，比闻一多晚两届，两人结为至交，在他的印象中，清华求学期间，闻一多易于激动，不善言辞，情绪亢奋时满脸涨红，尽管闻一多是清华学生会的成员，是顶活跃的辛酉级级会的演说部长，却并没有出面领导过学潮。

五四运动弄出偌大的动静，闻一多凭直觉就知道这是中国历史上一个极为重要的节点，但他并没有直接卷入。他的呼应方式很特别，也很传统，五月四日夜里抄好一幅岳飞的《满江红》，五月五日一早，大家就在食堂门口见到了"怒发冲冠……"，不免吃惊发愣。

二十一岁时，闻一多对自己好冲动的性格有过检讨，在日记中他作警语以自诫："自兹铲拔野心，降志雌伏，优游世圃，宽厚岁时，未必不能出人头地。"那时，倘若谁大胆预言闻一多将来会成为斗士和烈士，清华师生肯定不以为然，闻一多本人也会笑不可抑。大家达成的共识是：闻一多定会成为诗人、学者和艺术家，他这方面的天赋颇有过人之处。

由于观察的角度不同，胡适总能看到美国文化的亮点，闻一多则总能看到美国文化的瑕疵。后者十分反感清华无处不在的美国化倾向，在离开清华赴美留学前，他发表过《美国化的清华》一文，认为美国文化过分偏重"物质主义"，过分强调"物质的昌盛，个人的发达"，其底色实属"平庸、肤浅、虚荣、浮躁、奢华"。这就不奇怪了，闻一多会在同一篇文章中夸张地流露自己的情绪："美国化呀！够了！够了！物质文明！我怕你了，厌你了，请你离开我吧！东方文明啊！支那的国魂啊！'盍归乎来'！让我还是做我东方的'老憨'吧！"不管闻一多是多么鄙弃美国文化，但他是辛酉级清华学生，这个徽记决定了他爬出美国文化染缸时，不可能一丝不滋。

闻一多是《清华周刊》的主要撰稿人，青年时期竟然是他一生中最理性的阶段，在《清华周刊革新的宣言》一文中，他开列出批评精神所应遵守的五个条件：鼓励善良；注重建设；务避激愤；力矫浮夸；删除琐碎。进入中年后，他却偏离自己确定的这个轨道越来越远，激愤成了他的主调，这不能不说是一件遗憾的事情。

清华大学的国文教授赵瑞侯说："我一生教过的学生，不下万人，但真正让我得意的门生，只有四人。"这四人是罗隆基、闻一多、何浩若、浦薛凤。罗、何、浦三人想做改造中国的政治家，赴美后都主修政治学，唯独闻一多主修的是美术。结果呢？阴差阳错，闻一多未能成为画家，倒是被政治夺去了生命，做了烈士，年仅四十七岁。那三位志在做政治家的清华学子则未能如愿以偿，不是被改造成了政客，就是被招安成了学者，虽结局各异，但个个善保首级，罗隆基活了六十九岁，何浩若活了七十二岁，浦薛凤活了九十七岁。

从清华学校毕业后，闻一多一度想放弃留学美国的机会，好友梁实秋劝他"乘风破浪，一扩眼界"，这句话打动了他。但闻一多的留美经历并不愉快，因为他心灵敏感，民族自尊心强，痛苦也就频频找上门来。美国人的种族歧视表现出某种"施恩的态度"，仿佛在面包上撒满了有毒的糖霜，他不可能视而不见。华侨在美国专干粗活累活苦活，那种忍气吞声的情形也很是刺激到他，《洗衣曲》等诗歌便是这种内心痛苦的结晶。如果说当年绝大多数白人女孩子不愿与黄种青年交往（胡适是个罕见的例外，他与韦莲司有过一段荡气回肠的恋情），还勉强可以理解，清华毕业生陈长桐去理发馆理发，只因是黄种人，老板就不待见，理发师就不肯伺候，这就太过分了。陈长桐为争得基本人权，最终延请律师，对簿公堂，他胜诉了，事情方才有了转机。二十年后，闻一多回忆这一段留学生活，感叹道："我总算知趣，闭门读书画画，轻易不出去，宁可吃点冷面包，宁可头发留得长一点，少受点冤枉气也好呵！"他的性格太刚烈，不适合长期羁旅国外，强烈的民族主义情绪使他的留学生涯如同煎熬，他对梁实秋说："只要回家，便是如郭（沫若）、郁（达夫）诸人在上海打流也可以，君子固贫非病，越穷越浪漫。"他最终未能拿到学位，并不奇怪。

闻一多在芝加哥学习美术，着实可以算得上"有心栽花花不发，无意插柳柳成荫"，为何这样说？因为芝加哥是美国诗人的集散地。意象派诗人佛莱契（John Gould Fletcher）与另外一位意象派诗人庞德的创作经验如出一辙，其代表作《色彩交响乐》大胆借鉴中国古诗，浓丽的东方色彩烧焦了闻一多的心脏（闻一多致梁实秋信中有此类夸张的表达）。在纽约，闻一多与意象派后期领袖艾米·洛威尔（Amy Lowell）、诗人桑德堡（Carl Sandburg）和《诗刊》主编蒙罗（Harriet Monroe）有过短暂的交集和交流，得到的却是长久的裨益。

1922 年，闻一多借由家书告慰远隔重洋的父母："我现在极想从著作中找点经济的发展，一桩这是我对于家中应尽的义务，二桩我的程度如今可算很够了。"翌年，闻一多在上海泰东书局出版了第一本诗集《红烛》，纯爱国主题，为艺术而艺术，唯美倾向，特色鲜明。当时闻一多还只是文坛新丁，这部诗集的印制质量相当粗糙，影响也比预计的小许多，但他很释然，序诗《红烛》即表明了态度："莫问收获，但问耕耘。"这年夏天，闻一多听从梁实秋的劝告，转学到科罗拉多大学，好友会合固然欣快，选修"现代英美诗"课程也是题中应有之义。闻一多熟稔新派诗人的诗歌后，发现自己的旨趣更偏向旧派，"跟着传统的步伐走"，提倡"新格律诗"，主张"诗的实力不独包括着音乐的美，绘画的美，并且还有建筑的美"，在这一时期内，他拿定了主见。

闻一多对于美国大学的博士文凭缺乏兴趣，他热爱家庭，不耐羁旅，曾对梁实秋说："世上最美妙的音乐享受莫过于在午夜间醒来静听妻室儿女在自己身旁之轻轻的均匀的鼾息声。"1925 年 6 月，闻一多回到了北京，与余上沅、陈石孚在西城梯子胡同赁屋而居，他将自己的房间墙壁漆成墨黑色，而且镶上窄窄的金边，徐志摩视之为"一个裸体的非洲女子手臂上脚踝上套着细金圈似的情调"，神龛上供奉着主掌爱与美的女神维纳斯像，他与一群诗人就在里面谈诗论艺，令喜爱热闹的徐志摩甚是羡慕。

1928 年，. 闻一多出版了自己的第二部诗集《死水》，"闻体"横空出世，较之五年前的"气势恢宏，感情狂放"，现在已变为"外整内腴，典丽繁富"，这番质的飞跃，一举奠定了他在国内诗坛的前排地位。

相比那些爱国气息浓厚的诗，闻一多的爱情诗空灵、唯美，更见其诗艺和诗才，例如这首《忘掉她》，九转回肠，意味隽永，与徐志摩的情诗代表作《偶然》放在一起，完全可以珠玉辉映：

忘掉她，像一朵忘掉的花，
那朝霞在花瓣上，

那花心的一缕香，

忘掉她，像一朵忘掉的花！

忘掉她，像一朵忘掉的花！

像春风里一出梦，

像梦里的一声钟，

忘掉她，像一朵忘掉的花！

忘掉她，像一朵忘掉的花！

听蟋蟀唱得多好，

看墓草长得多高；

忘掉她，像一朵忘掉的花！

忘掉她，像一朵忘掉的花！

她已经忘记了你，

她什么都记不起；

忘掉她，像一朵忘掉的花！

忘掉她，像一朵忘掉的花！

年华那朋友真好，他明天就教你老；

忘掉她，像一朵忘掉的花！

忘掉她，像一朵忘掉的花！

如果是有人要问，

就说没有那个人；

忘掉她，像一朵忘掉的花！

忘掉她，像一朵忘掉的花！

像春风里一出梦，

像梦里的一声钟，

忘掉她，像一朵忘掉的花！

这首诗一唱而三叹，音乐之美，入耳和谐。

闻一多的气质中诗性色彩极浓，敏感、热忱、浪漫、自我扩张、狂放不羁，早年，国内能够入他法眼的新诗人寥寥无几，郭沫若、田汉和徐志摩，再往下数就难邀其青睐了。新月社同仁皆为青钱万选之才，闻一多对胡适的诗作和诗见却不以为然，对俞平伯勉力鼓吹和提倡的"平民风格"，更是嗤之以鼻，一度感叹"左道日昌，吾曹没有立足之地了"。在他看来，诗歌首重艺术价值，想象和情感为其辅翼，唯美的追求才是终极目标。然而他在政治上左倾之后，这些早期的诗歌见解被完全推翻，他将善作"枪杆诗"的田间捧为"时代的鼓手"，听由政治趣味压倒艺术趣味，显示出他的转变乃是一往而不复。

二、风浪中的名士

学者谢泳说："凡是在婚姻上保守的那些人，他们的人格也比较有力量。"胡适如此，钱玄同如此，闻一多也如此。留美之前，闻一多就成了婚。"媒妁之言，父母之命"，他顺从起来，曾经也像鲁迅那样痛苦不堪，但他后来态度转变之大则无人能及。新婚之日，亲友纷纷前来贺喜。过了好长时间，仍不见新郎露面，大家以为他更衣打扮去了。待到迎亲的花轿快进家门，他仍端坐在书房里，身穿一袭旧长袍，聚精会神地看书。家里人只好向宾客做出解释："他不能看书，一看书就醉。"众人闻言，个个都笑弯了腰。殊不知，闻一多这样做是在消极反抗，反抗这桩包办婚姻。结婚之初，他向朋友们抱怨道："家庭是一把铁链，捆着我的手，捆着我的脚，捆着我的喉咙，还捆着我的脑筋。我不把它摆脱了，撞碎了，我将永远没有自由，永远没有生命！"但发妻高孝贞硬是用她的贤淑征服了这颗桀骜不驯的心，使丈夫高调投诚。闻一多给高孝贞写过许多封"肉麻"的情书，以示他爱她"爱得要死"，想她"想得要死"。在旧式婚姻中发生新式恋爱，闻一多是个典型代表。

20世纪二三十年代，国内学潮迭起，闻一多辗转于多所大学任教，这样的经历并不愉快。1928年，武汉大学校长王世杰聘请闻一多任文学院院长兼中文系主任，未及而立之龄，可算春风得意。一旦学潮发生，闻一多成为众矢之的，他贴出布告，扬言对自己的职位如"鹓雏之视腐鼠"，即日挂印而去，校方坚留亦告无效。

闻一多爱护青年，尤其爱惜才华横溢的青年。他在青岛大学只待过两年多时间，却着意培养了两位诗坛俊彦——人称"二家"的臧克家和陈梦家。在他的书桌上，"二家"的照片分置左右，他常对好奇的客人说："我左有梦家，右有克家。"言下得意之至。那时，青岛大学是学潮重灾区，闻一多反对罢课，对学生的过激行为不表同情，校方下狠手，开除了好几名学生，他认为这是"挥泪斩马谡"，不得已而为之。校长杨振声被迫离校后，闻一多变成了学生的标靶。他讲课，言语间常夹杂"呵呵"之声，某生在黑板上写打油诗嘲弄道："闻一多，闻一多，你一个月拿四百多，一堂课五十分钟，禁得住你呵几呵？"更有甚者，某生在黑板上画一只乌龟和一只兔子，旁注为"闻一多与梁实秋"。国文系主任闻一多面容严肃，询问同往观漫画的外文系主任梁实秋："哪一个是我？"梁实秋保持一贯礼让的绅士风度，微笑作答："任你选择。"在青岛大学的山石边，激进学生还挂出一幅异常刺目的标语："驱逐不学无术的闻一多！"对这种不讲理的战法，大诗人也只能摇头苦笑。当年风云变幻，闻一多除开参加大江会的初期有过一番小折腾，此后他精研学术，冷淡时政，这说明他并不是什么天生的斗士，做名士则是水到渠成。

1932 年秋，闻一多回归母校清华，这个起点成为了他的终点。清华大学原想聘他为国文系主任，鉴于在武汉大学和青岛大学两段不愉快的任职经历，他婉言谢绝。在抗战前，闻一多度过了一生中最安定最充实的一段时光，潜心治学，多有创获，自命清流，与世无争。彼时，新月社的同仁办刊抨击时政，争取人权，弄出的动静不小，闻一多却始终保持沉默，那种不参与、不卷入、不塌台也不捧场的态度，是令人费解的。梁实秋撰《谈闻一多》，文中列举了一个颇为生动的事例："一多此际则潜心典籍，绝无旁骛，对于当时政局不稍措意，而且对于实际政治深为厌恶。有一天我和努生到清华园看潘光旦，顺便当然也到隔壁看一看一多，他对努生不表同情，正颜厉色对他的这位老同学说：'历来干禄之阶不外二途，一曰正取，一曰逆取。胁肩谄笑，阿世取容，卖身投靠直上者谓之正取；危言耸听，哗众取宠，比周谩侮，希图幸进者谓之逆取。足下盖逆取者也。'当时情绪很不愉快。"无论是正取抑或逆取，政客的形象在闻一多的心目中都极其不堪，我们可以想象得出罗隆基（努生）当时的羞忿之态。

在清华，闻一多的月薪为三百四十块大洋（以购买力论，不低于现如今的五万元人民币），新南院住宅宽敞，共有十四个房间。他写信给好友饶孟侃，全实话实说："我以数年来的经验劝告你，除努力学问外，第一件大事是努力捞钱。"生活宽裕，不忧匮乏，他的学问与时俱进，他的名士气也逐年看涨。季镇淮的《闻朱年谱》中有一段描述，堪称字字传神：

初夏的黄昏，……七点钟，电灯已经亮了，闻先生高梳着他那浓厚的黑发，架着银边的眼镜，穿着黑色的长衫，抱着他那数年来钻研所得的大叠大叠的手抄稿本，像一位道士样地昂然走进教室里来。当学生们乱七八糟地起立致敬又复坐下以后，他也坐下了；但并不即刻讲。却慢条斯理地掏出自己的纸烟匣，打开来，对着学生露出他那洁白的牙齿作蔼然地一笑，问道："哪位吸？"学生们笑了，自然并没有谁坦直地接受这gentleman风味的礼让。于是，闻先生自己擦火柴吸了一支，一阵烟雾在电灯下更浇重了他道士般神秘的面容。于是，像念"坐场诗"一样，他搭着极其迂缓的腔调，念道："痛——饮——酒——熟——读——离——骚——，方得为真——名——士！"这样地，他便讲起来。显然，他像中国的许多旧名士一样，在夜间比在上午讲得精彩，这也就是他为什么不惮烦地向注册科交涉把上午的功课移到黄昏以后的理由。有时讲到兴致盎然时，他会把时间延长下去，直到"月出皎兮"的时候，这才在"凉露霏霏沾衣"中回他的新南院住宅。

抗战爆发，中国社会的方方面面被迫重新洗牌，学界又何能例外？北大、清华、南开三校合并，受命南迁，起初挂牌为长沙临时大学，然后挂牌为西南联合大学。闻一多接到梅贻琦校长来信，立刻放弃休假，回到长沙临时大学。他原本可以应清华老同学、教育部次长顾毓琇之邀驻留在武昌，为正在组建的战时教育问题研究委员会工作，但他不想做官，更喜欢在大学任教，由于这个决定他还与妻子高孝贞闹了不小的别扭。

1937 年 11 月，清华文学院迁至南岳衡山，居处清幽，闻一多摆开一案子书，考订《周易》，汤用彤写《中国佛教史》，冯友兰著《新理学》，学术空气异常浓厚。大家的情绪也不低落，某次吃饭时菜咸了，有人说，菜咸有好处，可以防止人多吃。闻一多兴之所至，运用汉儒说文解字的功夫："咸者闲也，所以防闲人之多吃也。"他还赋诗一首，打趣哲学系四位教授："惟有哲学最诡恢：金公眼罩郑公杯，吟诗马二评红袖，占卜冗三用纸枚。""金公"即金岳霖，因患眼疾怕光而戴眼罩，"郑公"是郑昕，平日喜好杯中之物，"马二"是冯友兰，评点过吴宓的诗句"相携红袖非春意"不甚得体，"冗三"是沈有鼎，其时正在研究"周易"占卜的方法，用纸枚替代蓍草。只要闻一多的幽默感还在，他的心境就差不到哪儿去。

嗣后，在南迁途中，闻一多备尝艰辛，吃最差的伙食，为节省用度，行程数千里费时两月余徒步跋涉至云南，虽然外表更显老态，但他庆幸自己的体质较以往更为强健了，对中国社会的了解也更为深入全面了。他拿起搁置已久的画笔，干回老本行，绘成五十多幅写生画。众人津津乐道的还有一件事，长沙临时大学搬迁到云南，师生数千里徒步跋涉，整出了几部大胡子，尤以闻一多和冯友兰的长髯最称俊美。

在长沙时，杨振声开了个谑而近虐的玩笑："一多加入旅行团，应该带一具棺材走。"湘黔滇旅行团到达昆明后，闻一多便决定把这个玩笑返还回去，他告诉杨振声："假使我这次真带了棺材，现在就可以送给你了。"闻者喷饭，开玩笑的人更是乐不可支。

西南联大文学院刚迁到云南蒙自的那段日子，闻一多住在一家洋行楼上，几净窗明，他很珍惜这样的好环境，于是潜心研究《诗经》和古代神话，两耳不闻窗外事，被郑天挺等好友戏称为"何妨一下楼主人"。他不下楼，是因为他在古典的世界里能够得到内心的快惬。

闻一多有真性情，这一点使许多人尝到过苦头，领教过厉害。他担任武汉大学文学院院长时，不赞成清华同窗、湖北税务局局长吴国桢（普林斯顿大学政治学博士）在武汉大学任兼职教授，弄得吴国桢相当难堪；他在昆明时，不肯赴市长陆亚夫的饭局，鄙视其人不学无术；平日雅聚，倘若座中有他不喜欢的对象，他就会拂袖而去；学生程度浅，只能弄个"ABC"交卷，他勃然大怒，吼道："我告诉你，我的课是 XYZ！"凡此种种，但凡领教过闻一多名士劲头的人，多半都吃不消。闻一多也并非次次都能够占据上风。有一次，他讲《史记·项羽本纪》，有个学生开小差，心不在焉。闻一多恼了，将这位学生逐出教室。这个学生不服判罚，靠在墙上赖着不走，闻一多火气更大，喝问他："你干吗还不出去！"那位学生急中生智，回答道："我在这里'作壁上观'。"弄得闻一多无可奈何，其他同学则哄堂大笑。

中国现代知识分子有一大共同嗜好，或谓之一大心理症结，那就是轻率地否定自己的过去，甚至是全盘否定，以求个人进步一飞冲天，这种抽刀断水的做法果真能够收得脱胎换骨的奇效吗？

闻一多悔其少作，羞将《红烛》置于名下，这不算什么。年轻时，闻一多对鲁迅缺乏好感，更谈不上敬重，他写信给梁实秋，标列"非我辈接近之人物"，鲁迅首当其冲。后来，他却颠覆了自己原先的判断，赞美鲁迅达到了无以复加的地步。1944 年，他发表《鲁迅逝世八周年纪念会上的讲话》，将自己的心声和盘托出："从前我们住在北平，我们有一些自称'京派'的学者先生，看不起鲁迅，说他是'海派'。就是没有跟着骂的人，反正也是不把'海派'放在眼上的。现在我向鲁迅忏悔：鲁迅对，我们错了！当鲁迅受苦受害的时候，我们都正享福，当时我们如果都有鲁迅那样的骨头，哪怕只有一点，中国也不至于这样了！"闻一多的这番忏悔足够真诚，他不再满足于做诗人、做名士，而要搅动死水，掀起狂澜。

三、破茧而出的斗士

闻一多不是天生的斗士，他年轻时的一些言论甚至会被左派人士视为反动透顶。在清华就读期间，闻一多推崇改良，尊重秩序。他强调："社会的幸福基于和平的基础上。所以他的秩序将破则维持，既破则恢复，才是我们的天职。爱和平重秩序，是我们中华民族的天性。我不愿我们青年一味地眩于西方文化的新奇，便将全身做了他的牺牲。"那时，闻一多很平和，甚至有些天真烂漫，他认为大家动辄猜测"某某为政客，某某为流氓，某某为军阀"，是过度的主观判断，"中国最讲究家族主义"，大家摒除成见，和爱如同家人，才是达境。

抗战爆发前后，偌大的华北放不下一张平静的书桌，学潮一浪高过一浪，闻一多忧心忡忡，但他的态度仍然是温和的，一方面支持学生爱国，一方面劝导他们回到课堂，与众多善良的师长一样，不愿他们"做无代价的牺牲"，希望他们积蓄力量，葆有理智。热血青年们把这些前辈的劝告全当成耳旁风，甚至认为他们退步了，落伍了。我们考察这个时期的闻一多，必定惊讶于这位爱国诗人的斗魂居然沉睡未醒。

西安事变发生后，闻一多参与起草了《清华大学教授会为张学良叛变事宣言》，其中有这样的关键语句：

……同人等认为张学良此次之叛变，假抗日之美名，召亡国之实祸，破坏统一，罪恶昭著，凡我国人应共弃之，除电请国民政府迅予讨伐外，尚望全国人士一致主张，国家幸甚。

由于信息不对称，这样的措辞是否得当，可以商榷，但说明了一个问题，闻一多的爱国感情建立在理性的基础上，将他赞美为斗士或漫画为一挑即怒的"蟋蟀"，都失之简单。

某日，闻一多一改畴昔不在课堂谈论政治的习惯，竟搁下"毛诗"讲义，横眉怒目，厉声责问闹学潮的弟子："国家是谁的？是你们自己的吗？……真是胡闹，国家的元首也可以武力劫持！一个带兵的军人，也可以称兵叛乱！这还成何国家？我要严厉责备那些叛徒，你们这样做是害了中国；假使对首领有个好歹，那么就不必再想复兴，中国也要再退回到民国二十年前大混乱的局面，你们知道吗？……谁敢起来告诉我，你们这种捣乱，不是害了中国吗？……今天我可说话了，国家绝不允许你们破坏，领袖绝不许你们妄加伤害！"在空前的灾难临头时，闻一多的亲蒋之情溢于言表。若不是20世纪40

年代蒋介石过于独裁，国民党政府过于腐败，特务统治过于黑暗，老百姓（包括大学教授）的生活过于痛苦，闻一多是不可能变成斗士的。1943年，闻一多加深了对蒋介石的负面认识，蒋介石著《中国之命运》，书中公然向义和团精神致敬，挑衅五四精神，这种颠倒历史不明不智发高烧的胡言乱语令闻一多大为失望，甚至产生了前所未有的愤恨。如此说来，恰恰是他曾经拥护过的领袖和政府激醒了闻一多身上的斗魂。

西安事变还起到了另一个作用，闻一多原以为蒋介石不死于兵变，也会被乱军将领处以死刑。结果呢？他得到的信息是共产党"捐弃前嫌，顾全大局"，这令他感佩不已。其情感因此产生左倾，我们也就不难理解了。闻一多是单纯的诗人，有赤子之心，日后他不可能搞得清楚政治的水位究竟有多深，水质究竟有多浑。

在20世纪40年代，闻一多自承："我的性格喜欢走极端，我对一切旧的东西都反对，希望最好一点也不要留。"但我们看过他早期的言论和表现后，并不认同他的这番剖白。他的情感和理智双双趋于极端，是抗战以后才发生的"蜕变"。左派教授吴晗影响了他，找到信仰和组织的内在需求驱动了他，决心加入民盟是关键一大步，决意革命使他顿感通透。他告诉张光年，他很想去延安，由于形格势禁，这个愿望未能落实。

1945年12月14日，梅贻琦在日记中写道："一多实一理想革命家，其见解、言论可以煽动，未必切实际，难免为阴谋者利用耳。"梅贻琦执掌清华校政多年，对闻一多的这一评测不偏不倚。但梅贻琦不可能分析到，这个走出象牙塔的浪漫主义诗人，要保持激情不衰，避免为斗而斗，需要某种乌托邦理想，一旦认准目标，则身家性命不复计虑。清华老同学浦薛凤过分注重"教授学人之风度"，他看不懂闻一多，实属正常。浦薛凤认为自由民主颇有流弊，不可能一蹴而就，何况它对社会土壤要求极高，橘生淮北则为枳。摆在闻一多面前的现实难题就是：他将如何证明这类判断大错特错？

闻一多潜心治学，热心育人，本不存党派之念。陈雪屏是西南联大三青团负责人，曾劝闻一多入党，理由很简单，多一本党证在手，就多一块挡箭牌，闻一多喜欢公开唱反调，倘若能够在党，讲话的自由度还可提高，自家人不用见外。再说，昆明物力维艰，居大不易，入党之后，生活方面也能得些补贴。陈雪屏没谈拢，并未死心，又让孙毓棠去劝闻一多加入国民党，这一回闻一多不但拒绝，而且很快就搬了家，与孙毓棠彻底撇清。20世纪40年代初，教授加入国民党是一件时髦事，却并不是一件光彩事。

西南联大政治学系主任教授张奚若骂国民党为"黑匪"，将它定性为"好话说尽，坏事做绝"。他强烈反对国民党一党专制和蒋介石个人独裁，猛烈抨击道："现在中国政权为一些毫无知识的、非常愚蠢的、极端贪污的、极端反动的和非常专制的政治集团所垄断。"他还当众表示："为了国家着想，也为蒋介石本人着想，蒋应该下野。假如我有机会看到蒋先生，我一定对他说，请他下野。"张奚若的态度可谓恶劣之极，言词可谓刻薄之至，为何他并无忧命之忧？主要原因有两个：其一，他是国民参政员；其二，他身上没有赤色嫌疑。

古人说："君子谋道而不谋食，忧道而不忧贫。"这个说法在轻贫和清贫的范畴内是说得通的，但在艰于生存、不堪其忧的重度贫困压迫下，要人"不改其乐"，就不合情理了。经济学家杨西孟在《观察》周刊上发表《九年来昆明大学教授的薪津的增加及薪津实值》一文，他计算出，在剧烈的通货膨胀之后，大学教授的薪津的实值已"如崩岩般降落"，实际缩水了98%，这太过惊人了。当昔日的四百元只相当于今日的八元时，日子还怎么过？抗战后期，西南联大的负责人都贫困到了不可思议的地步，蒋梦麟是国民党中央委员，尚且靠典卖仅剩的衣物书籍维持生活，梅贻琦的夫人也要靠做糕点（美其名曰"定胜糕"）帮补家用，其他教授的处境可想而知。因物价飞涨，家口过十，闻一多喝不起茶，还打算戒烟（未能戒断），忍痛变卖线装书和狐皮大衣，写文章、作报告，兼职不少，日日疲于奔命，仍不免有断炊之忧，这种米盐琐屑、生计艰窘的日子令他的心境极为糟糕。浦江清为之撰骈文启事，标明润格，闻一多雕刻篆章卖钱，自称为"手工业者"，乃是迫不得已，要娴熟掌握这门技艺，他的手指头多次磨破出血。"今天有图章，明天才有饭吃"，这成了闻一多的口头禅。

美国联合援华会原本有一个支援中国教授生活费用的方案：中国的名教授分批轮流去美国讲学，救济每人五百到一千美金（在当时，这笔钱能解决不少难题）。然而国民党当局认为联合援华会的义举和善举使得中国政府在国际上丢了脸面，接受此项美援是很不光彩的事情，因而从中阻挠，使这个解决方案彻底泡汤。官方如此颟顸，教授极其愤慨。美国历史学家费正清即在他的对华回忆录中判定：联合援华会遭受惨败是"蒋介石开始丧失民心"的一个原因，也导致"许多知识分子感到心灰意冷，一部分人将会死去，其余的人将会变成革命分子"。大学教授颠沛流离，连基本生存都难以为继，"从象牙塔一撵撵到十字街头"（吴晗语），他们看到民间疾苦和国民党政府腐败不堪，思想左倾，甚至现身说法，发动和领导学生运动，也就顺理成章了。闻一多在七七纪念会上痛陈己见：

我过去只知研究学问，向不与问政治。抗战以后我觉得这看法不对了，要研究，没有书，还有更重要的，我要吃，我要喝，而现在连吃喝都成问题了。因此我了解到所谓研究学问是吃饱喝够的人的玩艺儿，而老百姓要争的首先是吃和喝。

应该说，那些具有留美背景的中国现代知识分子与现实总有这样或那样的磕碰和摩擦，一个重要的原因是：他们都在清华园和新大陆受过良好的训练，了解民主和自由的精义，他们认定不民主、不自由的生活就是不道德的生活。20世纪40年代，知识阶层的中坚分子对于现政权极为失望，甚至转为憎恶，丝毫不想掩饰这一点，他们的思想发生整体左倾乃是情势使然。真像胡适那样完全认同蓝调文明、独立不羁、预见力强的知识分子少如凤毛麟角。闻一多的疾速转向如同汽车大漂移，因为他的性格较别人更容易冲动，血淋淋的现实使他创巨痛深，无法容忍，我们只要读一读他撰写的《一二·一运动始末记》，就不难明白，正是出离常态的愤怒将"何妨一下楼主人"转变成为斗士和烈士。

铁血时代对学者的改造总能收到事半功倍的奇效，冷静的变为热狂，平和的变为好斗，全面抗战八年中，各种外力将一切秩序拽离本位，打碎重造，闻一多又何能例外？梁实秋并不认同闻一多的"斗士"身份，他指出："闻一多短短的一生，除了一死轰动中外，大抵是平静安定的，他过的是诗人与学者的生活，但是对日抗战的爆发对于他是一个转折点，他到了昆明之后似乎变了一个人，于诗人学者之外又成了当时一般时髦人士所谓的'斗士'。"一个不曾做过愤青的诗人和学者最终变成了"愤中"，这是谁之过？

1946 年，美国加州大学致函梅贻琦，请他推荐一名中国文学教授到该校去开课，梅贻琦心目中的理想人选是闻一多，但此时闻一多已是家喻户晓的民主斗士，家人和朋友都不太首肯他的美国之行，毕竟多年前他留学美国，那一段经历并不愉快。民主运动阵营更不想因此流失一员大将。多重因素交相作用，闻一多决心留在"是非之地"，与铁血专制周旋到底。这一留，难得的一线生机就转瞬即逝了。

四、追逐幻光的烈士

1930 年，臧克家数学只得零分，仍然考入青岛大学中文系，原因是主考官闻一多喜欢他的作文，尤其喜欢其《杂感》中的那句哲语："人生永远追逐着幻光，但谁把幻光看作幻光，谁便沉入了无底的苦海。"闻一多最终追逐幻光而死，他成为了烈士。

在生命的最后一年，闻一多过分热衷于政治，好友朱自清也觉得他透支了太多的时间精力。在联大校友会上，闻一多发表演说，放出了"憎恨母校"的狠话，使清华大学校长梅贻琦颇为震怒，意欲解聘闻一多的教职。梅贻琦日记中有几句评论值得留意："会中闻一多开漫骂之端，起而继之者亦即把持该会者。对于学校大肆批评，果何居心必欲如此乎？民主自由之意义被此辈玷污矣。然学校之将来更可虑也。"

闻一多称赞拜伦"最完美最伟大的一首诗，便是这一死"，在诗集《红烛》中，那首字字滚烫的《死》有个一语成谶的尾节：

你若赏给我快乐，

我就快乐死了；

你若赐给我痛苦，

我也痛苦死了；

死是我对你唯一的要求，

死是我对你无上的贡献。

应该说，闻一多是不怕死的，甚至具有一种常人所不具备的自觉自愿的烈士情怀。在《最后一次讲演》结束处，他已经打开天窗，说出了心里话："我们不怕死，我们有牺牲的精神！我们随时像李先生一样，前脚跨出大门，后脚就不准备再跨进大门！"国民党特务杀害李公朴，继而杀害闻一多，乃是整盘臭棋中的致败点。

闻一多出身于乡绅之家，对劳苦百姓的悲惨生活充满同情，并由此产生出知识分子的原罪感和对知识分子身份的不认同感，最终走向了极端：贬损知识分子，抬高劳工阶层。他对西南联大的学生说："不要以为知识分子就有力量，真正的力量在人民。我们应该把自己的知识配合他们的力量。……不但口里说，而且心里也硬是要想：我们是不如他们的。我们的知识是一种脏物，是牺牲了大多数人的幸福而得来的。"

1945年8月15日，日本天皇正式宣布无条件投降。此时，闻一多当选为民盟昆明支部宣传部长，主持《民主周刊》。国民党政府趁日本军队全面受降之机，将龙云的部队调至越南河内，龙云不虞有诈，杜聿明第五军开进昆明，包围省政府，逼迫龙云北上重庆就任闲曹。国民党军统特务控制了昆明，大肆迫害民主进步人士。

1946年5月4日，西南联大解散，北大、清华、南开复校。当天下午，闻一多在清华大学职工大会上发言，字字犹如炮子："大家都说清华有优良的传统，这不对，清华没有优良的传统，有的是半封建半殖民地的教育传统。我受了这种传统的毒害，现在才刚有点觉醒。我向青年学习，学会了一件事，那就是心里想说什么，就说什么。比如我现在想说蒋介石是个混账王八蛋，我就说蒋介石是个混账王八蛋，他就是个混账王八蛋！"闻一多放出这番狠话，许多人听了心里都不是滋味，骂街的句子从他的嘴里吐出来，只能招祸，不能增福，但闻一多豁出去了。

1946年7月中旬，对知识分子的政治迫害达到了高潮。7月11日晚，民主人士李公朴被国民党特务刺杀于回家的途中。7月15日上午，闻一多在李公朴追悼会上作《最后一次讲演》，几小时后，他在西仓坡联大寓所前即遭到两名宪兵狙击，身中数弹，倒在血泊里，同时受伤的还有他的儿子闻立鹤。此案的幕后主凶是云南警备总司令霍揆彰，为了向蒋介石邀功，他自作主张做出这桩惊世大案，所受处分仅为解职，那两名真凶（汤时亮和李文山）逍遥法外，替死鬼竟是监狱中两名被灌醉的囚徒。

闻一多遇害后，朱自清创作诗歌赞颂好友：

你是一团火，
照彻了深渊；
指示着青年，

失望中抓住自我。

你是一团火，
照明了古代；
歌舞和竞赛，
有力猛如虎。

你是一团火，
照亮了魔鬼；
烧毁了自己！
遗烬里爆出个新中国！

这首诗代表了一部分朋友的感情倾向。真实的闻一多既是一团火，又是一泓水，水善利万物而不争，随物赋形。他先是水，后是火，这值得有心者去作更深的考量。

民国时期，知识分子身不由己，自觉或不自觉地承载着过量的精神重压，许多角色不该他们去扮演，却被硬生生地拽往前台，推到聚光灯下。在闻一多的意愿中，原本没有想过要做烈士，也没有想过一直扮演民主斗士这个角色。1946年春，他就想过收回门外那只脚，对冯友兰说："等到政治上告一段落，我的门外的一只脚还是要收回，不过留个窗户常向外看看。"他乐意回到书斋，用唯物史观研究中国文学史，扎扎实实地做一做学问，前提就是：好政党取代了坏政党，好政权取代了坏政权，民主自由的梦想成为了活生生的现实。如果真有九泉之下相逢的那一天，他的好友潘光旦、他的领路人吴晗，兴许会告诉他身后的消息。

本文首发于《随笔》2012年第2期

《作家文摘报》2012年4月10日转载

狂名满天下

——刘文典瞧得起谁

刘文典（1889—1958），字叔雅，安徽合肥人。学者。1929 年至 1937 年任清华大学国文系教授。1938 年至 1943 年任西南联合大学中文系教授。著作有《淮南鸿烈集解》（上下册，中华书局）和《庄子补正》（安徽大学出版社、云南大学出版社）。

1928 年底，刘文典刚出狱，即前往苏州拜访恩师章太炎，后者抱病接见，这是很高的礼遇了。两位以清狂高傲著称的学者要惺惺相惜并不容易。章太炎是海内文章之伯，天下学问之雄，绝对不会放低身架去敷衍一名庸常的弟子。临别之前，章太炎欣然命笔，为刘文典题写一联，上联是"养生未羡嵇中散"，下联是"疾恶真推祢正平"。嵇中散是嵇康，三国魏末的诗人和音乐家，曹魏宗室的女婿，做过中散大夫，对于靠篡弑夺位的司马氏政治集团抱有恶感，坚持不合作态度。他崇尚老庄，喜言养生服食之事，富于正义感和反抗性，"非汤武而薄周孔"，对封建礼教视之蔑如。嵇康的养生观是"任自然以托身""无措是非""神形相亲""与万物和"。章太炎说"未羡"，是因为嵇康养生知行脱节，过于逼近险恶的政治漩涡，结果死于非命。祢衡字正平，东汉末期文坛新锐，他全裸出列，击鼓骂曹，堪称古代行为艺术的巅峰之作，因此狂名远播九州，成为史上疾恶如仇、决不妥协的头号典范。章太炎以祢正平比作刘文典，颇有孔融推许祢衡之意。

　　祢衡骂曹操是"奸贼"，不久就踏上了黄泉路，直接杀害他的尽管是刘表的大将黄祖，那也是曹操耍弄了借刀杀人的心计。刘文典骂蒋介石为"新军阀"，居然寄头于颈，博得幸运女神的眷顾，总让人捏一把冷汗。毕竟时代不同了，草菅名士的血腥妖氛已有所淡薄。

一、骂蒋介石为"新军阀"

　　1928 年 11 月，安徽大学爆发学潮。蒋介石以国民政府首脑身份亲临安庆，施行弹压，他专门召见相关人员，痛加训斥，指出这次学潮是"安徽教育界之大耻"。刘文典担任安徽大学校长，自然首当其冲。可是他并不知"罪"，见到蒋介石，只称"先生"，不称"主席"，扫了大人物的颜面。更出格的事情还在后头，蒋介石寒着脸要刘文典交出那些学生领袖的名单，必须对罢课分子严惩不贷。刘文典却不肯配合，根本不买账，还直接将蒋介石顶上南墙："我不知道谁是共产党。你是总司令，就应该带好你的兵。我是大学校长，学校的事由我来管。"针尖对麦芒，谁也不肯让出半个身位。蒋介石恼怒不已，当众拍桌子，声色俱厉地大骂："你是学阀！"刘文典素性恃才不羁，有布衣傲王侯、士可杀不可辱的倔犟劲头，他横眉冷对，瞋目欲裂，也戟指回击道："你是新军阀！"赳赳武夫蒋介石手握枪杆子，集军政大权于一身，岂能容许手握笔杆子的文弱书生当面顶撞，挑衅其戎威？盛怒之下，杀气腾腾，他不仅狠狠地掴了刘文典两记耳光，还以"治学不严"的罪名将这位名士关进监狱，发出了死亡威胁。刘文典身陷囹圄，性命危在旦夕。好在全国学界团结一致，新闻界也并非万马齐喑，"保障人权""释放刘文典"的呼声随之而起，安徽省学生运动顿时又有余烬复燃之势，蔡元培出面力保老同盟会员刘文典"憨直无他"，陈立夫也居中斡旋，蒋介石迫于舆论压力，这才以"即日离皖"为条件，释放刘文典。

　　蒋介石的两记耳光确实很响亮，刘文典的名声也因此响亮起来。蒋介石的偶然之举成就了狂士刘文典的一世英名，如同曹操的必然之举成就了狂士祢衡的千古流芳。比较而言，祢衡付出了满腔热血，刘文典忍受的只是两记耳光，计算得对比，前者成名的代价明显高昂得多。人有无妄之祸，亦有无妄之福，刘文典吉人天相，转祸为福，这是祢衡望尘莫及的。

二、为庄子跑警报

　　话得说回来，倘若刘文典的学问不入流，蒋介石再怎么发飙也帮衬不了他。《淮南鸿烈集解》是刘文典的首项学术成果，用力久而勤，取法严而慎，胡适为此书作序，称道它"岂非今日治国学者之先务哉""最精严有法"。刘文典将《淮南子》这部久被读者忽略和误读的古书刮垢磨光了，令学术界为之一惊，他的声誉和地位也因此确立下来。刘文典的独门绝学是《庄子》研究，在大学里，他开设这门课程，起先貌似谦虚，实则轻狂："《庄子》嘛，我是不懂的喽，也没有人懂！"这样藏着掖着讲话不过瘾，终于他还是忍不住，放出大话来："在中国真正懂得《庄子》的只有两个半人。一个是庄周，还有一个是刘文典。至于那半个嘛……还不晓得是谁。"陈寅恪为刘文典的《庄子补正》作序，道是："先生之作，可谓天下至慎矣。……然则先生此书之刊布，盖将一匡当世之学风，而示人以准则，岂仅供治庄子者之所必读而已哉！"《庄子补正》成书于1939年，学术界至今允为杰构。除此之外，刘文典还是《昭明文选》和杜甫诗歌的研究专家，偶涉日文翻译，亦堪称个中高手。他曾顶着压力、硬着头皮翻译日本陆军大臣荒木贞夫《告全日本国民书》，以求使当局和民众知己知彼。此书出版后，影响很大，许多中国人因此擦亮眼睛，加深了对日本军国主义的直观认识。

校勘古籍讲求字字皆知其来历，刘文典出书，校对上从不假借他人之手。他致书徽籍老乡胡适，坦诚相告："弟目睹刘绩、庄逵吉辈被王念孙父子骂得太苦，心里十分恐惧，生怕脱去一字，后人说我是妄删；多出一字，后人说我是妄增；错了一字，后人说我是妄改，不说手民弄错而说我之不学，所以非自校不能放心，将来身后虚名，全系于今日之校对也。"他征引古人的注释时，特别强调查证原文，避免以讹传讹，灾梨祸枣。

诚然，倘若狂傲者无充足底气，顶多只能浪得虚名，沦为笑柄的可能性则更大。倘若狂傲者有真才实学，发作起来，别人未必舒服，但只能忍气吞声。刘文典目高于顶，并非眼中无人，早年他师从国学大家刘师培，精研《说文解字》和《文选》，对前辈学问家章太炎和同辈学问家陈寅恪低首下心，知所敬畏，除此之外，能够入他法眼的文人学者多乎哉不多也。在西南联大教书时，刘文典公开承认他的学问不及陈寅恪的万分之一，还告诉学生："我对陈先生的人格、学问不是十分敬佩，是十二万分敬佩。"他宣称，西南联大总共只有三个教授：陈寅恪一个，冯友兰一个，他和唐兰各算半个。试想，西南联大差不多集结了全国的学界精英，他自鸣得意的"三个教授论"会得罪多少同行？刘文典最看不起从事新文学创作的诗人、小说家，认为"文学创作的能力不能代替真正的学问"，巴金、朱自清和沈从文在他的心目中全是跳蚤过秤——没斤没两。当年，空袭警报一响，教师和学生就赶紧疏散到昆明郊外，美其名曰"跑警报"。炸弹的厉害人人皆知，跑警报时个个不遑多让，只恨爹妈生的腿短，哪顾得上什么斯文气象？有一回，刘文典慌不择路，冷不丁发现"山民"沈从文的脚力极佳，倏忽间如脱兔般抢到前面，成了领跑员，他立刻面露不悦之色，对身边的学生说："陈寅恪跑警报是为了保存国粹，我刘某人跑警报是为了庄子，你们跑是为了未来，沈从文替谁跑啊？"1943 年 7 月，沈从文晋升为西南联大中文系教授，刘文典更加怫然不悦，愤然而起，当众吼吼有声："陈寅恪才是真正的教授，他该拿四百块钱，我该拿四十块钱，朱自清该拿四块钱。可我不给沈从文四毛钱！他要是教授，那我是什么？沈从文是我的学生，他都要做教授，我岂不是要做太上教授了吗？"沈从文讲授语体文写作，在刘文典看来，简直就是小儿科，难登大雅之堂。

沈从文天性谦和，克己忍让，刘文典的轻侮之词使他心里堵得慌，但并没有抗辩的意思。沈从文的姨妹张充和对业师刘文典（读北大时，她上过刘文典的古典文学课）的看法与众不同，她认为，刘文典强烈的主观判断中并无恶意，爱说俏皮话，只不过图嘴巴快活。实际上，刘文典的骨子里除了狂妄，还有自卑，他对自己都看不顺眼，何况他人，跟他在这件事情上较真，实无必要。然而闻一多是火烈的诗人性子，喜欢为朋友抱打不平，他绝对咽不下这口鸟气。

三、"二云居士"

　　1943 年春，刘文典受普洱县大盐商张希孟之邀，为张母撰写墓志铭。当地士绅还玩出一个大忽悠：普洱素有"瘴乡"之号，世人心存畏惧，不肯前往。他们请刘文典去考察一番，作几篇游记，说明"瘴气"并非水土空气中间含有毒质，只不过是疟蚊作祟罢了，现代医学完全可以预防。如此一来，消除了"瘴乡"之名，其他学者方肯前来，地方财源亦可得开发。刘文典没有多想，他只图求一大笔酬金和十两上好的"云土"，竟然不向时任西南联大中文系主任闻一多打声招呼，就擅自旷教半年，这可是玩忽教职。当时，将滞留香港未归的陈寅恪算上，联大中文系仅有教授七名，本已捉襟见肘，不敷所用，刘文典这样撅屁股走了，他撂下的挑子势必会加重其他人的负担。何况他图谋私财和烟土，不告而行，名义不够堂正，校规亦遭践踏。于是闻一多征得联大文学院院长冯友兰的支持和同意，以讥讽的言词（"昆明物价涨数十倍，切不可再回学校，试为磨黑盐井人可也"）写信通知刘文典，正式收回联大寄发的聘书，就此兵不血刃，将一位名教授扫地出门。联大中文系教授王力为刘文典求情，力陈老先生从北平辗转南来，宁死不做汉奸，爱国之心不后于人。闻一多着实对刘文典鄙夷不屑，务为驱除，这样的说辞只会火上浇油，他怒形于色地说："难道不当汉奸就可以擅离职守，不负教学责任吗？"狂澜轰然已倒，刘文典纵然放低身架，答应雨季之后回校授课，下一学年增加课时以为弥补，也扭转不了既成事实。他走的最后一步棋是给清华大学校长、西南联大常委会主席梅贻琦写信，为自己的旷教行为作出辩解：

典虽不学无术，平日自视甚高，觉负有文化上重大责任，无论如何吃苦，如何贴钱，均视为应尽之责，以此艰难困苦时，绝不退缩，绝不逃避，绝不灰心，除非学校不要典尽责，则另是一回事耳。今卖文所得，幸有微资，足敷数年之用，正拟以全副精神教课，并拟久住城中，以便随时指导学生。不知他人又将何说，典自身则仍是为学术尽力，不畏牺牲之旧宗旨也。

过了将近两个月，梅贻琦才以短信回复，只是敷衍一番，并无半词挽留。万不得已，刘文典含垢忍辱，从此改换门庭，应熊庆来之邀，去云南大学文史系屈就教席。

刘文典为解聘一事与闻一多当面干过口水仗，还险些动手打起来。闻一多对此耿耿于怀，不依不饶，有赶尽杀绝之意。1944 年 7 月 10 日，教育部高教司司长吴俊升邀集西南联大、云南大学、中法大学三校的系主任讨论如何修改《部颁课目表》。闻一多借题发挥，不仅在会上痛骂刘文典劣迹斑斑，庆幸将他驱逐出联大，而且迁怒云南大学，斥责云大专收破烂货，藏垢纳污，居然将刘文典视为奇珍而敬若神明。君子不为已甚，闻一多这种做法就过分了些。

刘文典丢掉西南联大的教职，固然是闻一多强势发难所致，其自身的嗜好也起了相当大的副作用。刘文典是瘾君子。在北方时，他吸纸烟，已经到烟不离嘴的程度，上课时，烟卷黏在唇边，丝毫不妨碍他传道授业解惑。他住在郊区，乘坐清华大学校车进城，一手持古书，二指夹香烟，聚精会神，烟屑随吸随长而不除。1931 年冬，刘文典的长子刘成章在辅仁大学参加北平学生运动，因体质羸弱，连夜挨冻，沉疴不起，呕血数升而亡。祸不单行，刘文典的两个兄弟客死湘西，老母也在故乡物化。他到云南定居不久，新住宅被炸成废墟。这一连串变故霜雪交加，尧都舜壤，更不知何时能够兴复，刘文典的意志日益消沉，因此与鸦片结下了难分难解的孽缘。教授的薪水不够支用，他就为当地的土司、军阀和官僚撰写碑文、墓志、寿序和贺表，丰厚的润笔费只为了烟灯长燃。若非磨黑云土的诱惑使他流连忘返，他也不会丢掉西南联大的教职。

抗战期间，刘文典在昆明，他的妻子却滞留北京，道路隔绝，难以团聚。张充和接受《合肥四姊妹》的作者金安平采访时，有一段精彩的回忆："师母不时寄钱给刘老师，命他把钱用于醇酒妇人，还说：'无妻妾相随，何其不便！望善自排遣，及时作乐可也。'刘先生说，这是伉俪情深的表现。我相信他的说法。再说，他鸦片瘾极重，哪里还能纵情酒色？"看来，狂士之妻也不是寻常巾帼的胸量格局，这样体贴丈夫的妻子真是天下难寻。

抗战胜利后，南迁的名牌教授鲜有不收拾行囊欣然北归的，刘文典却高拱端坐，不肯挪窝，盖因昆明的天气和云南的烟土拖住了他的后腿，使他寸步难移。有促狭鬼为刘文典取了个"二云居士"的绰号，倒也贴切，"二云"指云南火腿和云南烟土，都是刘文典的恋物，他是万万舍不得撂下的。

四、喜听美言，好讲怪话

刘文典猿清鹤瘦，面貌黧黑，两颧高耸，双颊深窝，不知底细的人以为他长晒毒日头，多做苦功夫，实则鸦片为他"美容"所致。魏晋名士神傲形赢，褒衣博带，好食五服散，弄得人不像活人，鬼不像死鬼，刘文典成了瘾君子，庶几近似之。

西南联大的教授会讲课的不少，但像刘文典那样能够把课讲得出神入化的并不多，他深得学生的欢心和敬意，这样的效果无人可以否认，就连他的冤家对头也讲不出什么难听的微词。他语出惊人，教学生做文章，紧要之处全在"观世音菩萨"五字，镇得学生一愣一愣的，对其深意却大惑不解。他把学生嗷嗷待哺的模样看饱了，这才揭开谜底："'观'，是要多观察；'世'，是要懂得世故；'音'，是要讲究音韵；'菩萨'，是要有救苦救难大慈大悲的菩萨心肠。"这个解释通达明晰，学生恍然大悟，豁然开朗。刘文典于"观世音菩萨"五字上心得几何？他胸无城府，不够圆滑，张嘴就会得罪人，至少在"世"字上是颇有欠缺的。但这也正是他一介书生真情至性的地方。

清华教授吴宓好学不倦，只要时间上安排得过来，同侪中谁的课讲得好，他就乐颠颠地跑去当旁听生。吴宓服膺和欣赏刘文典的学问，他总是稳稳当当地坐在教室的最后一排。刘文典讲课，闭目时多，只有讲到得意处，才会突然睁开眼睛，向后排张望，照例要问一句："雨僧兄以为如何？"吴宓则如同弟子乍闻师命而起，神情十分恭敬，一面点头一面回答："高见甚是，高见甚是！"此状是教室中的一景，不仅学生为之窃笑，刘文典也颇感畅怀，为之莞尔。

狂士的毛病少不了，放不下架子即是一端。1917年，刘文典受安徽老乡陈独秀延揽，在北大当过教授。十年后，他接受安徽省政府委托，筹建安徽大学，忙乎了一年多，徽大成形了，他却因为学潮牵连，遭受了一场牢狱之灾。大难不死，必有后福。刘文典的后福就是被清华大学校长罗家伦延聘为中文系教授。当时，名教授是稀缺资源，大学普遍喜欢开门办学，清华的教授去北大兼课，或北大的教授到清华兼课，是相当平常的事情。刘文典在北大兼了两门课程：汉魏六朝文学和校勘学。校勘学是选修课，感兴趣的学生不多，教务处就将这门课的授课地点安排在中文系的教员休息室。刘文典受此怠慢，心中不快，头一次开讲，中文系又忽略了课前准备，于是刘文典借题发挥，动了脾气和肝火，皱着眉头发牢骚："这个课我教不了！我没法子教！"众人慑于这位狂名灌耳的教授的傲劲，不敢吱声，面面相觑，束手无策，眼看就要陷入僵局。没想到，教员休息室的工友是个机灵人，他端上沏好的热茶，用纯粹的京片子来解围："那哪儿成！像您这样有学问的先生，北京大学有几位？您不教，谁教啊！"这话听去顺耳之极，惬意之极，刘文典便立刻转嗔为喜，一边吸着烟卷，一边打开讲章，众人这才长舒了一口气，放下心头那块悬石。

有过留洋经历的人多半不喜欢中医，甚至不承认中医是一门科学，最典型的代表人物是鲁迅和傅斯年，他们逮住机会就给中医狠狠一击。刘文典也不待见中医，但他的战法非常奇特，不从正面抨击，而是采取冷嘲热讽，极诙谐溪刻之能事。1921年8月，他当众发表怪论："你们攻击中国的庸医，实是大错而特错。在现今的中国，中医是万不可无的。你看有多多少少的遗老遗少、别种的非人生在中国，此辈一日不死，是中国一日之祸害。但是谋杀是违反人道的，而且也谋不胜谋。幸喜他们都是相信国粹的，所以他们的一线死机，全在这班大夫们手里。你们怎好去攻击他们呢？"他这话也只能姑妄听之，经不起仔细推敲，因为庸医并非特指中医，他们行医杀人是无差别不分好歹的通杀，刘半农死于中医之手，梁启超死于西医之手，都是显例。

有道是：一物降一物，一物克一物。刘文典要狂傲，别无所怕，只怕和尚打脑袋。在清华任教时，刘文典前往香山寺查阅佛经。该寺藏经阁悬有禁条，非佛教人士，不准借读。借读者不得携书出寺，必须在寺内念经堂正襟危坐，且不得以手指沾口水翻阅书页，一律用寺院制作的箴子翻看，违者必受处罚。刘文典是名学者，寺中和尚法外施恩，准予借阅，阅前老和尚照例介绍了一通规则，刘文典无不允诺，答应严守规约。和尚去后，他独自一人，静坐读经，因车马劳顿，困倦袭来，难以久撑。室内有一张空榻，他持书侧卧，片刻即入黑甜乡，手中佛经掉落地上，亦浑然不觉。半个时辰过去了，刘文典正在梦境里逍遥游，忽然听见叫骂声，头面还受到笤帚扑打，他睁开眼来，只见老和尚怒形于色，一边扑打，一边斥责："您言而无信，竟把佛经丢在地上，真是亵渎啊！"刘文典闻言，又窘又急，一面老实认错，一面抱头鼠窜。无奈藏经阁四门扃闭，他既逃不出，也不想逃出，外面香客甚多，被追打更无地自容。他苦苦求饶，终得宽恕。老和尚见刘文典服从责罚，甘心挨打，名教授的架子丢到了爪哇国，也就松开皱紧的眉头，放他一马，当堂赦免了"罪人"。诚可谓不打不相识，刘文典和老和尚成为了好友，在清华园他还设素斋招待过这位方外交。多年后，刘文典重提旧事，对人大谈心得："我的脑袋虽然不太高贵，但也不是任何人可以打的。但这次挨打应该，君子不可轻诺寡信！"狂傲之士肯讲道理，肯遵守游戏规则，这就显出可爱之处来。

教师爷诲人不倦，最忌心不对口，真要做到知行合一殊非易事。刘文典讲庄子《逍遥游》，主张出世是其主调，可是也有例外。某次，他把话题扯远了，谈到世间的不平等，忽然慷慨激昂，义形于色，甚至把习惯半眯半闭的眼睛也大大地睁开。他举的例子很切近，许多人坐黄包车，与车夫的地位太不平等，这种社会现象是最要不得的。学生们都感到惊讶，在下面交头接耳，刘教授今天怎么突然入世？是不是吃错了药？下课了，同学们目送他踽踽而归，出了校门，一辆人力车摆过来，他从容入座，车夫拎起车把就向西边跑去。大家相视而笑。这种世间最要不得的现象看来短期内是消除不了的，何况车夫要吃饭胜过要平等。

五、吹牛也要有本钱

在西南联大，刘文典开设的《庄子》上座率高，《文选》也有不少捧场的"粉丝"。他上《文选》课，弄出行为艺术的味道，一壶酽茶要泡好，一根两尺长的竹制旱烟袋也不可或缺，文章的精义不仅是他明白细致讲出来的，也是他巧言妙语暗示出来的。拖堂是他的习惯，学生并不厌烦，乐得听他高谈阔论。木华的《海赋》形容惊涛骇浪，汹涌如山，刘文典讲解此赋，考问学生看到了什么特异的东西，大家凝神注目，以福尔摩斯探案的劲头寻找蛛丝马迹，结果发现整篇《海赋》中百分之七八十的字属于"氵"旁。刘文典顺势提点道：姑且不论文章好不好，你们光是看它水意泱然，就宛如置身其境，能够感觉到波涛澎湃，瀚海无涯。

有一次，刘文典破例只讲了半点钟的《文选》，就收拾讲义，当堂宣布："今天到此为止，下星期三晚饭后七时半继续上课。"下星期三是什么日子？是阴历五月十五。刘文典选择这个晚上讲解谢庄的《月赋》，可谓大有深意，老天爷也赞赏他的奇思妙想，以晴煦无云来配合。学生遵嘱在室外摆上一圈椅子，刘文典居中而坐。"白露暧空，素月流天"，"日以阳德，月以阴灵"，他念念有词，细细讲解，众人或抬头望月，或低头顾影，心领神会，快莫大焉。高潮处，刘文典吟诵："美人迈兮音尘阙，隔千里兮共明月；临风叹兮将焉歇？川路长兮不可越。"众人击掌而和，仿佛小小的音乐会，气氛之热烈前所未有。对于许多人来说，这样的享受真是不可多得，做梦也不容易梦到它。

说到梦，自然是《红楼梦》最能养人，一众红学家全靠曹雪芹这部小说糊口。刘文典原本不是红楼中人，只因他听了吴宓《红楼梦》讲座，不表同意的地方居多，于是灵机一动，也客串一回红学家，开个讲座，唱唱对台戏。刘文典的号召力不小，教室装不下太多的听众，联大的广场就成了他的讲坛。一支蜡烛，一副桌椅，寒碜了点，学生席地而坐，不以为苦，反以为乐，又何尝不是战时作风。刘文典身着长衫（他的长衫特别长，扫地而行），款款入座，女生斟上香茗，他满饮一杯。前戏做足了，他这才昂然而起，一字一顿地念出开场白："只、吃、仙、桃、一、口、不、吃、烂、杏、满、筐！吃仙桃一口足矣。我讲《红楼梦》嘛，凡是别人讲过的，我都不讲；凡是我讲的，别人都没有讲过！今天跟你们讲四个字就够！"太牛了，一部《红楼梦》，居然四字以蔽之。这四字是"蓼汀花溆"。他的讲解用上了音韵学。"元春省亲大观园时，看到一副题字，笑道：'花溆二字便妥，何必蓼汀。'花溆反切为薛，蓼汀反切为林。可见当时元春就属意薛宝钗了。"此说一出，下面立刻"哦"的一声，众人仿佛醍醐灌顶，全开了窍，《红楼梦》的主旨迎刃而解，要义也昭然若揭。

名师出高徒，刘文典的得意门生是陶光，若论请教之勤、待师之敬，陶光的表现绝对是刘文典的其他弟子所远远不及的。但有段时间陶光因故未去师门走动，不免愧疚于心，他深知刘文典的脾气，不赔礼道歉恐怕难以过关。然而事情比陶光料想的更严重，刘文典见陶光登门请安，不问青红皂白，劈头盖脸就是一顿臭骂，"懒虫""没出息""把老师的话当耳旁风"，真难听得很。陶光先是忍耐，但被尊师当成庸奴辱骂，着实难堪，脸色就渐渐阴沉下来，眼睛里也冒出了愤怒的火苗。刘文典掌控局面的能力极强，他瞅准火候，用力拍桌，大吼大叫："我就靠你成名成家，作为吹牛本钱，你不理解我的苦心，你忍心叫我绝望吗？"他的口气至此硬极而软，倒有些可怜的成分。陶光简直不敢相信自己的耳朵，恩师竟把自己当成"吹牛本钱"，期望之殷溢于言表，内心不禁大受感动。他搀扶恩师坐下，又是沏茶，又是捶背，一面解释，一面道歉，这场误会当即冰释无形，两人和好如初，师生感情突破了瓶颈。

后来，刘文典出版新著，特意让陶光题签。古有将相和，今有师生和，同为美谈佳话。

在西南联大时，李埏曾向刘文典借阅《唐三藏法师传》，开卷即可见此书的天头地脚及两侧空白处布满批注，除中文外，还有日文、梵文、波斯文和英文。刘文典的知识之渊博，治学之严谨，令人叹为观止。有趣的是，李埏还在书页中发现了一张刘文典用毛笔勾画的老鼠，好奇心怂恿他提出问题，请恩师解释缘由。刘文典闻言，乐不可支，叙说他在乡下读书时的情形，没电灯照明的地方，点的是一盏香油灯，灯芯上的残油滴在铜盘上。某天深夜，他在灯下读书，一只细瘦的老鼠爬上了铜盘，明目张胆地舔吃香油。他本准备打死它，但转念一想：老鼠吃油是在讨生活，他读书也是在讨生活，彼此应相怜才对，何苦相残呢？于是恻隐之心油然而生，他立刻绰起毛笔，信手勾画了老鼠像，夹在书页中，以存纪念。若非善良的人，绝不可能推仁及物。李埏听完恩师的这番话，不由得感慨系之："先生真有好生之德！"

当然，与刘文典相关的负面传闻也是有的，而且相当邪乎，比如下面这则谣言就令人傻眼：在西南联大教授中，刘文典批试卷最"高明"，因为别人都用手批，他却用脚批。具体的做法是：他把试卷码成一摞，然后躺卧在烟榻上，吞云吐雾，尽兴之时，就一脚踢去，踢到最远处的那份试卷得分最高。"踢试卷"的说法是谁捏造的？这个已不可考，但用心不良，则是断无疑问的。好在谣言止于智者，没谁真肯相信它。

1949年，胡适为刘文典办好了一家三口的机票，联系好了一所美国大学，想帮助他换个新环境。对于胡适的好意，刘文典没接受，他说："我是中国人，为什么要离开我的祖国？"他久已远离政治纷争的漩涡，只是出于朴素的爱国情留下未走。他没有力气再折腾了，眼看把乱世挺到了尽头，他只想过过太平日子。当时，许多学人都是抱着这样的想法留在大陆。

六、虚晃一枪好过关

20 世纪初，刘文典留学日本，与周树人（那时候还不叫鲁迅）有过交集，两人都是章太炎的边缘弟子，友情并不深笃。1928 年，刘文典一言顶撞蒋介石而遭受牢狱之灾，险些坠落到鬼门关，鲁迅激于义愤，撰写杂文《知难行难》声援他，算是两人走得最近的一回。在西南联大，刘文典常会亮出恩师章太炎这张王牌，也顺带谈及往昔的同窗，提到鲁迅时，他竖起小拇指，没作褒贬。听课的学生见惯了他的招数，对此一笑置之，无人探询他的真意。十多年后，这个疏忽居然有了弥补的机会，高校思想改造的刀锋越切越深入，便有人旧事重提，质问刘文典："你用小拇指污辱鲁迅的险恶用心何在？"刘文典受到如此严厉的指控，并不慌张，不过他的解释滴水有漏："用小指比鲁迅，确有其事，那不是贬低他，而是尊敬的表示。中国人常以大拇指比老大，那是表示年高，自古英雄出少年，鲁迅在同窗中最年轻有为，我敬佩他是当代才子。你误解我了。你尊敬鲁迅，要好好学习鲁迅的著作。"这番辩解帮他顺利过关，就没有人掐指算算，鲁迅比刘文典大八岁，比钱玄同大六岁，比黄侃大五岁，"同窗中最年轻"的说法怎能成立？刘文典逃过一劫，竖小指比喻鲁迅的正解也就成为了一个无解的哑谜，让考据家伤透了脑筋。依我看，贬义要占百分之九十，否则他应该更有巧辩自圆其说才对，刘文典自称"狸豆鸟"，从不短缺急智和狡黠，何至于弄得这般黔驴技穷，靠扯白来圆谎呢？

中华人民共和国成立后，刘文典在云南大学生活得很好，被评定为云南省唯一的文科一级教授。他将鸦片瘾彻底戒绝了。在思想改造运动中，刘文典过关时远比回京的冯友兰等人更顺利。他承认自己缺点不少，但没有犯下罪行。他保护学生运动领袖，跟蒋介石当面对峙，吃受两记耳光，这无疑是雄厚的政治资本。他在大会上宣称："由反动派统治的旧社会逼人走投无路，逼我抽上了鸦片。解放后，在共产党领导下，社会主义国家蒸蒸日上，心情舒畅，活不够的好日子，谁愿吸毒自杀呢！""今日之我，已非昨日之我，我再生了！"刘文典的好日子过到1958年即戛然而止，病魔顺手牵羊，夺走了这位学问家的生命。古稀之龄足矣，倘若他再多活几年光景，恐怕就要用《庄子·天地》中的"寿则多辱"四字来譬解了，那才是真正的悲剧。

本文首发于《同舟共进》2011年第11期

《在鲁迅的那个时代》（东方出版社）收录

知识分子中的『不死鸟』

——张奚若的『挑边艺术』

张奚若（1889—1973），字熙若，自号耘。陕西大荔县朝邑镇人。1929年至1948年为清华大学政治学系主任（其间八年为西南联大政治学系主任）。著作有《张奚若文集》（清华大学出版社）。

有人以揶揄、挖苦、恨铁不成钢的语气说："在中国，做知识分子是一件再容易不过的事情，他们无须在公共事业上多投入，多建树，只要能讲敢讲几句人话、几句真话、几句硬话，就功德圆满了。"然而在中国讲话殊非易事，这要看那几句人话、真话、硬话他们究竟讲给谁听，于何时何地，以何种方式斗胆脱口。在中国，自古以来，"祸从口出"就一直被悬为四字炯戒。

用当今的民间标准来衡量，政治学教授张奚若堪称相当出色的知识分子，他能讲人话，肯讲真话，敢讲硬话，而且一以贯之，年轻时如此，年老时仍然如此，在蒋介石面前如此，在毛泽东面前也如此，始终未变得世故圆滑，他人谄媚他不谄媚，他人乡愿他不乡愿，其独立人格和自由精神得以经久保持水土不流失，着实不简单，是他运气特别好，还是人脉特别旺？恐怕一言难尽。

经济学家陈岱孙评价老同事张奚若是一个"合志士与学者于一身的人物"。"学者"，毫无疑义。"志士"，从何说起？张奚若崇尚民主政治，捍卫独立人格和自由精神，此志不渝，陈岱孙称他为志士，可谓知人。

逻辑学家金岳霖晚年撰写回忆录，描人叙事，均是寥寥数笔，悭于篇幅，但他赞赏自己"最老的朋友"时却用足一千五百字，不吝松烟宝墨，其中有这样一段话值得读者留意："张奚若这个人，王蒂薇女士（周培源夫人）曾说过，'完全是四方的'，我同意这个说法。四方形的角很尖，碰上了角，当然是很不好受的。可是，这个四方形的四边是非常之广泛，又非常之和蔼可亲的。同时，他既是一个外洋留学生，又是一个保存了中国风格的学者。"张奚若既刚严方正，又博大融和，民国时期俊彦多多，他置身其中，仍然能以鹤立之姿引人注目。

唯渊默者能够作雷鸣，政治学家张奚若并不喜欢张空言以炫才智，他惜言如金，惜墨如金，强调"为政不在多言"，一旦开口动笔，就必有提神的妙句、醒脑的华章传播遐方。易社强（美国历史学家费正清的高徒）描述他所了解的张奚若，是这样："张堪称礼貌得体沉稳谨慎的楷模，总是隐忍克制，总是字斟句酌。有个观察者写道，他的嘴就像北平紫禁城的城门，'似乎永远是紧闭的'。"这样的描写堪称传神。

中国从来就不缺少以身殉道的烈士，方孝孺忠于建文帝朱允炆，对抗燕王朱棣，甘愿灭十族（加上门生），其残酷血腥简直到了令人不忍闻的程度。中国真正缺少的是在猛人强梁面前始终能够说真话、进直言的不死鸟。百年以来，这样的学者并不多，胡适、傅斯年、梁漱溟算得上，张奚若也差不离。

一、牵着张奚若的"终身牛绹"

张奚若出生于己丑年（1889），生肖属牛。他为人机警，谁想用绳索穿他的"牛鼻子"可不容易。留学前，张奚若结识了陕西籍革命志士于右任、杨西堂（他未来的岳父）、井勿幕等，加入同盟会。张奚若亲耳聆听过孙中山的演说，这回他乐得承认："孙中山的演说，你听着听着就跟了他走下去了。"凡是牛鼻子，总得有人给它穿上长绹才行。张奚若终身崇尚民主政治，被这根牛绹穿了鼻子，他是心甘情愿的。

张奚若认为，能用知识去办大事的人才叫知识分子。辛亥革命期间，他的足迹遍及陕、豫、沪、宁等地，为实现民主共和遍历艰辛，饱尝风露。多年后，他追忆往昔，仍不免兴叹："由武昌到上海，沿途所见很难令人满意。当时我感到革命党人固然富于热情和牺牲精神，但是对革命后如何治理国家，建设国家，在计划及实行方面就一筹莫展了。"正因为痛感"破坏容易建设难"，希望中国"更现代化一点"，他萌生了出国留学的念头，到欧美高等学府去"学些实在的学问，回来帮助建设革命后的新国家"。二十四岁时，他泛洋赴美，入哥伦比亚大学，原本打算专修土木工程，后来因为对数学不感兴趣，再加上他认为中国要富强必须先学习西方的政教制度，所以权衡再三，选择了政治学专业。从1913年到1925年，张奚若在美国和欧洲求学，度过了十二个春秋，结识了金岳霖、徐志摩、傅斯年等多位同好，对欧洲各国民主制度的历史和现状做了充分的研究与观察。其间虽然有任教北大的机会，但他并未中辍在国外求学的苦旅（只在1920年回国休整了两个多月），天天下笨功夫，日日做真学问，勤勉朝夕，积跬步而成千里。徐志摩对于张奚若撰写的那些艰深的政治学论文有个相当调侃的说法："当然是没有一个人要看，并且即使要看也看不下去的，牡蛎壳炒榧子一类的文章！"但徐志摩也承认，张奚若的政论文章是"真正学者的出品，一点也不偷懒，一点也不含糊"。

金岳霖讲过一个故事：他与张奚若在哥伦比亚大学政治学系同窗时，张奚若按家乡的老办法过活，不肯上街买成衣穿，而要找裁缝做衣服，这样在陕西老家能省钱，在美国则费钱。衣服做好，张奚若穿了感觉不合身，心烦，找到裁缝铺，要求修改，裁缝师傅不接茬。金岳霖急中生智，嚷嚷"找我们的律师去"。这下裁缝师傅慌神了，赶紧过来招呼，"哪里不合身？让我看看"，看后打圆场，"这确实应该改，也容易改"。美国事事都讲法律，"找我们的律师去"这七个字绝对能够唬住人，张奚若平常不大佩服老金的办事能力，这回却一再肯定老金"有办法"，对他刮目相看。

张奚若被誉为"中国的拉斯基""西洋政治思想史专家""主权论权威"。清华大学举校南迁之前，他开设的课程有《西洋政治思想史》《西洋政治思想史名著导读》《柏拉图政治哲学》《卢梭政治哲学》《西洋政治思想史专题研究》，经其教导点拨，学生对于西方政治思想的来龙去脉往往会生出一探究竟的好奇心。张奚若授课，重点在分析那些西方政治家、思想家的精神背景，兼及时代特征，其目的则是为中国现代民主政治播下龙种。

20世纪30年代中期，寇氛入境，救亡压倒启蒙。张奚若选在这个重要的节点，于《独立评论》上接连发表两篇关于国民人格的文章——《国民人格之培养》和《再论国民人格》，强调个人解放是现代文明的基础，个人主义的优点能够培养忠诚勇敢的人格，立国本、救国难有赖于众多健全的个人挺身而出，而非乌合之众一哄而上。勇敢的批判精神和不畏强暴的人格品质是治疗"第二天性"（惰性和懦性）的良药，也是约束权力、克制腐败的"防鲨网"。"外国人想拿机械造人，我们偏要拿人作机械"，这样胡来必然会损伤国民的个性，使他们沦为了无生气的工具和奴才。张奚若的见解确实是"不龟手之药"，然而适值"炎夏"（寇焰方炽），当局将它束之高阁，视为迂阔的书生之见，也洵在情理之中。

中国的传统治民术一直建立在欺骗和愚弄的基础上。老子的耳提面命是："民之难治，以其智多。"孔子的谆谆教诲是："民可使由之，不可使知之。"至于"知识越多越反动"的说法，就属于针对知识分子群体的指控了。一个人智识敏锐，就不易受到假象的蒙骗，就很难对执政者的倒行逆施视若无睹。张奚若批评国民党政权的愚民政策，当然是对的。专制政体最大的罪恶即是消灭另类和异端，排斥新见和歧见，达到劣胜优汰的目的，以期收获一大群不辨是非的奴才和任由驱使的工具。

张奚若是英美派自由主义知识分子，对此他从不讳言，"人家说胡适之中了美国的毒，我就仅次于胡适之了"。他们是哥伦比亚大学校友，教育背景接近。张奚若劝导学生要努力成为社会改革者，如果此愿难遂，能够成为致力于启蒙的政治学者、正派的教师也不错，顶糟糕的就是到国民党衙门里去当官老爷，作威作福。

二、很少有学生敢修张奚若的课

1932年，在清华大学，张奚若参加毕业典礼，代表教授会致词："现在的青年学生最喜欢的是新奇的学说，最不喜欢的是陈腐的理论。本人没有什么新奇的学说，只有很少的陈腐的理论。今天教授会叫本人代表，向诸位说几句临别赠言。……现在诸位要踏上社会的旅途了，我就本着临别赠言的意思，向诸位说几句过来人的经验之谈吧。……第一点是奋斗。社会是浑浊的、黑暗的、复杂的，诸位在学校里得书本上的知识，是不足以应付自如的，将来势必会遇到许多压迫和阻碍的，可是我们不能因此就屈服迁就，虽然在小节上也不妨姑且从权，可是我们的宗旨，正义所在的地方，都万万不能迁就，不能屈服。我们必须要奋斗抵抗。否则那就有负我们在校时的修养了！第二点是续学。学问无止境。我们在校时，尽管成绩很好，但是一到了社会上运用起来，立时就会感觉到自己学问的不足。而且学术是与时俱进的，我们若不继续求学，即使从前所学的，没有抛荒，也要落伍的。第三点是耐劳。这一点是特别对本校同学说的。我们常听到校外人对清华的批评，都说清华的同学，成绩的确比别的学校好些，但是缺点在不能吃苦，不肯吃苦。这种批评，恐怕也不是完全无因。我希望诸位出校之后，抱定为社会服务、为正义申言的宗旨，把个人的享受看轻些。"

金岳霖打趣张奚若是"三点之教者"，应该不算冤枉他，上面的这篇演讲词就是活证。

平日出行，张奚若喜欢头戴礼帽，手挂文明杖，一副黑色的宽边眼镜稳架鼻梁，保持从容自然的绅士风度，严整之中颇见平易。张奚若认为，做学问要慢工出细活，鼓励钻研，容忍失败，一切急功近利的做法都是水中捞月。"治学是要投资的，给一批人时间，叫他们去研究，即便这批人中间可能只有少数能真正有所贡献。"学生对他的课有一个共识："好上不好下。"课堂上，对于所涉及的人物和事件，张奚若条分缕析，褒贬分明。下课之后，面对一长溜参考书目，不挠头叫苦的学生很难找到。张奚若规定学生要精读细读原典原著，如柏拉图的《理想国》、卢梭的《社会契约论》、托马斯·莫尔的《乌托邦》、孟德斯鸠的《论法的精神》等，都是必读书。在西南联大，张奚若的课素以严格著称。拾人牙慧、想走捷径者很难从容过关，而那些独立思考的学生，哪怕与张奚若的观点并不吻合，甚至正相反对，只要言之有物，能自圆其说，就能够如愿以偿地拿到学分。1936 年秋，清华大学全校只有八位"敢吃河豚"的学生选修张奚若的《西洋政治思想史》课程，结果四人不及格（一人得零分），但他给张翰书打了九十九分，外加一分鼓励，让他破纪录地得到了满分。此事轰动北平学界。

抗战之后，张奚若与时俱进，在课堂上，他也会时不时地逸出教学范围，纵谈国是，针砭时弊。何兆武回忆道："比如讲亚里士多德说'人是政治的动物'，动物过的是'mere life'（单纯的生活），但是人除此以外还应该有'noble life'（高贵的生活），接着张先生又说：'现在米都卖到五千块钱一担了，mere life 都维持不了，还讲什么 noble life！'"伴随着空袭警报和炸弹的余响，这种学者的清议确实入耳走心。

张奚若主张做学问要精细，要精深，但又不可死钻牛角尖，在螺丝壳里做道场。1947 年 4 月，清华大学三十六周年校庆，张奚若为《清华周刊》题词："学问要往大处着眼，不然就是精深也是雕虫小技。"那时候，时局混乱，真能安心读书、潜心做学问的青年已经少之又少了，无论从大处着眼，还是从小处着手，生存问题都是异常迫切的首要问题。

三、徐志摩送给他的"性格素描"

1925 年秋,北京《晨报》主笔陈博生有感于国内思想界的萎靡不振和一般民众的精神疲沓,决意改版《晨报》副刊,请徐志摩出任主编。陈主笔宴请高朋,咨询良策,张奚若的意见最为尖锐:"这并不是个改良的问题,这只是个停办的问题。"徐志摩网罗的撰稿人全是自由主义知识分子,他对张奚若格外倚重,在整个棋局中,将他的角色定位为"有名的炮手"。仿佛恶作剧似的,张奚若写了一篇《副刊殃》交差。单看题目就知道,张奚若对当时的报纸副刊抱有强烈的反感和敌意,他在文章中恶狠狠地表示:鉴于当今思想界的堕落,现在的问题不是如何拯救副刊,而是应该一把火把它们通通烧掉。徐志摩在《副刊殃》后面加了一条长长的附注,其中一段文字堪称"张奚若性格素描":

奚若这位先生,如其一个人可以用一个字来形容,是个"硬"人。他是一块岩石,还是一块长满着苍苔的,像老头儿的下巴;这附生的青绿越显出他的老硬,同时也是他的姿态。他是个老陕,他的身体是硬的,虽则他会跳舞;他的品性是硬的,有一种天然不可侵不可染的威严;他的意志,不用说,更是硬的。他说要做什么就做什么,他说不做什么就不做什么;他的说话也是硬的,直挺挺的几段,直挺挺的几句,有时候这直挺挺中也有一种异样的妩媚,像张飞与牛皋那味道;他的文章,更不用说了,不但硬,有时简直是僵的了!所以至少在写文章里,他的硬性不完全是一种德性。但他,我一样侧重地说，有他救济老硬的苍苔，他有他的妩媚，要不然他就变了一个天主教一流的"圣人"了，也许可敬，当然可畏，不一定可亲可爱的了。但他是可亲可爱的，同时也是可敬可畏的——在你相当认识他的时候。这一类人是较不容易认识的，就比如石头是不容易钻洞的。你初几次见他，你上手看他的著作，你的感想是不会怎样愉快的，但你如其有耐心时，迟早有你的报酬。我最初在纽约会着他时，我只把他看成一个死僵的乏味的北方佬——同时他看我当然也是百二十分的看不起——一个油滑的"南边人"。

在调侃的文字背面，处处可见徐志摩对张奚若的人品和个性表示欣赏，甚至激赏。所谓"硬"，乃是率直和刚强的"合金制品"。

"秀才遇到兵，有理讲不清。"文人通常不敢得罪军人，更别说得罪军人领袖了。张奚若却偏不信这个邪。

1936 年 11 月 29 日，张奚若深感国事不容再马虎，在《独立评论》上发表文章《冀察不应以特殊自居》，向国民党政府提出两项要求：其一，"取消冀察政务委员会"；其二，"令第二十九军开赴前线"。此文直接触怒了第二十九军军长、当时一手遮天的华北当局铁腕人物宋哲元。《独立评论》因此受到惩戒，被勒令"立即停刊"。

四、蒋介石提醒他"别太刻薄"

1941 年 3 月 1 日，张奚若在国民参政会二届一次会议上发言，抨击当局"独裁专断"，"腐败无能"，蒋介石颇感难堪，他按铃后，语气平和地提醒："欢迎提意见，但别太刻薄。"张奚若一怒之下，拂袖而去，从此就不再出席参政会。公道地说，蒋介石的表现蛮有雅量，他并未当众发飙，更未大骂"娘希匹"，张奚若的表现则显得很过火，有失绅士风度。等到下次参政会开会，国民政府不念旧嫌，仍然给张奚若寄发通知和路费，张奚若当即回复："无政可议，路费退回。"当时教育部有刚性规定，各大学系主任一律加入国民党，张奚若是西南联大政治学系主任，他公开表示反对，拒绝填表，也并未因此落职。抗战期间，国内的民主氛围真是不错，张奚若居然拥有偌大的言论空间批评政府，张扬个性，岂止游刃有余，简直放言无碍。

　　1946 年，旧政协会议召开前，张奚若受邀在西南联大图书馆前的大草坪上发表演讲，听众多达六七千人。一开口，他就毫不留情地抨击当局："现在中国害的政治病是：政权为一个毫无知识的、非常愚蠢的、极端贪污的、极端反动的和非常专制的政治集团所垄断。这个集团就是中国国民党。……在报纸上马路上常常可以看到一个名词'赤匪'，假如共产党可以叫做'赤匪'的话，我想国民党就可以叫'白匪'。其实'白'字还太好了，太干净了，他们简直就是'黑匪'！"张奚若给国民党政权所下了的评语是"好话说尽，坏事做绝"。因此他认为中国要有光明的前途，就必须"彻底废止党治"，在此前提下做到四点：一是蒋介石下台，二是组织联合政府，三是惩办反动分子，四是召集宪法会议。这位政治学家振臂疾呼："假若我有机会看到蒋先生，我一定对他说，请他下野，这是客气话；说得不客气点，便是请他滚蛋！"论言辞之犀利、观点之鲜明、感情之丰沛和影响之深远，张奚若的这次演讲与闻一多的《最后一次讲演》相比毫不逊色。云南警备总司令霍揆彰为邀功请赏而妄自主张，偏转枪口，将暗杀目标锁定闻一多，而不是张奚若，原因可能是：教授张奚若是同盟会老会员、国民参政会参政员，教授闻一多是民盟成员。张奚若说"无政可议"，但国民参政会参政员的身份实为"免死金牌"。

五、受到周恩来的强力保护

有些学者曾经腰杆子够硬，胆气够豪，但后来钢火则大为衰减了。张奚若对是非的权衡和判断从未懈怠过，他那道比紫禁城的城门更严实的嘴也并不视乎利害而启闭。他显然没有学乖，也不想讨巧，仍然主张继承五四精神，打倒各种有形和无形的偶像。在西南联大时，他说过"现在已经是民国了，为什么还老喊'万岁'？那是皇上才提的"。1956 年上半年，在一次学习会上，他依然强调"喊'万岁'，这是人类文明的堕落"。在那种左刀右俎的语境下，这句直言足以惹祸上身。

1957 年 5 月，全国整风运动如火如荼，中共中央统战部多次邀请民主党派和无党派民主人士举行座谈会，张奚若"放了一炮"，他对政府工作提出了十六字批评："好大喜功，急功近利，鄙视既往，迷信将来"。他解释道：第一是好大喜功，总误认为社会主义就是大，不管人民的生活和消费者的需要如何，只有组织规模大才觉过瘾。第二是急功近利，表现为强调速成，把长远的事情用速成的办法去做。第三是鄙视既往，许多人忽视了历史因素，一切都搬用洋教条，把历史遗留下来的许多东西看作封建，全都要打倒扫除。第四是迷信将来，认为将来一切都是好的，都是高速发展的。这一回，张奚若突破了以往的"三点之教"，升格为四条。无独有偶，陈铭枢也在会上对最高领袖发表了十六字酷评："好大喜功，偏听偏信，轻视古典，喜怒无常"。

1958 年 1 月 28 日，在第十四次最高国务会议上，毛泽东引用了张奚若和陈铭枢的说法，虽然不满意，但又认为"张奚若是个好人"（陈铭枢的运气则差很远，此前他已经被《人民日报》点名斥骂为"狂妄无耻"，是"包藏祸心、丧心病狂、忘恩负义的反动分子"）。后来，毛泽东在庐山会议上仍念念不忘张奚若和陈铭枢的十六字"紧箍咒"，他说："这些人，希望他们长寿，不然，死了后，还会到阎王那里去告我们的状。"张奚若居然没有被打成极右派分子，继续担任中国人民外交学会的负责人，照常参加外事活动。不知情的人以为他侥幸漏网是个奇迹，是祖上积德，运气特别好，实则他得益于周恩来总理的强力保护，但周总理的"如意乾坤袋"并不大，只装得下数十人，装不下数十万右派分子。"文革"时期，张奚若再度被周恩来总理列入十二位应予特别保护的民主派人士名单，因此他少受了许多可怕而危险的冲击。

六、对苏联的抨击不留余地

1925 年，徐志摩主编《晨报》副镌，将"保持思想的尊严与它的独立性"视为决不能让步的原则。鉴于"俄国革命是人类史上最惨刻苦痛的一件事实"，苏俄问题"始终是不曾开刀或破口的一个大疽"，"假如在这时候，少数有独立见解的人再不应用理智这把快刀，直剖这些急迫问题的中心，我怕多吃一碗饭多抽一支烟的耽误就可以使我们追悔不及"，他声明"我恨的是糊涂的头脑，它是个债事的专家；我敬爱的是锐利的理智，它是把破妖的神剑"，竟不惧沾惹阿附北洋军阀政府的大嫌疑，在《晨报》副镌上发起苏俄问题大讨论。

张奚若慨然认为，"在今日人人对于这个重要问题不敢有所表示的时代"，《晨报》敢于挺身而出，公开发表反对苏俄的言论，此举"令人非常可佩"，他发表的《苏俄究竟是不是我们的朋友》即引发了"苏俄仇友"的大辩论。张奚若的观点针对性强，可谓毫不含糊："假共产为名，为自己私利，在我们情形迥不相同的国家，利用判断力薄弱的青年、智识寡浅的学者和惟个人私利是图的政客，大捣其乱的人们，更是我们的敌人。"嗣后，张奚若又在《晨报》上发表了《苏俄何以是我们的敌人》一文，观点更加犀利："我在这篇文章中不但要说苏俄是我们的敌人，并且还要说他是比帝国主义者更厉害的敌人"。

1925 年底，国民党正在兴冲冲地联俄容共，《晨报》竟然捅出这么大一个娄子，报社遭受游行示威者纵火焚烧和挥棒捣毁就属于"咎由自取"了。这次行动的领头人是北京大学教授、国民党干部朱家骅。参加者除了大学生之外，还有工人、车夫、苦力等，示威者多达数万人之众。为此，胡适与陈独秀各执己见，胡适写信给陈独秀，认为这次恶性事件对于言论自由是极粗暴的践踏，新势力的"不容忍"自有其可怕之处："我怕的是这种不容忍的风气造成之后，这个社会要变成一个更残忍更惨酷的社会，我们爱自由争自由的人怕没有立足容身之地了。"谁若不承认异己者的自由，他就不配争自由，不配谈自由，不配享有自由。陈独秀则认为这次群众的纵火之举是革命行动，烧得好，烧得应该。两位新文化运动的主将因此闹到几乎翻脸绝交的地步。由此可见，张奚若的文章乃是在太岁头上动土，他在《副刊殃》中说过"一把火烧了副刊"的话，这句谶言至此得以应验。

1926 年 7 月，胡适前往英国出席中英庚款委员会全体会议，乘坐西伯利亚铁路的火车，从东到西贯穿苏联境内，在莫斯科停留了几天，与美国芝加哥大学的两位教授结伴，参观了监狱，查阅了一些教育方面的统计资料。只这么浮光掠影地看看，他就用一分不可靠的证据作出了十分肯定的结论，认为苏联正在做一个空前的伟大的政治新试验，"他们有理想，有计划，有绝对的信心，只此三项已足使我们愧死。我们这个醉生梦死的民族怎么配批评苏俄！"胡适的这番话也是对好友徐志摩的回应，他认为后者太悲观了，把苏联的前途看得太灰了，把苏联的政治实验看得太无人道了。殊不知，苏联愿意让外界看到的东西和不愿让外界看到的底细竟有天渊之别，胡适太单纯太天真，相比法国作家纪德的敏锐透彻，他真应该愧死。多年后，胡适不得不为此忏悔认错。这也说明，张奚若的政治学不是白学白教了，他的眼光确实"毒辣"，居然看得那么准，预见力那么强。要知道，他既没有去过苏联实地考察，也不可能像我们现在阅读到苏联作家索尔仁尼琴的《古拉格群岛》、帕斯捷尔纳克的《日瓦戈医生》、法国作家纪德的《访苏归来》这类文学作品，更不可能了解到斯大林令人发指的种种暴行，他依靠的只是自己冷静的理性分析和逻辑推断，见解就能鞭辟入里。由于亲历其境，纪德的笔下有锥心刺骨之语，"在今天的苏联，人民比过去任何时候都更加不幸，比任何国家都更加缺乏自由"。较之罗曼·罗兰刻意将《莫斯科日记》尘封五十年，纪德以《访苏归来》直面惨淡的现实，他具备的良知和勇气更值得世人钦佩。

现实的教化作用远远强过书本上的理论，即使是张奚若这样的学者也很难置身于局外。蒋介石的专制独裁，国民政府的经济破产，国民党的舆论钳制，都令张奚若和那些受过欧美自由主义思想熏陶的知识分子极感不快和不适，他们集体向左倾，即源于本能的反感和内心的峻拒。抗战时期，经由吴晗等左派人士的引导，张奚若阅读《新华日报》，研究毛泽东的政治著作，不禁心向神往，他将强势崛起的政治力量中国共产党视为中华民族的中流砥柱，这并不奇怪，在野党的好处和优势总是更令人折服。当时，延安报纸称赞张奚若"站到人民一边来了"，这使他倍感欣幸，视为莫大的荣誉。

七、"站到人民一边来"

有人说，张奚若无所忌惮，痛斥蒋介石独裁，大骂国民党腐败，其做法跟李公朴、闻一多、马寅初一样，一半的胆气固然是自己的，另一半的胆气则是共产党给他们注入的。这话有无道理？各人自有评判。

1946 年 1 月 1 日，政治协商会议在重庆召开，代表共计三十八人，其中国民党八人，共产党七人，青年党五人，民主同盟、社会贤达各九人。学者傅斯年、张奚若是无党派代表，属于社会贤达。有趣的是，无党派代表由各党派提名，民盟和中共两方面一致举荐张奚若，国民党却摆了个大乌龙，宣称张奚若是国民党老党员。张奚若并不买账，他解释道："不错，我曾是一个同盟会员，辛亥革命，也很奔走了一番。但民国元年同盟会改组为国民党，民国二年我去美国前即已向陕西省党部声明脱离关系。……1928 年我任教育部高等教育处处长时，又有人要我入党，我就拒绝了。"意犹未尽，他写信给重庆《大公报》，郑重其事地发表声明："近有人在外造谣，误称本人为国民党党员，实为对本人一大侮辱，兹特郑重声明，本人不属于任何党派。"他不惜用上"侮辱"一词，确实耐人寻味，经过此番折腾，国民党又一次大出洋相，大丢脸面。

对于学生运动的态度，张奚若也与许多左派自由主义学者一样，有一个不断绕"桩"的过程，从反感、担忧到鼎力支持。他曾说："今日学生的立场和统治者的立场相去甚远，而且是无法接近的。一切冲突和仇恨都由此而起，都无法避免。统治者以统治阶级本身的利益为统治的目标，学生则以被统治者广大人民的利益为目标；统治者喜欢独裁，需要独裁，非独裁不可，学生则赞成民主，需要民主，非民主不可；统治者只知用武力压制，学生则用理智宣传；统治者处处制造丑恶的事实，学生则处处追求崇高的理想；统治者要领导国家走死路，学生却要走活路；统治者要学生做奴才，学生却坚持非做人不可；一言以蔽之，统治者要维持封建，学生却要打破封建……对于此种现象，不但不必唏嘘叹息，而且还应该额手称庆，庆祝中国有这样有理想，有勇气，牺牲自己，拯救民族的青年！"张奚若对学生运动的作用有很高的评估，这与胡适、傅斯年等右派自由主义学者的看法有明显的分歧，但他站在多数人一边，也就不必煞费思量了。无须运用自己的脑袋去认真思考，这是多数派的"好处"，但对一位政治学家而言，这宗唾手可得的利益更像是一张空白支票。

宽容异见是民主政权的基本特征，检验的方式是看人们会不会因言获罪。张奚若的思想发生彻底转变，就因为好友闻一多在离家不远的街头遭到枪杀，这对他刺激太深。嗣后，学生运动在全国各地频频失控，令蒋介石焦头烂额。张奚若的文章《一多先生死难一周年纪念》即凸显出"多数派"的爱憎，感情完全占据上风："在你的朋友中，谁能像你将服膺半生的自由思想和道德观念，在一旦觉悟之后，认为只是某一阶级的偏见而非永恒的真理，弃之唯恐不尽，攻之唯恐不力！谁能像你将'人民'看作国家的真正主人翁，社会的主体，将自己的生命完全献给它，而不是把它当作仅仅是供大人们先生们生存需要的一种工具，或学者政客们鹦鹉式的口头禅！……谁能像你，绝对地鄙视那明哲保身哲学而将威武不能屈的精神发挥到顶点，为民族争光，为懦夫添耻！……"闻一多死后，健在的学者主动或被迫捐弃"自由思想和道德观念"，那座改造他们、惩治他们的炼狱却不肯饶恕他们的原罪，这显然是张奚若都始料未及的。

相比 1941 年的政治协商会议，1946 年的政治协商会议显示出最大的不同之处就是中国共产党的地位上升，话语权扩大。张奚若很清楚地看到了这一点。1947年，他谈及时局，一语中鹄："和平的关键是联合政府。"在当时的知识分子中，他最早响应毛泽东的联合政府论。

1949年1月，为了使北平幸免于兵燹战火，赢得和平解放的机会，张奚若领衔，与张岱年、费孝通、钱伟长、李广田等三十七位教授联名，发表了《对时局的宣言》，敦促国共双方化干戈为玉帛，勿使生灵涂炭，古都沦为废墟。当时，战局仍然有一触即发之势。某日，张奚若带领两位身穿灰色棉军装、头戴皮帽子的军人前往北总布胡同3号。开门后，梁思成、林徽因夫妇先是一惊，然后全明白了。两位军人受攻城部队委托，来请教专家，北京城里哪些古建筑需要保护，他们拿出一张地图，请梁思成、林徽因明确标记，以免炮火所至，玉石俱焚。张奚若是梁思成、林徽因的好友，中共军方请他当引荐人，无疑是个明智的选择。这些言论举措都为他赢得了政治高分。

开国大典之前，张奚若被推举为新政协筹备委员会常务委员会委员，他是国号"中华人民共和国"的主要提议者之一，其表述具有一流学者的严谨："'民主'一词'democracy'来自希腊字，原意与'人民'相同。'人民'这个概念已经把'民主'的意思表达出来了，我看就叫'中华人民共和国'吧，不必再重复写上'民主'二字。"一锤定音，众议平息。他还以法国国歌《马赛曲》为先例，赞成将《义勇军进行曲》确定为国歌，保留原歌词，以警示国民居安思危。

1952年11月，张奚若出任教育部长。此前数月，教育部已经按照苏联模式将211所大专院校调整为183所，许多大学的院系被分拆，被合并，综合性大学锐减，连清华大学都变成了工科大学，政治学系、社会学系被剥离，被肢解，潘光旦、费孝通等一流教授离开清华园，被迫转变研究方向。高校丧失教学自主权，私立教育则被"踢下"历史舞台，自此而始。张奚若对清华大学政治学系有很深的感情，一旦眼睁睁地看着它消失了，心中应该是五味杂陈。就从那时开始，中国教育患上严重的"自闭症"和"侏儒症"，至今仍未痊愈。

个人的良知良能作用终归有限，张奚若担任了五年多教育部长，很难说他有什么能令后世铭记称道的建树。与同时代学者相比，他的著述不算宏富，以少少许胜多多许，这不妨碍他成为公认的大学者。中华人民共和国成立后，由于事务缠身，他的文章更是屈指可数，说言直论竟只有区区一篇《批评工作中的"四大偏差"》。怎么会少到这等"极度歉收"的程度？也许是敏锐的观察力起了作用，因而他在言行方面收敛了许多。对此结论笔者把握不大，有心人不妨循此路径研究下去，或许会有意外的收获吧。

本文首发于《同舟共进》2012 年第 9 期

梁上君子与林下美人

——梁思成、林徽因伉俪

梁思成（1901—1972），广东新会人。学者。1946年至1972年为清华大学建筑系主任。著作有《梁思成全集》（9卷，中国建筑工业出版社）。

林徽因（1904—1955），福建闽县人。学者，诗人。1949年至1955年为清华大学建筑系教授。著作有《林徽因文集·文学卷》《林徽因文集·建筑卷》（百花文艺出版社）。

1920年秋，在雾都伦敦，二十四岁的徐志摩邂逅了十六岁的林徽因，后者婉约的才情和长于审美的气质深深吸引了前者。这注定是古历每月朔日（初一）方可一见的太阳与月亮各在半天的特殊景象，太阳加快步子，异常炽热地吐放着光华，去温暖那一片纯洁的冰魄，却是枉然，月亮受到太阳的逼射，反而更加惊慌地钻进云层，发足西奔，不肯将自己交付出去。不错，林徽因具有双重文化教养的背景，古典气质与现代精神正如一幅名为"梅傲千古"的双面绣。此时此地，她的情感尚未发育成熟，就算是日后成熟了，她也比徐志摩要务实得多。两人之间，她不是不可以走远，但她不可能走得跟徐志摩一样远；她也不是不可以走近，但她不可能走得像两片相邻的树叶那么近。

　　浪漫派作家的共祖卢梭深有感慨地说过："能够以我爱的方式来爱我的人尚未出世。"这样悲观的口吻早已给徒子徒孙们的爱情伟业定下了基调。

一、"不够爱他"

　　1920年秋、冬的那些日子，徐志摩的激情太猛太烈，他意犹未尽，还不断添加特级燃油"诗性的浪漫"，一价火直烧得西天红遍。疯狂的激情，焚山煮海的激情，在世间，很难得到相同强度的回应，将它作用于一位情窦未开的中国女孩，则只能盼望奇迹之外的奇迹了。但这样的奇迹并未降临人间。一位东方少女，尤其是一位头脑睿智的大家闺秀，一旦意识到她的初恋将不是玫红色的故事，而将是桃红色的事故时，她就不太可能轻易入局，大概率会全身引退。徐志摩已为人夫，已为人父，也就只能自恨情深缘浅了。徐志摩身上并不具有成年男子通备的沉稳持重的性情，"责任"二字反倒衬得其浪漫的言行有点滑稽可笑。大雨之中他在桥头守望彩虹，对于英国文坛的"病西施"——女作家凯瑟琳·曼斯菲尔德（徐志摩昵称她为"曼殊菲尔"）表现出热烈的崇拜和爱慕，十六岁的林徽因还不能理解这般炽热的浪漫情怀，顶多也只能一知半解。可惜的是，徐志摩固然能够创立一门融贯中西的爱情宗教，但他本人并不是合格的启蒙牧师。这就注定了以下的事实：他选择了一处正确的地点，却选择了一个错误的时间；他选择了一位合适的对象，却选择了一种糟糕的表达。尽管他们有缘相聚，也用双楫剪开了剑河的柔波，并肩穿越了海德公园的蹊径，内心的弦索弹拨复弹拨，却始终没有奏响同一支曲调。林徽因的父亲林长民是已经下野的民国政府前司法总长，徐志摩的忘年交，这幕短剧的参与者，虽一身兼演慈父和好友的双重角色，却帮不上任何忙，提不出既合情又合理的忠告，只得眼睁睁地看着两个年轻人为一局难以合拢的感情而折磨自己。林长民说过这样一句话，"做一个有天才的女儿的父亲，不是容易享的福，你得放低天伦的辈分，先求做到友谊的了解。"他唯一能做的事就是带着女儿归国，让空间和时间来做客观的裁断。林徽因走了，偌大的伦敦空寂下来，徐志摩极目长天，只见永不开缝的阴霾封锁着穹庐，于是他合上厚厚的日记，任由方兴未艾的情愫在里面毕毕剥剥地烧成一寸寸余烬。

　　一年之后，1922 年 10 月，徐志摩归心似箭，他在剑桥大学已经打熬两年筋骨，却毅然放弃了即将到手的硕士资格，匆匆忙忙赶回国内，只为了与风华绝代的林徽因重续旧缘。他简直不敢相认，这才分别多久？她已出落成美丽的天鹅，其秀润的神采绝非笔墨可以形容。徐志摩头一眼就看出来了，她心里有了光，那是无远弗届的爱情的光，昔日被云翳雾笼的大片盲区已经不复存在。他不禁满怀醋意，要问那个创造奇迹的情敌是谁。原来是他，是恩师梁启超的二公子梁思成，知道这个答案，他无从发作，只好咽下一口唾沫，再咽下一口唾沫。认了？忍了？在情场上，他的确有一往无前的勇气，不惧怕任何对手，但在情敌的身后，伫立着恩师梁启超，他还有多少胆色？真不好说，他的功力顶多也只能发挥四成，又如何是梁思成的对手？

徐志摩的浪漫情怀大受阻遏，他的情绪难免会有些失控，一有闲暇便跑去接触那道虹影——美貌顾顾的林徽因。志趣相投（都热爱建筑学）的年轻情侣常结伴到北海公园内的松坡图书馆（为纪念蔡锷而建）"静静地读书"，他追踪蹑迹而至，稳稳地做着电灯泡，渐渐地不受欢迎，直到某天他看到梁师弟手书的字条——Lovers want to be left alone（情侣要单独相处），这道冷冰冰的逐客令使他茫然若失，怅然而返。

1924 年 4 月，印度诗人泰戈尔应梁启超、林长民之邀来华访问，徐志摩、林徽因及"新月社"同人为庆贺泰翁六十四岁生日，特别演出泰翁的诗剧《齐德拉》，林徽因饰演公主齐德拉，扮相美丽，不可方物，一时间引起轰动。泰翁在华期间，游览了故宫、颐和园和香山等地，徐、林二人经常陪同左右，被人戏称为"金童玉女"；报社记者还将白发苍苍的泰翁、郊寒岛瘦的徐志摩和清丽脱俗的林徽因形容为松、竹、梅"三友图"。对于这两个谑称，林徽因也许有点犯窘，徐志摩则坦然受之。无奈玉女不恋金童，金童自寻烦恼，徐志摩向慈祥的泰翁倾吐了内心的积愫和苦痛。诗人最天真，泰戈尔也不例外，自以为写过《新月集》，做月老该是分内事。泰翁亲自出马，得来的答复仿佛是法庭上的终审判决：林徽因的心已百牛莫挽，完完全全归属于梁思成，旁人不得再生非分之想。

1926 年夏，梁思成与林徽因赴美留学，就读于宾夕法尼亚大学，前者学习建筑，后者学习美术（后来改学建筑）。他们约会时，梁思成照例在女生宿舍楼下等候半小时，林徽因打扮得漂漂亮亮之后方才"从云端降落"。梁思成的弟弟梁思永抓住这个现成的题材打趣，撰成一联，上联是"林小姐千装万扮始出来"，下联是"梁公子一等再等终成配"，横批是"诚心诚意"。

梁思成不仅兼具耐心和爱心，而且颇有创意，他送给林徽因的礼物未必贵重，但一定独特。1928年元旦，他赠予林徽因一面仿古铜镜。在宾大的工作室，他亲手雕花、铸模、翻砂，一周之内完工。铜镜的铭文为："徽因自鉴之用。民国十七年元旦，思成自镌并铸，喻其晶莹不珏也。"这面仿古铜镜居然骗翻了宾大一位研究东方美术史的教授，他赞赏此镜具有北魏时期的典雅韵味，世所罕觏，不可多得。由此可见，梁公子的手艺极高，林美人的福气绝好。

山火不烧向这片树林，便会烧向另一片树林。明眼人不难看出，徐志摩的叛逆性格中含有明显的孩子气。此后，他冒着风险，转而追求师弟王赓的妻子陆小曼，并义无反顾地与之结合，即为明证。他这样做几乎惹恼了整个社会，父亲"只当此儿已死"，恩师骂他个狗血淋头，朋友们劝阻不了，也摇头叹息，正是在这四面楚歌的形势下，爱情的力量，那股子敢冒天下之大不韪的执拗劲充分体现出来，徐志摩胜利了，同时也就无可救药地失败了。在他的亲友看来，那位挥霍成性的交际花，用情不专的瘾君子，尽管才貌双全，却带着一身"恶之花"的毒质，故而与徐志摩理想之爱的目标相去甚远。一旦由希望堕于失望，徐志摩的精神日益消沉，于是发出哀叹："在妖魔的脏腑内挣扎／头顶不见一线的天光／这魂魄，在恐怖的压迫下／除了消灭更有什么愿望？"（《生活》）此诗作于空难前的半年，真是一语成谶啊！当失望的徐志摩将目光从陆小曼身上游移开去，林徽因纯净而且成熟的美丽又超乎以往地吸引着他，是啊，"曾经沧海难为水，除却巫山不是云"，其感情几经挫折，已变得沉着而深化。北京北总布胡同三号成了徐志摩精神的避风港，昔日慎为之防的梁师弟已不再将可怜的徐师哥拒之门外。陆小曼抓牢了徐志摩的身，林徽因则攥紧了徐志摩的心——她将他的这份感情视为"inspiring friendship and love"（富于启迪性的友谊和爱），然而沪、京两地的这场拔河尚未见出分晓，徐志摩搭乘的飞机（正顶着浓雾飞向北京）就"轰"的一声撞在济南郊外开山村附近的西大山上，骤燃的烈焰将那条拔河的长绳拦腰烧断了。

理智果真能够管领一切吗？答案是否定的，但它是驾驭烈马的缰索，对于一个骑术未精的人来说，总还是有些用处吧。林徽因所接受的教育东西合璧，便提供这样一种"骑手的理智"。在徐志摩殉难两个多月之后，她写信给胡适，推心置腹地讲出一篇伤心裂肺的话：

实说，我也不会以诗人的美诔为荣，也不会以被人恋爱为辱。我永是"我"，被诗人恭维了也不会增美增能，有过一段不幸的曲折的旧历史也没有什么可羞惭。……我的教育是旧的，我变不出什么新的人来，我只要"对得起"人——爹娘、丈夫（一个爱我的人，待我极好的人）、儿子、家族等等，后来更要对得起另一个爱我的人，我自己有时的心，我的性情便弄得十分为难。前几年不管对得起他不，倒容易——现在结果，也许我谁都没有对得起，您看多冤！……这几天思念他得很，但是他如果活着，恐怕我待他仍不能改的。事实上太不可能。也许那就是我不够爱他的缘故，也就是我爱我现在的家在一切之上的确证。志摩也承认过这话。

林徽因"不够爱他"，并不等于不爱他，这是她顶讲究技巧的一句大实话。爱在潜滋默长，在两端用力拉拽，也是毋庸讳言的实情。假若徐志摩不死在 1931 年 11 月 19 日，而死在以后的另一时间，就不难预见，一场爱的新冲突终会冰山露出海面，火山喷出烈焰。空难适时地消除了这种可能，这是天意，天意难违啊！

有一个细节显然不可忽略。徐志摩飞机失事后，梁思成作为亲赴现场参与善后事宜的少数几位朋友之一，他给妻子林徽因带回了一块飞机残骸上烧焦的木片作为纪念品。林徽因视之为徐志摩历劫犹存的生命象征，一直将它悬挂在卧室中，整整悬挂了二十四度春秋，直到她告别苍凉人世。是爱情还是友情？何必一定要做出非此即彼的甄别和分辨？它是人间不可多得的真情，一份值得纪念到死的深情，就已经足够了。

林徽因有一颗诗性诗质的敏感心灵，控之在手的理智终究难敌荡之于怀的情感，她勇于承认："我们这一群剧中的角色自身性格与性格矛盾，理智与情感两不相容，理想与现实当面冲突，侧面或反面激成悲哀。"（《纪念志摩去世四周年》）徐志摩死后，在她内心这种感性的反弹遂变得格外强烈。她如实地诉说："理想的我老希望着生活有点浪漫发生。或是有个人叩下门走进来坐在我对面同我谈话，或是同我同坐在楼上炉边给我讲故事，最要紧的还是有个人要来爱我。我做着所有女孩做的梦。"（《致沈从文》1937 年 11 月 10 日）可惜志摩死矣，那种一呼一吸间都能沁人心脾的爱的芳馨已不复存在，为此她才感到格外难过。她说："我所谓极端的、浪漫的或实际的都无关系，反正我的主义是要生活，没有情感的生活简直是死！……如果在'横溢情感'和'僵死麻木的无情感'中叫我来拣一个，我毫无问题要拣上面的一个，不管是为我自己或是为别人。人活着的意义基本的是在能体验情感。能体验情感还得有智慧有思想来分别了解那情感——自己的或别人的！"（《致沈从文》1936 年 2 月 27 日）可惜她觉悟得稍晚了些，徐志摩未能成为这番憬悟的受益者。还有个现成的问题是，林徽因为何频频向沈从文倾吐心声？除了他们之间多年的友谊，另有更为重要的因素——沈从文是徐志摩的得意弟子，一位真正的知情者。他听到这番话，该为恩师徐志摩感到悯惜和悲哀了吧。

从智识上，林徽因非常欣赏徐志摩，她写诗之后，就更能够欣赏作为诗人的徐志摩。除了欣赏他显而易见的才华，她还欣赏他的为人："你的心情永远是那么洁净；头老是抬得那么高；胸中老是那么完整地诚挚；臂上老有那么许多不折不挠的勇气。"（《纪念志摩逝世四周年》）她还说："志摩认真的诗情，绝不含有丝毫矫伪，他那种痴，那种孩子似的天真实能令人惊讶。"（《悼志摩》）像这样披肝沥胆真性情的朋友，别说放眼诗坛、文化界，就是放眼人间，又能够找到几个？愈是认清了这一点，林徽因便愈是珍重徐志摩的那份无价的情谊，也就会为了一场"日记风波"大动肝火，大伤心气。

事情的原委是这样的：林徽因与梁思成留美期间，将北京北总布胡同三号的房子借给陈源和凌叔华夫妇暂住一段时间，徐志摩即在此期间将一个文件箱交托凌叔华保管。可万万没想到所托非人。凌叔华的好奇心超过了教养程度，她弄开了锁，偷看了徐志摩的《康桥日记》，并且将这部日记拣选出来，另藏于别处。徐志摩惨遭空难后，林徽因从好友叶公超处得悉徐志摩的《康桥日记》落入了凌叔华之手。出于对个人少女时代在英伦那段交往的好奇，她想看看《康桥日记》中的自己表现如何，便去找凌叔华商借这份"原始档案"。当时，凌叔华正打算作《徐志摩传》，极欲占据第一手资料，于是以"遍找不着"和"在字画箱中多年未检"为由一再推脱搪塞。林徽因气恼不过，请出了胡大哥（胡适）来居中调停，总算收回了那只文件箱。但经过清点，那本《康桥日记》不在其中。很显然，闺秀派作家凌叔华仍然在玩缓兵之计。此后，又费去几番周折，林徽因总算拿到了那本"旧账"，却发现其中凡是涉及自己的部分都已被凌叔华一字不剩地裁去了。徐志摩对林徽因说过："叔华这人小气极了。"他的话总算得到了应验。《康桥日记》的关键部分石沉海底，徐志摩1920年秋、冬的心路历程从此漫漶于历史的风雨之中，成了解不开的谜团，这不仅是林徽因个人的遗憾，而且是中国现代文学研究者的损失。

人与人的缘分真是一言难尽。徐志摩在雾都伦敦邂逅了林徽因，他只知道那是猝不及防的美，那是突如其来的爱，还不知道那就是诗，但他不可能绕过缪斯的圣殿，他命定要做希腊神话中俄耳浦斯那样的乐手，这也是天意难违啊。十一年后，他"御风而行，泠然而善"，谁知那一趟空中旅行的终点竟是天国？他急着去北京见林徽因，听她主讲的古建筑学报告，谁知那竟是他最后的赴约？他爽约了，这是一生中唯一的一次。他们的缘分就此结束，像一首诗，一阕词，一支音乐，戛然而止。但缪斯并未离去，徐志摩的诗笔长留人间：

> 那一晚我的船推出了河心，
> 澄蓝的天上托着密密的星。
> 那一晚你的手牵着我的手，
> 迷惘的星夜封锁起重愁。
> 那一晚你和我分定了方向，
> 两人各认取个生活的模样。
> 到如今我的船仍然在海面飘，
> 细弱的桅杆常在风涛里摇。
> 到如今太阳只在我背后徘徊，
> 层层的云影留守在我的周围。
> 到如今我还记得那一晚的天，
> 星光、眼泪、白茫茫的江边！
> 到如今我还想念你岸上的耕种：
> 红花儿黄花儿朵朵的生动……

这是林徽因的诗《那一晚》，语感和意象都拓下了徐志摩诗艺的鲜明印记。其中"那一晚你和我分定了方向／两人各认取个生活的模样"更像是遥相呼应徐志摩《偶然》中的诗句"你我相逢在黑夜的海上／你有你的，我有我的，方向"。可惜林徽因发表诗歌的那年（1931年）年底徐志摩便永远暗哑了他歌唱的喉咙，要不然，在他的牵引下，林徽因必定能将她的诗笔变成魔棒，点醒更多美丽的意象，在缪斯的圣殿里，他们将相得益彰。

二、"今之女学士"

　　自古情场如战场。徐志摩输给小自己五岁的师弟梁思成，输得心服口服。这对情敌，论教养程度，基本一致，都是年纪轻轻负笈留洋，入读欧美名校，徐先后就读于伦敦经济学院和剑桥大学，梁就读于宾夕法尼亚大学；论谈吐，两人均出语不凡，富于幽默感；论风度，徐潇洒飘逸，梁沉稳持重；论书卷气，徐含辉，梁蕴秀，各有千秋；论性格，徐如冬火，梁如春阳，热度不同，但各有各的好处。这样比较一番，仍难分伯仲，那就得继续往下比较。至少有两方面形成差异，一是两人家庭背景迥然不同，前者的父亲徐申如是浙江硖石的富户，后为上海的银行家，给独生子物质享用固然毫无问题，但对他的人生诸方面走势却很难施加决定性影响；后者是近代思想家梁启超的二公子，从小接受得天独厚的家教，澡雪精神，锤炼人格，条件远远胜于同辈。民国时期，梁启超的政治理想日渐衰歇，而文化理想依旧在兴头上，这位终生笔不停挥、著作等身的大学者热爱中国传统文化自不待言，要使之薪火相传，家学不泯，更是他晚年的愿望所在。梁启超曾因小儿子思忠选择政治军事学而感到忧虑，他对中国的时局颇感悲观，认为从事政治很容易堕落。其他两个儿子倒是好，思成选择建筑学，思永选择考古学，甚合乃翁之意。梁思成在美国留学期间，不断收到父亲从国内寄来的各种与建筑学相关的典籍，其中有一本北宋《营造法式》，使他对中国古代建筑学产生了浓厚的兴趣，从而确定了自己事业的终身方向。天下事无巧不成书，林徽因的家庭背景和事业追求与梁思成极其一致，她的父亲林长民做过北洋政府的司法总长，也是一位书法家、学问家，而且是梁启超的多年挚友，她的兴趣爱好也是中国古代建筑学。"建筑是凝固的音乐"，她与梁思成共听一首乐曲，同调而共鸣。

1925年，林徽因与梁思成携手赴美，三年间，两人用心磨合，这样的感情自然经得起反复推敲和多方考验。梁思成占尽天时地利人和，胜机高达百分之二百。后来，徐志摩故态复萌，不断给身在西山雪池疗养的林徽因明赠书籍，暗送秋波，频频示爱，梁思成仍然能够稳坐钓鱼台，不急不躁不怄气，更说明他内心具有非常人所有的大自信。

当年（1928年），梁启超对刚过门的儿媳林徽因赞赏备至："新娘子非常大方，又非常亲热，不解作从前旧家庭虚伪的神容，又没有新时髦的讨厌习气，和我们家的孩子像同一个模型铸出来。"信中竟一连用了两个"非常"，这在向来不吝于夸奖女子的梁任公笔下也是极其难得的。英国友人里查斯对梁、林的婚姻既赞美又羡慕："他们两人合在一起形成完美的组合。……一种气质和技巧的平衡，即使在其早期阶段的成果也要比其他的组成部分的总和大得多，这真是一种罕有的产生奇迹的佳配！"更具说服力的评价来自梁、林二人多年挚友、美国学者费正清夫妇，费正清由衷地夸奖道："在我们历来结识的人士中，他们最具有深厚的双重学养，因为他们不但受过正统的中国古典文化教育，而且在欧洲和美国进行过深入的学习和广泛的旅行，这使他们得以在学贯中西的基础上形成自己的审美兴趣和标准。"费正清的夫人费慰梅以感性的笔触描写林徽因和梁思成："徽——她为外国的亲密朋友给自己取的短名——是特别的美丽活泼。思成则比较沉稳些，他既有礼貌而又反应敏捷，偶尔还表现出一种古怪的才智。两人都会两国语言，通晓东西方文化。徽以她滔滔不绝的言语和笑声平衡着她丈夫的拘谨。"有人将钱钟书与杨绛、吴文藻与冰心、沈从文与张兆和、周有光与张允和、梁思成与林徽因称誉为前辈学人中的"五佳配"，若以感情、事业上的和谐而言，当然不止"五佳配"这个数，但他们的确不愧为"混合双打"配对中的种子选手，对此，想必不会有多少人持反对意见吧。

傅斯年任中央研究院历史语言研究所所长时，1942 年 4 月 18 日，他致函国民党政府教育部长朱家骅，为梁思成恳求研究经费，信中提及林徽因，道是"其夫人，今之女学士，才学至少在谢冰心辈之上"，此语并非谬奖。李健吾与林徽因交谊颇深，对于她的一流口才和滔滔雄辩多有领教，他撰文《林徽因》，笔触很幽默："当着她的谈锋，人人低头。叶公超在酒席上忽然沉默了，梁宗岱一进屋子就闭拢了嘴，因为他们都发现这位多才多艺的夫人在座。杨金甫（振声）笑了，说：'公超，你怎么尽吃菜？'公超放下筷子，指了指口若悬河的徽因……"萧乾的绝笔文是《才女林徽因》，其中也有生动传神的描绘："她说起话来，别人几乎插不上嘴。别说沈（从文）先生和我，就连梁思成和金岳霖也只是坐在沙发上吧嗒着烟斗，连连点头称赏。徽因的健谈决不是结了婚的妇人那种闲言碎语，而常是有学识，有见地，犀利敏捷的批评。我后来心里常想：倘若这位述而不作的小姐能像十八世纪英国的约翰逊博士那样，身边也有一位博斯韦尔，把她那些充满机智，饶有风趣的话一一记载下来，那该是一部多么精彩的书啊！她从不拐弯抹角，模棱两可。这种纯学术的批评也从来没有人记仇。我常常折服于徽因过人的艺术悟性。"萧乾阅人多矣，能使他折服的才女又有几个？在哲学教授金岳霖的笔下，才女林徽因的素描则颇具诙谐意味："她是全身都浸泡在汉朝里了，不管提及任何事物，她都会立刻扯到那个遥远的朝代去，而靠她自己是永远回不来的。"然而，林徽因锋头太劲，总会遭嫉，冰心便曾写过一篇《我们太太的客厅》去讽刺她，对此，林徽因一笑置之，也有人说她送了一坛山西老陈醋给冰心。在高级知识分子密聚的沙龙里，林徽因能在其中唱主角，若非妙语连珠，见解独到，谁会受得了她？谁还会以身处"太太的客厅"为荣为快？

林徽因去世数年之后，梁思成以诙谐的语气告诉续弦林洙："做她的丈夫很不容易。中国有句俗语，'文章是自己的好，老婆是人家的好'，可在我来说却是'文章是老婆的好，老婆是自己的好'！"其自得之情溢于言表。

三、学术良知

林徽因选择中国古代建筑学为专业方向，文学创作退居其次，仅为副业，偶尔露峥嵘。尽管她具有不凡的才识，曾涉猎诗歌、散文、小说和戏剧等多种文学体裁，但她疏于动笔，留下的作品并不多，这是中国现代文学史的遗憾。林徽因早年患有肺疾，抗战期间颠沛流离，结核病不断加剧。她病体支离，却还要陪着梁思成翻山越岭到处寻访古建筑，在五台山佛光寺落满灰尘和蛛网的屋梁上，林徽因发现了中国迄今保存得最完好的古木结构的建筑，年月为唐朝大中十一年（公元857年），她还找到了那位女施主宁公遇的雕像，这是林徽因一生最感到自豪的事情。她与梁思成常去深山野地寻访古桥、古堡、古寺、古楼、古塔，透过岁月的尘封垢积，勘定其年月，揣摩其结构，计算其尺寸，然后绘图、照相、归档，有条不紊。

当时，金岳霖与梁思成、林徽因毗邻而居，他有意要打趣一下两位好友，于是捕捉灵感，创作一副嵌姓联，上联是"梁上君子"，下联是"林下美人"。被称为"梁上君子"，梁思成欣然接受，他说："我就是要做'梁上君子'，不然我怎么能打开一条新的研究道路，岂不还是纸上谈兵吗？"林徽因的反应却大不一样，她丝毫也不领情："真讨厌，什么美人不美人，好像一个女人没有什么可做似的。我还有好些事要做呢！"金岳霖听了这句顶嘴话，立刻拊掌点头。

梁思成和林徽因明知在战乱岁月人命危浅（1937年11月，林徽因在长沙暂住，就险些被日本人的炸弹炸成碎片），建筑学的研究只是不急之务，但作为专家学者，他们念兹在兹，乐此不疲。住在四川李庄期间，林徽因常把莎剧《汉姆莱特》里那句著名台词挂在嘴上："To be or not to be, that is the question！"逗得大家开心一笑，他们自然而然地将这句台词的意思理解为："研究还是不研究，那是一个问题！"林徽因是林长民的女公子，是梁启超的儿媳妇，却能够放弃小康安定的生活，甘于贫苦，为自己热爱的事业颠连奔波，难怪他们的朋友、美国学者费正清教授亲眼见过他们在川西小镇李庄的苦况后，深为感慨地说："倘若是美国人，我相信他们早已丢开书本，把精力放在改善生活境遇去了。然而这些受过高等教育的中国人却能完全安于过这种农民的原始生活，坚持从事他们的工作。"最难得的也许是他们此时还保持着"倔强的幽默感"，像一棵树在寒冬中固执着最后那片绿叶。且看林徽因写给费正清夫妇的两封信中十分传神的片段，前一封信写于1940年11月，里面讲到哲学教授金岳霖的战时生活，可怜又可笑：

可怜的老金每天早晨在城里有课，常常要在早上五点半从这个村子出发，而没来得及上课空袭又开始了，然后就得跟着一群人奔向另一个方向的另一座城门、另一座小山，直到下午五点半，再绕许多路走回这个村子，一整天没吃、没喝、没工作、没休息，什么都没有！这就是生活。

后一封信写于 1941 年 8 月，林徽因写信时眼见大队日军轰炸机从李庄上空飞过，扑向重庆。

思成是个慢性子，愿意一次只做一件事，最不善处理杂七杂八的家务。但杂七杂八的家务却像纽约中央车站任何时候都会到达的各线火车一样冲他驶来。我也许仍是站长，但他却是车站！我也许会被碾死，他却永远不会。老金（正在这里休假）是那样一种过客，他或是来送客，或是来接人，对交通略有干扰，却总能使车站显得更有趣，使站长更高兴些。

这封信后面有金岳霖的附笔：

当着站长和正在打字的车站，旅客除了眼看一列列火车通过外，竟茫然不知所云，也不知所措。我曾不知多少次经过纽约中央车站，却从未见过那站长。而在这里既见到了车站又见到了站长。要不然我很可能会把他们两个搞混。

这封信的结尾处当然也少不了梁思成的结案陈词：

现在轮到车站了：其主梁因构造不佳而严重倾斜，加以协和医院设计和施工的丑陋的钢铁支架经过七年服务已经严重损耗，从我下面经过的繁忙的战时交通看来已经动摇了我的基础。

三人分别自比为"车站"（梁思成）、"站长"（林徽因）和"过客"（金岳霖），调侃对方也调侃自己。梁思成早年（1923 年）因车祸脊椎受伤，落下了终身残疾，对此他本人毫不避讳，自嘲时显示出建筑学家的当行本色。在消极厌世的情绪四处弥漫的战乱时期，幽默感的确是他们精神赖以存活的最后一把救命粮草。

梁思成的学术良知让他强捺国仇家恨，谏止美军轰炸日本古都奈良，保住了唐初东渡扶桑的高僧鉴真主持设计的唐招提寺等大量日本国宝级的建筑群；其学术良知也顺延到 1949 年以后，那时新政府对北京古城改造正亟，作为清华大学建筑工程学系教授，他和林徽因面对的却是一个外行领导内行而且瞎指挥的局面。"我的烦恼是'党什么都好，就是可惜不懂建筑'。"（梁思成语），而这方面的烦恼是无计可消除的。他们奔走呼吁，郑重建议北京市政府保留古城墙、古门楼，指出一旦将它们拆毁了，便永难恢复原貌。梁思成还别出心裁，设计出一套将古城墙改造成公园的可行性方案，真是用心良苦。然而形势就是那样不容商量，"五百年古城墙，包括那被多少诗人画家看作北京象征的角楼和城门，全被判了极刑。母亲几乎急疯了。她到处大声疾呼，苦苦哀求，甚至到了声泪俱下的程度。……然而，据理的争辩也罢，激烈的抗议也罢，苦苦的哀求也罢，统统无济于事"。（梁从诫《倏忽人间四月天》）一次，林徽因出席文化部的酒宴，恰巧与清华大学出身的北京市副市长吴晗同桌，她愤然抹下面子，当众指责历史学家、政府高官吴晗保护古城墙不力，弄得对方尴尬不已。

1955 年，林徽因病逝于北京，刚刚五十一岁，她似乎有先见之明，逃过了身后的两次大劫（"反右"和"文革"）。人间何世，这竟然要算作无上的幸运！林徽因是有名的"刀子嘴豆腐心"，言语直率。有一次，她看见某位学生的素描画得不成样子，评语脱口而出："这简直不是人画的！"气得该生立马就转系。李健吾给她做出的评语是："绝顶聪明，又是一副赤热的心肠，口快，性子直，好强，几乎妇女全把她当仇敌。"试想，林徽因的性子如此火暴，又岂肯在人前低声下气，委曲求全？又岂能在乱世韬光养晦，草间偷活？再说，她的病体也经受不起疾风暴雨的摧残，何况她还要眼睁睁地看着大批大批心爱的古建筑被以种种冠冕堂皇的政治理由推倒拆毁，尸骨无存；看着梁思成被迫表态，写出歪诗"十年教诲沐东风，东方红日暖融融。旧皮还须层层剥，身心才会真透红"；看着他头顶官方强加的"复古主义"罪名，在批判会上对自己坚持多年的"大屋顶"理论和半生学术成就大加贬低，贬低到一文不值；更为痛心的是，她还要眼睁睁地看着他被打成"反动学术权威"，名字被画上一把大大的红叉。

20世纪90年代，清华大学建筑系教授陶德坚著自传《风雨人生》（刊登于她丈夫陶世隆先生所办的网站"五柳村"中），有一节内容描写了梁思成被批判的情形："记得有一次是批斗梁思成先生，梁先生久患肺气肿这个难治的病，现在越来越重了，根本无法起床，是用平板三轮车拉来的。批斗会上，他卷曲着身子扒在平板车上，我作为陪斗就站在他的旁边，我清楚地听见他的喘息声，每喘一下，他全身都要颤抖一阵；听到他那嘶嘶的哮喘声越来越沉重，我的肺好像也要爆炸了。但没有人管这些，发言批判他的人，照样若无其事地在那里揭发批判，只有阵阵口号声盖过了梁先生的气喘声。我跟着他难受，时间好像过得特别慢，好容易挨到散会，梁先生又被原车拉走了。"

同样是回忆当年，梁思成的续弦林洙也在回忆录中写道："天啊！我无法形容我所爱的这位正直的学者所爆发出来的那种强烈的屈辱与羞愧的神情。我想，现在即使以恢复我的青春为补偿，让我再看一次他当时的眼光，我也会坚决地说'不'！"我想，假若林徽因活着，她是宁肯捐弃生命，也不愿看到这一幕的。面对纷至沓来的人祸，林徽因怎能默尔而息？又怎能不默尔而息！她想求得"玲珑的生，从容的死"，愿望必定落空。在灾难深重的中国土地上，庄子更像是一位言必有中的大预言家，光是他的那句"寿则多辱"两千多年来就不幸而言中了数以亿计的中国人的命运，你说可悲不可悲?

本文首发于《书屋》2002 年第 4 期

《读者》2002 年第 11 期节选

《红颜往事堪回首》（湖南教育出版社）收录

云水生涯

——纯粹的『乡下人』沈从文

沈从文（1902—1988），原名沈岳焕，字崇文，湖南凤凰县人。1939 年至 1946 年为西南联大师范学院国文系副教授和教授。著作有《沈从文全集》(32 卷，北岳文艺出版社)。

提及沈从文，纵然能够绕十八道弯，也绕不过湘西，更绕不开凤凰。一条五百里长的湘西大走廊，北有风景，而南有人文。风景中的张家界和天子山，集聚了鬼斧神工的造化之美，人文中的熊希龄、沈从文、黄永玉，也都是钟灵毓秀的龙凤之俦。凤凰古城的确小如一张明信片，巴掌大小的地方，一条细如蛇肠的沱江和江边一字排开的人家，全被青山稳稳当当揣入怀抱，揣得极深，又极紧，任你的手臂再长，也寻摸不到它的底蕴。湘西是神秘的，凤凰则更加神秘，你认为它闭塞也好，或认为它蒙昧也罢，它都不会涨红着脸奋起反驳。它一只手交出了熊希龄这位中华民国北洋政府的国务总理，另一只手则托起了沈从文这位赤子般的文学大家，它的贡献不可谓不丰厚矣！凤凰，凤凰，倘若其中缺少能够上台面、入法眼的风流人物，它又如何当得起"凤凰"之称？

一、初闯京城，几乎饿死

在文昌阁小学读书时，沈从文经常旷课，将书包藏在土地庙里，去街上看木偶戏，有一次他弄丢了书包，毛老师罚他跪在一棵楠木树下，厉声教训道："勤有功，戏无益，树喜欢向上长，你却喜欢待在树底下，高人不做，做矮人，太不争气了！"等沈从文跪够了时辰，毛老师叫他起身，问他恨不恨老师这样责罚他。沈从文直肠直肚地说："当然恨，恨你不该在同学面前罚跪侮辱我。"毛老师便把沈从文带回去继续开导："树木是往上长的，你却要往下跪。人要有上进心，别人才看得起你。"在毛老师的恩威并施下，沈从文不再荒嬉，学业大有进步。

十二岁时，沈从文就接受了系统的军事训练，十五岁随军外出，军衔为上士，后来以书记名义随大军在边境剿过匪，还当过城区屠宰税务员，这"放纵野蛮"的数载间，他看够了底层人物艰难的挣扎和细微的悲欢。到了二十岁，他决意远行。"我准备过北京读书，读书不成就做一个警察，作警察也不成那就认了输，不再作别的好打算了。"后来，沈从文在散文《一个转机》中交代了自己的初始想法。

沈从文去京城闯荡，那可真是不知天高地厚地莽莽撞撞地"闯荡"，别说丰满的羽翼，他连糊口的技能也还不曾学到几样，只有一身单衣、一支秀笔和一颗发热的脑袋。他下了火车，抬头眺见大前门楼子，高高耸立，气势慑人，几乎吓坏了。沈从文仅有一双白手，仅有少年锐气，他不可能像巴尔扎克笔下那位发誓要征服花都巴黎的英俊少年吕西安那样旁若无人，呐喊出自己最强劲的心声：

"啊，北京，我要来征服你了……"

冷遇和打击都在前头虎视眈眈地等着他。沈从文住进古都北平的小旅馆，心里排列出一小队可以求助的名单，好一阵举棋不定后，将熊希龄擢选出来，视之为灶神爷。沈从文乐观地想，这位北洋政府的前国务总理不是在西山兴办慈善事业吗？正好恳求他发一发善心，给自己介绍个谋生的差事，彼此毕竟是同乡，亲不亲，家乡人。可他万万没想到，熊凤凰蓄有万贯家赀，西山的慈善事业也办得红红火火，却并不重视同乡之谊，对布衣菜色的沈从文给予的援助很有限。同饮沱江水长大的两只"凤凰"就这样未能齐伴，以如此充满恨憾的方式交臂而失，真令人扼腕唏嘘。

京城米珠薪桂，原是居大不易的地方，沈从文生计无着，这困窘可是燃眉灼睫。他去北大旁听后，回到租屋窄而霉斋，从布袋里掏出秀笔，铺开稿纸，将印象中的故土人物一一抟泥吹活，他笔下原无半点章法，就那样饱蘸着真情实意写了，管它是小说，还是散文，或是别的什么，写成了，一篇篇寄出去，却很少被报刊用出，生计愈见其穷。这也难怪，识珠的人还未来，琢璞的人也还未到，他只能挨饿，挨饿，挨饿，直把自己辘辘的饥肠饿成绿绿的鸡肠。他在一间阴冷的杂屋里写啊写，数九寒冬，无钱买炭，四壁漏风的屋子久已冻成冰窟，他裹着单薄的被子，还在呵着手不停地写，仿佛着了魔，苦守在黑暗的角落，独力进行一场"刺刀见红"的人生搏斗。手上的冻疮已溃破流脓，鼻孔里的鲜血也滴沥在稿纸上，他用雾蒙蒙的眼光望望窗外，听见冰凌落地和树枝断折的声音，心里顿时生起一波战栗，也闪过一抹惊疑，这样饥寒交迫，自己究竟还能撑持多久？还是求援吧，向远方的老母幼妹？怎么开得了口？更何况远水不能解近渴。向近处的朋友？近处又哪有什么朋友？真是"冠盖满京华，斯人独憔悴"啊！沈从文搜索枯肠，好歹想起了一个人，这是一位素未谋面的同道，平日里最喜欢哀哀地哭穷，但看他那血泪相和的文字，心地该是极善良极热烈的。何不试试看呢，反正无所谓希望，也就无所谓失望。

沈从文笃定了想法，便在信封上写好收信人的姓名：郁达夫。过了两天，柴扉上真有人轻叩了三下，又重叩了两下，沈从文打开门，门外站着一位身着灰布长衫，面容清癯的书生，凉凉的镜片后闪动着热热的目光。用不着细问，他就是沈从文日等夜盼的救星。郁达夫打量那间破庙样寒伧的屋子，再瞧一瞧沈从文冻馁交加的虚弱相，立刻就明白了这位年轻人眼下已沦落到何种困境，于是，吃饭就成为紧要的事情。在附近的饭馆里，郁达夫点了一份宫爆肉丁，还点了几个荤菜，看着沈从文狼吞虎咽，他不禁感到一阵阵心酸。吃这顿饭，郁达夫用一张五元钞票付账，找回三元多，他都推给了沈从文，又解下脖子上的羊毛围巾，送给这位酷爱文学，以至于以性命相拼的小兄弟。两人眼含泪水依依惜别。昔年漂母一饭救了韩信，此日（郁）达夫一饭也救了（沈）从文，那可真是中国现代文学史上一道极其苍凉而又温暖的风景。直到翌日，郁达夫多愁善感的心仍然久久不能平静，遂振笔写成满纸悲愤的散文名篇《给一位文学青年的公开状》。对扼杀青年前途的极不公平的社会现实，郁达夫发出了令人闻之色变的控诉。文章一开头，作者便说自己太无能，不足以赈济身处涸辙穷途的朋友，可贡献的唯有几条建议：上策是去当土匪，去拉洋车，可沈从文手无缚鸡之力；其次是去革命，去制造炸弹，可沈从文手中只有一把裁纸的小刀，如何革得了阔人的尊命？惟余头发中的灰垢和袜底污泥，纵然身怀绝技，炸弹也无法造成；中策是弄几个旅费，及早回家，从此与老母幼妹相依为命地度日，可是这年头道路不靖，何况旅费也找不着；所剩者唯有下策，"啊呀，不愿说倒说出来了，做贼，做贼，不错，我所说的这件事情，就是叫你去偷窃呀"。作者还郑重其事地建议，要偷，"最好是从亲近的熟人做起"，先试试去偷那位熊善人的家财，反正他那厚产也是用别样的手段从别处偷来的，"你若再慑于他的慈和的笑里的尖刀，不敢向他先试，那么不妨上我这里来作个破题儿试试"，偷不到钱，总还有几本旧书。

　　郁达夫的这篇文章真可谓"满纸荒唐言，一把辛酸泪"，至今披读，仍感到彻骨的寒冷。若非深知其心，善解其意的书生，难免认为他调侃过头，迹近油滑。试想，同是天涯沦落人，郁达夫宅心仁厚，又怎会往沈从文的伤口上面猛撒生石灰？他是识珠者，更是爱才者，此后大力介绍沈从文的习作给京城各大副刊；接踵而至的徐志摩亦无愧为琢璞者，他在自己主持的《晨报》副镌上发表了沈从文的大批小说，并为之四处延誉，还将这位笔极秀口极笨的小青年推荐给中国公学校长胡适。胡适也是别具慧眼、求才若渴的大名家，每每能够赏识青年于牝牡骊黄之外，他二话没说，就聘任这位羞涩的"湘西山民"做了中国公学的国文教师。据沈从文自己讲，他为"处子演出"预先做了扎扎实实的准备，足可应付一小时而绰绰有余，但上了讲台，面对台下黑压压的学生，他大感窘迫，一慌神，竟惊叫一声说："我见你们人多，要哭了！"（罗尔纲《胡适琐忆》）他三言两语就将精心准备的教案全泼得盆儿见底，令满教室的学生面面相觑，也算是大开了一回眼界。只念过小学的沈从文飞升为文学家，固然是一个奇迹；他登上大学讲坛，则是更了不起的壮举。在 20 世纪 20 年代群英荟萃的北京和上海，又有什么人文奇迹和人文壮举不能实现？换了别的年代，换了别的地方，便很难成立。在中国公学，沈从文展开极富创意的人生，不仅文学作品愈加丰稔，而且还认识了张兆和，收割了一垅"伊甸园的麦子"。

二、"乡下人来喝杯甜酒吧"

1938 年 7 月 30 日，沈从文自昆明寄信到北平，信末向妻子张兆和发出感喟："表现上我还不至于为人称为'怪物'，事实上我却从不能在泛泛往来上得到快乐，也不能在荣誉、衣物或社会地位上得到快乐。爱情呢，得到一种命运，写信的命运。你倒像是极乐于延长我这种命运。"

1929 年，沈从文在上海执教吴淞中国公学，得授课之便，认识英语系女生张兆和。这位苏州少女，祖籍合肥，她父亲张武龄（又名吉友）是民国时期的教育家，在苏州创办了乐益女中，张兆和与大姐张元和、二姐张允和、幺妹张充和都是聪明好学、品行端正的大家闺秀，被誉为"张门四枝花"。在吴淞中国公学，皮肤黝黑的张兆和竟比那些雪肤花貌的女生更受男生青睐，她是众人眼中的"黑凤"和"黑牡丹"（沈从文称她为"乌金墨玉之宝"），名副其实的全能第一，美丽、聪明、高贵，她身后不乏追求者，甚至有一位教过她国文的中学老师也来凑份子。张氏姐妹喜欢恶作剧，竟将他们编号为"青蛙一号""青蛙二号""青蛙三号"……照张允和戏谑的说法，当时，沈从文只能排名"癞蛤蟆十三号",可见他在众多的追求者中毫无优势和胜算可言。

湘西山民沈从文在天鹅般美丽的大家闺秀面前,按理说,应该自卑才对,但他有股子头撞南墙不罢休的倔强劲。梁实秋的《回忆沈从文》有一句话说得很在理:"凡是沉默寡言的人,一旦坠入情网,时常是一往情深,一发而不可收。"沈从文口才不济,又十分害羞,只可能祭出看家法宝——书信攻势,这个超级强项可算是他的"撒手锏"。可是情书陆续出笼之后,全都泥牛入海,丝毫未博得佳人的赏识青睐,直急得沈从文神魂颠倒,三番四次要跳楼。张兆和对沈从文的初始印象并不怎么美妙,这位乡下人平日不修边幅,性情腼腆,木讷寡言,讲课磕磕巴巴,要命的是,他还经常流鼻血,在张兆和看来,这是怪不体面的事情,她接受不了。大家都说胡适、徐志摩、郁达夫极为欣赏这位貌不惊人的沈才子,但张兆和平日只留意功课,根本没读过沈从文那些文采斐然的新作。再说吧,她担心师生恋的风波会累及自己的清誉,这种事情总令人百口莫辩,还是躲得越远越好。由于信息不对称,沈从文猜测张兆和不回应,可能是在考验他的耐心,于是他的情书攻势日益猛烈。直到有一天,他吃不消了,便去找张兆和的好友王华莲探口风。他告诉对方:这半年来,他单恋张兆和,把生活全毁了,一件事都不能做。他打算放弃教职,到远处去,一方面可以使张兆和安静地读书,另一方面他也可以免于烦恼。沈从文还负气地说,他打算上前线当炮灰,一了百了。但他又说,愿意再等待张兆和五年。疑惑的只是,张兆和既然对他毫无爱意,为何又不肯把他的情书悉数璧还?王华莲解释道,张兆和收到各路神仙的情书很多,有的甚至从日本寄来,她都只是拆开看看,一概不予回复,也懒得退还,她这么做,并非专门针对沈从文一人。胡适得知此事后,他劝沈从文不宜辞去教职,应该留在上海公学继续任教,以便张兆和多了解他一点。

张兆和在 1930 年 7 月 8 日的日记中写道:"我以为长久的沉默可以把

此事湮没下去，谁知事实不如我所料！"她甚至猜想沈从文会要报复她。于是张兆和打定主意，前往上海极司菲尔路僻巷中的胡寓拜访校长胡适，胡适是她父亲张武龄的好友，请胡校长出面制止沈从文这种拼命玩火式的"纠缠"，应该不成问题。张兆和特意剔出沈从文情书中的一句话——"我不仅爱你的灵魂，我也要你的肉体"，证明对方出言不逊，粗鄙无礼，含有极明显的侮辱意味。殊不知，胡适完全偏向沈从文，他夸赞沈从文是文学天才，在中国小说家中最有希望，社会上有了这样的天才，人人应该帮助他，使他有发展的机会。然而张兆和坚决不肯做沈从文的恋人，连朋友也不肯做，她担心"做朋友仍然会一直误解下去的，误解不打紧，纠纷却不会完结了"。胡适见谈话陷入僵局，又称沈从文"崇拜密斯张倒是崇拜到极点"。张兆和的回复是："这样的人太多了，如果一一去应付，简直没有读书的机会了。"胡适不满意她的回答，他认为沈从文是天才，不是什么庸夫俗子，应该区别对待。

　　1930 年 7 月 10 日夜，胡适写信给沈从文（同时将此信的副本寄给张兆和），他把自己所了解的情况和他对张兆和的印象都写在里面，信中有这样的话："我的观察是，这个女子不能了解你，更不能了解你的爱，你错用情了。我那天说过，'爱情不过是人生的一件事（说爱是人生唯一的事，乃是妄人之言），我们要经得起成功，更要经得起失败。'你千万要挣扎，不要让一个小女子夸口说她曾碎了沈从文的心。"胡适还写道："此人年太轻，生活经验太少，故把一切对她表示爱情的人都看做'他们'一类，故能拒人自喜。你也不过是'个个人'之一个而已。"其实张兆和并非铁石心肠，她在 1930 年 7 月 14 日的日记中写道："我满想写一封信去安慰他，叫他不要因此忧伤，告诉他我虽不能爱他，但他这不顾一切的爱，却深深地感动了我，在我离开这世界之前，在我心灵有一天知觉的时候，我总会记着，记得这世上有一个人，他为了我把生活的均衡失去，他为了我，舍弃了安定的生活而去在伤心中刻苦自己。"翌日，她就写信给沈从文，劝他改弦更张，莫作无谓的牺牲："一个有伟大前程的人，是不值得为一个不明白爱的蒙昧女子牺牲什么的。"沈从文的答复够坚决："只要是爱你，应当牺牲的我总不辞，若是我发现我死去也是爱你，我用不着劝驾就死去了。"沈从文的这桩苦恋和单相思最终结出了甜果，这再次证明那个道理，精诚所至，金石为开。经历一番烦恼之后，张兆和还是被沈从文诚挚的爱情彻底感动了，她征得二姐张允和（她是张家的"女诸葛"）的赞同，沈从文这才乐呵呵地看到情天上云开日出，爱河里风帆高举。

我们翻阅《从文家书》，可以看到，沈从文的书信无不一往情深，沉郁顿挫之间，满怀愁绪。1931年6月，他致信张兆和，调子很低："我念到我自己所写的'萑苇是易折的，磐石是难动的'时候，我很悲哀。易折的萑苇，一生中，每当一次风吹过时，皆低下头去，然而风过后，便又重新立起了。只有你使它永远折伏，永远不再作立起的希望。"他在同一封信中还表白道："我行过许多地方的桥，看过许多次数的云，喝过许多种类的酒，却只爱过一个正当最好年龄的人。"那时张兆和尚未接纳沈从文，所以他的笔调颇有点忧伤。他何尝只是易折的萑苇，他也是不动的磐石，正是这一点最终感动了张兆和。许多年后，沈从文已是古稀老人，白发萧疏，下放农村前夕，手持张兆和的第一封回信，依旧老泪潸潸。对此，张允和在她的回忆文章中有传神的写照：

……我想既帮不了忙，我就回身想走。沈二哥说："莫走，二姐，你看！"他从鼓鼓囊囊的口袋里掏出一封皱头皱脑的信，又像哭又像笑地对我说："这是三姐（她也尊称我三妹为'三姐'）给我的第一封信。"他把信举起来，面色十分羞涩而温柔。我说："我能看看吗？"沈二哥把信放下来。又像给我又像不给我，把信放在胸前温一下，并没有给我，又把信塞在口袋里，这手抓紧了信再也不出来了。我想，我真傻，怎么看人家的情书呢。我正望着沈二哥好笑，忽然沈二哥说："三姐的第一封信——第一封。"说着就吸溜吸溜哭起来，快七十的老头儿像一个小孩子哭得又伤心又快乐。我站在那儿倒有点手足无措了。我悄悄地走了，让他沉浸、陶醉在那春天的"甜涩"中吧。

　　面对这男儿落泪的深情，就连最怀敌意的时间也会缴械投降。那份"春天的甜涩"纵然再过一百年一千年，仍然将浓得化不开啊！人间的大爱大美原是这样平常，他举起那封信——"在胸口温一下"——塞进口袋怕它不翼而飞，却是如此不落俗套，非同凡响。

　　张允和在《半个字的电报》一文中还记述了沈从文的另一桩趣事。那是1933年春，张氏姐妹居住在苏州。一天，张兆和将沈从文的来信递给二姐看。信中婉转地说，要请张允和做中介人，代他向准泰山准岳母提亲，特别叮嘱，如果两位大人同意这门婚事，求张兆和早日打电报通知他，让他"乡下人喝杯甜酒吧"。张允和天性古道热肠，何况这是自家妹妹的婚事，原本就有居中撮合的功劳，父母都很开明，自然一说就成。下一步就是她遵照约定给沈从文发去电报，当时的电文不用白话，张允和心想，自己在电报末尾要署名，她的名字"允"字不就是同意的意思吗？于是，她拟就了一条异常简洁的电报稿："青岛山东大学沈从文允"。这一字二用的电文兼顾了内容和署名，原是很妥帖，可是张兆和不放心，怕沈从文会看得满头雾水。她又悄悄坐了人力车前往苏州阊门电报局，将白话文的电报稿"乡下人喝杯甜酒吧兆"递给发报员，对方看过之后，认为是密码电报，依照规定，不肯发送，要她改为文言。张兆和不肯改，她涨红了脸，告诉发报员："这是喜事电报，对方会明白的！"张兆和恳求了好一阵，那人看她不像女特务，才勉强答应下来。这封电文中竟含有一个语气词"吧"，可谓别开生面。这杯甜酒该有多甜？真是名副其实的"蜜电"！

　　1933年9月9日，青岛大学教授沈从文终于抱得美人归。很显然，他将这份来之不易的爱情视为了"战利品"，一直相当得意。1934 年，沈从文回老家凤凰探亲，在泸溪写了一封信给张兆和，充满深情："我信中尽喊着你，有上万句话，有无数的字眼儿，一大堆微笑，一大堆吻，皆为你储蓄在心上！"1949 年，沈从文在书信中将张兆和的称呼由"三姐"改为"小妈妈"，更可见出沈从文对妻子强烈的依恋之情。

张家四姐妹中，张兆和最崇尚朴素，她从小就不喜欢珠宝之类的奢侈品，反对不劳而获，她把简朴看得很重，认为自食其力是体贴他人的行为。在抗战期间，她写信给沈从文，有这样一段告白："我不喜欢打肿了脸装胖子外面光辉，你有你的本色不是绅士而冒充绅士总不免勉强，就我们的情形能过怎样日子就过怎样日子。我情愿躬持井臼，自己操作，不以为苦，只要我们能够适应自己的环境就好了。"

战时，张兆和迟迟不肯离开北平，"到了应当上路时节还不上路"，沈从文一度疑心妻子另有所爱，因此不愿带着两个儿子千里辗转，跟他生活在一起。他在信中把话挑明了说，显得很大度："不用为我设想，去做你所要做的事情罢。倘若我们生活在委屈你外一无所得，我决不用过去拘束你的未来行为。你即或同我在一处，你还有权利去选择你认为是好的生活。你永远是一个自由人。"他的没风没影的猜疑令张兆和很生气，对这类"废话"，她不爱听。倒是张兆和到了昆明之后，意外发现沈从文跟一位他在北平教过的女生过从甚密，形迹不无可疑，她难免心烦意乱。这段神秘的罗曼司最终被沈从文埋葬在一篇名为《看虹录》的小说里，因而变得越发的疑幻疑真。金安平著《合肥四姊妹》，考据堪称精审，可是她对沈从文这段颇为短暂的罗曼司也未考证出个子丑寅卯来，只怕它会要永久存疑了，何况还有不少"沈迷"专为贤者讳。

世事总难以尽如人意，爱是一回事，理解是另一回事。沈从文与张兆和的感情也遭遇过"危机"，多半是在理解上润滑不够。及至沈从文去世后，张兆和坦诚的回忆文字证明了这一点：

从文同我相处，这一生，究竟是幸福还是不幸？得不到回答。我不理解他，不完全理解他。后来逐渐有了些理解，但是，真正懂得他的为人，懂得他一生承受的重压，是在整理编选他遗稿的现在。过去不知道的，现在知道了；过去不明白的，现在明白了。他不是完人，却是个稀有的善良的人。

要理解一个人有多难？张兆和给出了答案。沈从文自称为"乡下人"，却是一位悲天悯人的大师，他的内心世界比常人要丰富千百倍，他所感受到的痛苦也比常人要深刻千百倍。

三、在西南联大看青眼和白眼

杨振声任青岛大学校长时，聘沈从文为国文系教授，同时在青岛大学执教的诗人和作家还有梁实秋、闻一多，也都是沈从文的朋友，尽管受学潮影响，杨振声很快就辞职走人，梁、闻、沈也随之而云散，但彼此的友情一点也没受到损伤。1938年，西南联大成立，杨振声担任常委兼秘书长，他主动伸出援手，帮助困处昆明的沈从文，嗣后由朱自清与罗常培商定，联大常委会决议通过，于1939年6月27日聘请沈从文为西南联大师范学院副教授，专教低年级学生的写作课。沈从文本属屈就，因为他没有大学文凭，是白话文小说家，缺少大部头的学术专著作为台阶，难免遭到奚落。诗人穆旦（查良铮）从西南联大外文系毕业后，留校任教，年轻气盛，竟居高临下地讥诮道："沈从文这样的人到联大来教书，就是杨振声这样没有眼光的人引荐的！"

1943 年 7 月，沈从文晋升为西南联大中文系教授，刘文典头一个跳出来投反对票，他认为白话文作家沈从文连四毛钱都不值，连跑警报躲空袭的资格都没有。倒是被人认为食古不化的教授吴宓这回站出来为沈从文讲了一句公道话："以不懂西方语言之沈氏，其白话文竟能具西方情调，实属难能。"

在学者堆中，沈从文话语不多，比平日更为谦冲渊默。钱钟书在西南联大做了一个学期的外文系教授，觉得他的傲劲施展不灵（联大的教授有几个不狂不傲的？鹤立鹤群，他很难出众），上升空间也不易打开，就拍拍屁股走人了。以钱钟书锐利的目光，不难看出沈从文在西南联大所忍受的憋屈，说是自卑感挥之不散也不算错。后来，钱钟书凭借长篇小说《围城》总算发泄了心头之愤。他还有一个短篇小说《猫》，比《围城》更早，描写的该是北平的文人圈，影射了不少名流，周作人、林徽因、沈从文都是人物原型。请看钱钟书在《猫》中描写的那位青年作家曹世昌："举动斯文的曹世昌，讲话细声细气，柔软悦耳，隔壁听来，颇足使人误会心醉。……这位温文的书生爱在作品里给读者以野蛮的印象，仿佛自己兼有原始人的真率和超人的威猛。……他在本乡落草做过土匪，后来又吃粮当兵……他现在名满文坛，可是还忘不掉小时候没好好进过学校，老觉得那些'正途出身'的人瞧不起自己，随时随地提防人家损伤自己的尊严。"钱钟书写小说够刻薄，这既是他的长处，也是他的短处，他提供镜子，人物原型看了总不会高兴的。

沈从文在西南联大待了七年，难说轻松，更别说舒畅。北大、清华、南开复校后，他去了北大，但没待多长时间。

四、上善若水，只相信智慧

沈从文的性情如水，而且是源头活水。1931 年，他写《自传》时坦承："我情感流动而不凝固，一派清波给予我的影响实在不小。我幼小时较美丽的生活，大都不能和水分离。我受业的学校，可以说永远设在水边。我学会思索，认识美，理解人生，水对我有极大关系。"1947 年，他写《一个传奇的本事》，又添加更完整的说明："水和我的生命不可分，教育不可分，作品的倾向不可分。……水的德性为兼容并包，从不排斥拒绝不同方式浸入生命的任何离奇不经事物！却也从不受它的玷污影响。水的性格似乎特别脆弱，且极容易就范。其实则柔弱中有强韧，如集中一点，即涓涓细流，滴水穿石，无坚不摧。水教给我粘合卑微人生的平凡哀乐，并做横海扬帆的美梦，刺激我对于工作永远的渴望，以及超越普通个人功利得失，追求理想的热情洋溢。"沈从文笔下的这段隽语，足以启发我们更透彻地理解老子所说的"上善若水，水善利万物而不争"和孔子所说的"智者乐水"所包含的深意。

沈从文的性情确实宛如一派清波，表面温和，却心劲十足，忍辱负重而能包容广大。"文革"期间，他被众小将批斗，不失乐观；打扫历史博物馆女厕，也不失乐观；被流放到湖北咸宁，在乡下看鸭子，仍一如既往地不失乐观，还写信给表侄黄永玉："……这儿荷花真好，你若来……"那是魔影憧憧的年代，要想做堂堂正正的人，尤其是堂堂正正的知识分子，千难万难，所谓"乐观"，犹如穷人家最后一把救命粮草。瞧，史学家唐兰在嘉鱼江边守砖，大学者钱钟书勉强够格看管仓库。尽管如此，他们不得不乐观，意绪消沉就会自寻短见，乐观是当时知识分子挺挺然或佝佝然活下去的唯一本钱。有了这份格外沉重的乐观精神，沈从文才能在极其恶劣的生存条件下，穷且益坚，不坠青云之志，凭仗记忆写就《中国服装史》。

沈从文的确具有"上善若水"的道家智慧，道家的"清静无为""无用乃为大用"的理论是他身处逆境、困境、绝境时的救命符。革命小将把"打倒反动文人沈从文"的标语贴在他背上，他只是有一点点不开心地说："那书法太不像话了，在我的背上贴这么蹩脚的书法，真难为情！他们应该好好地练一练的。"从这句书生气十足的话不难见出沈从文的认真和天真。当年，知识分子身上多半都有这股子呆气，社科院文学研究所开批斗会，反动分子众多，为了区分他们的不同身份，照例要用黑布写上白字，缝在挨批者的衣服上，如"走资派何其芳""反动学术权威俞平伯"等，最终大家公推俞平伯来做执笔人，"因为他的字最有功力"（韦奈《我的外祖父俞平伯》）。这样的黑色幽默，令人啼笑皆非。当"北风"最紧的时刻，沈从文与黄永玉相遇于东堂子胡同，交臂擦身之际，他温语叮咛这位大表侄："要从容啊！"道家智慧原本因乱世而兴起，这种因乱世而兴起的智慧却被中国知识分子当作常规"法宝"，爱不释手地使用了几千年，而且被充分应用于那个"形势一派大好"的年代，这不能不说是一种莫大的讽刺和悲哀。

那些以挖掘文墓为偏好的批评家未曾有过刀剑及颈、棍棒加身的纯体验，自然可以拄着如椽巨笔，站立在坟圹边，理直气壮地口吐芬芳："你们这些软骨文人，当初怎么就不敢抗争？难道就没有半点血性？"他们不用谴责强梁，只需嘲弄弱者，就能够妥妥地拥有正义感和成就感。

在 21 世纪初，大陆有一篇全盘否定 20 世纪中国文学成就的绝色"悼词"，它对"极富天才的小说家"沈从文是这样评点的："他解放以后曾经揭发他的学生萧乾与帝国主义有勾结，而萧乾呢？同样也揭发他的老师，以至于沈从文临死都不能原谅他，不要这个学生参加他的葬礼。"致"悼词"的人未免浅见短视，中国文学的悲哀并非由某些作家的私德缺陷所造成，是谁激发了人性之恶？这才是问题所在。沈从文和萧乾本质上都是善良的作家，重情重义，温和仁蔼，最终竟闹得生死无以释憾的地步，原因何在？作者若有正确的是非观，答案便不难找到，可惜他没有老吏决狱一查到底的勇气。谴责恶而不谴责打开潘多拉匣子的主凶，这当然既省笔墨又省麻烦，但省来省去，总不能把起码的良知也一股脑儿全省掉吧？论者否定一位大有修为的作家竟是这么容易的事情，否定一大群各具长才的作家也毫无难色，只要揪出其皮袍子里的"小"，就可大功告成。将沈从文与萧乾的师生恩怨放置在那个时代去看，看明白了的人，岂止要为沈、萧二人感到悲哀，更要为众生万物感到悲哀。

沈从文以矫若游龙的笔势一路奋迅写来，其实他早已看得分明，在中国现实情境中，文学与政治犹如圆枘方凿，彼此格格不入，难合卯榫。他在《一个传奇的本事》中写道："正因为工作真正贴近土地人民，只承认为人类多数而'工作'，不为某一种某一时的'工具'，存在于现代政治所培养的窄狭病态自私残忍习惯空气中，或反而容易遭受来自各方面的强力压迫与有意忽视。欲得一稍微有自主性的顺利工作环境，也并不容易。但这不妨事，倘若目的明确，信心坚固，真有成就，即在另外一时，将无疑依然会成为一个时代的标志！"这段话写于1947年，极具预见性，随后不久，他就因为不肯做"工具"而"遭受各方面的强力压迫和有意忽视"，连"稍微有自主性的顺利工作环境"也不可得了。他在创造力依然旺盛之时，"准备再好好地写几个本子"，却于20世纪60年代初到四川内江、河北宣化和江西老区体验生活，写出一堆"重复性的政治语言"（张兆和的说法），自己也很厌弃那些惨不忍睹的怪胎，终于戛然而止，颇不情愿而又无可奈何地休了笔。关于政治和文学，在《一个传奇的本事》中，他还有以下说辞："虽然两者真正的伟大处，基本上也同样需要'正直'和'诚实'，而艺术更需要'无私'，比过去宗教现代政治更无私！必对人生有深刻的悲悯，无所不至的爱！……然而明日的艺术，却必将带来一个更新的庄严课题。将宗教政治充满封建意识形成的'强迫''统制''专横''阴狠'种种不健全情绪，加以完全的净化廓清，而成为一种更强有力的光明健康人生观的基础。"很显然，沈从文当时对文学艺术的前途是乐观的，甚至有点过于乐观，他相信一切都会好起来。历经三十多年炼狱生涯后，到了20世纪80年代初，他对日本政府一个专家组成员说："我一生，从不相信权力，只相信智慧。"（黄永玉：《平常的沈从文》）沈从文不识时务，他的笔锋直言无忌，戳痛过鲁迅和郭沫若这样的"大人物"，他不害怕权威，只服膺心目中的真理。

在20世纪20年代中期，沈从文拿出十二分勇气，写《扪虱》那样的文章，在文坛四处捕"虱"，将名人粗劣的文字毫不留情地捉来示众。这类得罪人的文章，沈从文后来也写过。张兆和曾给予他忠告："你不适合写评论文章。"原因是"想得细，但不周密，见到别人之短，却看不到一己之病"。她还在信中提请沈从文注意："你放弃了你可以美丽动人小说的能力，把来支离破碎，写这种一撅一撅不痛不痒讽世讥人的短文，未免太可惜。本来可以成功无缝天衣的材料，把来撕得一丝丝一缕缕，看了叫人心疼。"旁观者清，她的提醒很有道理。在上海，当左联强调"革命性"的时候，沈从文却在《习作选集代序》中强调"人性"："这世界或有在沙基或水面上建造崇楼杰阁的人，那可不是我，我只想造希腊小庙。选小地作基础，用坚硬石头堆砌它。精致，结实、对称，形体虽小而不纤巧，是我理想的建筑，这庙供奉的是'人性'。"1948年，郭沫若不仅掌握着话语霸权，还保持着高度的警觉性，他在《斥反动文艺》一文中猛挥大棒，蛮不讲理地将沈从文划归"反动文人"之列，被捎入黑名单的还有萧乾、朱光潜等人。郭沫若丑诋沈从文为"桃红色作家""看云摘星的风流小生"，萧乾为"黑色贵族"，朱光潜为"蓝衣监察"。郭沫若认为沈从文"一直是有意识地作为反动派而活动着"，贬斥他的小说是"作文字上的裸体画，甚至写文字上的春宫图"，"存心不良，意在蛊惑读者，软化人们的斗争情绪"。还有一篇抡大棒的文章贬称沈从文是"地主阶级的弄臣""清客文丐""奴才主义者"，下手之重，不可谓不狠。曾有人武断地认为，沈从文此后不久即弃文搁笔，是遭受此番惊吓所致，这也未免太夸大郭沫若的威慑力了。沈从文从不相信权力，只相信智慧，试问，郭沫若究竟有什么大智大慧能令他垂首折服？

20世纪40年代末，沈从文放弃文学创作，一度提过离婚，寻过短见（喝煤油，割腕割喉），固然是因为他觉得"清算的时候来"，个人"逐渐陷进一种孤立下沉无可攀援的绝望境界"（沈虎雏语），也是由于内心深深的失望（包括丁玲对他的漠视和指责）所致，那样乌七八糟、鱼目混珠的文坛自然不会给他留下一席之地，他寄迹其中也很难不感到孤独和羞耻。

20世纪30年代中期，沈从文颇为自信地写道："……说句公道话，我实在是比某些时下所谓作家高一筹的。我的工作行将超越一切而上。我的作品会比这些人的作品更传得久，播得远。我没有方法拒绝。"（《从文家书·湘西书简》）如今，他的话已完全得到了印证，试想，还有多少读者喜欢读郭沫若的诗文？沈从文的作品与温润的人性始终息息相通，再过一千年，仍会获得读者的青睐。

五、云无心以出岫

小时候，沈从文的教育得益于母亲的地方居多："她告我识字，告我认识药名，告我思考和决断——做男子极不可少的思考之后的决断。我的气度得于父亲影响的较少，得于母亲的也就较多。"（《我的家庭》）他的故居里只剩下旧时的床铺、书桌、座椅、遍体污垢的油灯和熏黑的帐幔，难辨真假。我走遍每个房间，猜不出沈从文当年在何处聆听慈母的教诲。故居内收藏有大小数十余件附庸风雅的字画，这些"作品"贸贸然侵占了漆色暗淡的板壁，显出极不相类的滑稽神情，涂鸦者佛头着粪，有没有一秒的自惭形秽？目光所及，唯独故居旧主人留下的那几页《边城》手稿（复印件）字迹清劲，能令人生出昔年何年今夕何夕的沧桑感，久久伫观，不忍遽然离去。

沿着河边石板路走，你很容易与沈从文达成共识："河岸上那些人家里，常常可以见到白脸长身、见人善作媚笑的女子。"（《我所生长的地方》）沿河一带的居民都已富裕，街边到处都是售卖食物、衣服和工艺品的商店，苗家姑娘明眸皓齿，清灵水秀，穿戴着靓丽的民族服饰，笑意盈盈。小城人该好好感谢沈从文，他们生活中的不少甜头都拜这位"山民艺术家"所赐，因为他的文章宛若馨香远溢的春花，招来了一群群远方的"蜜蜂"。

沈从文后半生似乎从中国文坛消失了踪迹，这绝对不只是他个人的不幸。1988 年，诺贝尔文学奖评委马悦然向中华人民共和国驻瑞典大使馆文化处询问沈从文是否仍然健在，得到的回复居然是"从来没有听说过这个人"。马悦然费尽周折，总算打听到，数月前，沈从文已经与世长辞。

1992 年 5 月 10 日，沈从文的骨灰播迁故土，场面冷冷清清，本地的报纸只是浑不在意地发出几十个字的消息。当时，就有人愤愤不平地说："这是文学的悲哀，这是文学家的悲哀！"

家人将沈从文的骨灰安葬在凤凰古城外的听涛山上。周匝群峰耸翠，中间一水东流，这是一方静息和长眠的宝地。翼翼然拾级而上，不过数十米，便可见到一块未经打磨的大石头植于道旁，若不是凿凿无欺的铭文所示，我简直不敢相信眼前这块近乎粗糙的麻石就是沈从文的墓碑。清简、质朴、浑厚，这原是沈从文为人和为文的特点，在墓碑上再次得以充分体现，可见其人一以贯之的作风。奥地利文学家斯蒂芬·茨威格旅俄期间拜谒过列夫·托尔斯泰的墓地，那是一方僻处桦树林中，别无修饰的长方形土堆，"无人守护，无人管理，只有几株大树庇佑"，最伟大的生命原是如此沉静地归于泥土。事后，茨威格写了一篇饱含深情和敬意的纪念文章——《世间最美的坟墓》，对朴素墓地下长眠的同样朴素的灵魂，作了由衷的赞美。我站在沈从文的墓前，内心也满怀着铮铮然弦响未绝的感动。青山有幸啊，成了沈从文的安息之地，有幸的青山虽然不高，亦足以令人仰止。

墓石的正面镌刻着沈从文的十六字真言：

照我思索，
能理解"我"；
照我思索，
可认识"人"。

大师心怀万有，骨子里又岂能缺少这份引领众生昂然上路的自信！沈从文追寻美惠三女神的衣香鬓影，苦苦追寻了整整一生，笔管中满满地灌注着不衰不死的热爱，他的作品因此拥有鲜亮的灵魂。

墓石的背面是沈从文的姨妹张充和女士所写的诔词，语意简明扼要：

不折不从，亦慈亦让；
星斗其文，赤子其人。

十六字诔词巧妙地使用了嵌字法，嵌的是尾字，细看便是"从文让人"，精当而中肯。任教西南联大时，沈从文多次遭到刘文典的挤兑和嘲骂，他从不回应，从不顶撞，连好友闻一多都为他抱不平，他仍然一笑置之。

沈从文前五十年著作等身，后三十余年，他不愿做媚上取容的政治工具，不爱写虚伪的"载道"之文，而宁肯割弃固有的文学名声，去到历史博物馆为文物贴标签，潜心研究中国古代服饰文化。这种"不折不从"的精神，在20世纪40年代被讥为不识时务，必听够冷嘲，看尽白眼，其中甚至夹杂有郭沫若对沈从文所下的当头棒喝"有意识地作为反动派而活动着"，但我们撩开历史的重重迷雾，坎坷路途，风雨岁月，又有几位老作家的艺术良知能像他那样岿然独存？

1996年，黄永玉为沈从文陵园补立了一块石碑，题词为：

一个士兵，要不战死沙场，便是回到故乡。

毋庸置疑，自称为"小兵"的沈从文是一位不折不扣的战士，良知是他的统帅，真、善、美是他的武库，文坛是他的战场。长达五十余年，一场看不见硝烟的持久战，他的良知不曾被俘虏，假、恶、丑的火力无法将他的姓名抹去，尽管他有过偃旗息鼓，有过意志消沉，但他没有像许多人那样缴械投降，从此奴颜媚骨，也没有猝然倒下，烂在污泥臭水之中，万劫不复。他坚挺地活过来了，最终，他的遗体回到了故乡。

听涛山下，沱江日夜奔腾。沈从文的魂魄已化作一缕清风，他的一半骨灰已撒入湍湍清流，随粼粼逝波汇入灏灏长江茫茫大海，奔向永恒的归宿。

沈从文是一片云，一片无心出岫的白云，萦绕在中国文学的峰青峦翠间，织造出一幅神秘的风景；他那秋水样澹泊的个性，春水样温暖的情怀，借助清灵灵的作品润泽后人。若要用精洁得不能再减省的字样总结沈从文的一生，我认为，用"云水生涯"四字可收全效，其莘莘胸臆的确尽在其中。

本文首发于《十月》2001 年第 2 期

《散文·海外版》2001 年第 4 期选载

《读人记·当代篇》(文化艺术出版社)

《2001 年中国散文精选》(长江文艺出版社)

《2001 年中国散文年选》(花城出版社)